厨房 Chufang

ARTTIME
时代出版
时代出版传媒股份有限公司
安 徽 文 艺 出 版 社

徐坤，1965年3月出生。《人民文学》杂志副主编，北京作家协会副主席，中国社会科学院文学博士，中国作家协会全国委员会委员，北京市政协委员，享受国务院特殊津贴专家。

1993年开始发表小说，已出版小说、散文、评论作品500多万字，获得国家及省部级奖项及各期刊大奖30余项（次）。代表作有小说《白话》《先锋》《厨房》《狗日的足球》《午夜广场最后的探戈》《八月狂想曲》《春天的二十二个夜晚》等。话剧《青狐》改编自王蒙同名长篇小说，话剧《性情男女》2006年由北京人民艺术剧院上演。长篇小说《八月狂想曲》获中宣部“五个一工程”优秀图书奖，短篇小说《厨房》获第二届鲁迅文学奖。长篇小说《野草根》被香港《亚洲周刊》评为“2007年中文十大好书”。部分作品被翻译成英、德、法、俄、西班牙、日语等出版。

徐坤文集

Xu Kun Wenji

厨房

Chufang

徐坤 / 著

ARTTIME 时代出版

时代出版传媒股份有限公司
安徽文艺出版社

图书在版编目（CIP）数据

厨房/徐坤著. —合肥：安徽文艺出版社，2015.1(2021.10 重印)
（徐坤文集）
ISBN 978-7-5396-5230-6

Ⅰ. ①厨… Ⅱ. ①徐… Ⅲ. ①中篇小说－小说集－中国－当代②短篇小说－小说集－中国－当代 Ⅳ. I247.7

中国版本图书馆 CIP 数据核字(2014)第 281217 号

出 版 人：姚 巍　　丛书统筹：朱寒冬　刘姗姗
责任编辑：刘姗姗　　装帧设计：丁 明

出版发行：时代出版传媒股份有限公司　www.press-mart.com
　　　　　安徽文艺出版社　www.awpub.com
地　　址：合肥市翡翠路 1118 号　邮政编码：230071
营 销 部：(0551)63533889
印　　制：安徽新华印刷股份有限公司　(0551)65859551

开本：880×1230　1/32　印张：13.75　字数：360 千字
版次：2015 年 1 月第 1 版　2021 年 10 月第 3 次印刷
定价：62.00 元(精装)

徐坤博士毕业照

1996年 12 月 15 日，参加中国作协五代会，在京西宾馆与汪曾祺先生合影。

2006年 11 月 12 日，参加中国作协七代会，在北京饭店与林斤澜先生合影。

1997年10月21日，参加石家庄全国青年作家座谈会，与白冰（左）和邱华栋（右）合影。

2007年11月13日，参加全国青创会上，在北京铁道大厦与乔叶、鲁敏两个小朋友在一起。

2001年12月21日，参加中国作协六代会，在奥林匹克酒店与陶然、吴义勤、李敬泽、赵凝合影。

2011年11月23日，参加中国作协八代会，在北京饭店金色大厅前与裘山山、潘凯雄、陈志红、张梅、王必胜合影。

2005年2月28日，北京作协支部“保先”学习时在香山留影(从左至右，第一排：邹静之，王升山；第二排：徐坤，阎连科，星河，李青)。

自序

向现在，向未来

“《八月狂想曲》，徐坤写得意气风发，写得波澜壮阔；她有澎湃的叙事激情，滔滔五十万字，她纵情歌唱——站在空旷的、华丽如天上宫阙的体育场，向着即将到来的日子、向着那时的欢腾万众。”

这是批评家李敬泽2008年6月评论我的新著《八月狂想曲》的文章开头。我觉得他的标题“向现在，向未来”极好！到现在，六年时间过去，当一个新的实现中国梦的历史时间段到来时，这样的题目，仍然显得美好，令人振奋，并有无限希望催生。故而我借用这个标题来作为今天我的文集自序的题目。

从1993年发表第一部中篇小说《白话》至今，已经有二十多年时间过去。不知不觉，就从青年写到了中年。二十世纪九十年代初，我刚毕业进入中国社会科学院工作，一身学生气，带着年轻人成长过程中普遍存在的叛逆和冲撞精神。八十年代的结束和九十年代的开始，对于中国的改革开放进程来说，是一段非常特殊的历史时期。刚参加工作不久，我就随社科院的八十几位博士、硕士一起到河北农村下放锻炼一年。远离城市，客居乡间，忧思无限，前程渺茫。在乡下的日子里，我们这群共同承继着八十年代文化精神资源的二十来岁的青年学子，经历浅，想法多，闲暇时喜欢聚在一起喝酒清谈，读费孝通的《乡土中国》，看昆德拉的《生命中不能承受之轻》，播放从中关村淘回来的各种国外艺术片。在高粱玉米深夜拔节声中，在骤雨初歇乡村小道咕吱咕吱的泥泞声里，凌虚蹈空探讨国家前途和知识分子命运，虽难有结论却兴味盎然。回城以后，这个小团体就自动解散。然而，在乡下探讨的问题以及与底层乡村民众打交道时的种种冲突和遭际却一直萦绕我心，挥之不去。终有一天，对世道的焦虑以及对前程的思索，催使我拿起笔来，做起了小说——相比起“板凳要坐十年冷”的做学问方式，激情与义愤喷发的小说更能迅捷地表达作者的情绪。

在1993—1994两年间，我以《白话》《先锋》《热狗》《斯人》《呓语》《乌粪》《梵歌》等一系列描写知识分子的小说登上文坛，文化批判的锋芒毕现，引起了读者和批评家的广泛关注。我的第一部小说集《热狗》由王蒙先生亲自作序，王蒙文中称“（徐坤）虽为女流，堪称大‘侃’；虽然年轻，实为老辣；虽为学人，直把学问玩弄于股掌之上；虽为新秀，写起来满不论（读吝），抡起来云山雾罩、天昏地暗，如入无人之境”。

年轻时的写作，十分峻急，仿佛有无数力量催迫，有青春热情鼓荡，所有的明天都是光荣和梦想。仿佛可以乘着文字飞翔，向着歌德《浮士德》中“灵的境界”疾驰。几年以后，做够了知识分子的题目，我又开始尝试女性主义议题。《厨房》《狗日的足球》《遭遇爱情》《女娲》《小青是一条鱼》等等都是这一时期的作品。它们借助于互联网的兴起迅速被盗版疯传。看到网上有评论说，到今天为止，足球小说写得最好的仍然是我在1996年写的以女性为主角的《狗日的足球》。

十几年后，我从社科院出来到北京作家协会当了专业作家，这一干，又是一个十年。作为一名职业作家，对自己的要求与从前自然有所不同，写作的战车开始提速。这期间，有《春天的二十二个夜晚》《爱你两周半》《野草根》《八月狂想曲》几部长篇问世，还写了三部话剧《性情男女》《青狐》（根据王蒙同名长篇小说改编）《金融街》，并有多部中短篇小说集以及散文集出版。短篇小说《厨房》在2002年获得第二届鲁迅文学奖，话剧《性情男女》2006年1月由北京人民艺术剧院上演，由副院长任鸣亲自导演，谷智鑫等几个年轻人主演，在北京和上海演过五十多场，深得年轻观众喜爱。长篇小说《野草根》被香港《亚洲周刊》评为“2007年十大中文小说”，长篇小说《八月狂想曲》2009年获得中宣部“五个一工程”优秀图书奖。

“文章合为时而著，歌诗合为事而作”，这是千古文人必须承担的道义和使命。写到此，不能不回到开头，说说收录到文集里的第一卷《八月狂想曲》。这是我到北京作协当专业作家后的一次奉命之作，写出了全国唯一一部表现中国举办奥运的长篇小说。应该说交上了合格答卷。六年过后，今天再看，仍然可读，本世纪开初那几年、一个时代中国人的集体记忆和情绪，字里行间仍历历可见。这是我写得最艰苦的一部作品，经过四年多的跟踪采访和写作，终于在奥运会开幕前将五十万字的小说完成。

在采访中，给我留下印象最深的是奥运建筑设计和施工团队，从总设计师到工程助理，主力几乎清一色由年轻人组成，基本上是出生于六十、七十年代的一群人。他们有着良好的教育背景，专业技术上过得硬，有吃苦耐劳精神，有跟世界平等交流对话的良好心态和技术资本。他们是如此自信、坚定、昂扬、勇往直前、无所畏惧，遇到困难绝不会绕道走，阐述自己的理想绝不闪烁其词。正是在这一代年轻人的手中，经过几年时间的艰苦打造，一座座奥运场馆拔地而起，老北京的新地标正威严地耸立！

从这些同龄人身上，我感受到了青春，感受到了力量，感受到了蓬勃的朝气，感受到了百多年前，梁启超等仁人志士所憧憬、筹划的少年中国的伟大梦想——“红日初升，其道大光；河出伏流，一泻汪洋；潜龙腾渊，鳞爪飞扬；乳虎啸谷，百兽震惶；鹰隼试翼，风尘翕张”——那些令人心潮澎湃、血脉贲张的伟大想象，如今正在这一代年轻人的手里一一变为现实。

于是，我找到了“青春中国”这个突破口，以建筑设计鸟巢、水立方的60后、70后年轻建筑设计团队为主角展开故事，真实记录当下中国社会的芸芸众生。在《八月狂想曲》一书的卷首语里我这样写道：谨以此书，献给一个时代，献给青春中国。书里有为民请命的年轻有抱负的新一代决策者，也有意志脆弱的受贿下马官员；

有年轻建筑师壮志凌云欲打造出世界顶尖级建筑场馆的豪情，也有民工的辛苦劳作牺牲奉献。有兄弟情谊的砥砺，有爱人的背叛误解，有利益的巨大诱惑，有美色的无端沉迷，有沉痛，有欢笑，有泪水，有无奈……更多的是中华大地上的人民被这一历史机遇给迸发出来的无限激情。

青春中国是令人振奋的。六年以后，2014 年 11 月的北京 APEC 会议上，洋红色的“鸟巢”和宝蓝色的“水立方”又被装点一新重新亮相，梦幻般的色彩重又照亮了北京这座城市的夜空。作为曾经亲历这两座建筑从无到有，曾看着它们的每一根钢筋落地、每一个气泡贴膜的人，此时该是多么感慨！夜风习习，秋叶飒飒。站在这些已被叫作“奥运文化遗产”的巨大建筑前，才能深刻感受到，一个实现中国梦的历史时间段又灼灼闪亮了！

在将《八月狂想曲》收入文集时，我也将当年北京十月文艺出版社出版团队的照片，以及它后续获得的各种荣誉的照片一并收录进来，为我们曾经共同的努力立此存照。也为中国百年不遇的举办奥运会的壮举立此存照。

光阴荏苒，人到中年，便会将脚步贴近大地，内敛与凝重，不断思量文学对社会的担当，思考文字如何才能得以不朽。同时亦想驻足，对着毕生所从事的事业，对大地山川、天空和海洋如浮士德般深情呼唤：“你真美啊，请停留一下！”

最后，我要感谢安徽文艺出版社，几年来他们以磅礴的气势、高端的战略、诚恳的用心，将诸多名家的作品文集收入旗下，其精美的装帧与精益的质量，都十分令人称道。忝列出版名单之中，令我深感荣幸！我还要感谢社长朱寒冬先生，没有他的极富激情和责任心的邀约和敦促，便不能使我除却慵懒与怠惰尽快编成此书。同时我要感谢责任编辑刘姗姗和姜婧婧两位小友，她们为这套文集的付梓做出了很大努力，付出许多辛劳。我感谢她们。

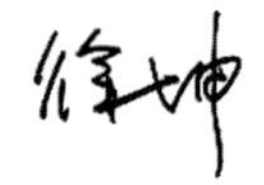

2014年11月28日于北京以北

目录

厨　房

厨房是一个女人的出发点和停泊地。

瓷器在厨房里优雅闪亮，它们以各种弯曲的弧度和洁白形状，在傍晚的昏暗中闪出细腻的密纹瓷光。墙砖和地板平展无沿，一些美妙的联想映上去之后，顷刻之间又会反射回眸子的幽深之处，湿漉漉的。细长瓶颈的红葡萄酒和黑加仑纯酿，总是不失时机地把人的嘴唇染得通红黢紫，连呼吸也不连贯了。灶上的圆火苗在灯光下扑扑闪闪，透明瓦蓝。炖肉的香气时时扑溢到下面的铁圈上，“哧啦”一声，香气醇厚飘散，升腾出一屋子的白烟儿。莴笋和水芹菜烹炒过后它们会荡漾出满眼的浅绿，紫米粥和苞谷羹又会时时飘溢出一室的黑紫和金黄……

厨房里色香味俱全的一切，无不在悄声记叙着女人一生的漫长。女人并不知道厨房为何生来就属于阴性。她并没有去想。时候到了，她便像从前她的母亲那样，自然而然地走进了厨房里。

这个夏天的傍晚，在一阵骤然而至的雷阵雨突袭过后，燠热和喧嚣全被随风吸附而走。大地逐渐静止了。城市一枚火红的斜阳正从容地在立交桥上燃烧，一层层散漫的红光怡然飘落而下，照耀着一个在厨房里忙碌的叫作枝子的女人。女人优美的身体轮廓被夕阳镶上了一层金色，从远处望去，很是有些耀眼。女人利手利脚无比快活地忙碌着，还不断在切洗烹炸的间隙，抬头向西窗外瞟上一眼。夕阳就仿佛跟她有某种默契，含情脉脉地越过一棵临窗的茂盛玉兰树枝头对她俯首回望。

枝子的目光，也便跟着燃烧在一片红晖之中，润润的，柔柔的。

厨房并不是她自己家里的厨房，而是另一个男人的厨房。女人枝子正处心积虑地，在用她的厨房语言向这个男人表示她的真爱。

一条鳜鱼浑身被横横竖竖切了无数刀，周身码放好了蒜片、葱丝和姜条，然后放进锅屉里热气腾腾地蒸着。卷心菜和河藕也油亮亮地沾着水珠儿洗好，与沙拉酱一起错落有致地码放在盘子里边等待搅拌。水汽正顺着不锈钢盖子的缝隙慢慢地一点点往上溢起来。枝子停下手，幽幽地喘了一口气，转头偷眼向客厅里望了一眼。透过宽大明亮的钢化玻璃厨门，她看见男人松泽正懒散地蜷坐在沙发上，一张报纸遮住了大半个脸。男人的身子、手、脚都长长大大的，T恤的短袖裸露出他筋肉结实的小臂，套在牛仔裤里的两条长腿疏懒地伸着，大腿弯的部分绷得很紧，衬出大腿内侧十分饱满，很有力度——枝子的脸突然莫名其妙地红了，浑身迸过一阵难以自抑的幸福。她赶紧收回自己潮润润的目光，慌慌转回身去放眼观望窗外斜阳。

夕阳巨大的圆轮现在只剩下半个，它正在被树梢和钢筋水泥的建筑物奋力衔住，一口一口激情地往下吞吻。枝子的脸庞转瞬间又被烧红，周身辉映起一阵盲目的幸福。

我爱这个男人。我爱。

枝子在心里这样迷乱地对自己说。在这样说着的时候她的心里充满了羞涩。

枝子是被称作“女强人”的那种已然不惑的女人。爱情到了她这个年纪并不容易那么轻易来临。经过了岁月风尘的磨洗，枝子早年的一颗多愁善感的心，早就像茧子那样硬厚，那样对一切漠然、无动于衷了。多少年过去，一番刻苦的拼搏摔打，早年柔弱、驯顺、缺乏主见、动辄就泪水长流的枝子，如今已经百炼成钢，成为商界里远近闻名的一枝新秀。

她这棵奇葩，将自己的社会身份和地位向上茂盛地茁茁固定之后，却偏偏不愿在那块烂泥塘里长了，一心一意想要躲回温室里，想要回被她当初毅然决然抛弃割舍在身后的家。

不知为什么，就是想回到厨房，回到家。

事业成功后的女人，在一个个孤夜难眠的时刻，真是不由自主地常要想家，怀念那个遥远的家中厨房，厨房里一团橘黄色的温暖灯光。

家中的厨房，绝不会像她如今在外面的酒桌应酬那样累、那样虚伪、那样食不甘味。家里的饭桌上没有算计，没有强颜欢笑，没有尔虞我诈，没有或明或暗、防不掉也躲不开的性骚扰和准性骚扰，更没有讨厌的卡拉 OK 在耳朵边上聒噪，将人的胃口和视听都野蛮地割据强奸。家里的厨房，宁静而温馨。每到黄昏时分，厨房里就会有很大的不锈钢钢精锅咕嘟咕嘟冒出热气，然后是贴心贴肉的一家人聚拢在一起埋头大快朵颐。

能够与亲人围坐吃上一口家里的饭，多么的好！那才是彻底的放松和休息。可她年轻气盛的时候哪里懂这些？离异而走的日子，她却只有一个简单的念头：她受够了！实在是受够了！她受够了简单乏味的婚姻生活。她受够了家里毫无新意的厨房。她受够了厨房里的一切摆设。那些锅碗瓢盆油盐酱醋全都让她咬牙切齿地憎恨。正是厨房里这些日复一日的无聊琐碎磨灭了她的灵性，耗损了她的才情，让她一个名牌大学毕业的女才子身手不得施展。她走。她得走。说什么她也得走。她绝不甘心做一辈子的灶下婢。无论如何她得冲出家门，她得向那冥想当中的新生活奔跑。

果真她义无反顾，抛雏别夫，逃离围城，走了。

现在她却偏偏又回来了。回来得又是这么主动，这样心甘情愿，这样急躁冒进、毫无顾虑，挺身便进了一个男人的厨房里。

真正叫人匪夷所思。

假如不是当初的出走，那么她还会有今天的想要回来吗？

她并没有想。

此时她只是很想回到厨房。回到一个与人共享的厨房。她是曾经有过婚姻生活、曾经爱和被爱过的人，比较明了单身和已婚的截然不同。一个人的家不能算家，一个人的厨房也不能叫作厨房。爱上一个人，组成一个家，共同拥有一个厨房，这就是她目前的心愿。她愿意一天无数次地悠闲地待在自家的厨房里头，摸摸这，碰碰那，无所事事，随意将厨房里的小摆设碰得叮当乱响。她还愿意将做一顿饭的时间无限地延长，每天要去菜市场挑选最时鲜的蔬菜，回来再将它们的每一片叶子和茎秆儿都认真地洗择。做每一顿饭之前她都要参照书上的说法，不厌其烦地考虑如何将饭菜营养搭配。慢慢料理这些的时候，她的心情定会像水一样沉稳，绝对不会再以为这是在空耗生命和时间。纤纤素手被洗菜水浸泡得指尖红肿、关节粗大，她也不会再牢骚埋怨。她希望她的心情就那样像水一样，温吞、空泛，温吞、空泛地在厨房里消磨时光，什么外面争斗的事情都不去想。她愿意看见有一两个食客，当然是丈夫和孩子吃着她亲手烧的好菜，连好吃都顾不上说，只顾低头吃得满嘴流油，脑满肠肥。

脑满肠肥？一想到这个词，枝子就不由得偷偷地笑了。

她真的是不想再在外面应酬做事，整天神经绷紧，跟来来往往形形色色的人虚与委蛇。不知为什么，她有些厌倦人。名利场上各色各样的人：卑鄙的、龌龊的、猥琐的、工于心计的、趋利务实的……看都看得她眼花了。整天地与人打交道也快把她的神经折磨垮。她想返身逃逸，逃到没有人的地方去，而厨房就是她最后的避难之所。

厨房对她来说从来没像现在这样亲切过。她从来没有像今天这样对厨房充满了深情。

炉上的不锈钢钢精锅冒出袅袅热气。枝子的想象也随之袅袅。太阳就在她缥缈的想象里一点一点落到树梢下面去，落到她想象的尽头。那个长胳膊长腿的男人松泽看完了报纸，起身伸了一个懒腰，慢慢腾腾挪到厨房里来，再次问枝子需不需要帮什么忙。枝子听到男人满怀关切的问候，赶忙满心欢喜地连连说：“不用，不用。”今天是这个男人的生日，她想独立完成整个操作，让他尽情品尝一番她的烹饪手艺。

她为什么要主动向这个男人献艺？献艺完了又将会是什么呢？枝子不愿意想，不情愿这样残酷地拷问自己。她愿意在心里给自己的自尊留有一点余地。该是什么就是什么。枝子在心里说。枝子只希望能是她所想要达到的那个。此时她真是觉着自己对这个男人有些过分俯就，甚至有些低三下四。因为照她素常里的做人态度，以一个商界女星的身份来说，对她前呼后拥献殷勤的男人总是数不胜数，而她的鼻孔也总是抬得很高，并且，暗中加着千倍的小心，很怕落入某些勾引利用的圈套。如今却这样巴巴地主动送上门来，可真是有些不好对自己的心解释了呢！

管它呢。随它去吧！反正来也是来了，还费力解释它干什么？

拖着长头发的高个男人松泽挓挲着两只手，在枝子身边围前围后转了两转，明白自己也实在帮不上什么。看来枝子对于今天的下厨是有过精心准备的，知道他这个单身汉的厨房里可能会七七八八地不全，所有的素菜、荤菜备料都由她亲自从外面带来。连烧菜用的油和醋等作料，也全被她准备到了。甚至枝子还带来了围裙，柔软的白细棉布套头裙，腰间勒一根细带子，自上而下撒下一捧捧勿忘我小碎花。绵软的白裙贴在她身上，正好勾勒出枝子腰条的纤细。枝子的头发本来可以戴上与围裙配套的棉布帽，以免熏进油烟味儿。但她想了想，还是将帽子舍弃，将头发挽了几挽，然后向上用一枚鱼形的发卡松松一别，这样，她乌黑发亮的秀发就尽显在男人松泽的视野。

松泽盯着这个体态窈窕的女人，心里“怦怦怦”乱动了几动。当然，他是艺术家。艺术家面对美没有不动心的。他和她一直都算得上是很亲密的朋友，亲密的最初原因是枝子出资帮他举办个人画展的成功。从合作的愉快到亲密友好的交往，两人的关系大致上就是这样一个过程。但是，再友好，他也不敢说要劳她大驾来给自己庆贺什么生日，尤其是没想到她还要亲自下厨。这该是出乎意料且又让他承受不起的情分。

能有一个漂亮女人主动来家里给自己过生日，真是一个求之不得的美事情。男人一方面惴惴，觉得女人枝子给他的面子太大了；一方面又稍嫌累赘，觉得整晚在自己家里吃上一顿饭，太缺乏新意。艺术家，总是爱好推陈出新。就在枝子下厨期间，就有三四个女孩子的电话打来，邀他出去参加派对。他不得不柔声细语轻声回绝。与待在家里传统的吃生日饭相比，当然卡拉OK包间或派对沙龙里搂搂抱抱的扭捏抚摸更能激发创造力。但若从长远的角度看，比起跟那些小女孩崇拜者玩玩白相，不如跟女老板处理好关系对他将来的用途更大一些。男人在考虑问题时，往往从最实利的目的想。所以他决定还是死心塌地，留在家里与女老板亲近感情。

这样心里边一踏实下来，男人也就专注移情于厨房中的枝子身上，渐渐从忙而不乱的枝子身姿当中体味到另一种情致。枝子的动作，熟练而静美，如一朵栀子花儿开放在氤氲的厨房香气中。蔬菜烹炒的香气中夹杂的成熟女人的体香，熏得男人松泽有些想入非非。在不知道该从哪儿下嘴的情况下，他便懒散地一条腿以另一条腿为重心，倚在厨房门框上，一边静待时机，一边向忙碌的枝子身上乱抛多情的眼神。

枝子意识到了男人的注视，略微有些慌乱，不等春风吹绽，便先兀自欢颜，面若桃花得有些气短。她一面竖起耳根，悉心倾听男人粗长的呼吸；一面竭力命令自己镇定，尽量掩饰住狂乱的心跳，将身体动作恢复成正常。她所企望的，不就是这个男人的这样一种目光吗？如今已经等到了，那么她还紧张什么？这么想着，她手里切菜的动作就有了几分表演性质。

厨房不大，容不得两人同时在里面转身，只要一动，就势必会发生身体上某些部位的接触。所以他们就在各自位置站着，口里还要间或说上几句哼哼哈哈的应酬话，身体里却不免都暗暗生出几分紧张。主要是男主人还没有拿摸得准女老板的意图。松泽虽说已是风情老手，但在从来都很端庄的枝子面前，毕竟也是不敢造次，不知道她想要他做什么，要他做到什么程度。他还时时没有忘记她是投资人。所以他只是听之任之，一边散漫无际地调着情，一边还要暂时做出温文尔雅。这种孤男寡女同一屋檐独处的情境，终归还是需要有一些半真半假调情意调的。不然，艺术家就显得太不艺术、太寡淡无味了些。

而女人枝子也还没想好该如何开始。她也很希望能有一些情调，并且，最好由这情调本身给她一个循序渐进、顺理成章、水到渠成的过程。她倒是很希望示爱能由松泽一方主动开始。可一旦他真的主动了，说不定她反而会变得厌恶他、拒斥他。见他站在原地兀自不动，她不禁有些既希望又失望的心理。她看上他，经营他，是看中他的画风里的野气和灵活。后来单相思瞄上他，也是因为在相处过程里发现他已将这野气和灵活全然融合、发挥殆尽，在各种场合都圆熟、灵动、洒脱，很符合她眼里真正艺术家的气质。她以为四周到处都是被文明过分文明化了的衰人，但他的画里却有着未曾泯灭的人类远古的粗犷之气和与神明相通的灵性。而这一切，正是她内心所深深需要的。

在女老板的得力赞助经营下，松泽果然大获成功且声名远扬。而她则以画推人，认为理所当然人如其画，画如其人。她便因此而爱上了自己的经营品。

两个身体持久的紧张让他们都有些承受不住。枝子在男人松泽的目光里已经汗流浃背。假如还没有进一步的动作，却还要这样无谓地僵持下去，枝子的细腰简直就要绷断了。她不停地用眼角余光扫射着身旁男人，脸蛋儿烧得厉害，肢体以一种柔和的弧度微微向他倾斜过去，那种身段中分明表示着一丝丝鼓励、期盼和犹豫不决。男人在承受温软的肉体倾斜过来的弯度时也同样是犹疑不定、优柔寡断。他的身体不易察觉地晃了两晃，终于什么也没有能够做得出来。

就这样又沉默了一会，枝子的手指在水盆里游动时漫不经心地挑起“哗哗”的水声，听起来略微显出了一点烦躁。过分的紧张和犹疑终于把松泽自己调情的兴致破坏了，松泽说了一句：“我去布置餐桌。”借机急忙把自己从厨房打发开。

枝子的身体这才有空隙松弛下来。她抬起胳膊肘悄悄抹了一把头上的细汗。松泽到客厅里“叮里当啷”地去拿碗筷，摆酒，布置餐桌。餐桌就由一个矮脚茶几临时串演。画家的客厅里当然一切都不正规,几个绣着花儿的软垫子散乱地扔在手工绘绣的波斯地毯上,床铺比正常人的矮去半截,只由一层席梦思垫子铺在地上充当。靠墙的一圈转角水牛皮沙发无比宽大、舒适,仿佛画家的一切日常活动都要依靠在沙发里展开似的。

松泽把枝子买来的油蜜蜜的生日蛋糕摆在桌子中央。巧克力奶油在灯下沁出浓浓的甜色,样子极其诱人。松泽盯着蛋糕上的奶油想了几想,终究也没想出个子午卯酉来。到现在为止他的另一股情绪并没有得到完全的调动,行动中仍旧有一些惯常与枝子交往时候的应酬色彩。“另一股情绪”当然就是他每每见到来为他献身的崇拜艺术的女孩子时,那种身体内部的骤然启动,那种非要把一个回合进行到底时的狂乱和野性。说来也怪,他这样野气狂生的时候,竟然没有一次是不得逞的。

可现在他的身体里却分明缺乏这种感觉。怎么回事?这究竟是怎么回事呢?松泽暗暗为自己的身体担忧。他并不明了,一旦有了身份和功利的意念,一切就都不好玩了,连一点点肉体的冲动都不容易发生。松泽坐下来开启酒瓶,同时也散漫地回眼向厨房打量了一眼。玻璃厨门内的枝子似乎也已料到自己的身影会牵动男人的目光,于是,弯腰投臂的动作都尽力跟他欣赏的趣味相暗合,不慌不忙,舒缓有致。光与影当中枝子的柔媚影像,正跟厨房的轮廓形成一个妥帖的默契。那一道剪影仿佛是在说:我跟这个厨房是多么鱼水交融啊!厨房因为我这样一个女人才变得生动起来了!

而松泽眼睛里却始终是莫衷一是的虚无。

太阳这时已经完全落下去了。晚霞收起她最后一轮艳丽，渐渐沉没于幽暗之中。夜的幕布开启，一切的人与物转眼之间变得朦胧。灶台上的累累成果现在被移到了餐桌上，香气淋漓，色泽也炫目。紧张和等待了大半晌的松泽这会儿真感到体能被消耗得够呛，确实需要补充营养了。可饥饿之后见到琳琅满目的这么一大桌子，却又有了几分惴惴和惶惶，愈加不知嘴从哪里下比较合适。抬眼再望枝子，枝子这会儿已经面目一新地端坐在他对面，脉脉含情地抬头凝望他。忙完了厨房里活计的枝子没忘了到卫生间里隆重地整修一下自己。她在眼圈周围细心加过了眼影，这样眼中就越发布满深情。唇线也用唇笔淡描素抹而过。腮影要不要打上橘红呢？枝子思忖了一下，最后决定放弃。等到进入接吻的实质性阶段时，满腮满脸地厮磨，粉影多了容易弄成一团花脸。

脸部修饰完毕，枝子又从手提袋里拿出一套真丝晚装，换下了身上一进门来时穿的果绿色白领丽人套服。套服太呆板、僵硬，笨手笨脚，不太使人容易介入，而丝绸就相对有质感，也简捷轻快得多了。这些都是为今晚的爱情特地准备的。虽然烦琐，但在她满心都是甜蜜憧憬之时，也并不觉得有什么费周折。

再从房里出来时，枝子就已经是黑色真丝长裙飘逸，身体上最值得称赞的部位——修长的脖颈和光洁的臂膊全都从领口和袖口裸露出来，它们在灯下泛起象牙色的光泽。而没有裸露出来的部位正包裹在真丝绸的内部炫耀着它们的初始神秘，诱惑着艺术家修长的手指去一点一点开启。

松泽再怎么上不来情绪，也还是不免为枝子的这一身装扮眼皮跳了几跳。饱览美而后再将其饱尝，本来就是他作为画家的特长。这时的松泽赶忙表示惊艳，表情夸张地一手扶杯，一手将握着倒酒的瓶子停在半空，眼含赞许地盯住枝子，仿佛喃喃自语地说："唔，我的上帝！真漂亮，你真漂亮！"

枝子有些激动，又不好意思流露，只很含蓄地说："谢谢。"说完便用眼光四下里斜了一下，思忖着自己该落座哪儿。松泽正很舒服地陷落在沙发里，把住了桌子的一方。枝子此刻也很想陷到沙发里去坐，跟松泽并排紧挨着……那样就比较方便了。枝子脸一红，暗中瞬时一转念：可那样是不是显得自己过分主动了呢？她又把眼光偷偷瞟向松泽。可恨松泽那家伙此时并不给她一个在身边坐下的台阶，他若是能拍拍身边的席位，再半开玩笑半正经地说上一句："此处正虚席以待。"那么她也就顺水推舟地坐下来了。可现在他除了假装惊艳，别的一点表示都不呈现。害得她只好灰溜溜地错过他的身边，绕到对面去，隔着一张桌子，带着好大的失望装出款款落座的样子。毕竟，在一切没正式开始之前，她不愿意将身份失得太轻率。

红葡萄酒在高脚杯子里幽幽地泛情。顶灯、壁灯、落地灯都被男主人一盏一盏地熄掉，只留下烛台上几支红红的蜡烛闪烁灼灼。隐藏进棚顶四角的音箱放送出柔柔的软歌。那是一种从鼻腔送出来的哼唱，绵绵无骨地含在一管萨克斯里。枝子姿态软软地给松泽一小块一小块切了生日蛋糕，将带有粉红色玫瑰花的那块儿送进了他的碟子，而自己只留一枚嫩绿色的奶油叶子。祝福的话语一说就落入了俗套，远没有喝酒更能展示出新意。枝子和松泽俩人就频频地碰杯，你一杯，我一杯，你再敬我一杯，我再还你一杯。看架势好像都要成心地把自己灌醉。

其实枝子才没想把自己灌醉，她只想借酒壮胆，把自己灌出几分将过程进行到底的勇气来。松泽暂时还没有想到那么多，他一边不辜负枝子的手艺，大快朵颐，一边还要腾出嘴，抽空把枝子的手艺表扬。那些称赞的话语落到枝子的耳垂儿上便款款粘住不下，湿乎乎的受用动听。而枝子手中的筷子却难得一动。一来是厨师从来就吃不下经自己手做出的美味佳肴；二来嘛，枝子的心思也完全不在这上头。枝子的眼睛在酒的滋润下，酒汪汪、直勾勾的，几乎是目不转睛地盯着对面的松泽，定定地瞧着他咀嚼时腮帮肌肉的漂亮滚动，看着他对女人说赞美话的时候口吐莲花，满头的艺术家长发一甩一甩的，还有他四十多岁男人刮得铁青的富含魅力的下巴，枝子真是看得又怜又爱，脸蛋儿烧得要起火，连眼珠儿都“滋啦滋啦”地要冒出火星子来。

这个时候的枝子有些恨，有些爱，有些无奈，有些牙根儿发痒。她就只好又恨又无奈地猛往自己嗓子眼里灌酒。她不知道松泽对她是怎么感觉的，反正，是直到了这会儿他还没有动作。她想他至少应该是提议跳舞，或者是提议做点别的，发挥出这种场合他惯用的技巧和手段，找个恰当的方式，让亲密和爱意的身体接触有个自然而然的过渡和衔接，而不要显得太雄起和突兀。总不能就这样整个晚上待在一个位置彬彬有礼地固定坐着吧？可他为什么不提议呢？难道这还要让我一个女人家来提议吗？

他还要让我怎么样呢？枝子想。该做的我都做了，我再也越不过我这个年纪的矜持和自尊。她想自己无法保持长久期待状态，得不到满足的期待是持续不下去的。

枝子就越发独饮自斟，把自己喝得眼神和身态都酒汪汪的。

松泽没边没沿摇头晃脑夸赞了半天，稍一停顿下来时，才发觉耳朵里却只听见自己的话音，对面枝子连一点回声都没有。他赶忙伸手去给枝子斟酒，借这工夫用心往她脸上觑了一眼。却见枝子那里，正在拼命用她的眼神织网。枝子的眼神都快要不行了，温软黏稠，密密匝匝来来回回缠绕在他身上，直把他锁困在情意里头，只要他一挨上，就休想再挣得脱。松泽的心一软，身体一晃，酒就有点对不准杯子口，“哆”的一下，一大半都洒到了酒杯外头。

枝子端起顺着杯沿儿滴的酒，摇摇晃晃起身，说：“来，我们为今晚干杯。”

松泽说：“好，为今晚干杯。”

没等松泽的杯子递过去，枝子的杯子却直伸过来，摇摇欲坠的往他的酒杯上碰。但却因为目标不准，杯子直探向他的怀中而来。松泽下意识伸手一搪，“噗”，一杯酒碰洒，全洒在他的 T 恤和裤子上。

枝子慌忙说声：“对不起，对不起。”松泽说：“没关系，没关系。”说完回身要找东西去擦。枝子忙说：“我来，我来。”说着就晃晃地伸手把他拦住，又晃晃地起身，慢慢蹩到厨房里，找来抹布和纸巾，欲替他擦拭身上的酒滴。她从厨房径直走到他的身旁，倚在沙发上，不等他客气拒绝，屈下身，半蹲半跪倚下去，伸手替他在裤子上擦。他就姿势艰难地屈在沙发上承受着。她现在已经跟他靠得这样近了，她的头发已经刮着了他的下巴，他们的身体也几乎完全要贴上，她已经闻到了他身上的体香和酒香。她这时在半晕半醒的脑子里划过一瞬间的迟疑和恍惚：要不要就势投到他的怀里去？

但是就在她这样稍一迟疑的时候，那个可以自然而然投怀送抱的两秒钟已倏忽而过。过了这个时间差，再想要投入进去就显得生硬、扭曲，动作之间的衔接就不紧密、不准确。

恋爱真是不可以用脑子的，只听凭本能去行动就行了，她想。恋爱的时候脑子真是多余啊，她想。她这样想着的时候心里边说不出有多么的沮丧，沮丧得简直就要流出眼泪来了。

还好，就在这当口，一双热乎乎的大手终于伸了出来，温情地顺势将她揽了过去。再不将她揽过去，可就真有些说不过去了，松泽想。松泽就这样做了一个顺水人情，顺势揽过了枝子的腰，让她靠在他身上。枝子听到了男人有力的心跳。她将头紧紧贴在他前胸上，闭着眼，两行委屈的泪水顺着眼缝悄悄流出了一点，但她没有顾得上去擦。她的身子这会儿全软了，软得一塌糊涂，怎么也动不了。直到这会儿她被男人搂进怀里，这才觉得所有的骨头立刻都酥化，所有的矜持的铠甲也都立即崩塌。这会儿她想，她只想，我爱这个男人，我爱。跟我爱的男人在一起，这就行了。行了。

男人搂着一个没有骨头的酥软肉体，自身也不免迅速膨胀，酒和本能混杂在一块儿，热辣辣地开始发酵启动。他用力抬起紧贴在他胸口的脸，急速地将嘴唇凑了上去。她那滑得像缎子一样的皮肤，嘴唇在哪儿也站不住脚。他忽然觉得有点咸，稍稍睁眼，推开了一点一看，女人流泪了。泪水顺着鼻梁两侧往下流。他忽然受了莫名的感动，重新将嘴唇贴上去，从眼睛一点一点地往下滑，先是吃干了她的泪，然后将吻落实到她的嘴唇。开始她还有几分矜持，昏昏之中还知道把嘴唇抿成一条线，不给他进去的机会。男人见状手段更加老到，一边吻着，托在她后背上的手还在不停地抚摸，一直抚到她在他手掌里马上就要瘫成一汪水。男人见火候已到，这才缓缓将她抱到沙发上，伸出满是触角的舌头，用力触探上去。果然，女人一双滚烫的红唇，立刻像蚌一样张开，她不假思索，一口贪婪地吸住了他的舌头。

男人立刻就被火辣辣地舔了进去，任凭怎样也抽脱不出来。这时他才晓得了她这一吸的厉害，不是温热，不是柔软，而是一股狠劲，一股不要命的劲，真是恨不能把他的整个生命都吸吮下去，恨不能立即吊在他这棵树上摇晃死。男人领受不住，慌忙将身体稍微挪开，用力摇动出舌头，只剩舌尖在她的口里到处触碰，毛茸茸撩拨，却不敢在一处固定，不再敢让她有踏实吸附的感觉。

这样在肉体上用力调度她的同时，男人脑子里还在先惊后怕地想，不得了，真不得了，这个女人，不要命的女人，简直要把我玩死了。松泽他曾跟无数个女人玩过这种把戏，十分知道吻与吻之间的区别，些微的差异都逃不过他舌尖上敏锐的触觉。好玩好散的那些女人真是没有这个样子接吻的。她们吻得非常轻飘、愉悦，吻得蜻蜓点水、心猿意马、风过水面打个呼哨就走了，接吻通常都是向床上靠拢的过门儿小调。她们哪能像现在这个女人一样玩得沉重、死命、执意、奋不顾身，吊在他的舌头上，拼命想把他抓牢贴紧，生怕他跑掉了一般？他忽然间心中一动：莫非她是很认真，真的是对他动了真情？她今天的表现，好像有点不大对劲啊！她为他所做的一切，她的所有厨房语言，好像都在向他示意：她愿意做他这个厨房的女主人，她是做他这个房间女主人的最好人选……

一意识到这里，男人火烧着的身体"忽悠"就打了一个激灵，热度瞬间就冷了下来。原来女人是认真了。这会儿他忽然明白了女人今天不是来玩的，女人今天是来认真的。女人今天来的目的非常明确。她想要的是结果。她可不光光玩的是情调，而是想要一个实实在在的结果。从她的接吻态势上他就已经品味出来了。她的那些厨房用语的艰苦卓绝，无不在表明一个实实在在的心迹，直到这会儿他才把她破译开来。

男人突然间感到懊丧。男人的这份懊丧一下子就灌满了他自己的周身，让他刚刚膨胀起来的身体很快就软化了。真不好玩。实在是不好玩。他能领受假意，却要拒绝真情。他不愿意有负担。在这个人人都趋功近利的时代，谁还想着给自己上套，给自己找负担？尤其是对于他一个艺术家来说，更不愿有任何形式的羁绊。家庭责任也好，社会义务也罢，能躲的就躲，能逃的就逃，能推脱的就推脱。他松泽卖画的税单，都是被逼无奈被税务部门找上门来才交的。他难道还会在他事业最火爆的时候，去选择接受她，会把一个女人当老婆娶到屋子里来养吗？那样的话他的自由和无羁还怎么体现？

谁说女人只是情感动物，比男人缺乏理性呢？女人一旦目的起来,比男人一点也不傻,也不逊色。关键是她选错了人,挑错了对象。艺术家松泽他一点都不想有什么负担,一点都不想去对别人负责。白玩可以,动真格的却不行。她想依赖上他,可他偏偏不是个愿意被依赖上的人。他不愿意有负担。男人跟女人的想法不一样,从根本上就不一样。若说假意嘛,他可是随便乱施得多了,还挺自在安全、挺幸福的;若论真情的话,他画家松泽除了对他自己、对他自己的名和利以外,就再也没对谁真情过。他不怕玩,他就怕认真。以假对假的玩,玩得心情愉快,彼此没有负担,同时毫无顾忌。以真对假的玩,那就没法子玩了。以真对真就更不能玩了。

但是他又不能猝然把这一场游戏结束,装作冷冰冰地拒绝。得罪一位对他有用的女出资人,怎么说也划不来。况且他一贯以怜香惜玉著称,在一位风姿绰约的女人面前也不能显得太缺乏风度。再说,跟一个漂亮女人做一场稍微有一点危险的游戏,有什么不好?在悬崖边上玩,才会来得过瘾,比平常刺激。再怎么说,他也不至于被她强奸成婚吧?

等到漫长的拥吻过去,女人感到心力衰竭,停止吸吮睁开眼睛时,见男人却口里噙着她的双唇在注视她。两个人的脸离得这样近,以至于一瞬间都在彼此的眼里变形。女人感到不好意思,急急避开他的打量,低下头,将脸埋在他的胸里。男人就像理顺一个小狗一样抚摸揉搓着她的后背和头发。她也就顺势连人带衣服蜷进他的怀里做小狗依人状。她闭上眼睛,默默享受着吻后余韵,觉得这心情总算有了着落,爱情也有了着落。对女人枝子来说,能够进行到这一步是多么的不容易,不容易啊！她却哪里有暇猜想,这样的逢场作戏,男人松泽他究竟经历了多少。作为一个男性艺术家,他跟周围那些崇拜他的女人滥情滥得,简直都快要滥不起来了。

沉浸在自己一厢情愿爱情中的女人枝子并没心思去猜想这些。沉浸在不惑爱情中的女人可真是了不得。女人热情似火,稍微给她一点暗示就可以扑上来,又啃又咬,真正像只发情的猫。男人沉着应付,以手指的圆熟技巧来对抗她的目的性,饶有兴味地应付着这场追逐。一旦明晓了女人的目的性,男人的身体立即褪了激情,但他的另一份兴致却被点燃起来。现在他虽然置身其中,但却又像抽身其外一样观看着一场情戏的上演,有点像一个把持全局的导演在陪练一个女演员。他已将她的真情当作了好玩的事情。他还很有兴致再看一看,再陪练陪练。他发现自己倒也是很能进入角色嘛!

男人松泽暗中就很有些为自己得意。

而女人千娇百媚,此刻正沦陷在激情里不能自拔。女人的脸蛋已经燃出了大火,非要把他和她自己焚成灰烬不可。女人将红葡萄酒跟他一口一口嘴对着嘴含喝。女人偎在他的怀里,将紫红的蛇果拦腰横切,又在每一半边上都细细刻出锯齿形的牙边,然后两人像小老鼠般将锯齿牙边一点一点地啃啮,咬到最后就是嘴唇跟嘴唇的会合,两片肉体贴在一起狂吻热舔。女人的一切小把戏松泽都来者不拒,含情承受。但是他从不主动往下探索,他的手只是隔着衣服揉捏着她的乳房,然后再摩挲在她的细腰上,尽情挑逗撩拨,接着他就停滞不前,决不打探她那开叉很高的绸裙里面的内容，就仿佛他是真正的谦谦君子似的。

这样女人就不知是什么意思。她看自己频频地发动却得不到最终结果，女人简直都快要对自己失去最后的信心。难道是自己的魅力不够吗？女人在焦灼之中困乏地想，只要他一暗示，一有要求，她就会给他的，毫无保留地全部给他。她太想对这场爱情有一个切切实实的体认，太想要一个他和她定情的深入纪念。但是男人却偏偏就不予以满足，让她更百倍的煎熬和难受。情急之中她就更主动、更狂烈、更以丝绸的质感攀附缠绕在他身上，让他动作松懈不得。他也就紧紧用嘴唇将她的唇吻咬住，手掌忙不迭地将她身姿把玩戏耍，极其愉快地观察着她表情的每一点变化，就像一个衔笛起舞的印度耍蛇者。

这样玩着闹着，几个大起大落下去，不知不觉，夜已经深了。当女人又一次滚倒在他的怀中，沉醉于他中音共鸣区的声情并茂时，却听到他咬着她的耳垂，以一种湿漉漉的舌音在耳边叮咛："嗳嗳，你看，已经两点钟了。我该送你回去了。"

女人一愣，像没听清似的，手臂从他脖子上掉下来，呆呆地仰起脸来看着他，两只盈满秋水的大眼睛里露出迷茫。回去？什么回去？为什么要回去？他这是什么意思？是在下逐客令吗？

女人的思绪半天没有回过神儿来。她的自尊与自信受到了格外的打击。这是怎么回事？难道这个样子就算，完了？他这个态度表明的是什么？

可是她能说不走吗？她能说主动要求留下来过夜吗？那样她成什么了？

男人却根本不顾女人情绪的空顿，不由分说，起身离开她去衣橱里取外衣。男人的这一动作果断、坚决，不容置疑，不容商量，仿佛在用他的形体语言在提示她：他并无意于接纳她。他已经玩够了，不想再继续玩下去。他对她已经够负责的了，耐心陪了她一个晚上，且还让她囫囵的样子，并没有对她始乱终弃或者多做别的什么。

女人看着眼前的一切，巨大的失落和自尊受损，让她的胸脯急剧起伏着，面部表情剧烈扭曲，竟半句话也说不出来。但也就是那么简单的一刹那，她就立刻止住痉挛着的眼底肌肉，突然变得满脸盈笑，用手指撩了撩额前的长发，装作满不在乎的样子，极其大度、极其平静地说："好吧，我先来帮你收拾一下碗筷。"说话的语调，就仿佛她已是情场老手，对于这样的逢场作戏已经司空见惯，仿佛她真的纯粹是为给他过这个生日，为他做一顿生日晚餐而来。并且她还要做得善始善终。

不等男人阻拦，女人便大幅度地行动起来。她的动作幅度很大，有些不正常的难以自抑的夸张，大声问这个东西该放哪儿，那个碟子该放哪儿。她手脚麻利地将所有的东西都归拢好，然后又进卫生间补了补脸上被接吻弄乱的晚妆。接着她表情平静地出来，顺手拎起厨房地上的垃圾袋，对着厨房门口那个看得有些发怔的男人平静地说："走吧。"

树叶在夜风中哗哗响着，冷露提醒给人以无法遮掩的幽凉。枝子不由在风里打了一个寒战。男人讨好地上来，又殷勤地搂了搂她的肩膀。枝子不说话，任他殷勤着，浑身木木的，一点感觉都没有。进了车里，男人和她并排坐在后座上，车子一开动，他便无限温存地伸过手，将她搂靠在他的臂膊中。枝子不拒绝，也不回应，仍旧是麻木的，任他这样毫无意义地搂着。此时她才觉得一切都变得毫无意义。

车子悄无声息地在暗夜里滑行，滑得轻飘而又滞重。偶尔能见前面的车尾灯划出几抹窒息人的暗红。夜是干燥的。夜根本就没有潮声。她想。到了小区的楼门口，女人下车，男人也跟下来，假意跟她拥抱握别。握别完了，男人又返身低头钻进出租车，跟着车子在来时的路上走了。女人目送着载着他的红色皇冠在夜幕中一点一点远去。毕竟，他还不是个坏人。她这样想。她愿意尽量往好的方面想。毕竟他还是有责任感的。哪怕这责任感只是在他最后护送她回家的这短短的一程。短短一程中的呵护和温暖，也足够她凭吊一生。

夜风猛劲地从楼门口吹了过来。女人的头发又乱了，几丝长发贴到脸上来，遮住了她的双眼。她抬手将发梢掠向脑后，无意间手指触到了脸上潮乎乎的东西。她转回身，扭亮楼道里的廊灯，准备快速上楼。刚一抬脚，一大包东西碰着了她的腿。她低头一看，原来是厨房里的那一袋垃圾。直到现在她还把它紧紧地提在手里。

眼泪，这时才顺着她的腮帮，无比汹涌地流了下来。

1997年5月26日于北京双秀

狗日的足球

马拉多纳来啦!

柳莺的心里狂跳不止,拿着报纸的手无法自制地抖了几抖。马拉多纳,马拉多纳,哪个马拉多纳?难道真是那个被她崇拜得至高无上、满脑袋都是羊毛黑卷儿(中间还夹杂着一小撮精心染制的黄毛),小矮个儿,大脚模丫子,每一个脚指头上都长着眼睛,传球永远准确到位,中场启动时风驰电掣,带球过起人来虎虎生风,从不黏黏糊糊逮机会抽冷子就射的那个长得鬈毛狮子狗似的足球巨星马拉多纳?!

柳莺定了定神,把眼睛贴近报纸上那帧大幅的彩色照片狠狠地打量。没错,没错,的确是阿根廷的那个马拉多纳。小马于7月25日要率领阿根廷博卡青年队来北京,跟国安队举行一场对抗赛。不会吧?不会吧?这怎么可能呢?柳莺心慌意乱地把眼睛从偶像粗糙的脸蛋上拿下来,心里边止不住地嘀咕:马拉多纳那么大一世界级球星,怎么会屈尊下降到这么个足球不甚发达的东方城市里来?

留校任教没多久的青年女教师柳莺简直要被这个突如其来的幸福给打晕了,有那么一刻,她甚至觉得脚底下的大地都有些微微的颤悠,周围的街景在她眼里全变成飘飘忽忽的,大马路上走来走去的人们就像蛇鼠出洞蚂蚁搬家，忙忙叨叨惊惊惶惶一派大地震前兆的唐山景象。还不时有光，一道紧跟着一道的白炽热光忽闪忽闪地在她眼皮内明灭，让她把什么都不能够再看得真切。柳莺把报纸紧紧地贴在怀里，迈着有些支持不住地要往下瘫软的步伐往家里颠儿。七月汗津津的热风打在她的脸上、后背上，印满金黄色向日葵小碎花的吊带裙紧紧贴住了脊梁，沉浸在冥想之中的柳莺却浑然不觉，心正拴在充胀的热气球上徐徐地往上升腾，带着莫名其妙的渴望和憧憬，就仿佛马拉多纳不是为了两百多万美元的出场费而来，而是专门冲着他的一个遥远的不知名的东方女性崇拜者柳莺而不远万里来到中国，并顺带着支持一把中国人民的足球解放事业。柳莺冲着马路牙子傻笑着恍恍惚惚一路陶醉着走来，一脸即将投入热恋情人怀抱即便被蹂躏得粉身碎骨也在所不惜的潮乎乎的样子，家门口都走过身后好远了，她却没有感觉、毫无知晓。

在被马拉多纳正式给启蒙之前，柳莺一直对足球感不起来兴趣。她不仅不是球迷，而且还应该算作比较典型的那种女"球盲"，对足球丝毫没有感应，一看见电视里踢球就特烦，握着遥控器"噼噼啪啪"把频道转换得直要冒火花。尤其让她见不得的，就是那些围坐电视机前看转播的男人，三五结群的，以各种最不雅的姿势乱七八糟而坐，身旁往往要堆放一整箱一整箱的啤酒，老头衫全都高高挽到肚脐眼以上，眼珠子瞪得酒汪汪的，嘴里螃蟹一样来回吐着啤酒泡泡，手指头一会儿抠着脚趾丫缝儿，一会儿忙着对电视里奔跑着的小人儿指指戳戳，还不时地粗话连篇、满脸潮红，尖上不住翻卷着某个与男根崇拜相关的词儿，仿佛一群鸟儿同时染上了脏口。柳莺听得恶心，弄不明白他们这样集体兴致勃勃究竟是为了什么。

有那么一两回她也试图坐下来，想体会一下所谓“绿茵场上的鏖战”“力与美的结合”什么什么之中的乐趣。可是，任凭她把眼珠儿都睁到了眼眶外头，除了瞅见二十来个小人儿可劲地撵着一粒皮球，在几尺见方的电视框框里不停地跑来跑去外，就再也瞧不出什么来了。再回头瞧一眼观战的男同志们，依旧撸胳膊挽袖子“射呀！”“射呀！”极其蓬勃地叫劲起急，柳莺一时间可真是迷茫坏了，傻呆呆地睁着她的一双丹凤眼，不明白别人都从电视里看见了什么，也弄不通自己的情绪为什么就高涨不起来。不知道是什么东西障着了她的法眼，使她不能够跟他们一道欢喜。

马拉多纳。马拉多纳。还真就是马拉多纳把她给启了足球蒙了。

1990年世界杯足球赛那会儿，她正跟她现在的丈夫、彼时的“未婚夫”杨刚腻腻歪歪地谈着恋爱。柳莺那时还没有从一次惊天地泣鬼神的与某位社会知名男士的婚外恋挫折中振作过来，她的青春和热情都已心甘情愿地被那人糟践得一塌糊涂。就在半梦半醒、半死半活之间，盯人已久的这位老同学杨刚便以高超的过人技巧把她接住，随后便趁着她的精神不振、后卫防守出现漏洞时强行带球破门而入，活活地把她的禁区防线给突破了。事后总结经验时柳莺深深觉得自己这一局的防守失利太不应该，但是攻进去的球毕竟也是不能够倒吐出来。两人在这场你来我往没头没脑的攻防战事里欲擒故纵拖泥带水地盘带着，都有些互为鸡肋但同时又慰情聊胜于无。就这么着晃一过三、一退六二五的该射不射该传不传，不知不觉，离婚姻的无底球门一天天逼近了。

世界杯足球赛就在这种背景下恰逢其时地胜利召开。

已经被盘带过多的爱情折磨得显出些疲软迹象的未婚夫杨刚，立即全身心投入，一头扎进电视机里，像吃了类固醇兴奋剂似的处于甲亢之中自拔不出来。柳莺这才暂时从对方吊射垫射倒勾的无聊中得以解脱。杨刚那些天里抱着个电视看转播看得昏天黑地，所有的赛事他几乎看得场场不落，要么深夜不着家跑到别人家里聚众看球，要么把他编辑部的男同事领回家来围着电视里的球门集体扎伙儿，他们俩居于筒子楼的未婚小家里简直都成了免费放映厅，常常是人满为患，来晚了就找不到座。家里四周围的环境也被杨刚布置得颇具现场氛围，除了没设立赞助商的广告牌，其他的一切全都安排齐全。赛事日程表贴了一床头，碗架柜和冰箱上贴满了杨刚自制的各球队的积分排行榜，那上面还不时有红笔随时涂抹修订的痕迹。四壁墙上更是见不得了，原先柳莺挂的那些个风景画、时装模特、卡通娃娃还有一些木雕垂饰等物件统统都被杨刚摘掉，换上了清一色黑了咕黢穿大裤衩的一群群男人，全都在那儿横七竖八地踢腿、飞脚、下绊儿、生拉硬拽、仰面朝天。柳莺每天只要一睁眼，就得被迫面对满墙那一颗颗庞大的头颅和一根根粗糙的大腿。气得柳莺大喊大叫，扬言要把那些个破球星统统扯去烧了。

杨刚一听，急了，赶忙张开不太够长的双臂紧张地护住一面墙说：“宝贝，求求你了宝贝，给我点面子，咱当一回球迷容易吗咱？怎么也得正儿八经地做一点样子给别人看看哪。”

柳莺说：“哎哟喂！核是你当球迷都是给别人看的？不行！你趁早都给我摘下去，别弄得我天天睡觉做噩梦。”

杨刚双手合十抵在胸前喵喵地恳求说：“就这几天，就这几天行不行？等杯赛一结束，我立马就摘，立马就摘。”

柳莺看他那真真假假的一副可怜样，懒得跟他磨缠，只好暂时做一次妥协。

这下可倒好，经他这一布置，筒子楼里的单身汉们被招到家里来得更多了，还有一些已经娶完了媳妇的，也是在家里过完上半夜，把自家女人拾掇完毕以后，又在零点钟声敲响时准时披星戴月大老远地骑车赶往柳莺他们家里报到。柳莺心说这些人看球这么兢兢业业，图什么呢？杨刚则对他的球迷战友一律虚门以待，早早预备下啤酒并在地上用砖头摞起一个个加座。来人不停地对杨刚的室内装饰艺术进行夸奖，还假惺惺地在他白面书生的瘦弱鸡胸脯上擂上几拳，以表示出一种同类之间的相互认同。杨刚这时就满意地龇出一口绵软的食草类动物犬牙嘿嘿傻笑个不停。

由于地球时差的影响，在西方举行的比赛，实况转播到东方中国来时通常已是下半夜。可这根本阻碍不了刚刚入港的球迷未婚夫杨刚。在柳莺的眼里，杨刚这时真就跟深夜闹猫似的，眼白儿倍儿绿，眼仁儿荧荧冒蓝光，光着膀子穿着大裤衩蹲在小板凳上（沙发高风亮节地让给客人坐了),仿着一个标准球迷的样子,呷一口啤酒拈一粒花生米,看到忘情处喉咙里便发出一种低沉的颇类似于叫春的声音,被他招来的同伙们这时也一律的呜呜噜噜的嗓子眼里吭叽着欢实,啤酒瓶子烟灰缸随地地乱扔,仿佛猫群集体不负责任地爬上了别人家窗台。逢到这时候,未婚同居不成了的柳莺就只好被迫披衣坐起,悻悻地看着电视里电视外的一群阳刚族生物兴奋得乱蹦乱跳像要用脑袋撞墙,自己精心布置的小家被祸得跟猫食盆子似的,柳莺的气就不打一处来。她真不明白看一个破球何至于闹到如此?尤其是杨刚,一个在床上已经强弩之末、香蕉球勾射不动了的人,此刻又哪里来的头槌本事?

厕身于球场与观众之外,柳莺带着一股局外人的无名怒火,忍气吞声地发呆冥想,想起走在大街上随处可见街旁小酒店里男人扎堆看球的情景,想到单位里男同事们一上班就疯狂侃昨夜足球的景象,想到他们老少爷们儿从正局长到副处长、从系主任到助教实习生,所有男人们在足球术语里打成一片、勾结成一团的紧密情形,再瞧瞧眼前这些精神头集中、嘴里边吐泡的男青年,转瞬之间豁然想通,足球原来是他们男人的世界语啊!人际隔膜的时代,他们就靠这玩意儿彼此聊以沟通,并一同遥想和追怀远古狩猎时代男子们追逐猎物、追逐女人、追逐占有天地间万物的剽悍和辉煌。哪个男人若是缺乏了这门语言,闭上眼睛不能够瞎侃它仨小时,那他就会被摒弃在男性群体之外,简直就不配当个男人了,活活要遭人轻贱耻笑死。难怪像杨刚那样的白面书生也要拼命跻身于这个行列里呢!未婚夫杨刚那张强颜欢笑的书生小白脸上,不是明明写满了担心被逐出男团的内心恐惧，明明洋溢着要伤好归队的热切企盼吗?!

小可怜价儿的!

柳莺的目光再次透过窗帘向外望去，但见窗外万家萤火，整个世界但凡有男人的家庭里几乎都荧光粼粼，一片诡异。足球原来是他们男人现世的灯啊！就是那足尖上蓬蓬燃烧的野性火舌，灼灼照亮了他们被文明委顿的当下生活，或许也开蒙了他们的冥茫来世。

柳莺已经不忍心对杨刚和球迷客人们发火了，她觉得男人也真是活得不易，够悲惨的，在一粒小小的皮球上温习和寻找他们先前的性别。并且，他们多数人还连半点介入现场亲身一试的可能都没有了，只能是隔着一万八千里远的地方，团团围坐在几尺见方的电视机旁，透过一个小小的玻璃罩儿来集体进行回顾和留恋。唉，可怜哪！她还能说什么呢？且宽容过这几天，先回学校单身宿舍，把这一阵儿的足球坚挺躲过去再说。毕竟也是四年才能来一次，再硬它又能够硬撑到几时呢?

柳莺卷起她的几件换洗衣服，默默地起身离开未婚小家，回到学校的宿舍里躲清静。但是，让她万万没料到的是，同屋的青年女教师邵丽竟也是一个真正的假球迷！邵丽不知从什么地方搬来了一台破电视，没黑没白价的，把个彩电拧得连一点彩色儿都没有了，却还在荧屏前那儿不屈不挠。当然，最可气的也是最关键的，就是邵丽总要领来热恋男友一道观摩。两人叽叽嘎嘎，手嘴并用，不时在底下寻找交换着共同动作和共同语言。柳莺这时便有些像球场上空的灯光一样,把一切不该暴露的细节统统照得尴尬。

柳莺这份气呀,倒首先把自己个儿给气糊涂了。她心说男人集体起哄架秧子当当球迷倒也罢了,雄性门类里头人人都是那副死样子,可这女人当球迷又是图个什么呢?一群乱跑乱窜的胡子拉碴穿大裤衩的汉子,可究竟有什么好看的?哪有赵忠祥的动物世界和鞠萍姐姐的动画剧场好看?就连《我爱我家》一类的贫嘴饶舌的肥皂剧,也比单调的球场射门儿动作要丰富好看得多。邵丽这人究竟是怎么回事呢?没恋爱之前没发现她有爱看足球的毛病啊!

实在不好意思再当电灯泡了,柳莺只好灰溜溜地又重归苏莲托,返回自己那个乌烟瘴气的小窝。在众男客的包围之中,她这个女主人倒仿佛成了外人,没地方站没地方坐,受气包似的,不说话,也不看电视,蜷在沙发的角落里困得嘀哩当啷地睁不开眼睛,耳朵里依稀听得电视中传来球场奇怪的哨音,鼻子里闻着身旁一大堆男人的咻咻的亢奋鼻息,以及汗味、臭脚丫子味,嘴里被迫呛进致人迷幻的尼古丁毒气,在足球翻来覆去的抽射、挑射、拐射、撅射里痛苦地挨着、熬着,以一种看客的悲怆,默默忍受着场里场外人们那种决绝的、歇斯底里般的狂欢和庆典。

亏得杨刚在假亢之余还想着抽空儿瞄一眼自己的媳妇。见到柳莺那等受难的样子,杨刚显得很有些过意不去,巴巴地很讨好地过来,蹑手蹑脚地把她的身子给扶正(通常他总是要把媳妇给揽到怀里哄着的,眼下碍着外人眼没好意思显露亲昵),轻声嘘寒问暖,又轻拍着她的脸把她给打精神过来,充满诱惑语气地鼓动说:“别睡,别睡,这样睡着了会感冒。快睁眼,快看马拉多纳。马拉多纳出场了!”

“什么麦当娜啊麦当娜?”

柳莺把身子扭了几股,不耐烦地将眼睛翘出一条小缝儿,无精打采地乜斜电视荧屏。她原以为杨刚说的是歌星麦当娜,是那个美国傻女孩儿利用球场休息时间,要上场疯狂缺心眼地唱“我是一个处女,我是一个处女”了呢。可是,没有。荧屏上仍是二十来个小人儿在跑来跑去。柳莺很生气杨刚搅了她的假寐,可是当着外人的面不好打孩子,当着宾朋的面也不好跟未婚夫急眼。她只得失望地闭上眼睛重又吊儿郎当歪着头打瞌睡。杨刚急了,再次拍她的脸蛋儿:“好老婆,快睁开眼看看,马拉多纳,十号,中场发动机,世界级球星,不看要后悔一辈子啊!”

杨刚很有些为柳莺的不识货而感到有些没面子。柳莺恍恍惚惚听得他叫了自己一声“老婆”,耳朵里感到新鲜,她记得人背后他可从来都是“宝贝儿”长“宝贝儿”短的,现在在足球的激励鼓舞下,当着一大帮球迷弟兄的面,他竟然管她叫起“老婆”来了,无外乎就是想表示一种牛皮烘烘的版权所有不许翻印违者必究,挺大言不惭厚颜无耻的。柳莺想足球这东西看来是挺壮人胆儿的。给缠得万般无奈,只得再次睁开眼,把定不稳焦的散乱目光,晃晃悠悠飘向了电视屏幕上。透过重重尼古丁烟雾的阻隔,又透过二十来个乱跑着的小人儿的摇晃阻挡,柳莺终于勉强依稀分辨出一堆蓝色球衣中的一个斗大的“十号”来,然后又依稀瞅见了穿这件球衣人的大致外延。矮墩墩、圆乎乎的。哎哟喂，柳莺心说这人怎么这么矮呀！

柳莺的第一个感觉是这人长得太矮了，从体貌上根本判断不出是个足球运动员，倒像是个被杠铃压瓷实了的搞举重的。在众多人高马大球员的包围拼抢当中，这人简直就是鸡立鹤群，显得如此娇小、羸弱，好像是有点处处受气、不堪一击的意思。柳莺怀着一种女性恻隐，下意识地开始替这个十号担心。

果然，那么多匹高头大马抓紧一切机会冲撞他，欺负他，伸腿，别脚，一个绊儿，又一个绊儿，推一把，又拽一把。扑哧，这家伙跌倒了，四脚着地像个乌龟，蓦地又一个俯卧撑立起来，带起球来继续朝前跑。没几步，扑哧，又给绊倒了，这次好像还没有完全倒地就一个前滚翻跃起来，脚下没球也继续往前跑。在一堵堵围墙似的壮汉的夹击堵截里，身材矮小的马拉多纳就像一粒球一样被踢、被卷、被绊。柳莺的心忽然间被他给牵得悬了起来。睡意顿时全从她的眼前溜掉，一种对弱者的怜悯让她把心格外揪着，紧紧盯着十号这个人看下去。吭哧，马拉多纳又一次被绊倒了，摔得可真够狠啊，连电视玻璃外头的她都听见了马拉多纳肌肤跟地相撞的沉闷的声音。柳莺的心里一沉，好像感到自己的哪块皮肉也被磕碰了一下似的，微微地有点疼，有点与被欺凌弱者的交感相通。眼见得马拉多纳又是一个滚翻跃起，腿儿一抬，球就敏捷地截到了脚下，刚一盘带，咔嚓，又被横过来的一个粗腿给撂倒了，咯吱，更刺耳的皮肤与地面摩擦声传来。

这哪里是在踢什么球啊！这只不过是在把人类的粗野明目张

胆的合法化啊！柳莺愤怒了，挥起拳头举过头顶疯狂地喊："野蛮！野蛮！"惹得周围男同志们都纷纷回头看她。但她这时已顾不得了，心全拴到马拉多纳身上，马拉多纳每被绊倒一次，她就不由自主地"哎哟"一声，整场比赛她就这么"哎哟""哎哟"的心痛惊呼不断，替弱者鸣不平已经要把她的嗓子鸣哑了。

就是在这次总共被绊倒一百三十多次的杯赛上，马拉多纳终于赢取了东方女球盲柳莺小姐的芳心。柳莺眼睁睁地瞅着他在一吭哧一吭哧不断被绊倒之际，愣是用一种著名的马拉多纳式的摔倒和跃起，在两次绊倒之间的零点五秒的间隙里，伸出他那长了眼睛的脚指头将皮球准确无误传到"风之子"卡尼吉亚金黄色的头顶，让一枚小球整个儿地洞穿了巴西的心脏。柳莺这时就跟场地边上那个穿露脐装、啃手指甲的漂亮巴西女球迷一样眼巴巴地看呆了！待到合计过味儿来以后就是呜呜嗷嗷地大喊大叫，拼命跺脚、拍巴掌。

原来这就是足球啊！

柳莺感慨。不是感慨足球，而是感慨马拉多纳。一个叫"马拉多纳"的阿根廷小个子，借着"足球"这种游戏给人们演示了什么叫作个人魅力和偶像风范。她就这样喜欢上了足球。不，不是喜欢足球，而是借着"足球"这种体育形式喜欢上了在球场上踢球表演的马拉多纳。她对那些技术战术和打法名称至今一点都弄不懂，但这并不妨碍她继续去喜欢崇拜马拉多纳。只要有马拉多纳在场上来来回回不停地跑动，就够她的眼睛去顾盼追随的了。她就是爱看他在球场上总挨欺负的那个熊样，爱看他受了气也没脾气，一骨碌爬起来再接着跑的犟劲，爱看他摔倒着地时四脚八叉的乌龟样子，爱看他中场启动时突然爆发的狮子般的迅猛和敏捷，爱看他的质感的大腿、他的比手都好使的长脚板、他的毛茸茸的大眼睛、他的西班牙后裔的混血皮肤……

爱屋及乌，柳莺爱马拉多纳爱得自己都有点犯迷糊了。从那以后但凡有马拉多纳的球必看，但凡有他的大道小道消息必要寻来一读。偶像个人生活的点点滴滴都被柳莺牢记在心里。马拉多纳枪击记者、马拉多纳吸毒、马拉多纳泡妞、马拉多纳被罚禁赛、马拉多纳拒不认私生子、马拉多纳声言退出足坛、马拉多纳再言告别足坛……马拉多纳真是糙人自有糙心眼儿，要么就是他背后有一个强大的智囊团，致使他像个演艺明星一样聪明，不断地故弄种种新闻来爆炒自己，使他自己个儿永远成为世界球坛的主旋律和中心话语。在衷心热爱马拉多纳的女读者、女观众、女球盲柳莺那里，马拉多纳所有的这些缺点都成了他与众不同的特点，吸引得她越发神不守舍、魂不附体地崇拜到底。

这究竟是怎么回事儿啊？柳莺在对自己的行为无法进行意义明辨之后，便在私下里去找邵丽交换意见。邵丽那儿正拿一本足球书，从贝利、贝肯鲍尔、普拉蒂尼、马特乌斯、罗马里奥，到荷兰三剑客、意大利铁三角，以及“四三三”“五三二”地翻书猛背呢。柳莺挺吃惊，说邵丽你真的这么喜欢足球吗？邵丽一听，小脖一梗梗说：“咳！谁他妈的喜欢这玩意！”

柳莺差点没给她这话噎死，瞪大眼睛，十分诧异地上前摸了摸邵丽的额头说:“邵丽,邵丽,你怎么了邵丽?是不是有哪儿不舒服?”邵丽一把拨开她的手说:“没有没有,我好着哪!还不是为了能跟我们那位有共同语言嘛……”柳莺说:“你们就有这样的共同语言啊?”邵丽说:“没辙啊,他那边有着一帮子球迷发烧友,我要是不会侃两句,每逢他们一谈起来话来我就得待一边晾着。我这一切还不是为了就乎他,哼!”

“哦。”柳莺点头,“可也是,也是。”“也是什么?”邵丽反过来追问说,“我看你最近也抱着足球杂志一个劲儿看,是不是也成球迷啦?”柳莺说:“哪里哪里,我,我,我……我只是喜欢看看马拉多纳。”

邵丽一听:“对呀!我也就是喜欢看看个别球星的长相,再看看他们奔跑起来时一颤一颤的肌肉大腿,你说像不像动物世界里的豹在追羚羊?”柳莺兴奋地说:“像啊像啊!我也是特喜欢看他们跑动起来的肌肉和大腿,一滚一滚的,太有力度、太健美了!”

邵丽喜获知音,一脸眉飞色舞:“哎呀,咱俩可算想到一块儿去了,平时我从来不好意思把这点告诉别人。哎,你说咱们能建议国际足联把球员的服装改成‘三点式’,让他们场上多暴露一点吗?”

柳莺“扑哧”乐了,说:“想什么哪你?那不成了耍流氓了?”邵丽说:“哎,哎,你看你看,这规矩立得可真不公平啊,只许他们看咱们,又是高跟鞋、猫步,又是比基尼、脱衣舞的,咱们就不可以反过来欣赏享受一把他们?你说整个世界这场球到底是怎么个玩法?究竟是谁定的游戏规则?”柳莺说:“这……我倒还没想过。只听说秀色可餐,倒还没听说傻大黑粗也可以餐呢。”邵丽说:“照你这一说咱们更不知看足球是为了啥了。”

柳莺糊涂了，一时想不明白，也更加判断不清她和邵丽这类女人看足球究竟是纯审美的，还是男神崇拜型的，是女人“寻找”男人的努力呢，还是试图“加入”男性群体的努力。反正不管怎么说吧，也不管他们“足”的究竟是一个什么“球”，总而言之，她是彻底喜欢上踢足球的马拉多纳了，从足球而喜欢上马拉多纳，又从马拉多纳而进入足球。

有谁知道呢，她的最初喜欢上马拉多纳竟是因为怜悯。女性对弱小的怜悯。

也正是从此开始，她知道了在足球场上，诸如给人脚底下使绊儿这类动作可以冠冕堂皇地称之为“铲”。下绊儿正式叫作“铲”。一切歹毒的粗野在足球场上都被赋予了堂而皇之的命名。

眼下，拿着“马拉多纳来啦”报纸往家赶的柳莺早已顾不上想什么了，从热辣辣天空中氧分子流动撞击里她已隐约体味到，一场偶像崇拜的狂欢已经迫在眼前。

北京的灯光球场永远是球迷们吃饱饭以后宣泄滋事的好地方。马拉多纳率领的阿根廷博卡青年队与北京国安队的球赛定于晚八点半开始举行，柳莺按捺不住心里的激动，五点半就扯上杨刚从学院路的家里出发了。这之前的一些天里她天天盯着报纸上的追踪报道看，生怕马拉多纳来北京的这条消息是假的，或者马拉多纳突然间改主意不来了，再或者是派一个假替身来。直到买完球票以后她还是有点惴惴不安。眼见为实，她得赶紧过去先睹为快。

被她强拽去的丈夫杨刚的兴致看上去并不像她那么大,虽然杨刚已能将世界级足球明星录倒背如流,但显然并没有对哪一个球星显出发自内心的特殊爱好,无论别人议起哪位时他都能插上去侃几嘴,很滥情。相比之下,柳莺要比他坚贞得多。柳莺从一而终,一旦爱上哪位球星,就一竿子喜欢到底,决不中途有所偏废。

车子不好打,司机一听说去工人体育场,就摇头说不去,今晚儿马拉多纳来,六点钟蓝岛大厦那儿就戒严,车子不让左拐弯。柳莺一听,新鲜,敢情这马拉多纳来一次比国家元首来访问还隆重呢,提前两个半小时就戒严了。好说歹说,才截上了一辆桑塔纳。虽然对那几十块钱的车费微微有些心疼,但转念一想,四百块钱一张的球票都买了,所有的球迷用具:小喇叭、V 字形欢呼胜利的大手、望远镜、矿泉水、小旗帜、脑袋上缠的小布条,等等,两人也一应披挂俱全,哪还在乎再多花一点车费呢!有道是出血越多,爱得越深,记得越牢嘛!

稍稍有点遗憾的是,柳莺上午去球迷专卖店买 V 字形塑料吹气大手时,把颜色给买错了。她看着货架上一溜赤橙黄绿青蓝紫,选了半天,挑了平素喜欢的红色和蓝色。把大手拿回家,杨刚下班回来一看就叫唤起来:“我说你这是想到球场上挨揍是怎么的?”柳莺不解地问:“怎么啦?”杨刚说:“你怎么能买红色和蓝色的?你这不是成心撮火吗?国安队的吉祥色是绿色的,蓝的是阿根廷队!连这点常识都不懂,还球迷哪你!”柳莺一听,又生气又挺泄气地说:“废话你!要不是为看马拉多纳,我大老远去买这破玩意儿?没有马拉多纳跟他们踢,我哪知道什么国安不国安的?”杨刚气得没办法,说:“拿着吧拿着吧!藏兜里,把气放掉,别轻易亮出来。”

坐上车,他们先拐到另一个球迷朋友崔巍家借望远镜。崔巍家有一个从俄罗斯买回来的前苏联高倍军用望远镜,听说他们要去看球,主动提出要借给他们。崔巍一边把望远镜塞到杨刚手里,一边揶揄:“我说,烧包,你们!八百块钱的看他?!电视里看转播多真切,还特写。”杨刚“嘿嘿”干笑,说:“嘿嘿,都是她穷张罗的,非要来不可。”柳莺嘴里没说话,心里头说,呸!电视里看转播,电视里看那还叫球迷啊?装蒜吧你!另外还有杨刚,也整个儿一“包装”球迷,混事儿的。

才不到六点半钟,工体门前就已经人山人海,看球的人缕缕行行,警察也缕缕行行,花插着凑在一起热闹。小喇叭“呜哩哇啦”叫,彩带儿满天飞飘,吆喝声叫卖声,很像村子里在赶一次社会主义大集。柳莺吃惊,无限感慨地说:“这么多人都来看马拉多纳?真没想到哇!这要是克林顿来了还指不定怎样呢。”杨刚说:“傻!克林顿来?小克来了也不过就是礼炮二十一响到头了,谁花好几百块去看他,有病是怎么着?”“可为啥马拉多纳来了就惹人眼?”“马拉多纳?马拉多纳代表的是世界顶尖级足球文化,而克林顿是谁?一国之总统尔。连这点事儿都想不明白还张罗着来看马拉多纳。不好意思,不好意思。”杨刚摇头晃脑。柳莺推搡他一把说:“去去,少跟我这儿犯贫。”

俩人说着往前走,走几步,就要被摊主们截住一道,死气白赖地推销他们各自手中的产品。大幅大幅的马拉多纳招贴画,马拉多纳蹲着的，马拉多纳站着的，马拉多纳跑着的，马拉多纳搂着两个女儿的。一看就是仓促印出来，套色套得花花绿绿，稀奇古怪。同时还有马拉多纳戒指、马拉多纳球衣、马拉多纳裤衩、马拉多纳球鞋……马拉多纳，马拉多纳！马拉多纳身上究竟有多少个卖点，让商家们炒作得如此忘乎所以?!

柳莺兴奋地在一个个贩子的摊儿前流连，一见到有关马拉多纳的资讯就狂热地收集，不一会儿就划拉了满满一大抱，满脸通红地颠儿颠儿举在杨刚面前显摆：

《北京青年周刊》封面是龇牙咧嘴、腆胸叠肚、欢笑奔跑着的马拉多纳，穿着蓝白条相间的阿根廷队球衣，左肩上扛着黑底红字和黑底蓝字：取缔异性按摩之后，抢占中国汽车市场；右肩上扛着黑底白字：马拉多纳来了！

《海内与海外》封面马拉多纳笑着比画着，穿着一身休闲服蹲坐在桥头半截树桩上，头顶是蓝天辉映的红色大字：且看今日中国土皇帝，来了，马拉多纳风暴。在他的黑色软布面休闲鞋底踩着两行蓝白字：世界旅游热中的浊流，日太子妃将接受人工授精。

《为您服务报》头版一整版刊登马拉多纳的报道，身穿蓝色球衣的马拉多纳通栏顶天立地，做目瞪口呆状，胸围上是醒目的紫罗兰色特号字：球王？烂仔？右耳朵边上附有斗大的草绿色导语：世纪末最后的足球怪物，迭戈·马拉多纳。

真来劲啊！柳莺的情绪已经完全被调动起来了。有多少个普通老百姓渴望着狂欢宣泄，渴望着把单调沉闷的日子捏出个响来啊！找到个爆炸的借口和由头不容易啊！柳莺此时浑身充满了想投入狂欢洪流、想加入喧声大合唱的急切。她在外头不停地上厕所，连续上完三次后，这才莫名激动地牵着杨刚的手，按票号找到了他们的入场口。兴致勃勃往里头进，把门那位一眼瞅见柳莺手里握着的矿泉水瓶子，打老远就大声嚷嚷："哎哎，不准带水！说你哪，你！还往里走，听见没有你？"说着冷不丁从旁拽了一把柳莺裙子的吊带。

柳莺一愣，本能地往后一躲说："干什么你？！"

把门的半大老头子说："告诉你不许带水听见没有？"

柳莺这时被拽得有些上火，也不由得提高了嗓音说："谁说的？哪儿写着不许带水了？"老头儿甩着一口圆熟的京片子："看球不许带软包装饮料，明白不？"柳莺白眼仁儿朝上翻，说："不明白。"死老头子说："不明白就看看票后边印的说明。"柳莺也来了劲，把票翻转过来举到老头子面前："你自己看，哪儿写了，有吗？"票后边的确是没写。可老头子仍在顽固："嘿！我说你是想怎么着？看过球没有？"杨刚在一旁忙接过来："没看过，没看过，我俩这是头一回。"臭老头子就坡下驴："没看过？没看过就学着点。去，外头把这处理了再进。"

"以后把注意事项写明白点。"杨刚一边小声嘟囔着一边领柳莺退出门来。柳莺鼻子里"哼"了一声，心里边窝着一股无名火。怎么一切还没开始呢就已经变得有点不对味儿了？悻悻地出去，把一大瓶尚未开启的矿泉水扔在一棵树下，空手返回。迎面二道门里穿安检制服的警卫正虎视眈眈。一个脸上抹得油光锃亮的四十来岁女人负责搜查柳莺。女人在柳莺的碎花吊带裙上转圈儿捏了几下,又令她打开蛇皮坤包,将一根电棍样的黑东西粗暴地捅了进去,又用力搅了几搅。柳莺的自尊心一阵痉挛,她勉强咬紧牙关,忍耐着。女人似乎觉得不过瘾,又将弯曲的五指直探进皮包,抓捣了几下,拎出一管儿玫瑰色口红来,拧开,摆弄了摆弄,扔回去。不尽兴,又进去,拎出一盒双色粉饼,打开,凑近鼻子底下闻闻,"啪"地扔回原处,似有些不耐烦。柳莺的忍耐还差一分钟就已到了极限,若是再耽搁一分钟还不放行,她也保不准自己会做出什么样举动来。

为什么,一沾了球场边,就立即男人粗鲁、女人变态了呢?柳莺的体内似乎有一股什么东西在翻卷涌动,抑制不住地想要往外涌溢而出,想喊,想叫,想骂人,想打架,想摆脱一切理性束缚,真真切切用自己的肢体干点什么,干掉点什么。此刻她血管里的血,仿佛已经不受自己中枢神经的控制,而是完全听命于自在,完全被球场辐射出来的"场"所辖服,一个巨大的、解放了的"场",在辖服所有人的行为,撺掇着人们去与禁锢已久的文明作对。

待到柳莺和杨刚找好座位,在四周围一转圈铁桶似的警察包围中将屁股稳定在橘红色小板凳上时,什么马拉多纳不马拉多纳的,此时已经退隐到他们的思维意识之后去了,无比明晰地,是要自身宣泄的欲望正在周身蒸腾。1996 年 7 月 25 日夏季傍晚工体上空渐聚起来的人气里,明晃晃浮动着一个巨大的氢弹般的信息:宣泄。渴盼已久的偶像崇拜仪式已经被急切想要自身宣泄的欲望所代替。马拉多纳这时只成了一个仪式的由头和衬景,一切个人都急欲想亲身表演体验的躁动使球场的白炽灯光摇曳不安。放眼一望，密匝匝的，各看台上都已提前一小时布满了一层层跃跃欲试的微醺激动的人群，从六百六十块钱到八十块钱高低起伏不等。低头一瞧，马拉多纳领着他的博卡青年队此刻就在他们的眼皮子底下弯腰劈腿的热身。柳莺赶忙举起她的高倍军用望远镜筒一照，她那紧贴在凸透镜上的妩媚丹凤眼就转告她的心说，别指望了，上帝本来就不应该轻易降临凡间，偶像本来也不是可以拉近了看的。作家只有他写作时才叫个作家，球星也只有他带着球的时候才好看。身上没球时也就跟个自摸不和的相公没多大区别，上听，木着。

在领导讲话、电视台采访、小姑娘献花，等等一系列有中国特色的社会主义序幕拉开表演完毕以后，裁判员一声哨响，“嘟儿——”一声，二十来个小人儿开始在场地上跑动。还没等看清谁是谁，“嘟儿——”又一声，阿根廷队进球了。巨大的液晶显示屏上亮出比分1:0。

寂静，发愣。大概有那么三五秒钟的沉寂后，看台上开始骚动，混乱，有一些声音响动传出来，不太明晰。然后，气流渐渐碰撞、攒聚，一浪接一浪，唾液的泡沫舔舐到一起，渐渐无比清晰，无比流畅，无比浑浊，无比恶俗，汇成一句话，汇成那一句话：

傻比尔！

柳莺懵了！傻了！呆了！她反应不过来，对阿根廷队的快速进球反应不过来，对场地上空渐近浮起的那一句话反应不过来。待到那句话又无比热烈、无比欢快、无比生动、无比愉悦地众口一词再次响起：傻比尔！傻比尔！柳莺的心跳骤然间停止了，像是突然间被当众扒光了衣服，浑身战栗惊惧得赤裸着。怎么回事？这是怎么回事？他们这是在喊，喊……什么?！难道真是在骂，骂……那个吗?！

此刻柳莺比不相信自己的眼睛更不相信自己的耳朵。什么意思？什么意思啊？他们怎么可以这样，这样……说得出口？日常里她也不是没听过粗口，缺知识少修养的人们随处可见，甚至就在她所供职的知识分子圈里，甚至就在丈夫杨刚不经意的怒气牢骚里，人类没进化好的那根尾巴骨时时都抖搂出腚后边恶臭操行。她已被迫司空见惯，且不得不麻木不仁。但是，她万万不能相信，此刻，在几万人汇聚的公开场合，几万人哪！几万人的粗口汇成一股排山倒海的声浪，用同一种贬损女性性别的语言，叫嚣着、疯狂地挤压过来、压过来，直要把她压塌、压扁。柳莺赧颜，她那颗无端受辱的女性自尊，羞怯地瑟缩着，无处躲，无处藏，不知道怎么办，不知道如何是好。在这突如其来的污损耳膜的赃音里，她的嘴大大张着，呆呆的，渺小无助不知所措的定格。

接下来的足球完全不再是她所期盼的足球，马拉多纳也因着足球的变味儿而失去她心目中的英雄本色。只因为马大爷是上百万美元远道请来的，国安队谁也不敢说轻易给他下绊儿，围他屁股后边绕哄绕哄的，像跟着老师在进行体能训练。马拉多纳的王八式摔倒当然也就无从上演。从六百六十到八十块钱的观众都希望物有所值，希望能看到马拉多纳好好当众表演一回射。但是马拉多纳显然是有些兴奋不起来，行动怠惰，草草敷衍，看样子是想尽快把一个回合搞完。力与美的搏击全都隐没于斤斤计较的商业算计之中了。整场九十分钟的比赛里起哄声、激将声此起彼伏。脏口，并且是、仅仅是贬损女性的那种脏口如同夏季林子里的蝉鸣，一棵树上的知了起了兴，即刻就有整座林子里的上万只鸟儿跟着群起响应。

柳莺的心悲哀了。她陷入到一种深刻的悲切里，不能说，也不能想，任凭耳膜被一次又一次沉重的污染、毁击，喉咙里却不能够说得出话来。她紧紧并拢双腿，尽量把身体往回缩、往回缩，缩拢到她的那件小小的碎花连衣裙里，以此来躲避和拒斥这可怕的粗俗。在铺天盖地的众声合鸣当中，她不能够表示出自己的不满和反抗。如果表示了，在男人当中她就会是个讨厌的叛逆，在女人当中她也会成为不受欢迎的异族。她看见坐在她前排有两个年轻姑娘，一脸潮红地跟着激动着，也不看球，忙着低头叠纸飞机，还撕了好多碎纸，场上一开始大规模哄骂“傻比尔”，她们就兴奋地站起身来欢蹦乱跳把碎纸乱扬，纸飞机乱抛。柳莺的悲哀，更加彻骨了。

所有的男人和女人都已经把这种语言认同了。这种最不堪入耳的污损女人身体的语言，不断被用来攻击女人也轻贱男人。听上去就仿佛几万人事先预谋排练好了似的。其实他们根本无须事先预谋排练，自古以来他们就已经如此了，自从有了男与女的角色区别那一天起就已经如此了。柳莺的喉头痛苦地蠕动着、憋闷着，嘶哑得有些充血。当又一次辱骂狂潮掀起来的时候，她实在按捺不住了，在她的裙子里站起身来，勇敢地站起身来，张大嘴巴，试图发出一点自己的声音。

可是，没有。当她鼓足勇气，想表示自己的愤怒，想对他们的侮辱进行回击时，却发现这个世界根本就没有供她使用的语言！没有。没有供她捍卫女性自己、发泄自己愤怒的语言。所有的语言都是由他们发明来攻击和侮辱第二性的。所有的语言都被他们垄断了。他们就如此这般的把女性性别恶意贬损刻毒羞辱着，却让女人在愤怒时张口发不出声音。为什么，为什么，这到底是为什么啊？！

柳莺颓然地坐下去，心在猛烈抽搐着，悲哀地无法言说和愤怒地无法排泄让她的喉头痉挛，面部肌肉难看的扭曲。蓦地，她想起一个叫刘恒的作家曾经写的一篇叫“狗日的粮食”的小说。狗日的。“狗日的”可能是她唯一知道的与女性无关的粗语。狗日的粮食。狗日的足球。狗日的国安。狗日的马拉多纳。她在心里默默地说着，但是仍旧张不开口。即便是狗日的，也仍充满对阳具的自恋和褒扬，仍让狗的后腰上的某部位与太阳崇拜发生关联。

柳莺彻底绝望了。在阿根廷队以2∶1终场前的又一阵铺天盖地袭来的谩骂狂潮里，她默默咽干了她屈辱的眼泪，在无法言传的哀伤中，闭上眼睛，以一种痛楚的决绝，拼命吹起了胸前的小喇叭。

“呜哇——”

那种尖厉的声音，在众声合鸣之中显得分外纤弱，又分外坚强。她只能用这种纤弱的坚强，把自己娇柔的视听遮盖、掩埋住，把自己无端受损的性别刻意修复。“呜呜哇——”

犀利的长嚎，吹得竞技场上狂欢停止了，飨宴的饕餮曲终人散。她枯坐那里，还在吹，不停地吹，诉说着她的孤独愤懑。她感到自己的反抗力量正一点点被耗尽,被广大的、虚无的男权铁壁消耗殆尽。在尖厉的号声中她听到自己的嗓音断碎了,皮肤断碎了,裙子断碎了,性别断碎了,一颗优柔善感的心,也最后断碎了。

1996 年 8 月 14 日于北京双秀

一个老外在北京

尼尔斯有着被追捕的小鹿一样惊恐的眼神。他眼睛的轮廓很大，就是外国人普遍都具有的那种翻毛皮鞋一样的毛嘟嘟的眼形，一对睫毛毫无必要的又长又弯。当他凝神注视你时，眼球周围透露出的惊恐是辐射性的，似乎要挣破眼眶飞出开来，盯得人瑟瑟发抖，他自己也好像要瑟瑟发抖。那种夸张的惊恐，绝对不是故意地装出来的，似乎天生就有，也许是后天受了什么迫害所留下的后遗症。他的眼珠的颜色也很奇怪，不是正蓝，也不是正绿，夹杂着一点浅灰，还有一点点淡褐，仿佛是正午的阳光打在一堆散放的彩色玻璃弹子上，随光线和角度的不同而时时变幻发出不同的光。

第一堂外语课，听他自我介绍说叫“尼尔斯”时，学生们不由得在心里直乐，就想起小时候看过的那个动画片《尼尔斯骑鹅旅行记》里，那个总爱异想天开的小男孩来。尼尔斯的身材看上去的确也就是将一个小男孩的体形放大了些，他这个年龄段男人应有的腰、肚子、肌肉、宽肩膀、铁青的腮帮、硬撅撅的胡楂子……之类的，在他身上可以说是要什么没什么，剩下的，也就是一点点小男孩似的嫩黄。那是因为他总喜欢穿鹅黄色衣服所致，那种细皮嫩肉的黄色一般的中国人都穿不好，穿在他这个白种人身上，却能把那张四十多岁的老脸衬得十分娇嫩，有点像小家雀的黄嘴丫子未褪一样，惹人怜爱，又有点让你忍俊不禁，总产生上去爱抚他一下、摸他一把的想法。再加上他本就身形单薄，个子也不高，在一米七二左右，头发略微有一点卷曲，有几根还羞答答地耷拉在天灵盖下边，就越发显出他的一丝孩子气来。

但他眼神里的惊恐和沧桑，还有眼角偶尔展现的皱纹却证明他显然已经不年轻了。开始大家以为他也就是不到四十岁。后来在一次谈到中国的生肖姓氏的课堂讨论会上他自己无意中说出，按中国的规矩，他应该算是属龙，今年是他本命年。那就是说，实际上他已经四十八岁了。

四十八岁的外教尼尔斯说话方式也很奇特，讲课时，动不动就会伸出俏俏的兰花指，比比画画，手指非常柔韧、绵软。他通常是手指一边比画，一边从口腔上膛中发出一种十分靠后的卷舌音，音节的爆破很是吃力。他的国籍虽然是加拿大，但祖上说是意大利人，这就致使他的英语卷舌音发得似乎十分辛苦，舌尖要使劲往后弯下去摩擦软后颚，然后再无力地反弹回来，像一根旧簧松松垮垮马上要断了似的，听着不舒展。不像隔壁那个胖大美国鬼子，那一口地道的美国乡村儿化音，舌头卷曲得抻都抻不直。

这个班的学生全都竖起耳朵吃力捕捉追随着他的发音，一边在心里纳闷儿学校怎么聘来这样一个发音不太地道的外教？课间休息时，几个居心叵测的学生围上前去主动跟尼尔斯老师套近乎，说老师您从哪儿来的呀？学什么专业的？以前来过中国吗？你原籍的那个小城风土如何？等等等等，一些细节问题全都问到了，就差没问你父母干什么的，家里哥几个了。问话问得都很巧妙，基本上是出于关心热爱和热忱欢迎之意。实际上呢，却是一种变相调查，要查查教师的出身来历。

要说呢，现在的学生嘛，早已非常苛刻而又世俗，早都是一肚子的功利心眼。更何况这是一个博士班，老大的岁数，谁也不会轻易服谁，又都是考过了英语六级进来的，更不会随便就对一个外教产生敬佩。现在已经是一个什么时代了？E时代！全球化浪潮卷得人叽里咕噜满地球打滚的时代！崇洋媚外的寒碜劲早已经过去了。外教在学生眼里也不过是跟学校签了教书合同的打工仔。哪能说就因为你会说你自己国家的母语，所以我们就要崇拜你呢？那个逻辑比较荒唐啊！

对于类似这种简单的问题，一般情况下老外也就问什么答什么。

他来自加拿大。

他是学金融的。

他还是个诗人(据他自己说)。

他十年前来过中国。

他还曾在这里，在同一个课堂上教过课。

等等等等。

尼尔斯的简历听过之后，学员们的心里就是一沉。

他只是个学士。

这些人是博士。

他还是个诗人。

在座这些都是搞社会科学研究的，心里都很明镜，现如今没有比叫“诗人”的那个东西更可恶、更不务正业、更不着调的了。诗人是学问的敌人。

他曾经来过中国。

这就更麻烦，一般说来，洋鬼子来过一次，就已经学得油滑，连买东西砍价、公共汽车上打架吵嘴恨不能都学了去。有了在中国生活的经验，就变得不太好对付。

完了。摊上这么个外教，这个班可是要倒霉了。

学生们暗自思忖，一种隐形的不安在众人心中惶惶升起。也不知是怕他糊弄，还是怕他刁难。

后来的事实证明，这种不安，不是完全没有道理的。

第一节课下来后，尼尔斯给人们带来的印象非常一般。首先在外貌上，就不太符合现在的国人对老外的一般感性认识和要求，说白了就是“镇不住”。他教的这个博士班，都已经岁数一大把，基本是在二十五到三十五岁之间，腰围普遍都比他宽，身形也都比他壮，有的男生体重甚至多达他的两倍。人们怎么能惧怕一个干巴巴瘦、体重轻飘飘的老外呢？况且他除了说有点在中国执教的经验外，还没有什么太过硬的文凭。

这学期一共来了三个外教，另两个是从澳大利亚和美国来的，都有教育学博士学位，有过多年周游列国的执教经验，一下子就在硬件上盖过了尼尔斯，把他比得无地自容。（当然，这些都是势利眼的学生们的想法，尼尔斯是否也怀有自卑感，谁也没法确切打探。）

尤其是在体貌形态上，那两个外教一下子就把在座的学员们镇住了，压得他们喘不过气来。那个叫凯瑞的老太太，嘿，你瞧人家那个长相，那真叫个宽大、厚实，身材颇像美国前国务卿奥尔布赖特，坐飞机都恨不能一个人要占了两个人的座位。但她看上去比老奥太太要滋润、瓷实，行动敏捷灵健，在课堂的狭窄过道上窜来窜去时，简直像个落地无声的母豹。她的一头金发总是打理得一丝不乱，一双眼睛瓦蓝瓦蓝的，盯着你看时，总是充满煽动、热忱和信任，嘴里不断地OK，OK，好呀，好呀，wonderful啊，太好了呀，总把学生夸得一朵花儿似的，说错了也照样夸你，让学生们都对自己的外语横生自信，以为自己真的就跟她夸得似的那么好呢，脸上都跟她一起布满无端幸福的光彩。每次她从学员身旁掠过时，都会带走一股淡淡的夜巴黎香水的幽香，把学生们都给熏得五迷三道的。

老太太简直谁见谁爱。教学方法上也真是有一套，甚至连外校来旁听她课的人也不老少。

还有那个弗兰克，典型的美国佬，脸像大萝卜，表皮坑坑洼洼，水分饱满，质感很强。体形庞大如大象，别人拔牙打一针麻药，估计他得打仨。那家伙体臭浓重，饶舌贫嘴，一上课"呱唧呱唧"话痨似的，比起北京那些"京油子"一点也不差。他那典型的美国本土发音，正可以让学生们好好练一练自己的全球化耳朵。他也跟老太太一样，拿着教育学博士学位，哼着他的母语走遍了发展中国家。

但是尼尔斯呢？尼尔斯不行。他果然是不行。在后来教学过程里，他的本科学历、他的诗人缺点、他的来过中国的狡黠特性，全都一一暴露无遗。

就说他的本科学历给教学造成的障碍吧。一个正在迅速发展和崛起的第三世界伟大国家,已经迈入新世纪的2000年的中国,目前最需要的是什么?作为人文和社会科学专业的博士生们最需要学习和了解的是什么?这些他一概像是一无所知、一无所晓。从这方面来说作为一个外教他根本就不合格。不知道为什么,尼尔斯讲课时,本来有现成的2000年博士生英语教材他不爱用,而是以他十年前在中国教课的教案为蓝本,根据他对中国十年前的记忆,还在讲什么有关高能物理、天体物理、量子力学方面的一些基础知识。(后来我们才知,他当年教的是理科研究生,他之所以热衷于这方面的艰深内容,除了那时的托福和GRE考试自然科学方面题目偏多之外,也跟他那段极其辛酸的爱情故事有着密切关系。)

更要命的是他的诗人缺点:敏感、孤僻、自尊、自以为是、情感反复无常、容易走极端……全被他带到课堂教学里来了。

比方说他在组织教学当中的随意性。他以为博士生的课堂是什么?以为是他个人的诗歌朗诵会呢?这是教学!学生们起早贪黑来听课,不光是要拿学分,还要学到东西。上了一个月的课以后,学生们仍然不知道他每堂课讲课的规律是什么,一堂课都要讲些什么内容。有时是一进门就开始磨叨,胡乱寒暄,今天的天气啊,他的心情啊,他最近又看的书啊。寒暄到一半,开始讲写作,论文写作中“比较方法的运用”。还没讲几条,又想起上次布置的同学们的“主题发言”那个叫“seminar”的项目还没有做。于是转头急慌慌地点名叫同学到前面来演讲。他讲课的随意性,在课堂时间掌握上的缺乏准确性都很叫人头疼。

可就是这样，他还不允许别人提意见，谁提都不行。最严重的时候竟然跟学生较真说："我尊重你的意见，你也应该尊重我的意见。"说这话的背景，只不过是在课堂画练习题、对答案时，他画错了，班上学习好的女生喜欢给他纠正一下。如此一来就惹得他不高兴，觉得没了面子，以后再点那个女生名时都显得恶狠狠的。他虽然不懂汉语，却完全从身形动作表情上来判断我们在下面说什么，因此常有误解。他讲课时只要有人在下面用汉语嘎巴嘴，交头接耳，他都怀疑我们又在说他的不是，立刻满怀戒备地阻止我们说话。

尼尔斯最可气的地方还在于从不会欣赏别人，从不夸人，从来就没有表扬过学生一句。不光不表扬，而且在给人挑毛病的时候竟然那么不留情面。谁也不承想他会那样的苛刻，竟然在一个女生的主题发言结束后说了一 句"awful"。这是很可怕的评语，比单词本身"很坏的、极讨厌的"的意思还要讨厌。女孩子还是应届小女生，二十四五岁，还不怎么敢当众发言呢，又是从外省考来的，所以英语发言中不免就带点口音。尼尔斯因此就做评价说她的发音"极讨厌"。待到小女生从讲台上一下来，座下有过在国外学习经验的大龄同学就对尼尔斯的评语感到非常气愤，说："这是一个几乎不被用的评语，在国外，老师是从来不用的，修辞的程度很重。他作为一个老师，怎么能随便用来评价一个女同学呢？他是有精神病吧？"

就是，他怎么会这样呢？

真是令人费解。

这个不知脑袋里搭错了哪根筋，自称酷爱乔伊斯的家伙，上课乱选范文，竟然由着自己的性子，一连选了两篇《都柏林人》里的小说，还把小说亲自朗诵成磁带，每样录了五六盘拿到课堂上，借给同学们拿回去反复听。就像着了魔似的，他竟然一连几堂课都在不断地分析小说，比较两篇文章里的女主角形象，说明乔伊斯写作时遣词造句特点，还有那些个烦琐的象征、隐喻、双关、叠加语义的应用……啰啰唆唆，烦死人，已经进入语言修辞学阐释的范围。

他的这门课可叫“英语泛读和写作”啊！

如此下去怎生得了？如果他再心血来潮，讲起了那个天书一样的倒霉的《尤利西斯》，我们这个班的学生就差不多要被搞死了。这可是公共英语课啊，又不是外国文学所或语言学博士生的专业课，怎么能完全任凭老师的个人兴趣胡乱选讲？费半天劲学了一肚子这玩意，我们出去能跟人用英语对话吗？能用这一门子狭窄的文学词汇熟练写全球化文章吗？

那种死撅撅的文学梦，说实在的，连我们自己都不做了。说白了，没有用。

在2000年的中国，再谈文学就是没有用。2000年的中国，需要关注的是环保、全球经济一体化、CEO、因特网、WTO、申请奥运、城市化、治理大气污染、打击盗版、知识产权保护、婚姻法修改、福利住房制度解体、医疗保险社会化、315打假、电视给人民的生活带来的改变……如此这些内容，是挂在人们口头上、见诸传媒和报刊上的最最实在的中国。

外教尼尔斯一点都不知道这些。

而人家老太太凯瑞的“精读和演讲”课，讲的就都是这些紧密联系中国实际的内容。作为一个有着丰富教学经验的教育学博士，老太太深深懂得学生们最需要的是什么，每次讲课的目标都非常明确。每堂课她一上来，就把今天的课要解决的几个问题写在黑板左上角。先是听写一段文章，纠正错误；然后考查背诵单词；接着是课堂讨论，主题发言。每次如此，形成规律，同学们心里有数，写不上来也不会发慌，说错了话也不觉得难堪，努力跟着她的教学进程往前走。一段时间下来，感到进步特别得快。

凯瑞上课也是在不停地说，但她说的，全是有用的，关于学习方法问题，关于做一个 CEO 需要具备哪方面素质问题，关于全球化会给本民族文化带来什么负面影响问题……言之有物，从不浪费时间，也不吝惜自己的语言，也非常欢迎同学提不同意见。她的课没有统一教材，全是她每节课上课前用心查找材料并事先复印好，然后发给大家的。

另外一个胖大美国佬教的口语和听力，就更没问题了，完全按照教材讲授，从日本民族明治维新走上西化之路，到爱尔兰国家内部英语跟爱尔兰民族语言的矛盾冲突……教材的编写思路开阔，他的发音也没什么毛病可挑，学上一段时间，同学们都感觉受益匪浅。

唯有这个尼尔斯，叫人头疼。

尼尔斯真的快要罄竹难书了。怎么就没人提醒他，管一管他呢？

最初的日子,我们还只敢在底下小声嘟囔,不知道该拿这个外教怎么办。班上几个球迷还在一起咕哝说:洋教头这玩意真是不能瞎引进,引得不好误人子弟还不说,还纯粹瞎耽误工夫。足球场上还敢喊“下课”,我们在学校里敢喊吗?一喊不好还怕被当成闹学潮给抓起来。

后来忍无可忍,觉得这样下去,一年时间就要白白荒废。我们就派课代表到教研组跟组长反映意见。教研组长听了,略觉吃惊,说:“尼尔斯可是我们这里教学最最用心的外教啊!别的外教还都出去兼点课捞外快什么的,就见他整天都待在办公室里,备课、记笔记、批改作业、录音、复印资料。就属他给同学们印材料用的复印纸多。”

组长说:“我再跟他谈一谈。也许是因为他跟学生们缺乏沟通,教学方法上存在问题。从前他可是我们这里最受欢迎的教师呢!”

哦?是吗?

这个尼尔斯,他到底怎么回事呢?

当时我们还真不知道中国是他的滑铁卢,他的坚强意志就是在这里崩溃掉的。

我们也不知道就是这里的一个中国女学生彻底改变了他整个人生命运。从此他的脾气禀性全都改变掉了。

一段时间的相处之后,我们奇怪地发现,他不仅不会夸人,对女生的态度尤其戒备和苛刻。

刚一来我们班时,他看见这个文科班上女生多,大概占总人数的三分之二,立即显出既高兴又戒备的样子。慢慢地,同学们又发现,他对小女生的态度巨好,对于年纪大的女同学则不屑一顾。谁都看得出来,他对前排两个应届考上来的大眼睛女生,就是那两个中指上戴戒指,表示尚未婚配的,多有照顾。(对于那个在无名指上戴戒指的小女生,他的态度就不一样 ,公然说人家的讲演“极讨厌”。)每逢他眼神一接触到那两个未婚女生,一轮到让她们回答问题时,他眼睛里的光都是湿润润的,原先的恐惧感踪影皆无。有一次,其中的一个女孩病了,请了假没来,他立刻显得有所失落,课也讲得驴唇不对马嘴,明显神思恍惚。下次那个女孩一来,他立刻上去问长问短:你好了吗? 该多休息休息啊。然后把那节课给讲得那个兴奋劲儿,就恨不能把詹姆斯·乔伊斯尊崇成他家二大爷。

班里有几个好事的男生曾私下里打探过,问尼尔斯有家吗?

有人说没有,他好像从来不提他“家”里的事儿;也有的说看见过他钱包里夹的儿子的照片,曾经故意拿出来示众。

后来,在开校庆大会时遇到以前的老毕业生,问谁在教你们英语? 回答说:尼尔斯。对方说,咦? 他又回来啦?

问:怎么?

说:尼尔斯当年在北京可有过轰动一时的风流韵事呀!

我们一听:咦……

心说:这可能吗?

就他?!

对方说:嘿,还真就别小瞧了人家尼尔斯。

十年前，尼尔斯风华正茂时来到北京，时年三十八岁。三十八岁，正是男人惹是生非、容易心存妄念、不知道自己是谁的季节。老外也如此。人类有些共同规律是不分种族血统的。

据说，1990年尼尔斯来中国之初吸引了众多女学生的青睐。那时他教的是硕士班，年龄普遍偏小，应届生考上来的居多。要说那会儿的学生，远没有现在风化，见的世面少，普遍比现在单纯。回头一想，也真是的，那时节，影碟机还没有问世，因特网也还没来中国。也就是说，各民族人民的生活还被局限在很狭窄的范围内，淫秽黄色盗版光碟以及色情网站什么的还都没有在全地球里出现，中国的世风比现在要淳朴，学生们在外教面前的表现也比现在要拘谨。

尼尔斯那时教的就是泛读与写作课。那时他让学生们用英语记日记，然后交上来老师给检查修改。据说好多女生在日记本里悄悄写道：尼尔斯，我喜欢你，你非常害羞。这话翻译成这个样子，已经没有味道了，英语的原句直译出来应该是："亲爱的，尼尔斯，我非常，喜欢你，因为你的害羞（shy）。"瞧瞧，瞧瞧，害羞，"晒儿"，这个音发起来，卷舌，翘翘的，透着一股妩媚和轻柔。那该是怎样的一种风情？现如今还有哪个女子说喜欢"晒儿"的男人？现在的人们喜欢的是Cool，酷，发音是"窟呜"，撮口呼，有一股子大蒜瓣或橡胶圈的粗鲁味道。

再后来，一个写喜欢他的"晒儿"写得次数最多的女孩子跟他好得如胶似漆，最后发展成非他不嫁。发展中国家的女性嫁给发达国家老外的本事，当年已经被许多洋鬼子深深领教。一场婚外恋闹到最后的结果，尼尔斯跟他加拿大的老婆离了婚，孩子也不要了，转脸跟这个中国小女生登记注了册。

这也不知是说明尼尔斯痴情、负责呢，还是说他花心、乱搞。在昏头昏脑的爱情当中，道德界限往往是很模糊的。总之，它的最直接客观效果是，负心人暂时绝了自己回国的路。

接下来的故事就完全落入俗套，一点神圣纯洁的意思都挖掘不出来。女孩子坚决要求跟尼尔斯出国。不出国，嫁你干什么？但是尼尔斯是极其热爱中国的，待在这里不愿意走。

在那个遥远的1990年，一个洋外教的月薪是三千元，同时他们还住着公房，有公家给上的医疗保险，提供车马费、课时费，一切都是供给制，日常除了吃点饭穿点衣，基本上不用花什么自己的钱。外教的自我感觉都非常良好。做一个简单的比较吧：那时一个大学里助教的工资是八十多元，讲师将近一百元，教授的工资大概在两百元左右。也就是说他尼尔斯的工资是普通中国教师的十到十五倍之多！那时的中国知识分子穷，但还没有办法思变，大学里有关“教授卖馅饼”的讨论还没兴起呢。教授卖馅饼已经是1993年以后的事情。

这么舒服惬意地待着，遭受着无数小姑娘的景仰和崇拜，尼尔斯他还有什么理由愿意离去呢？

然而，跟那女孩睡也睡过了，记也登完了，家里的婚也离完了，想不受摆布也没有挣脱的办法。加拿大是没脸回去了，但是这个国总是要出的，否则中国女生便没了面子。后来他们只好千般打听万般折腾，先是转道韩国，希望能拿那里当跳板，以期往欧美那些发达国家跳过去。女孩子自己有很尖端的专业，据说是高能物理方面的，所以念一个国外的博士很容易。尼尔斯没有专业，只能还教母语。据说他在那里教的是幼儿园，因为韩国幼儿园工资水平高。

两年后，女孩跟又一个老外去了美国。完成了摆渡使命的尼尔斯从此只身游荡流浪在东方发展中国家。回国也不是没想过，但第一他是没脸，第二是找不到工作。一个四十来岁的单身汉，弹尽粮绝一身悲怆地滚回家，怎么好意思呢？想想，当年被他抛弃的妻儿，曾经是怎样的悲痛和伤心？如今轮到自己，尼尔斯这会子才尝到被抛弃的滋味。

从此他的性格变得异常孤僻而自闭。除了挣钱给儿子寄回去，把儿子照片放到钱包里，他已经不知道前面的人生还有什么好想好追求的。

这期间，据说，他还去过伊拉克和埃及。但是他心里，一直惦记的却是回中国。没人能替他说得清楚他内心的中国情结。

那可真是一个百感交集的中国记忆。

人生中的所有的第一次：第一次结婚，第一次生子，第一次婚外情，第一次离婚，第一次受伤害……所有的第一次，全都是刻骨铭心的。尼尔斯也一样。喜忧参半，悲欣交集。

千番辗转，多方联络，他终于又回到中国来。学校是凭着多年前留下的好印象，接纳了他，和他签了一年的约。那时他教课态度认真，深受学生们欢迎。至于和中国学生结婚之事，只影响到他个人的生活，在学校这边，只要是在法律和校规允许范围之内，并没有人过多干涉。

重新踏上这块土地，尼尔斯的心情极其复杂。一切都让他陌生又熟悉。中国似乎还是十年前的中国，但是，却又能让他感觉出跟以前明显的不一样。

尤其，他从师生员工对待外国人的态度中体会了出来。

那会儿，他是被高看的，具有很强的外国人在中国的优越感。现在，则是平等对话，完全按合同办事，师生们似乎还有了几丝不屑和挑剔的样子。以前的谦恭、崇敬，现在变成平等、挑剔，他一时还难以适应。

尤其让他感到不安的是，女学生们对他的崇拜眼神没有了。

开始他还误以为是自己老了，个人魅力不足以吸引小姑娘。后来发现并不是，而是中国人普遍地对待外国人的态度变了，随之而来的是，嫁老外，也不那么带劲了。现在中国有那许多本国的大款可嫁，要是图钱的话，本国的大款，嫁过去就享福，多省心。谁要去受那语言不通、现要学说话的罪？要是想出国的话，就更简单了，现在的渠道也多得很，不一定非得通过卖身嫁人的方式。尤其高学历的妇女，随便找一个出国进修、访学什么事由的就出去了。要想在外边待下去、滞留不归的话，向单位赔点钱也就万事大吉。以后再靠个人本事扑腾，通过读学位、拿奖学金什么的在异国站稳脚跟。

一个外国人，在中国能惹得女孩子嫁，优势是什么呀？说白了，就是一个经济地位。当初那些嫁老外的人也就是为了钱和想出国，想过点好日子罢了。现在中国人的日子普遍已经过得好，这点东西，已经不再构成生活动力和目标。

有一天同学们出于好奇，随便问了一问办公室，尼尔斯现在工资是多少？回答说是三千元。我们还以为听错了，说：什么元？美元吗？

回答说：人民币。

我们简直不敢相信自己的耳朵。一个外教，教博士的外教，在跨入新世纪的两千年，在中国，每月挣三千元！三千元是个什么概念？去问问随便一个教英语的中国教师，除去工资奖金外，稍微勤快点的，业余兼一点课，再编一编什么考研复习题教材之类的，谁的月收入不在五千元上下？就连博士生当中那些读在职的，工资奖金外加科研补贴，月收入也不止三千元啊！

这么些年来，国家的经济形势变了，但是国家教委规定的每月三千元的外教工资标准没有变。

当然，一般来说，也有一些发达国家来的老外来中国，也不光是为赚钱，而是为丰富一下人生阅历，有的是为自己攒一点资历。走的地方越多，越能显明能力，被聘用的机会也就越多。这些都是成正比的。

但是尼尔斯这个单身男人，要想在中国有优越感，拿话压得住学生，还想要东山再起，赢得尊重和小姑娘们的崇拜……首先呢，他的个人业务水平必须要上得去；其次，他得保证自己有足够的经济实力和经济地位才成。不说别的，至少，挣的钱得成为同等资历的中国教师的倍数才成。

没了这个，就什么都免谈。

这残酷的现实啊！这残酷的全球化！这残酷的资本主义知本主义的时代！

尼尔斯知道这些了吗？

这普通的政治经济学原理相信他从直觉上也能感受得到。

想必这就是尼尔斯眼里沧桑、惊恐和失落感的来源。

唉！

怪不得！怪不得呢！

我们派代表去教研组长那里给尼尔斯提过意见后，还别说，真取得了一些立竿见影的效果。

首先是他的教学方法有了改进，把那些乔伊斯什么的收了起来，乖乖地按照教材来讲。看来他以前也不是不会讲课，只不过是拿诗人脾气宠坏了自己而已。

然而，可怕的是他留的作业也多了起来，而且声明每篇文章都要算分，最后累积成这门课的总成绩。这样一来，学生们谁也不敢马虎。每一星期都要写一篇英语短文，交上去以后他负责批改、打分，下次课发下来，接着再布置下一次的作业。

那一段时间，真是苦死我们了，光是忙叨尼尔斯的作业，就占用了整个双休日的时间。况且，我们又不是仅只有他这一门功课，有些在职读书的同学，还要做单位的科研课题。用“手忙脚乱”来描述众人的生活一点都不为过。而且，尼尔斯还有个特点，就是要求巨严。写论文，他说怎么写就必须怎么写，一共几段、几句话，每一段第几句是统领的中心句，索引用芝加哥方式还是 MLA 方式，每个字母的大小写，都必须按照他的规定去做，一点不带马虎的。

一开始，我们还不太拿这“洋八股”当回事，还很执拗地按照我们中国人的思维方式写。念书念到博士这个阶段，谁还没写过几十万字的论文？中国文章，没有统一规范，只有个大概齐标准。尤其社科方面论文，多半信马由缰，要讲究论述者的“才气”，总喜欢海阔天空、胡说八道的，绕哄来绕哄去半天还没找到论点。洋八股这玩意却不一样，上来就要一 、二、三，简直要把我们的文才憋死了。

尼尔斯这人也真认死理儿，凡是有不按照他的要求做的，下课他就要找你谈话，问为什么不按要求做？这时就不能说不信他那一套啦，只能说“没听懂要求”。他一听，立刻感觉自己失职似的，忙不厌其烦，单独讲解给你听。被讲解者虽然心里偷着乐，但是无形之中也受了感动。如此一来，令大家觉得，他不是故意整治人，而是真心地想把一种写作道理讲清楚。

好马架不住骑，好刀架不住磨。就这样写了无数次，被他修改、唠叨、扣分无数次以后，再写这种洋八股文章，我们已经驾轻就熟。等到回头再拿汉语写自己的博士论文开题报告时，忽然觉得健步如飞，八股思维起了作用。要写几段，几句话，每句想要论述什么，都表达得极其简要清晰，没有了从前绕来绕去的汉语形容词废话。尤其他反复唠叨的论文写作中的“比较方法”，在我们的实际写作中得到了很大的应用。

这会儿我们觉得有点从心里感激他了。

就像俗话讲的，两块石头在一起时间长了，也会焐热乎，更何况是人。无论是黄种的还是白种的有感情的动物，在一起相处时间长了，慢慢也会互相理解。尼尔斯跟我们之间坚冰的融化，就是这么一节课一节课、一篇作业一篇作业、一次谈话接一次谈话、一点一滴滴答滴答化掉的。

有几件事改变了我们对他的看法，让我们忽然觉得他也挺可怜的。临近期末时，他忽然得了血栓病，不能来上课。班里派了代表去看望他，回来说他住的地方太差了，跟学校的教职员工们住在一幢楼里，一个小两居的屋子，楼上卫生间还不断往下漏水。他向办公室反映，要求帮助解决，办公室秘书却让他自己拿盆子去接。这事把他气得够呛，但在接满了几盆水之后，还是那么痴心不改地一心一意热爱中国。

后来我们又听班上一个女生说，假日里，她看见尼尔斯一个人在逛王府井，身边连个同行的朋友都没有，看着怪可怜的。她本来想上去打个招呼，又怕尼尔斯自尊心太强，产生误解，所以就悄悄绕开了。

过圣诞节时，学校照顾外国人习惯，给他们放了假，学生们也临时停课。另外两个老外被请到别人家里去过节。尼尔斯一向自闭，没什么朋友，同乡也没人来找他，剩他一人孤零零的，还待在办公室里，写啊、抄啊地忙备课。

这时候，尼尔斯办公室的门被敲响了，我们班上几个懂事的同学一齐涌入，大声说了一句：尼尔斯，圣诞快乐！然后向他献上鲜花和美丽的圣诞卡。

尼尔斯眼里立刻冒出巨大的惊喜！那种光芒瞬间驱逐了他瞳

仁中惯有的恐惧和忧伤。自从来中国后,他还从来没有这样欢乐的眼神呢!

同学们邀请他一起来吃年夜饭,参加我们的新年联欢,因为在中国圣诞和新年总是连在一起过的。

联欢会上的会餐安排了两桌饭。班里的男生比较小心眼,安排有尼尔斯座位的那桌他们说什么也不坐,说:好不容易会一次餐,还得让我们说英语?累!不干不干。说着他们全躲到另外一张桌上。尼尔斯的周围只剩了心软的女生。

尼尔斯那天的情绪很高,他头一次主动地跟大家说笑,喝了不少酒,还主动唱起加拿大童谣。一个女生请他朗诵几句他自己的诗,他拉了拉领带,正经道:我的诗是不在饭桌上朗诵的。

一个学年的生活就要结束了。考完最后一场试后,尼尔斯跟我们告别,在大操场上跟大家集体合影留念,说他要回加拿大做生意,不再回来了。

不知为什么,看着已经快变成小老头一样的尼尔斯,大家心里都有点感伤。真不知道此时他心里怎么想的,他这次来,从中国这块土地上,找回他的自尊了吗?我们想他是够呛。至少,一个梦,留在中国的梦,彻底破了。

破了,便醒了。这也是一种心理治疗,迫使自己到有伤口的地方去,硬着头皮,一点一点地,在那里磨钝,让那个地方长出新茧子。

尼尔斯走的时候,行李也不多,不舍得花钱买东西。没有朋友跟他机场话别,只有学校的学术秘书前去送行。同学们送他的一对景泰蓝瓶,被他小心翼翼地在胸口抱着。这是他的一段中国情结,勒金口、重油彩、大花锦簇之中,深藏着一段理不清的中国记忆。

他以后还会再来吗?说不定。一晃,他都年过半百了。

2001 年 9 月 9 日于北京双秀

午夜广场最后的探戈

1

广场上的地灯惨白、贼亮，是那种一排四个灯头的钨碘灯，在离地一尺左右的高度，从草丛中探出头来，与地面成三十度角，分别从几个不同方向昂头向上探照。灯光准确地捉住了她不停旋转的两条白腿——那两条腿，除了明晃晃的白，也说不出太多的什么来，勉强可以说得上是纤细、匀称。

当然，还比较长。超过了北京女人通常的腿的长度。贴在大腿根儿部位吊着的几缕碎布，随着身体的摆动起伏荡漾，仿佛多年老店打出的陈酿幌子。那却是一条时兴的劲爆天鹅裙，超短、飘逸，人一转起来，裙子下摆“沙拉”“沙拉”绽开，一闪，一闪，闪出了两条修长的白腿；又一闪，一闪，闪出了里边平角螺纹镶有蕾丝花边的真丝底裤。一条猩红色的真丝底裤。不是火红、殷红，也不是橘红，是猩红，故意与绿底白花的裙子颜色戗着茬儿，猩出一股狠歹歹的情色。

周围一群看热闹的民工受不住了，简直看得要喷鼻血。他们或蹲或坐在广场边草地和水泥地上，大张嘴巴，喘着粗气，一只只冒火的眼睛，直勾勾地瞄在她的裙底，随着她不断变换的身形，打出一道道血红炽烈的追光。

群众却对此嗤之以鼻。群众就是那些穿着松松垮垮的大背心、大裤衩前来跳舞的正派居民。他们三三两两，搂搂抱抱，踢踢踏踏，懒散挪动着脚底下的“北京平四”舞步，眼光乜斜，态度倨傲地瞟向他们俩——她和他，那对妖冶俗艳跳舞的陌生人。众人把身体的距离拉得与他俩远远的，似乎成心让他俩在明晃晃的灯光下单独现眼出洋相。

他们对此却浑然不觉，或者是根本不在乎。他们是故意用身体来找灯光的，故意让自己的双腿全身暴露在明晃晃的光照下。那个女的依旧转，飞快转。其实也不怎么快，只是紧赶慢赶倒腾着双脚在旋转，尽可能通过旋转的力量将裙裾更多的张开。她的舞伴，那个永远穿着黑色紧身衣裤的男人，干练、精瘦，浑身哪儿哪儿都绷得紧紧的，殷勤环绕她的裙裾伸手抬腿、扭胯耸腰。从后面看，男的简直是要屁股有屁股，要腿有腿，像是个专业舞蹈演员，他的拉丁舞姿也很标准，耸、抖、贴、揉，动作跨度大，每个细节都做得很到位。但是，离近了瞧，却会发现，他脸上的皱纹已经不少了，看样子总归也要有个四五十岁。

女的呢？女的看上去也不小了。虽然她忙着在灯光明亮处掀动自己雪白的两条长腿，暗夜的灯火却并没有给她添彩，反倒把她三四十岁肌肉的下泄无情暴露，好像是靠透明丝袜才勉强把腿上松下来的赘肉勒住——不对，她几乎是没穿袜子的，是的，裸着腿，光脚，穿着一双肉色的圆口拉带皮鞋，是半高跟，比起真正的国标舞蹈鞋还差有一两寸的高度。跳舞的水平也就是个大众拉丁舞蹈培训班肄业。

可这又有什么关系呢？女人就是靠一条劲爆天鹅裙、两条大白腿、猩红色底裤的春光乍泄，就花枝招展地把众人目光勾住，就成了广场上的绝对女主角。男的，当然也就跟着沾光，成了广场上的第一男陪舞。

2

广场是城市中老年闲人的集散地。年轻人当然不屑于来这里，他们的休闲娱乐场所是酒吧、迪厅、量贩式卡拉OK歌厅。那里喧闹、昂贵，要价不菲。有钱有势的中年人，休闲寻欢也自有按摩、桑拿、洗脚屋，或者郊区的温泉度假酒店，谁能平白无故跑到这廉价没有成本的露天广场？只有这些上了岁数的城市低收入者阶层，才会成天到晚泡在广场这种开放式的空间，耗在这里晨练、打牌、跳舞、遛狗、遛弯，消磨时光和宣泄欲望。

别的就不说了，单说夜晚的广场舞吧。每天都是从晚八点准时开始的。每晚八点，非常准时，看完中央一台的新闻联播和焦点访谈（北京人喜欢关心时政，这两个节目几乎每家必看），拾掇好了饭桌，关好电视机，然后就掐着表，匆匆出门，直奔广场中心地段灯光明亮处而去。那里，激动人心的音乐已经响起来了！

小区物业管理处派设了专门人员负责拉电线、放舞曲。管理处的那个秃头男人每天都会早早地骑自行车赶过来，到达人们跳舞的广场中心地带。这里有十六根气势宏伟的高大巴洛克式廊柱，它的上边顶着几个绿色大气包，很像俄罗斯东正教堂的圆顶，但其实不是，只是一种没有用的装饰。一群群白色、灰色羽毛的鸽子在里边出出进进，撒下一片一片的鸽子屎。廊柱旁边，是能够同时容纳一千多人翩翩起舞的巨大空场。白天，鸽子们在这块场地里练脚、觅食，到了晚上，这儿就成了中老年人类男女双双暧昧牵手、贴身贴肉、活动筋骨的娱乐场所。

秃头管理员每次都要从旁边一个值班的小屋里牵出电源接线板，然后将插座连接到一个老式收录机上。那本是广场养鸽人值班的屋子。每天晚上，鸽子们回笼以后，养鸽人都会用清水将广场水泥地面的鸽粪清洗得干干净净。被水滋润过的地面总是散发着某种动人的气息。

是啊，这里虽说是城北“经济适用房”地区，这是北京近年来城市建设中涌起的一个新名词，说白了也就是城市贫民区，但是它的小区环境建设相对也并不很落后。它留出了能盖十栋楼那么大的面积建设出了一个巨型广场，取名叫它“街心花园”。它有方圆，有纵深，有层叠起伏。那些颇似看台的一级一级的水泥石头砌起的花坛、水榭，在冬季枯干的时候，变得斑驳、沧桑，很像古罗马的斗兽场。乍一看去，视觉上显得非常震撼。西边转角处砌起几个红色小尖顶的鸽子窝，窝的背面镶嵌着意大利铁艺花窗。广场东边错落有致的喷泉、水池、雕像，完全采用古希腊风格。那个狩猎女神的水泥雕像上，常被鸽子给屙一身的屎。鸽子也不知为什么，特别喜欢站在雕像的头顶上排泄。

种种堆砌到一处的异国风情，气势恢弘，铺排讲究，同时也是杂花生树，不伦不类。初来乍到到这个广场的人，都止不住笑说：

这是到了世界上的哪儿啦？这儿除了不像中国，说它是外国的哪儿都成。

后来人们才知道，这片小区，是由黑龙江的开发商建造的。他们把黑龙江老毛子的建筑风格原封不动带到北京来啦！

怪不得呢！人们啧啧称赞。干脆，他们把北京的穷人区都建成黑龙江、都建成前苏联得了！住在这儿都跟待在哈尔滨似的。

再说那个负责放乐曲的物业管理员。他把那个老式的仿佛当年黑白电视机那么大的收录机，放到廊柱脚下贴边不碍事的地方，然后从放满盒式录音带的大书包里掏出一盘曲子，塞进录音机里插好，准备迎接跳舞众人到来。世界早都进入数码时代了，他还在用卡式盒带播放音乐！想想，不愧是城市贫民区啊！落后得跟什么似的。曲子也是中老年人们所熟悉的，从郭兰英、王昆的老歌，到邓丽君、费翔、毛阿敏、彭丽媛的演唱，应有尽有。不需要什么专业舞曲，只要能成调子的乐音便能就乎着舞动。

但有一点，这里边绝对没有什么孙燕姿、周杰伦、刀郎、刘若英的歌，就连王菲、孙楠、那英都没有。他们的记忆，通通都留在了上个世纪八九十年代，或者是五六十年代，前苏联俄罗斯歌曲盛行的那个年代。新人新曲他们就乎不上，不熟悉，听不惯，踩不上点。

晚八点钟，只要音乐一起，人们就会自动从四面八方聚拢过来，各自寻上自己的搭子，跃跃欲试着上场。

多么好啊！夏天的夜晚，月光明朗，大地浩瀚。微风吹来，天地间一派宁静安详。广场上那些冬青、雪松、苜蓿、蔷薇、紫荆、垂柳、洋槐，接足了地气，在夜晚偷偷地铆足了劲竞赛飘香。物种繁殖很快，不到两年工夫，就已经把街心花园广场点缀得芳草萋萋，杨柳依依。据说这方广场下边原来是个垃圾场，土质十分肥沃。这里的地下水也比较适合于灌溉农田。

前来跳舞的，基本上都是住在小区附近的人们。他们穿着一点也不讲究，动作也很随意。男的穿着大背心大裤衩，有的人甚至还趿着拖鞋，跟出入菜市场没多大区别。女的也不打扮，素面朝天，肥大的衣服里边连个胸罩也不戴，一派家庭妇女习气。说是在跳舞，倒不如说是在走步，只不过是变成双人走的形式。有的是男女搭配，有的是两个女的搂在一起（倒是从没有看见两个男的搂在一起的）。他们的手和手有意无意搭扣摩挲，脚和脚踢踢拖拖挪动磨蹭，激流情欲在暗中涌动，脸上却是一副见男不是男、见女不是女的平板表情。瞅那一个个莫衷一是的样子，简直就跟从前参加扭大秧歌、打太极拳、打鸡血、喝红茶菌一般，免费集体性群众运动，不干白不干，去晚了就没份。

鸽子在头顶咕咕叫。狗狗在脚下汪汪蹿。夜幕下的大都会，劳动人民的寻欢作乐，兴致盎然，单调如水，经久不衰。

3

突然，有一天，广场上出现这么一对妖艳男女，把原本宁静气氛给惊扰、打破了。两人浓烈的表演作秀气息，逼得人喘不过气来。灯光下一大片最光滑、脚感最好的位置被他们占据，整个广场上的风头也被他们两个抢去。人们虽然还在随音乐做着跳舞的动作，但心思，却全然不在自己的舞步上，全被广场中央这一对给搅散了。

哪儿来的,他们?不知道。干什么的?两人什么关系?干吗要穿成那副德行、跳成那副样子?不知道。统统都不知道。想不明白。也不过是夜晚纳凉休闲的群众性广场舞罢了,有什么必要穿得那么正规风骚?那个女的,那叫个什么玩意?大庭广众之下,三四十岁的人还在裸肩露背,下腰踢腿,透着寒碜,透着惨烈,透着人生最后一搏的老不要脸。那个男的,扭着大屁股,腰胯甩得像抽了筋似的。又不是电视里的交谊舞比赛,并没有镜头对准照你,扭那么欢实干什么?

尤其是那女人的旋转,完全是无谓的,没必要,多余。她好像特别喜欢做旋转动作,那种无谓的旋转,比方说,录音机里唱到"真的好想你啊,你在我的睡梦里",好像是一个军人妻子思夫的歌儿,唱到这个旋律的时候,有必要接连转上五个圈,旋转三百六十度乘以五等于一千八百度吗?或者,"一九七九年,那是一个春天,有一位老人,在中国的南海边画了一个圈",她就真的原地画起圈来,双脚飞快地倒腾,脚跟顶脚尖,把自己身体使劲顶起来转,转得像个没头没脑的陀螺。

尤其是,每当旋转,她的裙裾都就势张开,完全无遮挡的,面对着那些仰视的面孔张开,与其说是毫无防范,不如说是毫无羞耻。

那些仰视的面孔,是小区里那些干活的民工。那些脏兮兮蓬头垢面的民工们真是聪明,他们选取了很妙的角度,一律坐在地上,都跟草丛中探出的地灯的高度相一致,正好是从下往上窥视的角度。他们是如此安静、乖顺,自动地、整齐有序地坐在水泥地上,忘记了蚊虫的叮咬，忘记了潮湿的沁浸，简直物我两忘，甚至屏气凝神，就等着她旋转那个时刻的到来——像孔雀开屏一样。

他们并不知道雌孔雀不开屏，开的，都是雄的。每当那猩红底裤一露面，他们的脑袋就“嗡——”的一声，血直往上涌，嘴也合不上，口角微微露出些涎水，看得直愣愣，一动也不动。

这种免费观看的底裤，比起其他娱乐活动，比如说去旁边的地下录像厅看非法黄色录像，或者去哪家隐秘的洗脚屋找小姐，更诱人、更魅惑、更安全、更自由。更引人入胜，更想入非非。

她的旋转，就是为了亮出底裤来对民工展览吗？群众想。看来暴露狂和窥阴癖最可以互相心照不宣。群众不由得对民工和他俩同时嗤之以鼻。

群众悉心观察打量过，这两个身份不明的人，好像不是两口子。每天晚上，人们都看见他们分别骑自行车过来，女的从一个方向，男的从另一个方向，骑到这里以后会合。两人把车子停靠在廊柱旁边。女人骑的是二六车，男人也是二六车，都很旧。车筐里有水——瓶装矿泉水，还有擦脸毛巾。他们都是在家里穿戴披挂好了才来，不是到了这里登台前现换的。

很难想象，穿着一身劲爆天鹅裙的女人，是怎样骑着辆半旧不新的二六自行车，一路招摇着赶来。也很难想象，穿一身紧身跳舞演出服的男人，又是怎样将丰厚绷紧的臀，压在生锈登硬的自行车皮鞍座上，一路迤逦而行。他们的自行车旁边，就是一个公共昼夜停车场，那里奔驰、宝马、陆虎等好车应有尽有。他们的自行车大大方方地泊靠在它们旁边，没有丝毫自卑的表现，车头车尾，双双倚靠着，亲密无间，心安理得，怡然自乐。

现在，这会儿，华灯初上，夜晚的幕布拉开，乐声响起。他们先在广场中央立定，亮相，男女手臂上扬，身体拉出一个架势，完全是正规表演前的模样，一上场就先声夺人。不像别的跳舞男女，哈着腰，驼着背，男的揪住女的，脚底一出溜，互相薅着衣襟就滑进场地中央去了。这对男女，做完亮相定格，就蓦地挥臂耸腰，爆发力很强地动作起来，肢体幅度很大。只要一动起来，就完全不管不顾，即刻进入状态，就仿佛这世界上只剩下他们两个人。仿佛，他们就是这露天广场上的王子和公主。不，不，也许应该说是皇帝和皇后。除了舞蹈，他们好像什么也看不见，什么也听不见。周围人的冷眼，民工的窥阴，他们好像统统都看不见、听不见。他们完全沉浸在自己的舞蹈世界中。

他们在自己的舞蹈里睥睨世人、笑傲众生、自给自足、相互挑逗，在卑微中起舞，在自信中亢奋。他们的低语没人能听得见，他们的对视没人能瞧得清。实际上，他们既很少低语也绝少对视，他们互相只用身体进行交谈。他是她身体的实际操纵者，他的手指像点穴，点哪儿哪开。旋转时，他的左手轻轻一推，右手高高擎起，她就乖乖转过身去，让身体打旋。双方身体的接触点，现在只是她握住他的一根手指，而不是全部手掌——以他的手指为轴，开屏旋转，这样她在晕眩之中的旋转方向才不至于太过偏离。

他的手指，她的手指，半含半握，半紧半松，隐秘暧昧，胶着粘离。现在，说话成为多余，舞蹈就是他们的交欢语言。他们把臀耸得更厉害了，他们把胯扭得更邪乎。跳到《蓝色多瑙河》里的快拍时，男人箍着女人的腰疯狂旋转，周围灯光刷刷连成一片，简直不知今夕何夕，今年何年。一瞬间他们就仿佛有了凌波之姿，有了凌空之势，双双堕入美妙的晕眩。

他们的个子差不多一般高，所以，他腰以下的支点，只能顶到她肉乎乎的小腹（肉乎乎，这就是非专业舞蹈演员的体质特点）。她觉出了他的摩擦和崛起，兀自脸红，没有闪避，而是亢奋，动作更加隐蔽，俯仰离合皆是欲。

他们明修栈道，暗度陈仓。

他们在公开的半明半暗的交欢中，把舞蹈进行到底。

4

习惯是一种巨大的力量。几次过后，周围旁观的群众也就习惯了。除了抢风头以外，这对男女并没有妨碍到谁，倒是招来的看客越来越多，攒足了夜晚广场上的人气。每晚，只要他俩一来，广场上的兴奋度就能饱和。民工越聚越多，管音响的秃头物业管理人员，也越发敬业起来，甚至悉心搜索来好多专业舞曲带子，让广场上的舞步变得丰富又复杂。

一种莫名的兴奋，在广场四周围荡漾。每晚八点，人们都急切盼望着这一时刻。同时，也自觉不自觉地盼着他们俩，像盼着明星出场。渐渐地，人们习惯了他们的华服，适应了他们的舞姿，甚至，在他俩的舞姿里，恍惚还看见了维也纳新年音乐会上的舞蹈演出，看见了电视里的国标舞蹈大赛的表演。那些表演太华贵、太遥远，人们根本没有眼福观看。好了，现在，有了他们，把舞蹈的真人秀送到了自己面前。

人们也不得不承认,俩人的舞姿确实比别人跳得好,是专门练过的。那个男的,据谁说是好像在电视里看过,是哪个国标舞大赛的评委。对于两人关系的最新猜测,说是最有可能是舞蹈教练和他的学员,就是那种北京市面上最近兴起的业余交谊舞、拉丁舞培训班。男的,当然是教练,女的,一看就是业余学员,腿上没有肌肉,脚背线条也不够高,跳舞的难度系数也不大,也就是个中偏上水平,但是还蛮灵巧,矫健,有悟性,身手不凡。另外她皮肤的白劲儿可真让人羡慕,白花花的,简直像奶油雪糕。还有那一把小腰条,那个岁数还能保持苗条,真不容易。至于说内裤嘛,看惯了,也不觉得扎眼。甚至,人们觉得,绿色劲爆天鹅裙,原本就应该配猩红色底裤。

人们有时也不免偷偷跟他们学两招。不光滑动简单的"北京平四",偶尔试着比画来一两下阿根廷探戈。难度很大,确实不好探,脖子快速扭动时容易抽筋,踢腿时,稍微扬得高一点,就能听到膝关节"嘎巴"一声。人们就心里感喟:不是所有中老年人类,都能招架得住探戈——那种在娘们儿身上做文章的玩意儿。人们有点服了,暗自佩服,渐渐不再疏离,跳着跳着,会向中心靠拢,主动接近他们。

他俩似无感觉,只在他们自己有限的活动半径内专注地跳着。慢三慢四、国标、伦巴、桑巴、爵士、恰恰、摇摆、阿根廷探戈……舞蹈越来越复杂。广场成了他们公开炫技的场地。他们身体趋近,摩肩擦背,大规模摇臀,狂野而暧昧。他们在不易被人察觉的视线和角度里，触摸、沉浸、飘逸、投入、亢奋、自如。他们，在群众赞扬称美的目光里，越发飞扬、燃烧、娴熟、默契，旁若无人，探囊取物。

他们欲望喷薄而出。肉体水到渠成。

夜风沙沙。这是一道不见光的风景，这是一片见光死的奇观。它陪伴人们熬过盛夏，驱走溽热。

5

忽然地，他们就不来了。失踪了，不见了。在七夕那天，他们突然双双失踪。

广场上跳舞的人们就像被闪了一下，很费解，很不习惯，仿佛一下子失去了什么，但也不知道究竟失去的是什么。来的人见广场中央空空落落，不免都是一副惘然若失的样子。

要说这一年的七夕也过得怪，早早地，报纸上就铺天盖地地造势炒新闻，说什么有政协委员呼吁，要把七夕打造成中国式情人节。消息层层下达，还要在群众中举行民意测验。小区物业还挺当回事，发送选票让每户居民填写。居民们就笑，说：真逗，还情人节呢！七月初七牛郎织女鹊桥相会，人家那是两口子的事儿。什么情人？咱中国有几对情人？难道鼓励我们都去找情人不成？

他们就怀疑那些什么什么代表是商家的托儿，比方说卖玫瑰、卖情侣表、卖钻戒的商家，事先给了委员们什么好处，托他们来提交这项提案的。“我们举双脚赞成”，他们调侃着说。

情人不情人的先不说，广场上那一对男女从场地上消失了，却是事实。他们不打一声招呼就消失了。他们的不告而别，就如同他们的不请自来，实在是显得没有道理。舞场一下子变得晦暗，没有人气。人们无精打采，唉声叹气，脚底下的步子又变得懒散拖沓，仿佛又恢复了以前疲沓倦怠的老秩序。

可是，经过破坏后的老秩序，还能再恢复成原样吗？

人们无从抱怨，也无从诉说。因为他们不能明确说出这舞场上失落的究竟是什么。就连看热闹的民工也不来了。那些脸色黝黑、头发长草的小区民工们，哈欠连天，望了几眼场上磨蹭着脚步的肥衣肥裤的大爷大妈，就都无精打采快快悻悻地纷纷离去。等待他们的，将又是漫漫长夜录像厅的闷热和工棚里的寂寞。

那个秃头管理员播放舞曲的热情也锐减。许多时候，他索性连舞曲也不放，改放小电影，诸如防艾滋病宣传片，纪念抗战胜利六十周年打仗片等等。一块发黄的、颤抖的银幕挂在廊柱之间，黑压压的人群摇着大蒲扇，挤在正面和反面有一搭无一搭地观看。这情景仿佛一下子让时光倒流，回到了贫穷落后的上个世纪六七十年代。银幕上不清晰的影像，草丛中飞来撞去仓皇的蚊虫，都让人们显得颇不耐烦。这热天儿，只要不动起来，中老年人类绵甜的血液，肯定要成为蚊虫可口的牙祭。

就在那对男女离去的那段时间，也曾有人试图挺身而出替代他们的角色，霸占他们的位置。然而，没用。所有的努力全都失效。比方说，那个看起来十分年轻的大眼睛女子，化着很酷的浓妆，穿三寸高的高跟鞋，上身一个小吊带背心，下身一件艳粉色大褶喇叭花及膝裙，粉墨登场，招摇出现。不断有男人请她跳舞，她就挽上他们翩翩跹跹，莺莺燕燕，翻转飞腾在钨碘灯下。她也学着从前那个女人的样子，没事儿就转，无谓的旋转，转得天昏地暗，也让裙摆“扑喇喇”张开，起伏有致，亮出两条银光闪闪的玉腿，青春长腿，以及底裤——纯白色的三角内裤。

她跳得很好，很不错，无论被哪个男人上手，她都能跟对方配合很熟练，很协调，很风情。她的那个裙摆也很扑喇喇，她的那个底裤也忽悠悠，她的那种艳粉色的裙裾在灯光下也极其耀眼刺目。

可是，不行，怎么跳，都没有那个劲儿。无论她怎么风骚，搔首弄姿，娇柔作态，却都不是那么回事。怎么回事？人们说不清，民工们说不清，但是他们心知肚明。他们已经认同和默许了从前那一对男女的舞蹈风格——一对一的固定舞伴，一对一的虚拟交欢，一对一的风骚、激情、浪漫、璀璨，一对一的红雨翻腾、秋波暗转，一对一的回光返照、姣妍与妖艳。

他们只是一对一的彼此彼此。跟别人，跟任何一个他者，都没有关联。

一对一，可能是最美、最让人艳羡、最遭人嫉妒、最惹人联想的人类情感。谁都可以上手的，那是婊子，毫不值钱。民工们虽然不懂，他们嘴里说不出来，但是他们在心中已经颇有领会。在经历过那对男女之后，他们心里已经有了关于风骚的范本模式。他们的胃口已经被固定，吊高。别人，谁来，再怎么着，他们也不认。

6

那对男女的失踪，大概也就是两个星期之久。两个星期，够长的了。北方的夏天，转瞬即逝，总共也才有多长啊？

当他们又重新露头的时候，众人的精气神儿全都“陡”地往上一提——舞场上，确实太需要明星了！无论多么大的场子，大到国家，小到广场，都需要个别领军领袖式的人物，用他们的个人魅力和感召力，用他们的激情和热度，感染照亮芸芸众生。

民工们兴致勃勃，重新回到广场边的水泥地草丛旁，重新将身形降低到跟地灯一般高矮，重新目光齐刷刷、热辣辣，等待着熟稔的底裤模式重新上演。寂寞已久的群众也在热切以盼，他们自觉自动地把那块地方让出来，那块最最光滑的水泥地面，那个最最亮堂的舞台中心，自觉自动腾让出来，等待他们心目中的明星重新登场。

他们来了。他们重新登场。他们举手投足、他们踢腿下腰……怎么，他们的举手投足、他们的踢腿下腰，怎么看起来跟以前有点不太一样？

虽然他们来了，虽然仍像以前一样的跳着、舞着，然而，分明有什么东西是不对头了。是什么东西？也说不清。反正是觉得哪地方跟从前有点不太一样。

那对男女，外表跟从前毫无二致，女的，还是绿底白花劲爆天鹅裙，男的，仍然是黑色紧身衣，头发也还是用摩丝打理得根根不乱，然而，就是让人觉得两人跟以前不一样。他们虽也在跳舞，肢体的紧张程度，却远不如从前。他们似乎都有点漫不经心、三心二意，充斥着身体密码互相破解后的无限倦怠。女人不再轻盈，男人不再紧绷。女人慵懒怠惰，脚步尽量平移，少了许多旋转。即便偶尔转一下，也是转得勉强，难看，身体滞重，转得差强人意，似乎随时都能绊个跟头。男的手指暗号的推动显得有气无力，腰和屁股懒洋洋的，腰胯耸动马马虎虎，脸面颈部爱甩不甩。他们的身体偶然接触碰撞时，女人一点都不再为之战栗、激动，满脸都是漠然，仿佛无意间触到了一根棒槌。她的不激动、不激励、不唤起，搞得他也发蔫儿，整个人显得没阳气、没精神，无精打采。

他们的身体，像海啸过后疲惫的沙滩，满目疮痍。

尤其是，女人的底裤颜色明显褪色，从那里散发出的气息不再撩拨人心。民工们凭借雄性动物的敏感，从那里似乎嗅到某种真实交欢过后的蹂躏气味。

才仅仅半个月，怎么就有如此大的变化？半个月里，都发生过什么？下过两场雨。刮过一场未遂的名叫“麦莎”的台风。台风贴着陆地的边缘行走，很快拐到渤海湾附近的大连海边去肆虐，只是象征性地在身后给都市遗下几场小雨。雨过天晴，地上的蒿草又猛然蹿出一尺来高。割草机在“嗡嗡嗡嗡”勤快地工作，阵阵香气从广场四周围袭来。青草的香味一成不变。可是，下过雨跟没下雨的季候，总归也是物是人非的感觉。

难道人的感觉会变得这么快吗？仅仅才半个月而已。半个月。却已经是汗湿溻透了脊背。半个月前的衣服被盛夏的汗水浸得已难再穿，勉强穿出来，也已是没款没形，漂白发皱，透着穷酸寒碜。半个月前的人们已经被连日来的闷湿浸得浮肿虚胖，微微发酵出一丝丝苦夏的蠢相。

半个月以后的舞仍同半个月以前一般跳着，只是不咸不淡。男人和女人，似乎有点无奈，又似乎在等待。在消磨中等待、虚耗，在虚耗中等待、消磨，似乎不知该如何完结。看得出，他们的身体已成强弩之末，每一次都像是恓惶的告别。第二天，却又来了，勉强的移动腿脚。观众们，似乎也看出了几许苗头，却又很快习惯了这种勉强。人活世上，不总能随心所欲、率性起舞，早晚有一天都要堕入半死不活的勉强。不管怎么说，只要他们还在，仍旧照常到广场来，便是好的。

所不同的是，现在人们已经消除了畏惧，也失去了崇拜，已经勇于跟这男女俩一同舞动在广场中央。人们也已经仿照他们的样子，把复杂舞步学会了不少。现在，失去了激情的他俩已经不再是广场中心的绝对主角。

7

一晃，已经进入秋天了，到了这个城市最美的季节。从西南边刮来的秋风把城市的天空托举得很高，很高，树上每一片叶子都在阳光下油光闪亮，一片耀眼的怡爽。微风夜寒，广场跳舞的人们已经穿上了薄呢裙和厚外套。而他们，那一对男女，却还是穿着一成不变的夏装。那一套已经穿了一夏的靓装，在秋天的灯光底下看着怎么那么薄相？不仅仅是薄相，又分明像是命薄、情薄。

九月中旬中秋节这天，正赶上一个星期天，小区管理处破例让人们可以在广场上昼夜狂欢，可以跳舞跳到夜里十二点。平常，为了防止乐声扰民，物业管理处规定，每天跳到晚十点钟就必须收曲结束。

这一天，按照民俗习惯，注定将是一个群众性的狂欢节日。夜晚广场上聚集的闲人满满当当，来望月的、遛狗的、消食儿的、跳舞的、看热闹的，人声鼎沸，喧声连天。还有一家超市将卖剩的月饼拿到广场人多的地方减价推销。狗狗们欢快地汪汪狂叫，鸽子被惊得扑棱棱地盘旋乱飞。月亮隐进云层，乌云在广场上空愉快地翻卷游动。俗话里说中秋节的月亮是“十五不圆十六圆”，这个道理在北京这个纬度特别能应验。

舞曲还是从八点钟准时开始播放。群众演员首先鱼贯入场。群众一点都不客气，密密挨挨，挤挤擦擦，互相都有点不待见。群众跟群众彼此相像，你我不分，乌压压一群，转不过身，有时难免发生身体碰撞，偶尔，还会发生一些小的口角。跳着跳着，广场上的个别老舞迷就止不住郁闷，眼光不住地往钨碘灯照射的中心方向扫，看看那个劲爆天鹅裙和两条熟悉的大白腿来没来。只要领舞的一来，广场上的人众才能分出三六九等，跳舞的层次档次才能逐级拉开。

可惜，没有。这场浩大的群众狂欢仪式上，群龙无首，一片模糊，简直可以说是没有任何亮点可言。一个小时过去了，直到九点半钟，那对男女还没有来。老舞棍、老舞迷们就止不住失望，心说，难道，他们又要玩失踪？

还好。尽管来得晚，那两个人终于也还是来了，在接近十点钟的时候。群众演员们的热身早已经热得火辣辣的。那两人一来，群众眼前一亮，身体一勃，立刻用舞姿掀起新的波澜。那两个主角也没想到广场今天是这副饱和样子，也受了感染，丝毫没犹豫，一个亮相就扭了进去，毫不谦让地占据了中心位置。女人今天头一次换了一件宝蓝色的舞蹈裙，掐腰，大摆，下面缀满金光闪闪的亮片，一转起来，像裹在金子里飞。众人的眼球简直都要给晃瞎了！那个放舞曲的秃头管理员，本来已经要打瞌睡，忽见他们来，立即如同打了鸡血般，兴奋无比地按下录音机停止键，立马改放难度大的表演性质的舞曲伴奏带。

这是一场多么激动人心的宏大集体舞情景啊！天空为幕布，大地成舞台。他们在中央灯光明亮处领跳，周围人一圈圈里三层外三层跟着移动、旋转。就像经过导演事先编排好了似的，他们一来，广场舞的人群立即主次分明，秩序井然。从三步四步缓步交谊舞开始。欲望全落在腿上，心情全收在腰间。随飒飒的秋风起舞，随看不见的明月招摇，随树枝的摇曳、秋虫的低吟逐渐高亢。

今晚他们发挥得可真好。轻灵、飘逸，似乎找到了最初的他们自己。他们都有点含情脉脉，还有点魂不守舍。他们时不时深情凝视，好像舞蹈语汇已经不够用，他们必须用彼此对视的眼光来表达。人们的心思也随着他们的舞步激动、明媚、思绪飞升。人们这会儿还不知道，就连他们自己也不知道，这将是他们广场舞蹈生涯的告别演出。

逐渐过渡到快节奏的水兵舞、摇摆、伦巴、桑巴、爵士、探戈。这是他们俩最拿手的，最能炫技的动作。广场上只剩极少部分人能跟上了，偌大的场子几乎又成了他们两人表演的舞台。围观的人群却没有怨言，心甘情愿晾在边上。毕竟，很久没有看见这对男女明星跳得这么敞亮、痛快、酣畅淋漓，即便是站一边看着，心里也舒坦。

最后一曲探戈舞曲响起。女人这时已经完全进入状态,香汗淋漓,身体的每个细胞里都是鼓点,野得有点收不住了。她亢奋地甩头,大规模摆尾摇臀,扭胯贴近。男的情绪也被她挑起,也亢奋得跟踩了电门,浑身每一处关节都在剧烈耸动,完全被舞蹈节奏所控制。他们已经完全物我两忘,一切只在不言之中。女人盆骨夸张耸动,趋前贴近他的小腹,臀部一摇一摇,做着虚拟摩擦。蓦地,她大胆疯狂,也丧心病狂,左脚点地,右脚高举,抬起白花花的大腿,去盘缠住男人的下半身!

这个动作简直突如其来,太狂野了!作为探戈舞蹈中的高难度动作,也只能在电视荧屏里向舞蹈比赛评委们炫技表演,却怎能在大庭广众之下,对广大手无寸铁、毫无抵抗力的老百姓们真人秀呢?

就听广场上的人“嗷——”了一声,然后又急遽安静下来。人们都屏气凝神,瞪大眼睛,盯着他们的下一步动作。

男人也被女人的举动搞得一惊,毫无防备,却还是下意识地伸出手去回应。他的右手在女人的腰后一托,同时左手高举,完成一个接续造型动作。本以为她会马上松开,赶紧下去就完了。谁知女人还不善罢甘休,就势将上身往后一仰,双手一松,左脚跟离地后翘,将全身重量,一下子全留在箍住男人腰的那条大腿上。

怎生得了!怎生得了!毫无默契、毫无准备的男人,不提防会是这样,心里一惊,手一软,没有托住,脚底下也没有站稳,眼见着女人就后仰着倒下去了。是整个背部着地,重重地、结结实实地倒在地上。直至倒地,女人缠着他的那条大腿始终都没有松开,一直死死缠着,勾着男人的身体随之倒下,轰然倒下,倒了个正着,结结实实压在她身上。

多尴尬!多丢人!两个大活人,活生生压在一起,倒在广场中心最明亮的地方。还好,男人到底是专业演员出身,有一身好功夫底子,在倒地两秒钟之后,他就腾地跳了起来,在众人还没有来得及看仔细的时候,他已经一下子跃起来,假装没事人似的,然后,伸手去拉地上的女人。

女人的立起就显得比较艰难、迟缓。看起来她摔得不轻。她是慢慢站起来的,先是缓缓蜷起双腿,坐起,表情痛楚,龇牙咧嘴。男人用目光朝她示意一下,她就迅速把痛楚表情收回,瞬间就收敛了回去,做出一副平静状。然后,她就着他手臂的力量,很缓,但是很坚定地站了起来。

他们都假装不在意,也没有互相安慰。男人搂着女人的腰,像是从后背托扶着她,慢慢地向停放车子的广场廊柱边走去。众人看见两人走到倚靠在一起的自行车旁,用钥匙开了车子,推上,什么也没说,双双提前退场。

观众们盯着他们撤离现场,无数双眼睛落在他们的背上。他们是一起推着车子往同一个方向走的。女的,好像还一瘸一拐。从他们的背影上,人们看清了,这已是两个多么衰老的身形!他们早已不年轻了。其实他们早就知道这对男女已经不年轻了。不知为什么,当他们在夏季的广场燃起一段青春还阳之火,当沉闷的广场被他们的激情照亮时,众人还是忘记了他们的年龄。

他们渐行渐远,渐行渐远。舞曲也一点点进入到弱声阶段。

人们的舞再也跳不下去了，他们有点意兴阑珊。狂欢的人群逐渐散去。午夜的钟声在广场上空响起。这是个水晶鞋变脚丫、美丽公主变回灰姑娘的时刻。月亮终于从云层里探出头来，一层金属般的铜红色清辉瞬间洒满了大地。

2005 年 8 月 16 日于北京以北

遭遇爱情

我们假设男主人公岛村遭遇爱情的日子是在暮春时节，一个细雨微濛的美妙时刻。

我们再假定岛村最初怦然心动的时刻是在接到梅那个女人的电话之后。

叫作岛村的这个男人仔细地系好一条名贵的金利来领带，看了一下表，然后带着一副漠然的神情走出家门。虽说已是暮春时节，斜风细雨依然将空气割刮得极其清凛，丝丝凉意不停地在刚刚泛绿的枝头抽动着。岛村把头深藏在立起的风衣领子里，用鼻梁托住一副宽边水晶墨镜，样子就跟某些枪战片里的猛男颇为类似，但那隐藏在镜片后边的眼睛里，却分明透出几分掩饰不住的倦怠。这个季节里他对什么都提不起精神来，对一切都失去了兴趣。

岛村先生，可以请您共进晚餐吗？

梅小姐设的不是鸿门宴吧？

那么我可要摔杯为号喽。

梅笑吟吟地说。

好吧。我情愿单刀赴会。

岛村坐在车子里，回味着刚才电话里听到的梅的声音。梅的嗓音很清脆，也很柔媚，是媚而不是嗲。岛村在心里玩味着。嗲多半是出于一种职业需要,或是为着某种功利目的而故意做出来的。比方说总机台的接线员小姐,再比方说那些纷纷承命前来洽谈生意的凌厉的公关小姐,往往是用撒娇作嗲先攻下他的裤腰,尔后再攻下他的钱包。那一套老鼠逗猫、猫捉老鼠的游戏他已经玩腻了。

而柔媚却大不一样。媚多半是由于女性的天性使然,怡人悦耳而又不失风范。在这个无聊的阴晦的雨天里,电话里那个清脆且柔媚的声音激起了岛村的些许兴致。具有这种纯美音色的女人大概也应该是柔情似水、风情万种吧?

几许不安分的想法慢慢地漂浮上来,却很快又隐没了下去。岛村陷在柔软的车座里,渐渐又恢复成一脸的漠然。他始终不敢肯定,那些争相以身相许,或者稍微给一点暗示就能牵引着上床,并且趁他耳聋眼瞎就要进入快感极致时却还在趁火打劫谈生意条件的女人还算不算是女人,同时他也不知道自己这般视上床如如厕的人心中是否还会有什么真正的爱情萌生。金钱早已严重破坏掉了岛村对女人的兴致,连同他对美的鉴赏也一道给毁掉了。没有谁能够拯救得了他,也没有任何一颗心灵能够向他靠近。偶尔他也会为自己的心灵不能得到满足而感到悲哀。而这悲哀,很快又会被新一轮肉体的快感冲淡了。

岛村不知道这次深圳方面派来洽谈业务的梅究竟是怎样一个女人。有一点让岛村觉得有趣的是,梅那女人将初次会面设计得别出心裁。梅在电话里邀请他赴约时,有意不给岛村留下有关她自己的面部形体特征,除了告知见面的时间、地点外却没有约定任何其他暗号,仿佛是有意要考验一下岛村的鉴别力似的。除非她很丑,觉得自己的面目实在是不值得一说,否则她就应该是很漂亮,漂亮到相信自己绝对会给他造成惊艳的感觉。岛村暗暗地笑了。他也有意不再往下细问,以便让女人的小精明、小算计有个得逞的机会。

他当然猜想不到,梅那女人在放下电话,准备迎候他到来之前,先将干湿粉饼和双色唇膏等器物小心翼翼地收进蛇皮手袋里,然后便在一张白纸上开始勾勒整个事件发展的每一处细节。男主角岛村便被放置在故事高潮中最最起伏跌宕的位置上。

而岛村此时正在来的路上百无聊赖地发着冥想。

初次见面时,岛村很幸运地没有把对方认错。岛村一眼就在宾馆大堂三三两两啜饮小憩的人堆里把梅分拣了出来。因为这个美得炫目的女人正在对着玻璃旋转门频频放送着顾盼的眼神。

女人的漂亮程度远在他的想象之外,看样子正似红日东升的年纪,正处于那种既熟且嫩、收得拢又放得开的季节。那件印满碎花的鹅黄薄呢裙招招摇摇摆动的时候,岛村的眼里就印满了一朵一朵的鹅黄色的诱惑。就有水一样很润泽的东西充溢在眼底深处,想要去罩住那些个摇曳的花朵。岛村百无聊赖的倦慵心绪顿时便化解了许多,麻木的末梢神经也仿佛有了些酥酥痒痒的蚁走感觉。

女人见了岛村,似乎也微微怔了一下。她大概也没有想到,在岛村所在的那个号称"京城痞腕"集团公司中,除了那些只会伸出一根手指做"Fuck"之类下流动作的胡同串子外,偶尔也会冒出岛村这么个英俊儒雅的方正造型来。刹那间的感觉失准后,女人旋即调整好策略，吟吟笑着，矜持而又优雅地定格以待。

如果我没认错的话，一定是梅小姐喽？

是岛村先生吧？

相互莞尔一笑，有些湿润的手礼仪性地勾了勾，彼此便测出了对方掌心里的几分湿度。

经过最初的寒暄之后，场景很快向饭店的酒桌上切换。几句不多的话，梅便将岛村的简历搞清楚了。岛村虽然嘴上说自己的经历“不值得一提”，但在得知梅小姐是大学毕业以后才辞职下海的，便十分乐意地把自己也受过正规高等教育，并还有过难忘的插队经历等等底细和盘托出。通常他从不在人前炫耀自己的文化水平，怕跟圈子里的哥们儿造成隔阂，被人骂成装孙子，也怕公关小姐们抓住他的文人弱点轻易将身击破。但是对梅，他却乐意坦然告之，一则是为了在受教育程度上与对方对等，二则强调自己在生活经验上比对方阅历沧桑。梅果然有一见如故之感，并对他的知青遭遇表示艳羡。

老板派我来时我还不太愿意接这活儿，对北京的侃爷们心怀惧意，能遇上岛村先生真是我的福分。梅由衷地说。

认识梅小姐我也很高兴。岛村对答。

我很佩服“老三届”那些人，经了那么多苦难折磨后，没什么事情是他们干不成的。梅很真诚地说。岛村的心里动了动。吊灯从屋顶延伸下来，橘黄色的柔光罩住了梅小姐和她手中的酒杯。梅变得朦胧而酒变得清澈。到现在为止，他能够肯定的是，女人极其悦目。悦目的女人，不知是否也能够赏心。眼下他还无法判明梅是个有多大底蕴的女人，但他知道她跟别的前来洽谈生意的女人的目的是一致的，没有多大区别，但是又很希望她跟其他的女人能够有所区别。

在一片犹豫不定的心情里，岛村仔细打量对面坐定的这个悦目的女人，看她熟练地点着菜，又看她为自己要上一盒“红塔山”，从烟盒底部撕开，熟练地弹出一棵，嗅了嗅烟丝，检查着标牌的真伪，完全一副老到的男子气派。

这种男子式的潇洒与她那娇小的女性身份产生了巨大的反差。岛村饶有兴致地看着，很默契地充当着观众，觉得这种表演很有情味，不时递与激赏的眼神，鼓励女人把演出一直进行下去。

岛村先生，还满意吗？梅的手指优雅地托着杯子，目光盈盈地盯着岛村问。

你指什么？是这桌酒菜，还是人？

二者都有。梅仍定定地注视着岛村，眸子已被酒精滋润得晶莹闪烁了。

我可要把你的问话当成摔杯前的信号喽。岛村微笑着答。如果我说满意了，梅小姐接着是不是就要乘胜跟我杀价了呢？

梅的脸色陡然一沉。没想到岛村先生原来也这样煞风景。我还以为我们应该有更多的话题可谈。

哦，是吗？岛村的兴致被进一步调动起来了。这么说我让梅小姐失望了？

不，我只是觉得有点儿……感伤。梅幽幽地说。我一直都希望有那么一个时刻，能忘掉生意，忘掉工作，一心一意沉浸在某种氛围里。岛村先生不希望如此吗？

是我把这种氛围破坏了？真抱歉。

不，不必了。我们都在戴着镣铐跳舞，不是吗？

梅的目光又定定地射了过来，岛村有些心慌，不敢去接她的眼神。窗外正闲散飘着若有似无的小雨，浇得人的心情也是飘飘忽忽的，有些不着边际。岛村极力将一颗戒心定紧。女人的这种谈话方式他还是第一次领受，应答起来显得有些吃力。这本来是他过去娴熟使用的一套话语，是他在客厅、书斋、朋友聚会场合中耳熟能详的，如今却已经变得相当陌生，女人的话将他的记忆唤起了，竟让他有了恍然如梦之感。

我们到底是在追求什么呢？女人说。女人妩媚的双眼变得迷离了。她不间断地叙说着她自己的故事。她辞职、她下海、她不得已离婚、她一次次碰壁、她偶尔得胜的战绩、她屡次三番地跳槽。故事陈旧得跟任何一个潇洒走南方的女子的经历毫无二致。但当这些话面对面从一个沾着酒精的红唇中轻软吐出时，并且又是那么真诚、坦率、毫无保留，岛村的思路还是不自觉地被牵引过去，艰辛和感慨便无形当中成了他们共同的际遇。他的胸臆便也随之一起不加掩饰地抒发开来，话题一时变得既浓且酣，两颗心似乎在淡黄色液体的浇灌中溅起一朵朵火花。梅的脸蛋正在泛起好看的嫣红，岛村的脸色也越发地清俊白皙了。

不知不觉三四个钟头已经过去，岛村对时间的流逝却毫无所感。到目前为止，梅对生意的事闭口不提，仿佛已经忘掉了此行的目的。女人那种酒逢知己千杯少的沉醉神态,将岛村深深导引入一种知音难觅的欣喜里。岛村内心深处那层冷漠的东西正一点一点地摧散开来,他已经好久没有做这样毫无功利目的的清谈了,尤其是跟一个漂亮女人做这样你来我往的清谈,温情在他的血管里慢慢地散开。

我现在所在的这家音像公司已经是我跳的第五个单位。老板这次派我来京跟你谈这笔影带生意,实际上是对我的一次试用,还不知道我能不能保住这个饭碗。梅以手支颐,盯住眼前的杯子,一副茫然无助的神态,一反刚才的老练潇洒。

岛村的戒心差不多去除光了,换上了对眼前这个饱经坎坷柔弱无助女子的无比恻隐。

岛村先生在这个行当里干得久远了,经验也相当丰富。请您一定多多关照,帮我过了这一关。

女人买完单,起身往外走时仿佛不胜酒力似的摇晃了一下身体。岛村连忙援之以手。女人半依半靠在岛村臂上飘了出来,一丝温热便缓缓地通过岛村的神经末梢向周身扩散着。

广场上湿润的水泥地面折射着橘红色的温暖灯光,就像岛村暧昧的身体在回应着梅明亮的热情。一行行濡湿的脚印反复地印下去之后,岛村被挽住的左臂肌肉慢慢地柔软了,与梅纤巧的右臂挽成一个松紧适度的结。感觉着梅吊在臂上的体温,岛村心里不住思忖:这个女人,凭什么自信我会心甘情愿把大块时光与她这样消磨?

我最喜欢在小雨中的散步了。梅伸出一只手去当空触摸若有似无的雨水。它能让我想起一切美好的日子。

是的,一切都很美好。岛村这样想着,嘴里却没有说。就像他接的那个梅的电话,眼前的梅这个炫目的女人,酒杯中那透明绵软的液体,还有那些如泣如诉的话题……一切都美好得不可思议。

更不可思议的是,他的思绪正屡屡顺着梅那女人的牵引而不断延伸下去,随着她的忧伤而忧伤,随着她的欢喜而欢喜。究竟是什么东西如此打动了他的心,让他和梅之间如此的默契呢?

爱情。

岛村把这种久违的情绪假定为爱情了。爱情的来临简直是不可思议,有时竟像猫一样悄无声息。岛村自如地轻揽着梅小姐的细腰,忍不住侧过脸去将她细细打量着。爱情就像今夜的广场、广场上的纪念碑、纪念碑上的浮雕一样濡湿而美妙。梅小姐的发丝偶然会随风轻拂过岛村的脸庞。岛村不禁有些心旌摇荡:是谁把梅这个女人给我送来的呢?

来临时总有一种通感,
所以你让你的心扉敞开着……

岛村深深沉入一种诗意的幻觉里。

怀着对某种激情的向往,他们走过金黄色的纪念堂,走过泛着灰白色光泽的圆柱,又走过一排排壁立的红墙,一直走进梅下榻的贵宾楼里。进得门去,梅刚把壁灯扭亮,岛村便不相信梅有经济能力住进这么阔绰的房间。梅像是看出他的疑惑，轻笑着说，是一个朋友替她定下的，朋友曾欠下她的一份人情。梅道了一声“抱歉”，接着转身进了卫生间。岛村仍旧不能够释然，他搞不清梅究竟有多大的神通和能量，会有人为她买单住下如此规模的睡房。刚刚窥得一点真面目的女人转眼间又变得神秘了。

脱下风衣，在沙发上坐定之后，岛村的心绪便慢慢地缓解过来，开始细细品味房间里的舒适和温暖。温柔敦厚的窗帘把一切可视物都拦在了窗外，剩下的，满眼就是那张横陈的床，以及暧昧不明的浅粉色灯光。那张宽大的双人席梦思是那样肆无忌惮地裸着、轻轻地施展着无限的魔力。那应该是等同于梅邀他来房间小憩的无形含义吧？岛村的肉体一时间产生了几丝迷乱，梅的温香玉体正飘忽在床上迭现，合着岛村的激情肆意翻滚翩飞……

是要茶呢还是要咖啡？

梅小姐笑意吟吟地站在他面前。岛村一惊，忙从沙发上提了提身子正襟危坐，床和灯也迅速和幻想分离，各自归位恢复成普通家具的模样。梅小姐像变魔术似的，换了一袭无袖的葱绿软缎旗袍出来，瀑布似的长发已挽成一个髻，旗袍的袖口和开叉处将她光洁的手臂和秀美的双腿生动完美地显示出来。岛村看呆了，情不自禁地以激赏的目光瞧着，以为这爱情差不多已是袒露无遗。

你真美。岛村喃喃地说。你真美。

谢谢。梅轻轻地应着，款款地走过来，在岛村身边，隔着茶几坐下，坐在岛村伸手可触而又遥不可及的地方。

岛村心头有一股巨大的热望被强烈地激发起来，很想急迫地采取行动,尽快逼近梅的身体。但是他还是努力将自己遏制住,不使自己的行为显得粗鄙。以往对待其他女人的种种滥情游戏技巧和手段,对待梅这个他心仪的女人应该是全不适用,他以爱情来给他和梅的这种关系命名。他只是等待着,等待着,等待着一种高尚的类似水到渠成式的冲击。

岛村先生……梅侧过脸来望着岛村,羞于开口似的嗫嚅着。

唔?岛村将鼓励的眼神递了过去,分明是有些急切地渴望着下文。

岛村先生,您……愿不愿意……

什么?

愿不愿意帮我……

哦?

帮我做成这笔影带生意,把带子的价格再压低些?

岛村一时无语。思绪扭转不过来,只是听凭她一个人继续说下去。

我们这个音像公司组建时间不长,没有那么雄厚的资本,全靠您这套带子打开销路。您订单上的价码太高了,至少得给我压低五万,我们才能买得起。

岛村一愣,一丝警觉袭上心头,身躯也本能地有些僵硬。

小姐,您可是在以万为单位跟我杀价。您不如说让我把带子拱手相让得了,我们全体演职人员两年多的辛苦也就此泡汤。

五万不行,那么岛村先生,您觉得我值多少?

梅小姐的眉梢轻轻一挑,似挑逗,又似挑战,岛村心里怦怦紧跳几下，循声追问：

假如我压低价位把带子卖给你，那么我将得到什么？

您想得到什么？梅小姐不急不恼，吟吟笑着，流光溢彩的眼睛紧紧逼视着岛村。

岛村也不示弱，将眼神迎上去回视着。二人的目光紧紧地咬合了一会儿，又松开，彼此心照不宣地笑了起来。梅那丰满的胸脯在旗袍下笑得微微轻颤，落在岛村眼里，就全变成了挑战的鼓点，全没有挑逗的蜜意了。

电话铃响起来，梅起身去接。岛村便对着这个咫尺天涯的葱绿色侧影，发着紧张的思索。电话里仿佛什么人请她去吃消夜，梅在婉言谢绝，说此刻正陪着一个朋友，走不开，活动临时取消。

回身刚刚坐下，又是一个电话进来。有人约她去 KTV，梅又谢绝了，说今晚要陪一个重要的朋友，不出去了。梅特意在“重要的”几个字上加重了语气。

您能给我一个结果吗？重新坐下来后，梅向岛村问。

我也很希望有个结果。岛村意味深长地说。梅小姐既然这样不吝，把我当成朋友看待，那我也不能白担了朋友的名分，就帮你一回忙。这样吧，我给你压低两万，这是最后的价码，不能再低了。

三万。梅毫不迟疑地接口说。

岛村定定地瞅着梅，梅脸上的线条瞬间已变成坚定和刚毅，并没有柔媚出他预期的欣喜和感激。岛村大脑不知怎的一时间呈现出一片前所未有的空白。少顷，才回过神来，挥了一下手说：

好吧，就三万。明天上午你去我那儿，我签份正式合同给你。

好了，告辞了。

说完，岛村站起身来，挟上风衣径直朝门走去，连看也不看梅小姐此时的反应。他自己也搞不清自己的动作和言语是怎样变成如此衔接的，只是觉得此时必须这样做，非这样做不可，他已经不能够做别的了。

这一夜岛村彻底失眠了，带着失意和惆怅辗转反侧，对自己和这个世界都没有了把握，仿佛又陷入孤独冷漠里兀自漂浮着。这样一首诗意盎然的美妙情歌，难道只是自己低智商时的自作多情吗？难道梅也不过是一条善变的蛇，用媚笑和声音来将他利用和戏耍？他实在不愿意沿此思路想下去，脑中唯一能够确指的就是他对梅的真心不舍。至少，他跟梅也该算是棋逢对手吧？但他明白他要的不仅仅是这个，他要体认的是另一种深长隽永的承诺。

可那又是什么呢？我们的生活当中频繁降临的究竟是什么？是真情，还是虚妄呢？

等到梅如约来家里取合同的时候，岛村已经在客厅和卧室里把一切氛围都营造好了。梅依旧是神采奕奕，温婉可人，看得出，生意的成功让她昨晚有了一夜的好睡。岛村的心不禁有些微微发痛。

进门以后，梅便四下环顾，对居室的富丽堂皇装饰表示出高度赞赏，又把脚步移向靠墙的一大排书柜前细细浏览着。那些脆硬的书页上曾经倾注过岛村青春时代骚动的理想。如今全都阒寂无声的尘封上了。

这是你妻子吗？她可真漂亮。梅拿起桌上一家三口的全家福说。

从前是。

哦，对不起。梅“哦”了一声，复杂的表情转瞬间又变得晴朗。你儿子长得真可爱，十分像你。

是吗？他跟着他妈妈走了。岛村淡淡地回答，转而把话题调度过来：这是合同文本，你先看一下吧。

梅接过合同书，坐在沙发上翻看着。岛村挨着梅坐下，也坐进了长沙发里。没有了茶几之类的讨厌障碍物作阻隔，梅就变得十分真切了，就在身边存在着。岛村的鼻息正拂在梅的头发上，发丝微微波动起伏着。他能感到梅在他焦灼目光的视压下，似乎有了几分窘迫，目光开始散乱地在纸上游移，手中的纸张也仿佛有了千钧重量似的托抓不稳，扑簌簌地竟有几丝倾斜。岛村的肢体不由得火热起来，心也开始怦怦狂跳，这是他许久都不曾有过的动情的狂跳，他太想确认这场爱情的实质了。

梅，岛村低低唤着。梅，你让我动心。

是吗？梅轻轻地，头也不抬，仍盯住手中的合同书。

是的，你会让任何一个男人动心。谁也抗拒不了你的魅力。

您也是个不可抗拒的男人。梅细细地说。

噢，是吗？岛村已经把这当成某种允诺的信号，脸颊通红地燃烧着，缓缓趋近梅那温热的双唇，不再在意梅那欲擒故纵、成竹在胸的表情……

丁零——

电话铃不合时宜地响了。岛村的情绪被迫中断，无奈地走过去，抓起听筒，是公司里的恼人事。岛村简单地敷衍几句，马上把电话挂断，同时用身体挡住梅的视线，顺手把电话线插头拔了下来。

回转身来，见梅已端坐在沙发里，身体显露出拒人千里之外的僵硬姿势。岛村笑了笑，随手开了发烧组合音响。舒缓的乐声顿时像光一样从天上撒来，落在他们的脸上、身上，也笼住了屋子的四壁和墙角。撒在梅头发上的光是那样柔曼，仿佛要把她的每根发丝都揉起来，揉成暖暖的一团。梅的肢体在音乐的浸泡中舒缓了，棱角不再那么明显。

梅……岛村挨近梅，梦呓般地问，梅，还……满意吗？

什么？梅缓缓侧过脸来，眼中露出迷蒙的神色。

一切。

是的，我对一切都相当满意。这都多亏了岛村先生您，我真不知道该怎样感谢您才好。

不，你知道，你知道。岛村盯住梅姣好的面容，呼吸变得急促起来。

哦……对了。梅的脸上掠过一丝迷乱，随即镇定下来，像想起什么，随即打开身边的手袋，从里面抽出一个鼓鼓囊囊的信封，递到岛村面前：

这里是三千元钱，作为对岛村先生的一点报偿，请收下吧，您千万别嫌弃。

岛村的面部肌肉顿时发僵，进而急遽扭曲着，像是有些不懂似

的诘问:

你真的认为我要的就是这个吗?你真的是这样想的吗?

梅被他的表情给震慑住了,睁大眼睛疑惑地问:这样有什么不对吗?那么您还想要什么?

岛村忽然觉得有些无措,有些语噎,有些空落。一长串音符轻捷地在他的大脑皮层里划着,苍白地滑过去了,没有留下任何印辙。空白。空白得是那样滞胀、阻塞,让他的心灵已经难以承受了。

岛村先生。女人轻唤着他,将他从怔忪之中拖回到现实中来。如果没有什么异议的话,就请您在合同上签字吧。

嗯……好吧。岛村木木地应着,手里举着笔,却半天都落不下去。一切为什么竟是这样残酷,倏忽即逝?等到他的笔一落,他和这个女人的联系就算彻底完结了。其实从头到尾,维系他和这女人的,也不过就是这一张纸。婚姻、爱情、生命,为什么轻薄如纸?

岛村先生,您还犹豫什么呢?

梅小姐不再仔细读读了?

难道我还不相信岛村您吗?

梅嫣然一笑,透出无比的魅力。岛村心里一阵揪紧,定定瞅了梅几眼,才在合同上签下了名。

好了,你可以回去交差了。岛村疲惫地一扬手。请吧。

岛村一个人在空寂的屋里呆呆坐着,让暮色一点一点把他吞噬进去。电话线一拔断他便可以暂时地与这个世界隔绝。虽然没有报时钟响，可他在心里仍可以感受到梅乘坐的那趟班机已经驶过了他的头顶，把那个美丽的女人送往南国的一个新兴城市去。梅现在已经下了飞机，正兴冲冲地奔向她的老板处报捷。岛村在黑暗中睁开眼来，重新插好电话线，然后拨往梅所在的地方。

是梅小姐吗？

岛村先生？请问还有什么事？电话里梅那个女人的声音依旧很清脆，只是再也听不出柔媚了。岛村此时亦是心如止水。

梅小姐，祝贺您生意取得成功。我要告诉您的是，在复制合同文本时，我忘了把“发行权”字样打上了。就是说，您购买的只是影带的复制权，却没有发行权。您有权拷贝出一卷卷的胶片或磁带，却不可以拿到市场上出售发行。我重新准备了一份比较完备的合同，不知梅小姐是否有兴趣一切从头再来？

听筒里一时寂静无声。岛村似乎可以看到梅那欲哭无泪的眼神。他暗暗笑了，却笑得很苦。

游戏过后，还会有什么能在我们心头永驻？

岛村慢慢放下电话，随着渐渐降临的夜色一道，又堕入到无边的虚妄里。

1995 年 2 月于京西浴风阁

鸟　粪

思想者坐在广场中央，以一种固定不变的造型，全身赤裸着，供来来往往的众生浏览和瞻仰。这尊历史悠久的青铜雕像，是经过飞机和汽车的长途贩运之后，历经数十个小时的旅程颠簸才到达这座城市的。人们又动用了两辆大吊车来回钩吊，才把他最后安置在市中心的广场上。

广场是整座城市的心脏。思想者便正襟危坐在左心室或右心房的位置上，亮出一身健康壮硕的筋肉，饱含着智慧的偌大头颅微微上扬，怡然欣悦地打量脚下这座沸声连天的城市。那时候，整个广场上空，都翻卷涌动着遮天蔽日的滚滚黄尘，人类行走或驻足的风景全都被掩盖不见了，只剩下成千上万只鸟儿在弥漫的浮尘中翩翩惊飞。它们对这个闪现着亘古青铜之光的思想者的存在表示出应有的警觉和愤慨，以啁啾鸣叫之音把内心的隐隐不安彼此间相互传递着。它们的心里还在纳闷：广场上有这么多鸟儿占据着就已经足够了，何须又弄出这样一个巨人思想者来掺杂其中呢？思想者那和美恬淡的呼吸成了众鸟浮躁啼鸣之中的一个不和谐音。留他在此究竟何用？

褐色鸟群扑喇喇、扑喇喇地从地上蹿起，环绕在思想者上空，盘旋着，思忖着，惶惶然不知该以什么面目面对思想者这非我族类，不知这个庞然大物会不会给鸟族造成伤害，也不知他能否给它们带来些新鲜的黍子和谷物。

思想者不由得暗自笑了，他知道鸟儿们的担心都是多余的。作为广场上最后一个思想着的人，他所能做的事情也不过是思想，孤独地思想。而思想，并不会对鸟儿们世代相袭、四平八稳的啄食生活造成任何妨碍，它们大可不必这样仓皇地起伏翻飞。于是他把目光收回，凝神阖目、专心致志地继续思索起关于人类生存与永恒等哲学命题。

鸟儿们的不安却由此加剧。它们搞不明白，一个人竟可以什么都不干，而单凭着坐在那里苦思冥想便可以存在下去。他那种坐定不动的姿势是否是出击以前的一种蓄积力量的准备活动呢？褐色鸟群叽叽喳喳，一次又一次大规模地俯冲，围绕着思想者打量、试探，用翅膀扑扇着他的肢体，用尖嘴啄一下他的头发，或衔起几枚小石子往他身上掼着，再不就将一小粒谷米放到他厚厚的嘴唇上，试探着看他会有什么反应，看看他这凝神不动的样子究竟是一种什么狩猎新招法。

思想者此时正沉浸于自己的思想之中，思索得那么投入，那么忘形。智慧正如闪电一样屡屡划破黑沉沉的意识之层，挟着他那滞重的身体，跨越重重障碍，明亮而飞速地朝灵境驶去，身后传来难题破解之后的轰隆隆的雷鸣和无比酣畅的雨声。他那脑部的皱褶因着思想的丰富而更加密集地层层堆起，身上的肌腱因着智慧的折射而闪动着耀眼的金属光泽。思想的光辉，逐渐透过遮蔽的凡尘，温暖而蓬勃地显现出来，使他这人类，而不是鸟群，又一次成为广场上最惹人注目的中心。

思想者是完全地被这灵与智的游戏擒住了，早已忘记了现世的存在，听不见了尘世的喧嚣，兀自以自己的方式执着地思想着、思想着。

奇怪的是鸟儿们的欢乐也并没有亚于思想者。它们发现自己的试探、挑衅行动并没有遭到应有的还击之后，不禁叽叽喳喳地乐了。天空中到处布满了喑哑、嘈杂的讥诮之音。原来这貌似庞大的家伙也如麦地里的稻草人一样是不会动的，原来这也不过是一个一无所用的思想者。那么我们还担心他什么呢？

褐色鸟群霎时间便前呼后拥着纷纷降落下来，落到思想者的头上、肩上，欢呼着，歌唱着，庆祝一场虚惊的过去。雄鸟儿骑在他的肩上，也学着他的样子，叉开两爪，张开翅膀，凝神闭目，做出一副能与之相匹的思想状。雌鸟儿则一步三摇，投怀送抱，钻进思想者的腋窝下，跨坐在他的腿上，用尖嘴淫邪地在他浑身上下四处触摸亲啄着。雏鸟儿则蹦蹦跳跳地踩踏在思想者的头上，一副登高望远、遗世独立的模样。

“嘻嘻嘻嘻——”

“哈哈哈哈——”

欢乐的鸟语一阵一阵爆发出来。

鸟儿的吵闹声终于分散了思想者的注意力，把他从沉思中惊醒过来。看着前后左右欢腾雀跃、不可一世的鸟群，思想者感到有些迷惑和不解。他真不明白为什么自己要被放置在鸟类群集的广场上，整日为这些不能与之对话的鸟儿们所环绕。偌大的广场上为什么没有人声而只有鸟语？那些会说话的人类都失散到哪里去了呢？他感到了一种思想不能自由表达的郁悒痛苦。

有什么能比失语症更令思想者痛苦的呢？难道他不该置身于人群中与人类交流向大众宣言吗？难道他就该整日枯坐着与鸟群为伴吗？难道他不是一个人，不是由人类艺术家创造产生的一个血肉丰满、情感充沛的人吗？

一想到自己的诞生过程，思想者情不自禁地热血沸腾。他的思绪一下子就拉回到了那个悠远的年代，又看到了罗丹老爹和他的小情人克劳黛尔在那间巨大的画室里狂风暴雨般地制造爱情。他认定了自己一定是罗丹跟小情人克劳黛尔所生的，而不是跟那个糟糠拙荆的黄脸婆。伟大艺术家的生命历程里，总是需要有一个兔子般鲜活可爱的小情人来激活他的想象力和创造力，来启迪他的灵感。制造爱情的罗丹老爹爬起来在镜中一眼看到了自己怒然勃起的尚称雄健的肌体，看到了自己眉头紧锁、高潮将至的痛苦与欢乐合一的临界表情。灵感霎时如闪电般不期而至，将他的大脑皮层划出几道刺目的惨白。他迅速抓起案几上一块陶土粗坯，手指痉挛着急切揉捏起来，身体也不可遏止地急遽摆动，伴着小情人克劳黛尔那激情的呻吟，在肉体即将崩溃灵魂，即将飞升的至极幸福里，一尊思想者的雕像雏形便在一双大手的揉搓之下变得轮廓清晰了。

人类一造爱，思想便产生。

思想者心绪难平，眼中闪动着对往昔的无限深情。鸟儿的叫声又将他唤回现时的处境。人与思想真的是相与共生的吗？人究竟是什么？思想又到底有什么用？思想者难道就是整日枯坐，赤裸着供芸芸众生用目光把玩和欣赏的吗？思想难道仅仅是一个名词吗？徒具虚名、百无一用的思想对人生何益？思想难道不是一个动词吗？难道不应该在行动中体认和显现自己的价值吗？思想者自身不就是在一系列激情的动作之中显露胚胎并最终定型的吗？

动吧！动吧！动起来吧！

思想者凝神屏气，在夜色的掩护下，试着启动他那枯坐太久业已僵硬的肢体。他慢慢地慢慢地抬起身来，离开那个厚重的底座，转动着脖颈、大腿、脚腕、手腕各处关节，在一阵“咯吱咯吱”艰涩欲裂的爆响过去之后，韧带终于润滑起来，可以抬腿向前、迈步前行了。置身于鸟群之中，他感到了与人群疏离的难言的痛苦。人与思想是一刻都不能分离的。他必须到有人的地方去，到需要思想的地方去，到那里去与人合一。鸟儿不需要思想，鸟儿只需要觅食就足够了。

最初的步伐，迈得古朴而稚拙，像一个孩童似的走得不稳，摇摇晃晃，趔趔趄趄，深一脚浅一脚，样子十分可笑。但思想者的内心仍旧十分喜悦，他毕竟是行动起来了，马上就要找到自己真正的位置了。他沿着广场中轴线的方向坚定地走着，小心翼翼不去惊扰沉睡着的鸟群。满天的繁星为他的行动作着明证，夜风里浮动着处于上升时期的城市那芜杂繁茂的歌声。每一束霓虹都是一簇饱蘸欲望的花朵，在腥膻俗艳的人气里“噼噼啪啪”爆绽着。发酵的欲望正从每一瓶刚刚开启的“二锅头”“人头马”浓郁的酒香中飘散出来，思想者有了微醺的感觉，步子也有些轻飘飘的。他停下脚来，定了定神，循着卡拉 OK 歌声的指引，朝着觥筹交错、酒楼密集的夜生活区走去。那里的人们永不疲倦，那里的消费永不打烊。那里是否会有人需要他呢？思想者信心十足，努力坚定脚跟，避开酒气的侵扰，大踏步地走向前方。

远远看见酒店的漂亮玻璃门无休歇地旋转着，穿着白色制服的门卫恭敬地肃立，带着职业性的微笑讨好地迎来送往每一位顾客。思想者刚刚走到门前的停车坪上，忽见一群珠光宝气的女人与油头粉面的男人勾肩搭背地迎面出来，嘻嘻哈哈彼此用轻佻的语言调笑着。思想者想上前去打招呼，可马上又犹豫起来，不知道怎样说才好，也不晓得自己的话语是否能与他们的相互对接。他一时竟变得语噎，想要回避又来不及，只好很仓皇很羞涩地站立，匆忙之中以一副行走的姿态原地定格，将自己尴尬地置身于明亮的灯光之下。

一个嘴唇如血的女人最先发现了他，一脸惊诧地大声嚷嚷：“哟，你们瞧啊，从哪儿冒出个光屁股的大老爷们儿？”

旁边一个涂着深蓝眼圈的女人顺着她手指的方向一瞧，也夸张地大声叫着：“我的妈呀！那是谁呀？可要把我吓死啦！”

思想者一怔，心说难道我这么快就退出人类记忆了吗？人们怎么可能不认识我呢？

一个手持“大哥大”的男人看了以行走姿势站立的思想者一眼，以一副见多识广的腔调说：“咳！我当是什么呢，原来是一个雕像啊。现在城里头时兴砌这个，马路沿儿上到处都能见着。”

嘴唇如血的女人说:“是雕像吗?我怎么看着像真人似的?别是谁在那儿要流氓吧?”

深蓝眼圈说:“等着,我上去摸一把,看是不是真的。”

说着,深蓝眼圈款款姗姗扭腰上前,先对思想者抛送了一个勾魂荡魄的媚眼儿,随后便抽出手来,将黏热温湿的手掌很猥亵地贴在思想者颇具力度的后臀上,又顺势向前合拢包抄过来……

思想者惊惧得心都快要不跳了,脸涨得通红,嘴巴张得老大,却半天都叫不出声音来。他简直没有想到,人,人,人……人怎么都变成这个模样?从前的德、德……德行都跑到哪里去了?世界上怎么永远都有婊子存在?那些正人君子们如今又在何方?

思想者鼓足勇气正待反抗,那边那个拿“大哥大”的男人喊了起来:“嗳,我说,还没摸够是怎么着?待会儿咱换家KTV包房继续摸……”

“讨厌……”深蓝眼圈嗔怒地回了一声,手指在思想者的尘根上使劲拨弄了几下,这才恋恋不舍地撤了回去。红色皇冠载着他们急驰而走,深蓝眼圈装腔作势地摇下车窗向思想者抛着飞吻,引得红男绿女又是一阵淫荡地哄笑。

思想者呆呆地站着,一颗孤傲自尊的心遭到了无比严重的挫伤,简直要经受不住这言语的奸污和亵渎。难道他已经没有可能和人类沟通了吗?他们之间就再也没有对话和平等了吗?要知道他正是由人类创造出来并曾受到无限崇尚的啊,怎么可能这么快就遭到人类的拒斥和侮辱?难道他真的不再被看重不被需要了吗?他的位置到底应该在哪里呢?

思想者忍受着忧伤和痛苦，缓缓退出了灯光耀眼处，离开了那条中轴线，默默沿着城市边缘的黑暗处行进着，希冀在一个不经意的时间和地点，找到一处可以容他歇脚和驻足的港湾。

鳞次栉比的高楼大厦渐次退到了身后，喧闹声渐渐低了，树荫一片片多了起来。四下里都看不见人，只有几辆出租车亮着黄灯在空跑。城市的边缘显得平静而又阒寂。思想者孤独地走着，不停地张望，十分希望能与善良的人们相遇并相知。终于，他看见两个扛着大麻袋包的民工向他走来了。他掩饰不住内心的渴望和惊喜，张开双臂想用最热情的礼节将他们迎接。不料，他们根本对他视而不见，只顾鬼鬼祟祟地抬头注视高压线，低头盯紧井箅子。

思想者搞不清楚他们的用意何在，仍旧把手臂高高扬起，满怀希望地将走在前头的那个民工拦截拥抱了一下。正在低头寻找下水道井箅子的民工被碰得猛一哆嗦，抬头张皇地看了思想者一眼，本能地退身挣扎着，“当”的一声，脚掌踢到了坚硬的青铜上，疼得他挤鼻扭脸嗷嗷大叫起来，转瞬之间又忽地喜形于色地喊：“二狗子，快过来，这儿还有个大铁块子呢！”

思想者一听，话音不对，赶紧收敛起脸上友好的笑容，以拥抱的姿势定格不动，不知民工打的是什么主意。

走在后面的二狗子小跑上来，握着鹰嘴钳，“咣咣咣”敲了几下：“哎哟，俺的娘哎，这哪里是铁，这可是铜哎！值老了钱了！”

“真是假的？俺可是捞着金元宝啦！还愣着干啥？还不赶紧动手装！”

两人一起动手，连拉带拽，要把雕像扛起来往麻袋里塞。无奈雕像的体积太沉太大，累得他们呼哧带喘的也没能扛得起来。二狗子合计了一下，便把麻袋里偷来的那些下水道井盖和高压金属电线统统倒出来，扯着麻袋从雕像头上往下套。雕像那庞大的身躯将麻袋撑得鼓鼓囊囊的，上半身进去了，下半身却还裸露在外边。累得红头涨脸的二狗子急得围着雕像直打转：

“他奶奶的！快到嘴的肥肉也不能就这么让它飞了。干脆，咱先锯下几块来卖卖再说。值钱的话，明儿咱回村开个手扶拖拉机来把这玩意连窝端走。”

二人拿出鹰嘴钳、木工锯、开山锤、电凿子，在思想者浑身上下比量着找地方下手。思想者胆寒了，看到两个利欲熏心的狰狞面孔和他们手中尖利暴戾的作案工具，顿时唬得手脚冰凉、嘴唇青紫，哆哆嗦嗦说不出完整话来，连为自己辩护的力气都没有了，双脚几乎就要瘫软，只是在心里默默哀告着说：

“人啊！请不要如此戕害我吧！我只不过是没有一点抵抗能力的思想者啊！”

民工却根本理会不到他的内心独白，只是胡乱拣他身上丰厚的地方左一锯右一锯地割着，左一锤右一锤地凿着。“叮叮——当当”，“咯吱——咯吱”，金属的敲打撞击声在静夜里格外的响。没出一会儿，思想者的头上、脸上、身上、腿上便布满了横一道竖一道的锯齿形凹纹，以及坑坑点点的深沟。

思想者忍受着锯割斧凿的痛楚，用力在心里喊着：

“兄弟啊，你弄错了，我的价值不仅仅在于废铜烂铁，而是在于我的思想！思想的价值要高出千倍万倍，思想可是无价的啊！”

可是他的呼声却是那么微弱，细小得难以察觉。无端的折磨，已经让他的声带完全嘶哑了。

斧锯凿子仍旧顽强地在他身上四处割斫着。但思想者的体魄那样的完善壮硕，粗犷豪放，如此坚硬深厚，浑然一体，令人难以一块一块地将它们分割。累得筋疲力尽的两个民工灰心丧气，想放弃又舍不得，气急败坏地瞪着发红的眼睛，圪蹴在地上冲着高大威武的思想者喘着粗气。

“这可太憋气了，眼看着肥肉就是吃不到嘴，你说咱可咋整呢？”

“肉厚的地方割不动，咱莫如先拣细的地方割，能卖多少是多少。”

二狗子说着，通红的眼睛又向思想者身上打量，寻找着柔弱纤细的地方。在将手脚、耳朵、毛发等等部位一一瞟过之后，二狗子的目光落在思想者的尘根部位上不动了，流里流气、阴阳怪气地道：

“我说栓子，咱就先把他这根屌割下来吧，泡成三鞭酒，说不定还能大补呢！”

二人“嘿嘿嘿”地狞笑着，起身上前开始动手，扯起木工锯架在思想者的尘根上，然后一边一个来回用力抽拉起来。

“吱——嘎，吱——嘎——”

锯齿走处，筋脉一根一根被割断。貌似坚硬孔武、粗大有力的尘根实际上是多么的柔弱无力，不堪一割！思想者的心哆嗦着，神经抽搐着，浑身冷汗直冒，眼看着就要虚脱，只在心里无望地喊着：

“为什么？为什么？这到底是为什么？只为一时的蝇头小利，就要将我活活阉割吗？天哪！天哪！天哪！”

割锯声却不管不顾地兀自响着。远处响起了摩托车的轰鸣声。二狗子一惊：

“不好！栓子，巡警来了，快跑！”

二人丢下铁锯，扭头就跑。跑了两步，二狗子又转身回来，捡起地上的榔头，照准思想者那仅剩一根筋脉相连的尘根狠命就是一凿！“当啷——”一声，尘根掉在地上。

思想者再也支持不住了，訇然倒地，一头昏死过去。二狗子慌忙捡起尘根掖在怀里，扭身拔腿就跑。

“站住！再跑我就开枪了！”

警察在后边高声喊着，随即向天空“叭——叭”鸣枪示警。摩托车紧追不放，一会儿就把两个罪犯擒住，塞在车斗里，带回作案现场来取获赃物。

“是这儿吗？”老警察厉声喝问。

“嗯哪……”二狗子低头看一眼倒卧的思想者和扔得满地的锯子、凿子，惶恐地点头。

老警察将麻袋、高压线、井箅子等赃物拾起来，一并扔到车上。小警察查看浑身布满锯齿斧凿痕迹的倒地的思想者，纳闷地问老警察：

“老张，你说这塑像能是铁的吗？这两个无赖怎么跟它摽上了？”

“怎么不能？搞艺术的人最能闹妖蛾子，他们什么材料不敢用？现如今泥塑木雕已经不过瘾，非要用那个真铜真铁，这不，就把贼给招来了。”

“我看着还是不大像……老张，电棍递我，我电电他试试。”

小警察伸手接过电棍，将一端捅在思想者身上，随手揿动了电源开关。霎时间，一股强大的电流“倏”地从思想者的身体上穿过，刚刚恢复一点知觉的思想者被电击得浑身前仰后合、狂颤不已，一粒粒猩红的火花四处飞迸。那是万箭穿心、血液烧干、筋骨洞穿、皮焦肉烂永远不愿回想、永远不能言传的创痛的滋味。思想者只来得及吐出一句“无知……”，便再次昏死过去，什么都不知道了。

“唔，的确是铁的。”

小警察满意地收起了电棍。

“明天通知园林管理局，不要把塑像到处乱放，应该放到有人监管的地方，免得影响社会治安。”

摩托车载着警察和罪犯渐渐走远了。

不知道过了多少时间，思想者慢慢苏醒过来。星星都隐藏在天幕后边看不见了。黑沉沉地，这是曙色即将到来之前的最后一抹浓暗。夜风折断了几根树枝，打下几张叶子落在他的身上，带来一股彻骨的凄寒。千疮百孔的思想者静静地躺着，静静地。他真想永远地这样躺下去，永远地就此死过去。死过去，不再醒来，不再用思想折磨自己的大脑，也就不会再有暴力摧击自己的身体。

可是，这里，这城市的边缘可以容他这样平静地躺下去吗？这里是他可以安身立命之地吗？谁能保证天明之后不再有人将他污辱和贩卖，不再有人在他长眠的躯体上继续做手脚和文章呢？

思想者默默地躺着，听着冷风飒飒的足音，一边运气调息，一边艰难地思索着自己的境遇。一只无家可归的夜游老狗，一路嗅着慢悠悠地踱了过来，走到思想者身边。它仰头看了看这个巨大的雕像，然后停下脚步，在背风的一面紧挨着思想者的身体趴下来，似乎找到了舒适惬意的避风场所。老狗那快要光秃的毛皮上传来一丝暖烘烘的气息，迅速透过冰冷的金属表层传导进思想者的躯体。他不由得心里一热，无比欣慰而又惨淡地喃喃自语：

“狗啊，难道只剩下咱们俩才可以互相依偎了吗？”

狗眯了眯眼睛，像是听懂了思想者的独语，更紧地向他身边靠拢过来，然后支起后腿，“哗哗哗”地将一泡热尿浇到他的身上。

思想者淹没在尿臊气里，无从思想，也无从言语。

太阳升起的时候，思想者已经重新回到广场中心那个厚重的基座上，全身赤裸着，眉头紧蹙，以手支颐，遮盖脸上的青紫伤痕，双腿并拢，将被阉割过的裆处使劲夹紧，面对过往的众生，痛苦地思想着。

经历了大悲大恸大劫大难的思想者，已经变得大彻大悟，心如止水。一夜之间出走的遭遇，让他饱尝了行动的艰辛，同时也使他明白了一个最浅显平凡的道理：思想者是不能轻易行动的，行动是不会有什么好结果的。他所能做的，也只能是思想，思想，将肉身化为雕像，以青铜的方式，庄严地存在，永远常驻广场中央，在铺天盖地的鸟羽的遮蔽里，以金属凄艳冰冷的光泽，昭示人类灵魂的亘古不朽！

思想是永远都不能从人类头脑中连根拔除的。

褐色鸟群在艳阳高照之下振翅翱翔。鸟儿们发现这个庞然大物虽然不能给他们带来什么实惠,但是站在他的肩头上却可以看得更高更远,他的卷曲的浓密的头发也是栖息繁衍的好场所。

于是,它们便沿着思想者荒凉的额,挤挤擦擦闹哄哄地攀缘,上升,快乐地鸣叫,做窝。

思想者被自由自在的鸟粪淹绿了。

1995 年 1 月于京西浴风阁

早安，北京

泽原在面临重大选择之时经常不会决断，尤其是不会说“不”字，应承下来好多他不愿意做的甚至是讨厌之事。他的这种优柔寡断的性格有时害了他，在某种时刻对他也有过小小成全。但总的说来，还是给自己添烦扰的时候多。这种性格，也直接影响到他在单位里的升迁，年过四十，仍然还只是机关里的一名处长。眼看着后分配来的学弟学妹们“呼呼呼”地往上走，有的在三十七八岁时就破格升为副局，泽原也只有暗自慨叹。据说他不能快速升上去的原因，重要一点是“工作缺少魄力”。泽原对这一说法也只有苦笑着认可。

像这次母亲让他去火车站接人、周末招待即将来京的二舅一家的事，他本该拒绝。一则他没有时间，每天朝九晚五的办公室生涯，脑子里灌满一大堆繁缛之事，加之从单位到家要一个半小时的车程，精力已经耗尽，就盼着有个周末能大睡一场。再则也是不方便，家里尽管买的复式房，有一百八十多平方米，但毕竟习惯了夫妻二人世界，突然间住进来一家三口，起居作息相当不便。

当然最主要的原因，还是因为他跟即将到来的这位二舅根本不认识。母亲也是担心他拒绝，远在长春的母亲电话里一再叮咛，说你这个二舅，对妈妈有恩，是他牺牲自己，才念了两年书就辍学回家干活，打猪草、烧砖、下窑什么都干，才供得妈妈从小学一直念完大学，没有二舅，就没有母亲的今天。

泽原听明白了，这是要让他母债子还。小时候，母亲很少跟他和妹妹说起娘家的事情。自从结了婚以后，母亲出嫁从夫，跟娘家的亲戚走动往来得少了，连带着孩子们也跟她那一方亲戚感觉着陌生，像这个二舅什么的从小到大他都没有见过面。只是在母亲退休老了以后，才开始追本溯源地跟自己娘家兄妹走动得勤了起来。那时泽原早已经离家到外地读书工作，所以对于母系血缘关系，仍然莫衷一是。这次母亲怕他不晓得事情的严肃性和庄重性，特地用血浓于水的故事强调了一下。

泽原犹豫了半天，仍然没能说出那个“不”字。

为了不至于迟到，泽原早上五点钟就从家里开车赶了出来。一路上困意不住在脑子里打晃。他已经许多年没有到北京火车站接人，也有好多年没有看到城市这么早的太阳。才早上六点半不到的工夫，太阳已经像一枚燃烧着的巨大火球，逡巡在七月的北回归线上，分外刚烈，却也黏稠。四处都是白亮亮的，照得人睁不开眼。数十趟提速以后夕发朝至的火车，将一拨拨暑期旅游的睡眼惺忪的人群吐出站口，仿佛巨蟹嘴角濡动出的泡沫，“咕嘟咕嘟”，成串成串从狭小憋屈的口子里迸挤而出，又“噼噗噼噗”，爆裂出漫天盖地的霉气和隔夜酸腐。

泽原目光散乱，偶尔瞥一眼挂在出站口墙上那个巨大的进站车次显示牌。二十几年过去，火车站这里似乎还是保持着当年的模样。当年，泽原同样也是类似一朵外省泡泡，带着一颗兴奋膨胀发酵的心，被幸福的火车拉着，轰隆轰隆，一口气驶向伟大中国的首都北京，一口气给吐到火车站广场上学校迎接新生的站牌下面。

火车站永远是连接着外乡人梦想与幻灭的地方，它激情无限，热力四射，永远保持着固定的混乱拥挤和肮脏。只站了一会儿的工夫，泽原的脑袋和眼睛就都承受不住，头晕，眼前晃过的所有面孔都似是而非。恍惚之中，听得广播里报站，他要接的那趟车已经正点抵达。泽原赶忙紧了一下身子，往迎面的人群里迎了迎，同时举起手里的接站牌。那只是一张简陋之作，一张A4纸，用粗黑的墨笔写上要接人的名字。他双手将纸牌子高举过头顶，做出接人时通常具有的渴盼身形，然而眼神依旧空洞，没有一丝一毫的兴奋。

眼见这一拨出站的人要走光了，泽原背上的汗衫似已湿透，仍没看出个子午卯酉。泽原胳膊发酸，强打精神觑眯起眼往前看，同时眼角余光能感觉到几个陌生人一直围在他身边转悠。他没在意，仍然坚持空洞直视前方。末了，为首的一个老者终于转到他的前边，盯着他的脸，说："你是老巩家的大小子巩泽原吧？还举啥举，一看你那脸盘子，就是咱们家人，像是从你妈脸上扒下来的一样。"

泽原一愣，手臂耷拉下来，目光疑惑地望着站在面前的老者。只见来人黑不溜秋，满脸是褶，一件被汗溻成黄色的白跨栏背心，一条斜纹黑布裤子，裤脚一个挽起，一个拖下来，一双塑料旧凉鞋，里边的脚趾脏兮兮的，脚趾盖似已经硬化。老人正在把几乎有些讨好的笑意生硬地向自己展开，露出了满嘴的黄牙。

“您是……”泽原嗫嚅道，“您是……二舅?”

“哟嗬，自家舅舅，还能有假?”

老头听得一声“二舅”的称呼，笑容这才显出些真实。

泽原一时有点迷糊。没有想到自己母亲的亲娘家哥哥会是这副样子。走在街上，跟任何一个进城打工的老农民都没有区别。

再看老头身后，紧跟着一个老太婆，个高，枯瘦，花白的头发，一件蓝底白碎花的府绸衣服，松松荡荡吊在身上，能看出里边耷拉的乳房形状。她的身边，还跟着一个一米八多高的半大小子，精瘦，大眼睛，浑身黢黑，身子骨有些单薄，上嘴唇边上刚刚冒出硬撅撅的胡楂儿。这的确像是母亲电话里一再叮咛嘱咐过的由二舅、舅妈及其他们的孙子组成的亲属旅游团。

泽原不敢气馁，忙在脸上堆出许多笑，叫声舅舅、舅妈，又友好地拍了拍半大小子的肩膀一下，道了一声辛苦，忙上前抢着拿他们手里的提包，寒暄几句，就引着他们往停车的地方走。

但是……似乎情况还没有完。领他们往外走的时候他们还不舍得挪动步，回过身来直往身后瞅。泽原也跟着站住，只见又有两个中年妇女模样的人和一个十八九岁的姑娘跟了上来。

“这是你二嫂、三嫂。这是你三嫂家闺女小燕儿。”二舅指着这部分妇女组织介绍说。

泽原这时才真正吓了一跳！连带着困倦也给吓没了。母亲电话里通告说只有三个人来，没想到呼啦一下子却来了六个，是一个小型旅行团的规模。再看那些团员，二嫂体态臃肿老迈，脸上堆积好多血丝，要接近六十岁的样子，一看就是风吹雨打耗尽了生命活力的农村妇女。三嫂则正相反，四十多岁的模样，神情亢奋，一双尖细的高跟鞋，眼睛细长，眉毛也拔得特别细，一个地包天的尖下巴，脸抹得煞白，一说话眼睛就眨巴得特别快，不容易辨别她到底是干什么的。旁边站的她那个女儿，长得不像她妈妈，很丰满，开口很低的连衣裙，胸罩在里边顶起老高，眼睛大，似乎是后割的双眼皮，不太自然的形状，看人不用正眼，而是故意将头稍稍偏将过去，用眼角余光乜斜着打量，很风情。

泽原躲过姑娘不正经的目光，脸上肌肉僵着，费力挤出一些假笑，边招呼众人，一边心中暗暗叫苦，心说，母亲这是给自己派来了一个什么样的人群？

按照母亲的说法，二舅他们家里穷，一直待在乡下，很少能有机会出来。这几年开了小加工厂，日子过得好了，也就有了些闲心闲钱出门溜达。这回出来，全是因为二舅家唯一的孙子，也就是他们家老二超生的这个叫林耀宗的男孩，在县城重点高中学习不错，老师预言明年他保准能考上个重点大学。他们老林家祖坟眼看着就要冒青烟，二舅老两口乐坏了，他们问全中国最好的重点大学是哪个？回答说北京大学。二舅一听，说那咱们就奔北京大学去！俺现在就领俺大孙子去看看，看那北京大学（xiáo）到底啥模样。

说来，还真就立即拔腿来了。

不管怎么说，二舅这个举动，都堪称壮举！他没有什么理由不支持。这也是泽原没好意思立即拒绝接待他们的原因。

现在的问题是，民间团体的自由散漫、做事无规划性，让他的接待遇到了困难。由于没有思想准备,原先那一套接待方案不够用了。原先好说歹说,才说服自己妻子梅梅让二舅他们祖孙三人到家里去住。现在突然来了这么多人,肯定不能领到家里。连他自己都吓一跳,更别说妻子。妻子那个小脸子一挂,活活能把泽原给吃了不说,也能把亲戚们噎得翻白眼。梅梅比自己小十来岁,是他二婚的妻子,有着跟他撒娇耍横的天然资本。只要她一不高兴,摔东西砸碗什么事都干得出来。作为北京土著,妻子对他们东北老家的穷亲戚有天然的蔑视和排斥。

一大堆人站在广场上,片刻工夫,已经拥上来十几个给黑店拉客的人,男男女女,过来就想帮助拎包,恨不得上来就把人抢走的意思。泽原领众人一边躲闪,一边快步走向出租车站。他想好了,自己那辆车不够坐,索性放弃取车,先领众人打车上他就近的办公室,然后再图谋下策。

出租车站也是人满为患,大包小裹的人流,再加上各种加塞的、跃过铁栏杆强行拦车的,秩序有点混乱,后边的"的士"排成长队,前边的车辆蠕动着,谁也开不出去,加长了人们的等待时间。以前只有地铁口才会出现拥挤,现在人们把出租车也当地铁坐了。后边老实排队的人都表现出了焦急和不耐烦。看得出,北京的第一眼给亲戚们留下了十分不好的印象。二舅、舅妈和二嫂这些老实人,被人群前后拥挤着,眼睛里都充满了惶惑和不安,嘴上不说什么,只是不停地擦着脑门子上的汗。三嫂则借机充分显示着她的见多识广,拿一条小手绢在眼前扇乎着,啾啾喳喳,叽叽喳喳,评判这批判那,嘴就没停过,果然是个又饶舌又讨人嫌的角色。

“哎呀妈呀，北京人儿也不咋样啊！净穿背心大裤衩，穿的还不如俺们那旮旯好呢。

“北京这火车站也不如俺们倒车的长春站，这么不大点，这么破呀？

“干啥，这出租车还是破夏利？俺们那旮旯早都换一水儿桑塔纳了。”

她的嗓门又尖又高，一口东北腔，引来众人侧目。一旁的闺女小燕大概觉察出来，止住她说：“妈，你就嘴闲一会，少叨叨两句吧。”

姑娘的话果然有威慑力，当妈的立刻住嘴不说了。小燕的话给泽原留下几分好感。他也对北京站前的秩序不好，没给亲戚们留下第一眼好印象而感到遗憾。以前他也有着一样的抱怨，希望市政府能够迅速治理，加大整顿力度。后来有机会到埃及、印度、尼泊尔、土耳其转过一圈后，他才明白，整个发展中国家，面临的问题是一样的，像开罗、新德里、加德满都、安卡拉这些城市，都是一样的人口多、环境差，司机开起车来比我们还要野。相比起来，北京算是好多了。要想打造成国际化的现代大都市，恐怕得下辈子。

这样的自我心理安慰更助长了他的优柔寡断、悠然自得的脾气。他一边劝解他们少安毋躁，一边随拥挤人流缓慢向前移动。他发现那个考生林耀宗的大眼睛总是不时悄悄注视着自己，每逢跟他的目光不经意碰上时又总是迅速而慌乱地躲闪开去，很不好意思的样子。林耀宗尾随他身后，如影随形，他做什么，他就干什么，总是沉默寡言、不声不响地照顾着这一群老人和妇女。不知怎的，泽原觉得林耀宗这个孩子很像当年的自己，敏感，安静，总像满怀无限心事，一双无比清澈的大眼睛，静悄悄地打量着周围一切，好像事物任何微小的细节都在他的注视之中，并且都能在他心中引起涟漪。

终于他们钻进了两辆车，相跟着一起驶向泽原单位所在地。他的办公室位于市中心位置。机关大楼静悄悄的。今天是星期六，不会有同事们看见他率领的这些乌合之众，面子上不会受损。只有门口站岗的小战士和收发室老头对这一行民工团体产生几丝疑惑。泽原处长跟他们打过招呼，上前解释一番，他们这才很客气地放行。亲戚们一见到门口把守站岗的战士和办公大楼壮观威严的气势，仰视之情才随之升起，好像刚刚找到一点对北京、对国家机关的崇拜感。那个三嫂，也一扫刚才在车站时的鄙夷之色，放轻脚步，小心翼翼跟着往里走。

泽原领他们到办公室里。开了门，让他们落座，招呼他们喝水。办公室不大，进来六七个人一下子就显得拥塞。泽原也顾不得太多，赶紧拿出自己的通讯簿来联络。他把能想到的各种住宿资源都想一遍，认识的几个酒店老总，对于亲戚们这个消费团体来说，似乎用不上；又想到几个熟人有可能有中档旅馆的信息，一看这个时间，才早上七点来钟，又是个大周末，给人家里打电话不太合适，索性找出标有各种电话及旅游信息的北京黄页，按图索骥。

很不幸，所有中档旅馆都满员。好多年不接客，行情什么样都不知道了。这些年来，泽原所在的机关会议往来都已经程式化，有专门接待处，根本不用个人操心，一下子由他自己接待这么多亲戚，还真有点蒙。七月流火，按理说现在是北京最糟糕的季节，气候闷湿，挥汗如雨，但是望子成龙的家长们还是不辞劳苦，趁着暑期，纷纷领孩子来旅游，硬是把它打造成旅游旺季。不说别的，只说二舅家这种刚刚致富有了一点积蓄的家庭，也会想到要自费出门游玩，可见中国人的日子跟从前比还是好得翻天覆地。

半个来小时过去，没有任何结果。一看时间，不能再悠荡了。想了想，索性问起三星以上酒店的客房情况。还好，满的只是那些中低档旅馆。凡是上星的酒店都有空闲。找到一家离市中心近的，问了价格，打完折的价格每间房不到三百块。泽原在心里迅速算了一下，假如一行人住四晚，三个房间，房价算下来，大概也还行，能够承担得起。这么大一个旅行团，接待一次，几千块钱总是要花的，就算是为母亲尽孝心吧。

订好房间，率领一行人出来，打车，仍旧让两辆车司机相跟着，到了星辰大酒店。车顺着坡道上去，直接停在了酒店门口。有门童过来给拉开车门。进了酒店大堂，迎面扑来阵阵冷气，夹杂着花木的葳蕤芬芳，跟外面炽热的世界截然两重天地。泽原让亲戚们坐在沙发上等待，自己去办理入住手续。亲戚们却立在当地，有点不知怎么才好。二舅过来，说："泽原，那啥，俺们不用住这么好，住这么好干啥。"泽原安慰说："算不上好，只是一般水平。二舅一家头一次来北京，晚辈应该尽一下孝心，您就放心住下。"他这么说，其实也是在表示费用是由他来付，免得他们担心。

办好入住手续，拿了钥匙，一行人这才跟在他身后进了电梯。到了十五层，找到各自房间，泽原又教他们如何用卡开门，如何插卡取电等等。一应事情嘱咐好，泽原让他们各自先回房休息一会，先洗漱一下，然后一起下楼吃早餐。二舅说："不用休息。饭也不吃了。俺们在火车上已经垫巴点了。"泽原说："早餐是免费的，还是吃一点。免得待会儿出去玩时半道上饿。"听说是免费的，亲戚们不再有争议。

在二舅和林耀宗的那间屋里坐下，泽原给自己泡上一杯茶，这一大早晨紧张的心情才算缓解过来一些。二舅和林耀宗两人转悠来转悠去，隔壁两个屋子的娘儿四个也互相窜来窜去，忙着里外查看房间设施，还不住从十五层窗口往外眺望。泽原则坐在那里给家打电话，告诉妻子不必准备，已经安排亲戚入住酒店，今天自己就带他们在城里转转。梅梅虽然已经事先将书房、客房和保姆间都整理出来，准备迎接二舅一家三口人，但那纯粹是拧着眉头干的。听说他们不去住，梅梅"耶——"了一声，像是要欢呼，又忙用手捂住嘴巴，憋着嗓音假意嘱咐："老公耶，不要户外活动太多，小心中暑哦。"泽原说声"知道了"，便挂了电话。

结束跟梅梅通话，还未等给母亲打电话汇报，母亲的电话就打进来，问二舅他们到了没有。泽原说，到了，已经接进宾馆。但是来的不是三个，而是六个。母亲一听，也惊讶地"啊"了一声，张大了嘴。在听说了人员组成后，才说："肯定是那个老三媳妇作怪，在家里她就处处咬尖，贪小便宜，听说老头老太太只带孙子上北京不带她家闺女，怕吃亏，娘儿俩也跟来了。你看吧，整个路上肯定一分钱不花，净吃老头老太太的。"

顿了一下，又说："怪了，老二媳妇老实巴交的，怎么也跟去凑热闹？肯定也是三媳妇撺掇的。这一家人，可真是的。”

母亲说到这里，颇有些后悔，没想到一下子给儿子添了六口人的麻烦，很有点过意不去。

泽原说：“妈您就别操心了。既然来了，我照应就是。”

妈妈不无担忧地说：“能行吗？回去可别让你媳妇给你摔小脸子。”

泽原说：“没事，妈您就别管了。”

妈妈对泽原前妻怀有好感，尤其前妻带走了大孙子，更像是把她心尖都揪走了一样，让她没事就念叨。她一直不认这个后娶的小媳妇，固执地认为是这个小狐狸精拆散了儿子一家，靠年轻美貌把儿子瞎唬住了。梅梅也没心没肺，不太懂得讨好接近她这个远方的婆婆。就因为这，泽原再婚后跟家里父母感情上有了一定程度的疏远。他也极力想弥补这个缺失。对于泽原来说，四十岁一过，他的欲求就已经很少了，只是想着怎样尽好人生的责任，送走老的，养大小的，平平安安，干完余下的十几年工龄。四十岁以前他还兴致勃勃，一心想在官场上再能进阶，然而，经过一场婚变的打击，尔后跟现任妻子一番从零开始地重新打磨，待到他们将房车必备的所谓“白领阶层”的幸福生活建立起来之后，一切对生活的热情也都随之消耗尽了。蓦然回首，泽原发现，原先那种干事业的青春理想已经跟他相距甚远。剩下的，全是务实的考虑，诸如怎样还清按揭房款，怎样凑齐被前妻带走的儿子将来的出国留学费用，跟梅梅还要不要再生一个孩子……总之，都是极其琐碎、极其形而下的问题。连他自己也没想到生活会变成这个样子。二十年前的省高考状元、重点大学的高才生，曾经无比自负、高傲，动辄将“我们北大”挂在嘴上的那个不可一世的青年人，不知怎么，一晃，就成了兴味索然的中年模样。

放下电话，看见他们爷俩还在屋里胡乱转悠，衣服也没换，脸似乎也没洗，二舅还穿着跨栏背心，林耀宗的头发依旧滚得乱糟糟，毫无秩序地朝天而立。泽原心里有些不快，不知这半天他们都忙活了什么。趁着二舅又走出去的工夫，泽原把林耀宗叫过来，说：“耀宗，你去问爷爷带没带件短袖衣服，出门总穿着背心不好看。”林耀宗点点头。泽原又假装不经意地夸赞说：“小伙子，身上这件T恤不错，迪拉多拉？还是意大利名牌呢！再把头发梳一梳，就跟这件衣服更配了。”

林耀宗脸一红，低头走进卫生间。再出来时，立起来的头茬已经用水压了下去，梳得服服帖帖。见他爷爷进来，他又喊爷爷换件衬衫。他爷爷说：“换衣服干啥？我昨天来时才穿上的，不埋汰。”林耀宗说：“不是，爷爷，穿着背心，在宾馆里出来进去不文明。”他爷爷有点不情愿地说：“不文明啥？这还没上北京大学呢，就嫌你爷爷不文明啦？这要是上成了，还不知道怎么嫌弃你爷爷呢。”嘴里一边磨叨，一边还是听孙子的话，顺从地从黑挎包里找出一件土褐色T恤换上。

他们喊上隔壁房间四位女宾，一起到二楼吃自助餐。女人们也仍旧是穿着火车上滚了一宿的衣服，所不同的是，三媳妇和小丫头脸上又化了一层妆，抹得白惨惨的，大概是粉底抹得太浓，没化开。一进餐厅，三媳妇仍然不失时机地显示她的见多识广，大着嗓门招呼着快来拿这个快去盛那个,每次都把盘子填得满尖。泽原见状,也不好说什么,又把林耀宗叫来,悄悄让他去告诉大家,吃多少拿多少,一次不要拿太多。

终于聚拢着团队在一个桌子上坐下。饭桌上,他问他们想去哪儿,都有什么打算。二舅说你看着办吧,俺们这次来主要就是想看看北京大学。三媳妇插话说,俺们想看天安门,想登长城,吃北京烤鸭。泽原笑笑,没搭茬,又问他们准备待几天,他好去订票。显然,亲戚们对刚来就问啥时候走不太习惯,感觉像是要撵人,二舅一口粥还没咽下去,就说:“那啥,泽原,俺们知道你挺忙,俺们待两天把北京看看就走,不会给你添太多麻烦。”泽原知道二舅误会了,忙解释说:“现在是旅游旺季,要提前一周订票才行。”二舅说:“那你就看着办吧。”

又是看着办。一看着办,反而不好办。泽原估摸了一下,自己的接待能力顶多能扛住他们在宾馆住四天,再多,就不情愿,有点冤大头的意思。在机关里从来都是公款出差旅游,他还从没有过自费花钱玩的经历,这次算是意外吧。

等到众人吃饱喝足了,想了想,还是就近,先领着他们去故宫北海。通常,这是外地人来京要看的第一站。出租车在天安门前不好停,他索性领着众人坐地铁。地铁里也拥挤不堪。买好票,挨着个数着人头进去,看他们一个一个地挤进车厢,又把他们都安顿好站稳。列车缓缓启动,眼前顿时一片黑暗。头顶的风扇呼呼作响,似乎已经动用了最大电能,吹出来的风却也还是热的。泽原神情漠然,带着一个中年人固有的厌倦和疲惫,裹挟在沸腾的生活、沸腾的地铁车厢中间,像一个盲叟,对周围一切视而不见,茫然听着列车在黑暗的隧道里飞驰。

一个人,在一个城市里生活过二十年,就有理由对眼前一切视而不见。想想刚来北京那会儿,他可不是这样。那时候,亲戚朋友走马灯似的来,他曾经在一个月里领着四去颐和园、圆明园,五进故宫,六下景山和北海,顺带着走遍了王府井和西单。那是多么大的热情和新鲜!二十多年过去,积累起来,这些固定景点也去过百八十趟,神圣感大大降低,早已经没了感觉,再一提起这些景点,有时甚至都想吐。颐和园的假山假水尚可常去消暑纳凉,而像故宫这种寸草不长的地方是最能惹人呕吐的。

吐也得进去。对于新一拨亲戚们来说,这毕竟是他们来北京的第一次,第一次跨过金水桥,第一次走过毛主席像,第一次进了天安门,第一次进了红彤彤的故宫。他还能想起自己第一次来时的感觉吗?他那时的感觉就是:天安门怎么能是一座建筑?它应该是浮在天上的一座圣殿、悬空漂浮的一座天庭,而不应该是一座殷红殷红的落地砖木建筑。而且,它的里边,竟然装着是古代的皇宫,太匪夷所思了!

当天安门城楼映入眼帘时,又是那个三嫂首先惊呼:哎呀妈呀!这就是天安门哪!

然后她就没词儿了,泽原不知道她在想些什么,他对她和他们的背景都不太了解,但能够看得出大人们的神情亢奋,脚步铿锵。相比之下,两个孩子,却比较漠然,拖拖拉拉,东游西望。这是两个1980年以后出生的孩子,他们的识字课本第一课早已不是他三十几年前学的“毛主席万岁”和“我爱北京天安门”。泽原还记得他上学第一天老师教给他们的回答：为什么要我爱北京天安门？因为它是伟大领袖毛主席升起第一面五星红旗的地方。

眼前的天安门还是那个天安门。故宫也还是那个故宫。故宫以千年不变的姿态坐落在那里。“坐落”这个词儿真好，泽原见过东方西方的各种各样的宫殿，比起那些嚣张跋扈的飞檐和尖顶，故宫就像是一个盘腿打坐的大老爷们。或者，虎视眈眈蹲踞的东方雄狮。是的，一头雄狮，一直蹲踞，时刻准备一跃而起。

总之，它不是一头母的。

骄阳炙烤，胸口憋闷，他们和众多的游客沿着大臣上朝的大理石甬道一路走去，进午门，奔坤宁宫、乾清宫，在无遮无拦的大道上，踝蹬着似乎是受惊的步伐。七月烈焰下，所有的汉白玉都耀眼地闪着光，有力，放肆，君临一切，刺穿胸膛。阳光伴着亡灵似乎在空中曼舞，还不时发出嘲笑：跪安吧，朝拜者，你们这群微小的臣民！

心中有神，才可以听到这天上的声音。泽原看到几个老人只是边走边费力擦额头上的汗，似无所感。三媳妇和小燕的高跟鞋“咯哒咯哒”，很费力地敲击在大理石地面上，化了浓重韩国蝶妆的脸已经给太阳晒花了，被汗水冲得白一道红一道的，她们不住抱怨这故宫里面为啥这么大，这半天还没走完。只有林耀宗那个十八岁的少年，带着一脸的专注和恭敬，仔细打量着一座座宫殿，神志迷离，似乎陷入不可知的迷失里。泽原有点喜欢上了这个少年。

故宫除了门票价格更贵，太阳比以前要热，人也比从前多以外,没有提供给他任何新的信息。他领着他们顺着记忆往前走,似乎不是他们在游景点,是他自己在借机故地重游。阳光下,虚眩里,泽原有点灵魂出壳,自己快成了自己的影子。滴滴答答的汗幔时时遮住他的眼帘,让他看到的不再是熟悉的景物,而是自己的记忆。自从跟前妻分手,以后每到一个熟悉的地方,似乎都能找到他和她的足迹。他和她——旧时的大学同学、一对初恋情人,他们的青春年华,全都印在北京这一草一木、一砖一石里,不能忘记,却也难以回首。

有谁会跟他一样,踢掉一块挡路的石子,却只是为了回味那石子的分量的吗?他不知道。只知道一切是命,性格使然吧。

以后,他再和现在的妻子出去玩,只是去陌生地方,郊区几个县,怀柔、密云、顺义、平谷、门头沟,去那里的度假村、温泉、水库、赛马场去休闲。城里的那些老景点全成商务旅游区,都让给外省人去占据。

而当年,他们恰恰是北京城里的外省人。对这里的一切,有着非凡的热情、非凡的爱。

现在,这个在城里生活了二十来年的中年人,像一个地道的北京当地人一样,发着卷舌音,牢骚满腹,抱怨着北京的交通路况,抱怨天气,抱怨沙尘暴,抱怨外地民工太多,治安情况不好,搅扰了当地人的生活。

林耀宗那个男孩子,这时又问起被问了多少遍的问题:“叔,你说故宫里为什么没有树?”

是啊,为什么没有树?皇宫里为什么不栽树?

是不是每一个机敏善感的年轻人，都会不约而同地发现这个问题？泽原对这个少年的喜欢又增加了几分。

从故宫北门出来，他领他们在就近的饭馆里吃了饭，接着进了景山公园。炎热的下午，这里仍然人满为患。泽原领着他们尽量挑有树荫的地方走，给他们指点着看崇祯皇帝上吊的那棵歪脖子树，爬上山顶看北京的中轴线。这都是多少年不曾干的事情了？像是隔了一个世纪那么远，也是他当学生的时候才爱做的登山眺望北京中轴线的游戏。现在他们经常爱玩的是远在郊区门头沟望北京。

之后是领着众人游北海。一看到湖中有船只游动，女孩儿小燕来了精神，立即张罗着划船。三嫂和林耀宗陪她一起上了船，泽原陪另外三个腿脚不利索的老人在岸边等待。好不容易等他们从船上下来，也就下午五点多了。泽原领一行人出来，又到附近馆子吃了晚饭，才送他们回酒店。他自己这才拖着疲惫的身子回火车站附近停车场取了车，强打精神驾车回家。

这一天下来，累惨了，主要是晒得厉害，有轻微中暑和晒伤的迹象，胸闷，胳膊也火辣辣的，通红一片。看来到底是老了，年龄不饶人，皮肤也不饶人。妻子梅梅看他晒的蔫样，非但没有同情之心，反而产生幸灾乐祸，说他纯粹是自找的，这么一大堆破亲戚，跟旅行社出来不就完了吗？干吗你非要答应你妈接待他们？泽原早已累得有气无力，往沙发上一躺，不吭声，也懒得跟她争辩。

仰面躺着，刚歇息一会，母亲又来电话问情况，问二舅一家这一天怎么样。泽原说还好，去了故宫和北海。母亲还是有些义愤难平，忍不住叨咕三媳妇的坏话，说这个媳妇整天啥也不干，就知道给别人添麻烦，知道老头老太太开面粉加工厂，手里有了几个钱儿，总想给挤对出来，弄自己手里。泽原问三媳妇干什么工作，母亲说她没工作，闲待着，三小子在外跑运输，养着她们娘儿俩。

“她自己不工作，连个孩子也没教育好，女儿没考上高中，也不找份像样工作，一会要当模特一会要当演员，在家晃悠两年了。”母亲有些气不过地说。

“哦，是这样。”泽原嘴里支应几声，放下电话，对别人家的情况没太大兴趣，脑子里已经昏昏沉沉。梅梅在一旁听到些许话音，说：“你们家，这么复杂呀？”泽原说：“唉，都是老一辈上的事，听听算了。”又说，“要不，明天，你也跟着去一趟，陪陪吧。亲戚来了，总不能不见面。”梅梅说：“我不去。我明天要去 SPA 馆梳理形体呢。都跟人约好了。你揽的活儿，要陪你自己陪。”泽原无奈，只好再不作声。梅梅这代年轻人的“独”、自我、没有奉献精神他早已领教了，劝她也白劝，不会有结果。

第二天，赶上是个星期天，他决定领着二舅一家去北京大学，圆林耀宗的梦。临出门，先打了个电话，问问他们休息得如何。二舅房间里没人接，又转接另外两个房间，都没人。泽原觉得不妙，忙又打三媳妇手机。还好，一打就通了，三媳妇一听泽原的声音，就说：“那什么，他叔，俺们搬出来了，昨晚没住那儿。”

泽原心里咯噔一下，说：“你们住哪啦？”

三媳妇说：“昨晚回来，俺们又往火车站那边溜达了一会，看见有介绍旅馆的，俺们就跟着去看了一下，在崇文门附近，价格挺便宜。爹就决定领着俺们住那旮旯啦。”

泽原的心里立即有了隐隐的不安全感，心说他们住到哪个小黑店里了？也没顾得上多问，就说，你们等着，别动，我马上过去。说完急忙发动了车子。

好在是星期天，路上的车子不像平时高峰时间堵得那么凶。到达崇文门也已经是一个小时以后。他让三媳妇给他描述具体在哪个地方，三媳妇“吭哧吭哧”说了半天，往左拐往右拐，左边有个卖煎饼果子的，右边有个修锁摊和卖避孕药的……说了一大堆乌七八糟的坐标，还是没指清楚。泽原说干脆，你出来，到大马路边上哈德门饭店边上来接我。

老远就看见三媳妇扭搭扭搭走过来。泽原泊好车，跟着她重新往胡同口里走进去。走过街面上鲜亮的高楼大厦，走过热火朝天尘土飞扬的商品房建筑工地，走进曲里拐弯的小巷，跨过刚拆迁还未来得及平整的废墟，在一条窄小逼仄的胡同里，终于找到了他们住的这家黑咕隆咚的小旅店。好像是一幢老式居民住宅楼的地下室，一进门，一股动物园的臊臭气迎面而来。

泽原定了定神，让眼睛适应了一下，才看清，这是一个老式小三居的房子，改成旅店后，每个房间都支起四张双层铺的铁床，平均每个屋子塞进七八个人。屋子光线严重不足，白天甚至也要开着灯。屋里也没有装空调，每个小屋子里只有一个旧电风扇在呜呜地吹。厨房经过改造，和卫生间打通了，隔成男女两间公共洗浴室。面积极小的客厅里，摆着一台小彩电，里面播放着“新北京、新奥运”以及有关中国体育代表团下个月将赴雅典参加奥运会的新闻。

泽原一时觉得恍若隔世。没想到在房地产建设热气腾腾，高楼酒店随时拔地而起的北京，竟然还有着这样的所在。老胡同里的贫民区，隐藏着这种乡镇大车店，因为它住房价格的低廉，每人每张床位一天只要 20 元，仍然还在招徕八方客人，显示其固有的价值和魅力。

住这屋子里的人，除了二舅一家还在等他来接外，其他人几乎都出去了，只有人身上的体味混合发酵的臭气，还没有通风散发出去。还有就是女宾那个屋子里还有两个乡下模样的陌生女人牵着两个半大孩子来回走动，大呼小叫吆喝着孩子快点拾掇好往外走。泽原埋怨二舅道："二舅，您老这是何必呢？住酒店不更方便一些？您还是跟我搬回去吧。"

二舅脖子上搭着白毛巾，龇着黄牙对泽原笑。他又穿上来时那件跨栏背心，大摇大摆满地乱晃，比在酒店里自如多了，很舒服，乐呵呵的样子，说："这旮旯不挺好吗？反正也就是晚上回来睡一觉，在哪儿睡还不一样。出来，俺们就是想到处看看，也不是来享福来了，要享福躺家里享多好。"

的确，泽原得承认他说得不无道理。他忽然想起二十多年前他初来北京时，每逢有朋友或高中同学来，就挤在他宿舍同学空出的铺位里过夜。后来他有了家，住筒子楼，亲戚一来，那时也不时兴住宾馆，也没有那个经济条件，就都留宿蜷在家里，十五平方米的小屋，拉起帘子，合并男女同类项，床垫子、沙发上、地板上，能睡人的地方都睡上了，睡觉休息的质量，可想而知。即便那样，仍然是光荣、自豪和愉快的。毕竟，这里是北京，伟大祖国的首都。在一个上千万人口的茫茫都市里，有了出发点和落脚地，有了朋友亲人可投靠，那种感觉真好。

泽原也就不再劝他。领一行人出来，又截住一辆出租车，告诉司机跟着自己的车，到北大西门。周末，从城里往西北方向游玩的人很多，车子堵塞得以二十迈的速度蜗行。这是高峰时间北京路上常见的速度。经过一个多小时的艰难行驶后才到了北大，将车停在中关村硅谷，然后他领众人步行进去。到了门口，门卫保安一见他们这群人进城民工模样，一下子来了劲，盘查这盘查那，为难刁难，说是不可以随便进。泽原说出了自己从前一个住在朗润园的教授的名字，说是要报考他的研究生前来拜见。小门卫又手一指："他们都是见老教授考研究生的?"泽原心里生气，嘴里顺口说，是给教授家找的保姆。小门卫看折腾差不多了，后面又跟上来几个家长带孩子的，这才把他们一伙人放行，忙着去诘难下一伙。泽原回头一看，三嫂一家娘儿俩似乎面有愠色，可能不满意他刚才说的"保姆"一词。泽原只好干笑一声，解释说，这些小门卫，也是以貌取人，见人下菜碟。我要不那么说，他且拿人解闷，问个没完呢。

一句话，算是把刚才的事情搪塞过去。

等到听见校园里蝉声蛙鸣，见到满池湖水莲花，众人这才把刚才不快情绪彻底忘却。一墙之隔，却是天壤之别。车水马龙喧嚣声给远隔到了几尺墙外。三嫂惊呼："这旮旯哪像个学校，这简直就像个公园!"

北大之大虽不在校园，但只有眼前的校园之美才能把外地的亲戚们震慑。其他像心胸之宽、视野之博之类抽象的概念，摸不着，看不见，没法跟亲戚们解释。未名湖、三角地、大讲堂、斯诺墓、图书馆、操场、苹果园、网球场……总是让人目不暇接。一路上总是遇到打着小旗游北大的各种旅游团。也有许多散客，通常都是家长手里牵着孩子，兴致勃勃、满怀憧憬地逛游。

北大的景致也是百年不变，变的是这里的学生。校园里的学生永远都是新的。未名湖边，总有男女学生手里拿着书本谈着恋爱，把亲热动作做得肆无忌惮。网球场上也总有一条条美腿在矫健地奔跑，美得让人怦然心动。图书馆前的草坪上，仍有几个高年级男生抱着吉他在那里唱歌，唱的却已经是2004年走红歌手刀郎的《冲动的惩罚》：

那夜我喝醉了拉着你的手，胡乱地说话，只顾着自己心中压抑的想法，狂乱地表达。我迷醉的眼睛已看不清你表情，忘记了你当时会有怎样的反应……

新疆歌手刀郎是2004年里的流行符号，北大人在捕捉社会信息方面总是捕捉得最灵敏。从这些假装失恋的小男生身上，泽原又看到自己二十多年前的影子……恍然之间，青春的足音，又跫跫响起，在每一片熟悉的林荫路，每一个洒满金黄色落叶的，通往图书馆、教室、食堂、宿舍的小道上……处处都有他梦一样的昨天。尤其是通往女生宿舍的小道，女朋友住过的309窗下那两棵白桦树，也蓦地一下，惊叹号似的蹦了出来，在他眼前，蒙太奇般的，组接狂闪。他的胸口跳得有些快,不禁下意识用手抚上。定定地,觉得有些失态,忙左右一瞥,见并没有人注意他。于是赶紧回过神来,领着来人继续往前走。走至他曾经住过的男生宿舍楼下,他给林耀宗一指:“喏,这个,307 房间,我曾经住过的。”

看得出,男孩子内心的震颤一点不亚于他的。林耀宗的眼神亮晶晶,睫毛忽闪忽闪,胸口急遽起伏,抬头仰望着307 窗口。他的一直憋闷着的对北大的满腔激动、崇拜的情绪如今终于找到了着落点,一下子全都落到泽原的身上,好半天,才蹦出一句,说:“叔,你是怎么考上北大的?”

怎么考上的? 泽原的脸上一刹那间放出七彩光芒。他这个当年的省高考状元,一下子想到了发榜时刻马踏銮铃、乡亲飞报、师生相拥、喜极而泣的感人场面。那是青春的梦想和朝气,还有努力、勤奋和锐意进取,种种因素相加,才能进得北大。

出来吃饭时两个孩子的话很少,看得出都受了刺激。林耀宗脸色绯红,目光澄静,像经过了精神沐浴一般。女孩小燕也是总咬紧下嘴唇出神。刚才,在校园里,逢有穿吊带背心七分裤跟她一样大的女学生走过,小燕都看得眼巴巴的,直盯盯地瞅着人家。那些女孩,尽管脸上不化什么妆,但是,“北大女生”这个滋养霜,仍旧把她们一个个搞得面色光润,胸脯鼓溜,从内心里往外牛皮。

三嫂一边嚼饭,一边嘴里“啧啧”感叹:“咱家林耀宗这要是考进去了,那真是祖上积德,烧高香了啊。”说得林耀宗脸上更红。

北大一行让人气爽。看时间还有富余,泽原说可以再领他们去看颐和园。出来,又叫上一辆出租车跟着他的车,往颐和园走。

没多远的路，却也排着长长的车队，半天挪不动轮子。待到好不容易移动到停车场门前，却已经挂出“车位已满”牌子，进不去了。周围便道上所有能停车的地方也已经停满。没办法，他们只能是围着停车场转了一圈就盘出来。一看才下午三点不到，时间还早，这么早回到小旅馆里也是受罪。想了想，圆明园的停车场要大些，于是打手机跟后车里的三媳妇联系，说让司机跟上，去圆明园。

还好，圆明园里的人相对少些。上午尚有微风习习，到了下午，树叶纹丝不动，气候极其闷湿。他们从绮春园里进去，几步路下来，众人都汗如雨下。泽原把身上带的纸巾分给众人擦汗，纸巾不够分了，又到路边小亭子里买了几包。因为刚从北大出来，绮春园里那些绿树、湖水都似曾相识，没什么意思。长春园里新增加了一处景点叫“世界原始图腾荟萃园”，不过是圈起一块地，几块非洲、美洲仿制木雕，门票就要收五块钱。出来以后二舅就连呼上当，说敢情你们北京的圆明园也骗人。福海的荷花池原先也是一景，大片荷花竞艳，美不胜收。今年荷花长得不好，焦黄、枯死了一大片，勉强活着的多半打蔫，根本看不到“接天莲叶无穷碧”的意境。

汗水滴滴答答往下流，越擦越淌得厉害。泽原怕老人中暑，赶紧领众人走到遗址精华部分西洋楼，走到大水法的断壁残垣下，照过相，赶紧领着他们返回。即便天气如此糟糕，一路上，仍然见到旅行团不断，尤其是中学生夏令营模样的居多。

天色尚早。不知为什么，越盼着时间早点过完，偏偏那表针移动得非常缓慢。按泽原的意思，本来想请二舅一家晚上去亚运村中华民族园南门的“鸭王”饭店吃一顿正宗烤鸭。北京的烤鸭目前来说，也就这家还有团结湖那家的不错，而和平门的全聚德老字号，价格贵还不说，服务也跟不上去，只配吆喝给那些外国人。既然三嫂提出这个项目，总是要满足人一下。

没想到，那个三嫂又起幺蛾子，前后左右四下踅摸了一下，说：“那啥，泽原，这旮旯离你家不远了吧？领俺们上你家坐坐呗。来一次，你也没让俺们进家见见你媳妇。”

说到这儿，还伴着眼波一飞，似乎多有嗔怨。在亲戚们的风俗里，来人要让到家里吃、住、陪才是待客。而在人情漠然的大都市中，来人待客基本都是楼堂馆所公共场合解决问题，若不是主人邀请，客人是不能主动提出要到人家里去的。但是亲戚们不管那一套，他们按照自己的思维方式处理问题。泽原本来这时也可以拒绝，以路途远、交通打车不便等理由。但是他那个优柔寡断的脾气此时又出来占了上风，竟莫名其妙地将他们去家里的要求答应了。

究其原因，他也不知为什么，只知道，就亲戚们来说，他们对你的兢兢业业招待过眼云烟，十分健忘，而对每次招待中的些微瑕疵却总是记忆深刻，如刀削斧劈，假如一路上为他们办了九十九件好事，但是只要有一件是没办到的，那么所有的好处就都没了，回去以后就会心口相传，变成是“老巩家的大小子忘本、小气、不仗义”等等，立即让全家族上下都知道。当然，就泽原这个年纪来说，早已经历风风雨雨，对遥远的亲戚们的中伤非议之类早不在意。然而，也许自己母亲会很在意呢？

没办法，领着去吧。又是前边开车，后边叫一辆出租车，相跟着过去。先给梅梅打了个电话，说亲戚们要去家里看看，问她能不能赶回去。梅梅可能是嫌他的亲戚们打扰得烦了，很没好气地说："他们愿去就去吧。我回不去，正在美容院里做脸，然后还要做刮痧。"泽原说："好吧，那我待会领着进家看看。然后到下面饭店吃饭。"梅梅说你自己看着办。末了，梅梅又叮嘱一句："壁橱底层的柜子里有备用拖鞋，让他们全换上拖鞋，别把地踩脏了。"语气凶巴巴的。

收了线，泽原感到郁闷。仍是换了笑脸，和车里的二舅、舅妈还有二嫂说话。到了他们那个临水而居的"名人家园"，夕阳尚未在西山落尽，小区里一片花木扶疏、层林尽染。白色屋顶的小楼一幢挨着一幢，一座巨大木质水车在小区花园里转，很有些北欧风情。亲戚们不住惊叹。引他们进了楼，进了他复式建筑的大房子里。等他把所有的灯光都点亮，简直就像大幕"唰——"地一下拉开、好戏开场似的，亲戚们的眼睛都被晃得够呛，立在舞台中央，惊叹得站不能站坐不能坐的。巨大宽敞的客厅、铁艺雕花繁缛的楼梯、欧式的壁炉、流行的室内观赏花木、多宝格上琳琅满目的工艺品……一切都符合当今的白领时尚，基本上都是妻子梅梅的品位。亲戚们一次又一次地夸赞。女宾们在三嫂带领下，蜂拥着开始楼上楼下乱窜，挨个屋子打开来查看。二舅和林耀宗两个男人的表现稍显矜持，没有像娘儿们那样大呼小叫少见多怪。二舅说："哟嗬，这家伙，房子够大的，得不少钱吧？"泽原说："还行。"三嫂她们在卧室里见到了他们夫妻放大的结婚照片，还在屋子里楼梯拐弯处等各个显眼地方看到梅梅各种不同姿势的影楼艺术照，不住啧啧称叹:"行啊,泽原! 你媳妇真年轻! 真漂亮啊!"

泽原被夸得心里美滋滋的。直到这会儿,他才完全明晰,其实,自己之所以答应他们前来,就是想听到他们对他买了大房子、对他娶上了小媳妇、对他过上中产阶级生活的艳羡和夸赞。他想在他们面前体现出优越感。其实,从一开始,他之所以答应母亲招待他们,潜意识里,也还是想在这些外省乡下弱势群体面前显现优越感。这是他不愿想也不敢承认的一面,到这会儿他才敢把自己的内心真实自我揭示出来。到了这个岁数,他已经很少能有机会在什么人面前展现优越感了,尤其在同学、同龄人,北京遍地是官、遍地有钱人面前,毫无优越感可言。只有在老家人眼里,他才是那个北大高才生、国家机关部委官员,是那个居京、有车、有房、有过不幸婚史、显年轻、有一孩出国、二婚娶上小媳妇的成功人士。只有在老家人眼里,他才是林耀宗的学习楷模、林小燕的人生榜样。而在北京人眼中,他的经历,简直太一般,傻帽似的,嘛也不是,仅只是普通的一名小公务员。

不管怎么说,被人夸赞着,心里还是很受用。泽原陪众人下楼到饭店里吃过饭,又乘兴驾车领路给送回城里,直到夜半更深才折返回家。路上,他跟他们商量好,说明天是星期一,他必须上班,没法领他们出游。二舅说:"行,那什么,没事,俺们自己会走。前门那旮旯有旅游车。俺们去一日游,想上长城。"泽原就嘱咐他们多加小心,又特地叮嘱林耀宗,照顾好大家,不要走散。同时跟他们说好晚上下班去接他们一块吃饭。二舅说他们自己可以吃,泽原说不行,无论如何也得等他一块去吃。

星期一在班上忙乎了一天，等到了晚上，泽原下班后到小旅馆看他们。问玩得怎么样，三嫂叽叽喳喳地说：“俺们被骗了，坐了黑车，净拉着购物，说好去八达岭和十三陵，八达岭根本没上去，领俺们去的居庸关。十三陵就看了一个陵就回来了。俺们都合计着要集体投诉呢。”

泽原以前也在报上看到过北京一日游黑车害人，没想到现在也还是那样，情况没有什么好转。心里略微有点歉疚，早知这样，是不是该给他们借辆面包车一块领着去呢？随后又放下这个念头，只是说：“投诉就算了，没出问题，平安回来就好。”说完拿给他们车票。是明天晚上的卧铺票，费了不少力气，一下子搞到六张。旅游旺季，票非常不好搞。他们来时，只买了两张卧铺，说是轮流睡的。

二舅还提出要给票钱，泽原坚决不要，说外甥连尽这一点孝心的机会您都不给吗？又说，明天正好你们白天可以逛街，到王府井、西单买买东西。晚上逛累了到火车上睡觉，一觉醒来正好到家。三媳妇又出主意说想去石景山游乐园。小燕说也想去环球嘉年华，报上说那里不错。泽原劝他们还是别去，第一那都是人工乐园，没什么意思，到处都有。再则，交通不好，怕晚上赶不回来，还是在城里玩踏实。

交代好这些，晚饭还是领他们去了团结湖店吃烤鸭，算是又了却一件心事。

泽原打理好一切，吃过饭，送走他们，回到家里，已经近十一点了。洗漱过后，刚刚躺下，三媳妇就来电话，说，“泽原，那什么，俺们明天一早就要走了。”

“什么?”泽原一听,惊得马上从床上坐起来。

三媳妇说:“俺们看火车站有直达俺那旮旯的大客,一白天就到,俺爹就想着快点回去。就把票卖了,买了大客票。”

没容泽原说话,这时二舅就把电话抢过去接着说:“那什么,泽原啊,俺们已经打搅你不少日子,该看的也都看了,俺们合计就别再多待一天,给你添麻烦……”

泽原心里这个叫苦,心说:“还不麻烦?安排好的事情总是胡乱变更,那才叫麻烦呢!”他强忍着,没说出什么埋怨的话,只是苦笑着对二舅说:“要坐一整天车啊,而且到了终点以后还要倒长途,您和我舅妈的身体能行吗?”

“行行。咋不行呢?”

“票已经退了吗?”

“是……是……没有退,俺们在那旮旯一站,就有人上来买,俺们就手就卖出去了。”

就是说,已经没有选择了。泽原又问:

“明天几点发车?”

“早上七点半。”

泽原说:“这样吧,明天一早我去送你们。”

二舅说:“你别折腾,别来了。那什么,孩子们张罗着明儿要起早,到广场看升旗。从那里看完升旗,俺们简单吃点饭,就坐车走了。这火车站附近的道,俺们都知道。”

泽原不愿意在电话里争执下去,就说:“这么着吧,明天,您让三嫂早点把手机开着,到时我跟她联系。”

放下电话,泽原脑袋瓜子里又一紧。脑浆子里都“嗡嗡”的。郁闷。原有的那一点困意都让他们这一伙人变来变去给折腾没了。梅梅在一旁不满地发牢骚说:“看看看看,你们家,都是些什么人!为了省点钱,住那么破的旅馆,那是人住的吗?我都忍着一直没说。给他们买好了车票,又不用他们掏钱,还是给卖了!多不容易掏弄来啊!就为省那六七百块钱啊!行,这下他们赚了,出门旅游,没花钱,还挣钱……”

“你闭嘴行不行?那么俗气呢!”

泽原终于不耐烦,自尊心受损,狠狠地斥责她两句。他也知道自己没理,但也不愿意受这夹板气。接待这一家人,他已经克制忍耐到最大限度了,可那伙人却总是自以为是,自作主张,农村人的老猪腰子,邦硬,自己想什么就做什么,丝毫不替别人考虑。这跟梅梅的以自我为中心又有什么区别?都是一群社会化程度不够高的人。算了,早走就早走吧,否则,心里总有个事悬着。

这一宿,睡不踏实。对好了闹钟,心里一紧张,就越发睡不好,一直在床上辗转到半夜两点多,仍旧没有倦意。梅梅被他翻滚折腾得心烦,不满地嘟囔。泽原索性爬起来,进了书房。查了查报纸上预告的明天升旗时间,早上五点十一分。难道太阳升起得如此之早吗?他想起自己有二十来年没看过升旗了。只是刚来北京后不久,在大学读书时去过,跟几个同学,一大清早从北大骑自行车去的,只此一次。那种仪式,每个人一生中只要经历一次,就会终生难忘。

凌晨四点钟，泽原穿好衣服出了家门。他小心翼翼地从车库里滑出车子，溜到小区门口，然后一轰油门，快速换挡朝天安门的方向急驶而去。这是早晨四点零八分的北京，整座城市还在沉睡之中。平日熟悉的宽阔平展的大道，此时不见了车，也不见了人，四处阒寂无声。晨光熹微之中，那些街道、房屋、立交桥，显得轮廓分明，道路两旁的绿树，枝叶纷披，纹丝不动，犹如一幅幅美丽的静物。换了一个时间，北京竟如此妖娆而不同！他感到诧异和陌生。

车轮飞转，景物在他的视野里一格一格地清晰。五点钟时，他把车停到单位院子里，然后坐公交车去广场。离升旗时间还差三分钟的时候，泽原他赶到了广场，来到了旗杆下。这里已经聚集了成百上千位等待看升国旗的人。泽原四下打望，想在驻足仰望的人群里找到二舅他们一家。但是不好找。所有的人，他们在这时的打扮穿戴似乎都一样，所有的人，这时都是一样庄重的神情。聚集了几千人的广场，此时鸦雀无声，人们都屏气凝神，等待着那一神圣时刻。泽原也停住，仰起头，等待着。五点十一分，那个时刻到来了。一轮红日喷薄，顿时霞光万丈，普照大地。庄严的《义勇军进行曲》之中，冉冉升起了一面鲜艳的五星红旗。广场上所有的大人们虔诚地瞩目，孩子们则共同举起右手，行少先队队礼。

“红日初开，其道大光；河出伏流，一泻汪洋；潜龙腾渊，鳞爪飞扬；乳虎啸谷，百兽震惶；鹰隼试翼，风尘翕张。”

那是梁启超的《少年中国说》，是上个世纪初仁人志士们令人心潮澎湃、血脉贲张的伟大想象。泽原心中蓦地涌出这些灿烂的句子。这些烂熟于他心中的华章，到了2004年的广场上，又从他的心中喷薄而出，具化成了眼前真实的场景。

他用眼睛的余光找见了他们，二舅一家人，肃穆而立，仰望飘扬的红旗，仰望火红的太阳。他也看见了少年林耀宗，就站在他的身旁，正抬头，久久久久地仰望，一双大眼睛里几乎泪水盈眶。

泽原从他的眼里，从他们的目光里，好像重新望见了北京。那个他心中的北京，为多少外省有志青年所景仰；那个他熟悉的北京，广场上升起的太阳每一天都是新的。

早安，北京！

他在心里轻轻呼唤一声，像是要把自己给唤醒。

2004年8月22日于北京以北

通 天 河

1

通天河是我们这座城市一条莫须有的河，也是这个小区命名的来源。

我们这个位于京城以西的社区，号称全世界第一大居民小区，名字就叫作通天园。为什么这么叫呢？说是它依通天河而建，从这里就可以直接通天。“通天”是个什么意思？全凭世人意会和想象。对于京城百姓来讲，“天”肯定不是上帝的天庭，也不是阎王爷的西天。巍巍皇城八百年帝都，“通天”必定是通往天子，通往朝廷，通往翰林，通往贵胄，通往殿前御史、顶戴花翎南书房行走，通往洋务买办、金山银山荣华富贵祖坟冒青烟。

若干年前，开发商最初开发这个楼盘的时候，并未打算叫通天园，而是随时尚风潮，备了一个洋气熏熏的名字，叫“巴黎塞纳风岸”。楼盘尚未动工，在一次结交京华名流的璀璨晚宴上，外省来的开发商酒至半酣，志得意满，快意微醺之下，免不了要将功绩炫耀，尽数自己打造楼盘的辉煌。其中一项，就提到将要动工的占地面积最大的“巴黎塞纳风岸”。开发商还特意把这个洋名重复N多遍，以震惊嘉宾，并假意向座中一位鹤发童颜的国学大师讨教。开发商本意，无非是想讨个口彩，也借机在名流圈子中做做地产广告。

照常理，这种浮泛应酬场合，一般人，多半也就说些奉承话支应过去算了。有道是吃了人家的嘴软嘛！而大师却不一样。大师毕竟是大师，又是搞国学的，自然要有品位有风骨，不能够轻易随波逐流。但见这百岁老人国学大师美髯拂胸，仙风道貌，骨骼清奇，他平生最擅长题字、作序、占卜、堪舆。见有人求教，大师也不谦让，遂两眼一闭，手捻长髯，端庄道：

“我不做大师已有许多年。你这命名，庸滥至极，令人不吐不快！恢恢乎天地宇宙，惶惶京师，国家重地，吾国吾民，都应充分弘扬国学，以传播传统文化为要！好端端楼堂馆所，总是起一些什么塞纳河、泰晤士、罗马、曼哈顿、牛碧阿(NBA)那些洋名干什么！还嫌八国联军抢圆明园兽首抢得不够吗?!”

几句话，不留情面，说得开发商赧颜。

国学大师睁开眼，环顾四周，见座下名仕都投来惊惶叹服之目光，遂长叹一声，道：唉！皇天后土，实所共鉴！有渝此盟，神明殛之。出来混，早晚都要还的。我看这盲目崇洋之风还是要改一改。京城里有些楼盘叫“王府”，叫“望京”，叫“真龙观”，叫“皇恩寺”的，我看就很好！你的这尊，莫不如就叫它“通天园”罢！

开发商一听，晕！真雷人啊！心说这叫哪门子大师？还“通天”呢，干脆“入地”得了！以为这是挖蝙蝠洞、掏蝎里虎子窝啊？贷款好几个亿，打造京城最好最大楼盘，为子孙后代建业，为京城百姓造福，怎好跟俺开这种低端玩笑？“通天”一名简单幼稚，又土又俗，连黄口小儿也能脱口叫得出，还用劳你这百岁人瑞作祟？我看真是老糊涂了！

不悦归不悦，碍着一干官家名流在场，开发商也不敢造次，忙低眉顺眼，谦恭道：在下才疏学浅，不懂得什么叫国学，也不知这“通天”二字有何高义？有望大师指教。

国学长老从他这口气里听出鄙夷和颟顸，遂又手捻须髯，解释道：

唉！一干世人，只知盲目立庙崇神，却不知要编故事，索渊源，还以为围一道墙就成庙，插一根棍儿就是佛，那岂不跟立个棒槌差不多？如何能说服信众？我这“通天”之名，并非胡乱起意，而是用典。语出《西游记》第九十九回，《九九数完魔划尽，三三行满道归根》，说那唐僧师徒四人西天取经回来，最后一站，正是经由通天河泅渡，才到达我东土大唐彼岸！没有通天河滔滔河水洗浴，他们怎能蜕掉旧皮囊，披上新袈衣，怎能立地成佛修成正果？他们又怎能到达朝廷长安，沐浴浩荡皇恩，大雁塔修经葺卷，设坛布道高扬佛教，成就一代高僧大德伟业?！听说你这楼盘周边有一条壕沟，盘桓数百里曲折蜿蜒，我料它应是那古代“通天河”从车迟国会元县境内千百年流转，一路浩荡奔涌，直通燕山山脉，经由运河连接永定河、温榆河、潮白河，再经清河、沙河、筒子河，到达北海、后海、中南海。如果从通天园底下挖个地道直线钻过去，它的出口处，一定就是故宫紫禁城金銮殿！

经大师这么一番贯口诠释，开发商登时两眼放光，心中的崇拜如滔滔江水奔流不息！啧啧！大师就是大师啊！“通天”二字，意境全出！大师何等气魄和襟怀！上至天文地理，下至历史掌故，了然于胸，用典从来不查书，口吐莲花，张口就来。方至此时，开发商才明白所谓“皓首穷经”“至老不倦”之含义。

开发商于是起身，“咕咚咚”茅台倒进自己杯子里满满一大杯，近身到大师跟前，鞠躬俯首，致谢道：感谢大师教诲！大师言出如山，一言九鼎！在下佩服！我先干为敬！

说罢，“咕——嘟”，一仰脖，半斤茅台灌进嗓子眼儿。

呜呼！天地之所同鉴，日月之所共察！大师授业开悟日，楼盘始得通天名。

嗣后，小区楼盘的巨额销售广告上，就打了这么一条偈子：

通天河畔觉正义
花果山中试禅心
百家讲坛儒道释
孔子老子庄孙子

正文曰：

通天河畔，京伦美苑。北依燕山，南接金水，十五分钟抵达天安门广场。大尺度开放空间，双首层，下沉式花园广场，南北通透，豁达视野，心境归真。

随后又将这条广告以每条六毛钱低成本短信价格向手机用户

群发群送。几番狂轰滥炸，人民群众果然矜持不住，纷纷拥向这个楼盘来打探。一瞧，哗！多么好的地段，多么快捷的交通，多么美丽的造型，多么富有魅力招人喜欢！那还等什么呀？

于是一万两万、十万二十万居民就下定金，办按揭，付全款。楼盘从一期盖到二期、三期，销售业绩节节攀升，并继续打造第四、五、六期，要从郊外六环、五环一直盖到城里四环、三环、二环，跟故宫景山中轴线拉成一条直线。

2

通天园果真能通天吗？

所谓“通天”，不是名词，不是动词，完全是形容词虚饰，缥缈旷远，虚实相映，大音希声，大象无形，不落俗套，不分左右，举重若轻，四两拨千斤。它彰显大盘利好，体现终极关怀，展示国学美好生机。这个名字，喜兴，吉利，绝无任何强迫上当或做虚假广告嫌疑。

人民需要利好。灵魂需要终极。百姓需要房子。人民果真就拎着一兜子一兜子钱，办理着一拨又一拨的银行贷款按揭，“哗啦哗啦”地拥来。合同签好，钥匙拿到，装修完毕，入住停当，这“天”就算是“通”上。至于通完的具体效果如何，通完了来没来电，没人去深究，没人去细打探。毕竟，人们也知道，“通天”是个遥远漫长、考验心智、劳其筋骨的过程，就跟天之降大任于斯人时的情形一般，要慢慢来、慢慢熬，并不是立竿见影，而是要以观后效。

但是，也有个别性急者常要破坏规则，不按规矩出牌。个别性急者往往毫无顾忌,不讲长远关怀,急于现利返还。性急者如京城坐地户老宋,人称外号宋斯基的,在计算投入产出比、争取利润最大化过程中,常要持虚守静,按兵不动。待他发威,使出一指禅功,那便是冷不防天昏地暗,漫山遍野到处都是鲜血梅花小图形。宋斯基亲自来通天园实地考察一番后,见这早先城乡结合部的大垃圾场,竟然打起"通天"之牌,心里不禁暗自冷笑。

你道怎的?原来这宋斯基是本城动迁户,随二环城里住的当地老街坊们一起,被政府安置到这个城郊结合部的偏远之地来。说起来,这园子里的开发商不简单,除了打造高档商住房外,还承接到政府动迁安置项目,在楼盘里打造一部分经济适用房。够有本事的!其意境,俨然已经实指"通天"。关公、菩萨、弥勒佛,手眼通天之谓也!像开发商这种能替政府分忧、为百姓造福的非公有制企业负责人,难道不应该除了在土地出让、贷款和税收方面给予优惠外,还发展吸收其为民主党派或人民团体工商联的负责人吗?

当然!

再说人这老宋,也非等闲之辈,北京大爷,祖上也是在旗的,生就一副地道老北京模样。什么模样?碱大,面黄,水土闹的;小眼,窄额,肿眼泡,属于基因馈赠。老宋牙口好,说话利落,北京儿化卷舌音一嘟噜一串的。几句冷幽默,就能损死个人;一句反讽,就能把外地人噎得干瞪眼儿,撂倒几个跟头;两句问候,京腔京调也能把外地人感动得热泪盈眶,直叹北京古韵古风。老宋冷若冰霜、古道热肠四季分明,一看那气质,就有个北方民间首领相。的确,宋斯基原来也是见过大世面的,早年在国营大厂子里给一把手开车,最高时官任小车队队长，后来厂子黄了，又出来到社会上开出租车。再后来因为染上一身糖尿病、高血压等职业病，才暂时洗手不干，回家养生活命。北京的出租车司机是全世界最厉害的司机，地球上的事情他全知道，地球以外的事情他也会知道四分之三。如果一个人连北京的出租车司机都干过，那他还有什么是干不了的呢？群众口碑好，政策基础牢，是北京出租车司机（斯基）们的群体显要特征。

某日，春暖花开的一个周末，动迁户宋斯基随老街坊们一起，乘坐二环街道办事处的免费看房班车，千里迢迢，从城市中心区来城郊结合部这个通天园未来搬迁地点看房。一路上，车里的人们都是喜忧参半，议论声不绝。要住大房子啦，高兴！早就盼着这一天。可是对于即将要离开的北京城中心地带，老住户们感情深厚，心里热乎乎的，舍不得搬出来。尽管小，尽管破，旧四合院平房狭窄拥挤，可那也叫皇城根底下，离天子最近，也是住了好几代人了，人不亲水还亲！这一路上，车一打出了三环，看到的道路两旁就全是荒凉。到处是碎砖烂瓦、破铜烂铁，到处是已拆迁、待拆迁的破旧房屋。路也没个路样，暴土扬尘的，几条车道上沥青还没铺完呢，断断续续冒出臭油漆味。这哪里是北京啊？完全是农村乡镇，而且还是那种六七十年代的破落乡镇。

乡亲们的心哪！一个劲儿地往下沉。走了一个多小时，好不容易进了通天园小区里面。进去，先路过门面上一排排高档商住房区。嚯！敢情！是够阔绰的！可不是嘛！一排排、一幢幢楼房，大尺度开放空间，双首层，下沉式花园广场……直看得人心痒痒！

他们的眼睛全亮起来。路上那沉下去的一颗颗心，稍微又往上提上来点。

不过，这一部分豪华区域里头，没有他们的份。他们的平民经适房，往里走，后头，跟商住房区隔一条马路，正在起层呢！乡亲们的心，只好又适度往下沉，归回常位。只见眼前钢筋脚手架、水泥袋子搅拌机之中，一群正平地拔起的灰体建筑，每栋二十几层高。数一数，一共有九排。外面也看不出什么来，反正是横平竖直，一个个四四方方火柴盒模样。宋斯基们就带着兴奋、渴望、焦急的心情下车，低头迈步，钻进去观瞧。

为什么说要钻进去呢？因为他们来看房签约的这第一拨经济适用房，还都是期房，没建好呢。钢筋水泥预制板支起的框框，围成一个个裸露的黑洞。宋斯基一行人小心翼翼从洞口钻入，躲过支棱八叉的钢筋铁条，踩着凌空的水泥陡梯，钻进对他们开放展示的一、二、三层户型里（高层危险，不让上去）。放眼一望，只见四下青灰色的水泥墙壁，一堵连着一堵，坑坑包包麻麻约约的墙，把整体空间分隔成一个个单独居室。都是正房，南北通透，采光好，空间大，建筑面积都在一百平方米以上，有三室一厅的，有三室两厅的，外加厨房和两个厕所。够大！相对于他们居住过的狭小杂乱的平房来说，这么大的空间，可足够用的了！

要说呢，这是首批经济适用房的试点时期，政府和商家都没有经验，都想着把事情往好了做，又没有前例可循，不小心就把面积盖大了，都在一百平方米以上。往后，几年之后，等试点结束、经验成熟，经适房政策大面积推广时，政府方面就进行了限制，要求只能造六七十平方米的中小户型，超过百多平方米的户型再也没有。

宋斯基他们做梦也没想到会住进这么大的方框里边，而且没想到这是沾了经验政策不成熟的光。他们还假装待搭不理地东看西看，再伸长脖子从楼洞阳台的位置探出头去向远处一遥望，嘿！晌晴薄日的天儿，越过一片片庄稼地大空敞，能看见远处的山峦依稀起伏，山体蜿蜒的轮廓一直延展到天边。微风吹拂，送来春天草木复苏的清香。这地界！这宽敞！还等什么？搬！

且慢！见着眼前这大户型支架，宋斯基虽然高兴，心里边悄悄哆嗦，但是，表面上，他憋着，没吭声，一点高兴的意思也没表现出来。而是，转脸，找茬，开始找缺陷，把眼睛专往那楼盘的缺点上盯。要知道，眼下，这个节骨眼上，楼盘任何微小瑕疵，都可以成为他们跟拆迁部门讨价还价、获取高额补偿款的有利条件。

你这广告说明书上写，“衔远山，含近水，距离天安门十五分钟路程”，都在哪儿？我今儿这打城里过来，连路远带堵车，可整整走了一个多小时！

宋斯基手执广告，一脸义愤，质问陪同前来的拆迁办主任和售楼科科长。

拆迁办主任将这个问题让给售楼科科长回答。售楼科科长是位三十来岁的女士，一脸职业性横纹微笑，对于类似问题早有准备，慢悠悠地说：是啊！远山就是西山，您探出头去就能看得到；近水就是通天河，就环绕在楼盘旁边；至于说到距离天安门十五分钟路程嘛，我们是按北京二环路上车辆最高限速每小时八十公里来计算的，通天园到天安门的直线距离是二十公里，二十等于八十的四分之一，一小时的四分之一那不就是一刻钟嘛？

宋斯基说：什么？！你这十五分钟是这么算出来的！好嘛！有你们这么算的吗？你这是说钻地洞啊还是说坐潜水艇啊？这不纯粹是忽悠人么！再有，你说的山，这看是看见了。有道是，望山跑死马，这里离山远了去了！凭什么说挨着山？

拆迁办主任打马虎眼：我说，行了，老宋，能看见山就算不错了。人这又没说正好在山根底下。

宋斯基急了，小豆鼠眼瞪得圆圆的，把钢牙一咬：不行！它这样说，就有虚假广告嫌疑！不能随便搬迁。有山，是挨着山的地段价格；没有，那就得另算。就你这地界儿？早几年，这里可都是大野地，出了城八区，这块位置就是城郊一个大垃圾站，这附近也就只有一家国有汽车大修场还算正经地方。你说，我们凭什么从二环黄金地段挪你这荒郊野外来？

周围拆迁群众都应声说：是啊是啊！老宋说得对！一分钱一分货，一个地段一个价格。甭想哄骗谁！谁也甭想强制我们搬迁！

售楼处主任不搭话，这事跟她关系不大。而拆迁办主任却是听得心里急，这是他负责管理的区片，到期完不成任务，他的职位可有点悬。拆迁办主任有心要收拾老宋，但也不敢轻易下手，知道这老宋的话有煽动性，在众人堆里起作用，搞不好惹起众怒。他只好一路解释，赔着笑脸，说些小话。

这一行看房人嘀嘀咕咕，嘀嘀咕咕，从钢筋水泥框架里钻出来，继续视察小区的周边环境。老宋让售楼科主任领着去看那条通天河。一伙人绕过四处尘土的建筑工地，东拐西拐，绕梁跨院，越过围墙，来到小区外围。一看，一条褥子面宽的壕沟，顺墙蜿蜒而去，沟里黄不啦叽，垃圾堆了半沟，偶尔淌出一汪浑水，那也是附近下水道里排出的废水。几个民工模样的人在河堤翻腾，一锹锹挖着什么，也许是扩坝，也许是清淤。一丝丝下水道的臭气飘扬起来，很不是个味儿。众人都皱眉头。老宋一看，道：这就是你们所说的通天河？这不就是早先崇文区金鱼池龙须沟吗？打解放那会儿就给改造了！你这都什么年代了？都快二十一世纪，还拿一条小臭河叉子蒙人？

售楼女主任仍轻声细语，横纹微笑，说：哟！可不能那么说！这条河是从《西游记》里流过来的，一般人不知道。咱小区就是因为通天河而起的名，国学大师给起的，多少业主都奔着这个来的呢！通天河水正在治理，河面拓宽，还会开通渡轮，搞豪华画舫游船环城游，打造文化旅游休闲胜地。将来跨河还要加盖一座斜拉式钢梁大桥，桥上建铁轨快车道，火车汽车开起来，畅通无阻车行天下……

宋斯基说：得了，甭跟我这儿扯谎。原来你这通天就是这么个通法？还打《西游记》里来的呢，别蒙人了！《西游记》电视剧我看过，六小龄童演那个孙悟空，两眼那叫一个亮，嘿！“滋滋滋”能冒火，就跟吃了十八根人参似的。《西游记》小人书打小我也看过，来回翻看十八遍了，也没听说有你这个通天河。

售楼女科长嘴一撇说：那您就回家再看看。人国学大师是有学问的人，是不会诳人的。我们楼盘都售完二期了，还没有人说这不是通天河。

宋斯基有点不乐意:你这么说,是讽刺我没文化,少见多怪?那我还就真不信邪,还非得叫叫真不可!一旦让我查出你们的短来,得!可别怪我不客气!

售楼女科长拉长声说:哟!那您就去好好查查啵,我们悉听尊便!

宋斯基从这一声拉长声的“啵——”里边,听出了对自己的蔑视,同时也听出了她的外地口音,大概是广西那边的。他心说:嘿!好嘛!哪来的外地佬还敢瞧不起我们?敢跟北京大爷起腻?姥姥!我这回还真要悉听尊你个便!于是宋斯基脖子一梗说:废话少叙。咱们走着瞧!

说着话,转回家中。次日,宋斯基急急去了王府井新华书店,买了一百回版本的《西游记》回家来查看。利益关己,不由人不较真儿。宋斯基那刻苦求实之精神,被大大激发,免不了头悬梁、锥刺股,认真研读。

夙夜无寐。宋斯基大拇指蘸唾沫,猛翻书页。他这一辈子,除了中学课本以外,从来就没看过超过五十页以上的厚书。费劲巴拉地查,半文半白地找。功夫不负有心人。他这一查不要紧,却一下让他查出“通天河”作伪的证据!

3

你道怎的?

原来,这通天河,是《西游记》唐僧四人出国取经团归来时走的最后一站没错,但是也是他们被人下家伙下得最狠的一个地界!

他们被通天河的守官、一个大白赖头鼋给甩到了河里，离修成正果只差一步之遥就出了娄子。

这是为什么呢？就因为唐僧他们缺乏诚信，一群机会主义分子，用人朝前，不用人朝后，说白了就是得罪人了。

这通天河原本是一条急流汹涌的河，早在《西游记》故事发生的时代，它正位于车迟国会元县境内，归一只大白赖头鼋管辖。鼋者，大鳖也。唐僧他们取经团一行刚出国那会儿，从繁华的东土大唐去西天印度不发达地区，走到第四十七回——《圣僧夜阻通天水，金木垂慈救小童》时就从这个通天河路过，当时就是河里的一把手老鼋同志给热心驮过河去的。到了对岸，为表感激，唐僧令徒儿沙僧拿出点盘缠来，送给鼋大师以为谢意。

老鼋一摆手：不差钱。俺只想求你个事儿。师傅到了西天见到佛祖，麻烦替俺问一下寿数年限？如果可能，能不能把俺今生寿命给缩短点？拜托了！

说完老鼋深鞠一躬。

唐僧纳闷，心说只见过求永生的，没见过求早死的。老鼋此番言语，却是何意？

老鼋觉出他的惊诧，遂含泪释告，唐僧才闹清原委。

原来，这个慈眉善目的老鼋，已经活过了一千三百年，真正的大师级人物！比百岁国学大师年龄超过数倍以上。一千三百年来，眼见得周围人类、猫狗、牛羊鸡猪、虾兵蟹将都有个生死时限，大限一到，皆双眼一闭、两腿一蹬，纷纷倒毙，转世投胎去也！任谁都能够灵魂逍遥自在，肉身变化多端，都能换个活法。唯这老鼋，活啊活啊，同辈人、下辈人、子子孙孙、几朝几代都被他活活熬死了，他却还得鼋头鼋脑留存世上，遥遥无期地以一种单一形态活着。

鼋大师恐惧。大师不耐烦。生存，只有相对死亡才有终极意义。总也不死，生之意义又当如何？这是一道哲学命题。当哲学难题无情地横亘在大师面前时，大师无解。大师可叹。大师可怜。大师可悲。大师的郁闷就像滔滔河水一样奔流不息。偶尔，当鼋大师也像著名电视节目主持人小那个谁一样抑郁症来临时，往往失眠多梦，时时都有自戕的冲动。但是它却不能自尽，因为按照业界皈依法则，自杀者的灵魂不得投胎转世。

鼋大师就伸长脖子哭，呜呜呜——

那唐僧心软，眼泪未免也跟着吧嗒吧嗒掉落。这是生灵遇到的新问题。他自己岁数年轻，尚不曾得见。唐僧对鼋大师的处境表示同情。当时觉得这也不是个什么难事，不就是向佛祖问问吗？唐僧就顺口答应了。

话说他四人的出国取经团，不辱使命，经过十四年的艰苦跋涉，一路斗美女、杀妖精、打山贼、拯民苦，经过八十难，终于到达西天，取得真经。见到佛祖，唐僧光顾着说自己的事儿，就把老鼋托付的事儿给忘了。

十四年后，返回东土大唐的路上，行至书中第九十九回，马上就要到一百回结束的时候，又要经过通天河。只见那老鼋欢快前来迎候。求人办事，一己谦卑。鼋大师盼望圣僧一伙儿回返，已经等了足足有十四年了！老鼋二话不说，低眉顺眼，献出千年脊背，载上他们师徒四个，外加白龙马儿，还有那死沉死沉的几大箱经卷，轻快浮游过河。行至途中，当老鼋问起自己求办的事儿时，唐僧一下就蒙了，这才想起，自己给忘了问。

你就说，人这老鼋，该失望、失落、绝望到何种程度？这么鼋命关天的大事他们都给忘记了，能不生气吗？走到河心，老鼋一怒之下，把他们四人连同白龙马全给颠到河里！真经也随之散落河中。

说时迟那时快，只见那通天河浮浪滔滔，处处急流旋涡。几个取经人屁滚尿流地在水中挣扎，之后借助佛力暗中相助，才连滚带爬游上岸去。一行人惊魂未定，慌不迭地喘气，往外吐酸水，脱下浸湿的衣裳搭在岸边晾晒。那悟空又潜入河底，把游散的经书也一卷卷捞将上来。几个人手忙脚乱将经卷摊开，一并放在岸边石头上晾晒。悟空潜水的速度不如水流的速度快，许多经卷根本来不及打捞，就随滚滚河水逝去。还有厚重些的索性就沉入泥沙，掩埋化为齑粉去了。那些打捞上来的经卷，经过河岸石头上的风吹日晒之后，也有许多变得字迹模糊、残破不全。

从此，历史和真经，就永远是字迹模糊、语焉不详的。

通天河，最后一道河！难以泅渡，不让人保持囫囵个儿；通天河，最后一道坎儿！凡大师，必定命途多舛，求死难得。

4

考据出了“通天河”是“最后一道坎”的含义后，宋斯基不禁如获至宝，心花怒放！

安得倚天抽宝剑，把汝裁为三截？宋斯基手执西游宝书，热泪盈眶，浑身充满战斗力量。他的眼前似乎已经出现了被砍为三段的拆迁办、售楼处和开发商，看到了被他剁出的一个亮堂堂、宽绰绰的太平世界新模样！

通天河，你不见棺材不掉泪；通天河，不见真佛难求经。

怀揣宝贵证据，宋斯基采取逐级申告策略，先是兴致勃勃去找拆迁办主任老王。见了老王的面儿，他手托《西游记》，义正词严地对拆迁办头儿指出：这通天河绝非祥瑞之地，唐僧他们一伙人马上就取经成功，最后却打这儿掉河里了，差一点没呜呼哀哉跟屁朝凉。您说，这么一块倒霉催地界，住进去有我们什么好？不搬！我们坚决不搬！

拆迁办那个秃了顶的老王，已经有点不耐烦了：行了我说老宋！不禁不离的就行了！动员搬迁的工作做了小一年，就剩我们这条街面拆迁不完，拖整个城市规划后腿。你提的条件够多了，不是都逐条给你解决了吗？又在这里扯什么淡？什么唐僧掉河里了？什么倒霉催地界？别说通天河啊，就连北京那什么公主坟、奶子房、骚子营什么的，人不也住得好好的嘛？甭再跟我这儿算计。没戏！我告诉你说啊，眼看要到了最后期限，你赶紧拾掇拾掇，准备搬。一旦最后关头强制搬迁，到时候，可别怪我们谁也帮不了你。

宋斯基见他不吃这一套，遂将那剑往剑囊中一插，宝书揣进怀里，说：好！得了您哪！您还真就别拿豆包不当干粮。您不管，我找管的去！瞧好吧您哪！

说着话，宋斯基兴冲冲，挥剑砍第二截。他径直一个人前来售楼处。偏巧，接待他的又是前一次招待他们的横纹笑脸女主任。待他把唐僧掉河里的故事这么一说，女主任的嘴角撇了撇：这都是什么乱七八糟的！唐僧猪八戒掉河里落水里，都跟您没有多大关系吧？您这经适房客户，是政府给安置来的，我们楼盘没多少赚头。如果您不想来，可以不来。有意见，跟你们当地拆迁办提去。

宋斯基说：怎么没关系啊？楼盘名字不好，我们住进来心里不踏实、不吉利、不吉祥你们知道不？臭垃圾堆，没事儿还整出个"通天河"来，什么通天河？霉运横生，不祥兆头……

女主任打断说：对不起，我这里正忙，还要接待那些前来买商住房的客户。你要没别的事情，我看今天就先谈到这儿吧。

说着，傲慢起身，欲开门出去。宋斯基在他身后大声嚷：好啊你们！甭来这欺贫爱富的一套！甭管什么客户，你们都要实事求是，平等对待，跟谁也不能打广告骗人。不信，我现在就上你们销售前台，大声宣传，把这事儿当场公布出去！

他这儿正嚷着，正巧楼盘老板开发商今儿过来办事，打从门口经过。听见里边嚷，问：怎么回事？售楼主任说：老板，有个人在这儿穷捣乱，说我们楼盘的名字有问题。开发商说：哦？这事新鲜呀！让我看看。

开发商进门一看，见是一个小眼、肿眼泡男人怒气冲冲当堂而立。于是招呼道：这位大哥，请坐，有话好讲。

宋斯基看了看面前衣冠楚楚这位，模样很忠厚，整个就是个穿了名牌西服的范伟，看着顺眼亲切，是个讲道理人的样子。于是问：你是这里老板？开发商说：我是。宋斯基说：楼盘是你开发的，名字也是你起的？开发商说是，反问道：这位大哥是？宋斯基说：我是谁并不重要，关键是你是谁，你们楼盘是谁？开发商说：什么意思？宋斯基说：你们楼盘名字起反了，你知道不知道？开发商说：反……反了？什么叫反了？宋斯基说：你们原本意思要图吉利、喜庆，住到你这里就让人一步登天，可现在，这通天河却让人落地、让人掉水里，让人吹灯拔蜡撂挑子，这不是反了是什么？开发商说：此话怎讲？宋斯基说：我也不用跟你细讲，你去，好好查查《西游记》，九九八十一难，通天河是唐僧西天取经的最后一难。完全是凶兆，杀气灌顶，危机四伏，不得安生……

开发商说：大、大哥，你还真别唬我。我们这可是请国学大师给取的名。

宋斯基已看出对方的脸色的犹疑和难看，他自己仍不动声色，说：国学大师？国学大师就懂国学吗？谁告诉你他起的名字就一定对？不信，自己查查去。哼！实话说吧，没有十分把握我不能来跟你说这个事儿。

说着，又拿眼斜楞开发商一下，问：怎的？有书没有？没书，我这里带着呢，借你。

说完，"啪"地潇洒一拍，《西游记》沉甸甸、厚重重正版精装书拍在开发商眼前大班台上。

开发商这时"嚯——"地从椅子上站将起来，说：那什么，大哥，你到底是干什么的？能否透露一下？为何对鄙楼盘的名字如此之热心？

宋斯基到底是毛嫩，小车队队长的斗争经验不够牢，没能憋住劲，这会子被人一问，忍不住牙缝里吐露一点实情：实话跟你说，我也是即将搬进来的业主……

开发商像明白了什么似的，长长地“哦”了一声，复又把屁股蹴进大班椅子里，恢复倨傲神态，说：那什么，大哥，咱有话好商量。你打算买哪块地儿的楼盘？

宋斯基说：你别管我打算买哪块，你这楼盘名起晦气了是真格的。自己看着办吧！得，我还有事，先走了。

开发商急说：别介，大哥你听我说，咱们有话好商量。

宋斯基说：我还有事。拜拜了您哪！说着，一扭头，还真走了。临走前还没忘了把自己花钱买的《西游记》装兜里带走。

开发商明白，遇到真人了，不是个善茬子。他叫来销售部经理，立即去查书，弄清通天河名字的由来。一查，还果然如此。是有这么一说。据作家吴承恩说，《西游记》里的通天河之难，是佛祖有意为之，为了圆佛家“九九八十一难”，故而在此给了西天取经团补上了最后一道劫难。通天河，于是乎就成了不祥的文化象征符号。

开发商听罢心里一惊，脑袋瓜子“嗞嗞”冒冷汗。都说大师不余欺，今儿个，大师可真真是害惨我也！

他随即找来售楼处女主任打问，查这位客户底细。听女主任说来人找茬这位，是即将要搬来住经适房的，开发商的脑袋“嗡——”的一声又大了。这就更不好办啊！俗话说光脚的不怕穿鞋的。看来这封嘴的难度生生要大了许多！

事已至此，不能坐以待毙。通天集团高层立即召开紧急会议，商议对付刁难顾客的封嘴策略。非公有制企业对开会的重视程度远远超过公有制机关,集团董事局会议扩大到副处以上中层领导干部参加,没一个人请假缺席。几十号头头脑脑集中住进五星级宾馆,两天两夜集思广益,寝食难安,共谋楼事。其间共发放文件十四道,全体会议和小组讨论五回,出简报六期,大会发言两次,反复修改决策,将各项条文漏洞咬文嚼字一一梳理,凡是可能遭诘问的路径和指向,一律都给事先考虑到,并做出二十套缜密谨严应对方案,以保证楼盘以及它的名字固若金汤,无懈可击。两天以后,大会胜利闭幕。在闭幕式酒会上,集团领导跟与会者举杯相庆,相互祝贺集团已经成竹在胸,对未来充满信心。众人严阵以待守株待兔,时刻准备迎头痛击任何来犯之敌。

三天过后,果然,宋斯基又胳膊底下夹着他的《西游记》前来造访。这次免去中层领导接待过程,径直由一把手开发商老板接待了他。

开发商老板按照战略部署,首先仍然采取怀柔政策、顺义心肠、昌平理想,对宋斯基进行绥靖安抚,尽可能地息事宁人。老板客客气气叫大哥,说:大哥,上回是我们有所怠慢。我们也知道您即将搬进鄙小区经适房来,欢迎欢迎!请多提宝贵意见。

宋斯基矜持着说:我本不想提什么意见,本来咱们井水不犯河水。可谁让咱有缘,你是老板我是客户呢!我是为住在通天河边上的人们着想。住在这么个不吉利的地方,垃圾场上建楼盘,交通遥远不方便,臭水河沟临闹市,蚊虫孳生寝难安。祸害,妨人哪!谁住这里,都妨碍孩子上不了大学、老公媳妇一起下岗、老人们折寿医疗看病没保障……

开发商打断他说：大哥你别说了，你说的这些我们都明白。那你下一步的意思是……

宋斯基说：我建议你们把楼盘名字换一下。

开发商身体微微后倾，陷落在真皮老板椅上，慢条斯理说：大哥你是开玩笑吧？项目名称哪能随便改？那都是经市里批准到建设部备案过的，谁也没有权利改。你说的那个，《西游记》里边的通天河，唐僧是被甩河里不错，可最后他不是过去了吗？不是见到皇帝了吗？不是得道成佛了吗？不是千古一僧、名垂青史了吗？有道是，失败乃成功之母，不经风雨怎能见彩虹？不掉阴沟里怎么能爬上岸？不落进河里怎么能跳龙门？这不就是人生哲理吗？这不就是哲学、这不就是佛学、这不就是国学吗？我们就是要弘扬这种精神，低开高走、先抑后扬、大盘蹿升、一路向上，永远牛气冲天、牛气通天！你说这“通天河”有什么不好吗？有什么不妥吗？有什么不对吗？

宋斯基见他这开发商气势汹汹、咄咄逼人，一连串竟用这排比句，知他是做了充分准备的，不禁心里暗笑。他仍然是面不改色心不跳，泰山压顶不弯腰，极度谦和、平静地说：

要不，咱们这么着吧！我也不跟你理论。我儿子在一家门户网站当总监，我就让他在网站上搞个网络投票总调查，题目就叫：“通天河”楼盘到底能不能通天？管保不出三日，我就能把你“通天河”给调查成“通地沟”你信不信？

开发商腰杆不由得端直了，说：敢问……贵公子的大名？

宋斯基报出了自家儿子番号及“骚狐浪”网站大名。

开发商一听,“咕咚”一声,从大班椅上掉下来,一屁股蹾在地上,就地一个劲儿抱拳作揖:哎呀!哎呀哎呀!哎呀妈呀!我这可是有眼不识金镶玉!大哥,大哥,误会!完全是误会!您老请坐,请上座!

说着,连忙爬起来,躬身,到宋斯基身边,又是点头又是作揖:大哥,我信!你说的那些,我全信!咱有话好好说,有话好商量,你可千万别给我互联网匿名投票调查去!

宋斯基这才一屁股坐下,二郎腿一搭,接过开发商递过来的中华烟,就着他手里的打火机点着,又从鼻孔长长喷出一团气,这才冷笑说:哼哼!你也知道网络匿名调查的厉害!

开发商鸡叨米似的点头:知道!知道!那玩意,啥叫匿名调查啊?那简直就是匿名开批斗会、匿名贴大字报!好家伙!好端端一个人、一件事,让它给你一匿名、一投票、一点击,吧唧!得!黑的就给调查成白的,死的就给调查成活的,那家伙,那才活活地一个叫,芙蓉姐姐炼成丹,小损样如日中天!简直啥事都有可能出啊!

宋斯基仍鼻孔冒烟儿喷出不屑:哼!

开发商说:我说大哥,您老行行好,我这三期楼盘正在热卖当中,已经批地贷款建四五六期了。您给我留条活路,咱有话好说,有话好商量。杀人不过头点地,得饶人处且饶人。

宋斯基的肿眼泡盈出笑意:行!知道就行。算你识相,是个聪明人。

于是他二人坐下来，进一步商讨封口条件细则。开发商一边跟他应承，一边在心里头生气郁闷，心说：哼！北京人，也忒不讲究了！这么快就见底！我举集团之力，动用全部成员班底，备下一百一十页的文案，页面上画花，卷宗上封印，就等着和敌人太极推手，你来我往，搭手缠绕，避实就虚，粘黏连随，圆转自如，不顶不丢，还等着跟你玩个过瘾呢！你可倒好，两招过去就亮底牌，也忒他娘的沉不住气、忒不会玩了！你倒是多来几个回合、跟我多砍砍价、多折腾折腾啊！白瞎我这辛辛苦苦准备的这么多招数，都没用上。真丧气！唉，丧气！跟这样的人斗，无趣！没意思，真没意思！

开发商很快答应宋斯基提出的条件。最终结果，开发商将自己预留的机动房，给了宋斯基一套。那是经适房中最好的户型，在最好的楼层，最大的开间，有一百三十多平方米，三室两厅两卫。至于面积补差款如何折算，究竟折算没折算，也只有他们两人知道。

宋斯基带着得胜的喜悦班师回朝，打点行装准备搬迁。他心里得意，心说，这通天河，果真不是一般性的河啊！通天河，这玩意到处流淌的都是国学！经史子集、西游八卦、和尚尼姑、妖精猴子……到了我老宋这里，那就是金的银的、一居两居、一毛两毛，简单明了，直来直去。我不跟你们玩虚的。

5

人间四月芳菲尽，通天桃花始盛开。长恨春归无觅处，不知转入此中来。

春回大地，万物更新。从摇号、抽签、分房，到装修、搬家、入住……宋斯基这些动迁户们经过一秋一冬的折腾整合，终于在美丽的新家光荣定居。通天生活喜洋洋，人间没有灰太狼。居住在宽敞阔大、足有三米多高的房屋举架下，通天园业主们不禁感叹：这北方人盖房可真是实诚啊！一点也不偷工减料，把房屋举架实打实挑得那么高！敢情！是要就乎着姚明来住的吧？这要是换成南方人干活，也就给你个达标的二米五到头了，节省空间节省原材料了不是嘛！北方人，真是傻实惠傻实惠的。

他们就一边享受着挑高大空间的好处，一边嗤笑着外地北方人的憨傻。业主们守着自家明亮的窗、雪白的墙，墙上挂着影楼补照的婚纱描眉画眼儿得瑟相；眼望小区绿树成荫、花开遍地，一溜假山、喷泉、瀑布、雕塑、下沉式广场，还有花果山水帘洞模样的儿童乐园，那可真叫一个视野通透，心境归真！眺望西山，渴望亲近。居民们隔三岔五，成群结队，走上个三五站地，到西山八大处半山腰上去取水。那是真正岩石峭壁上涌出的山泉水，清洌、甘甜，喝完以后百无烦忧，什么都不想了。有人一抹搭嘴儿说，嘿，真像孟婆汤，喝完了就不再惦念北京城里什么模样。旁边稍微有点文化的人就打住，说：什么孟婆汤！那可是奈何桥上的忘忧汤！咱这水可大不一样，咱这是开启幸福的源泉！好日子才刚刚开始，瞧好吧您哪！

社区美丽如画，人民富足安康，利民工程取得极大成功。通天河畔园区建设得到市里高度关注，舆论及时报道他们的消息，各媒体机构指示专人盯着这个社区，派记者专门负责跑口，经常光顾，采访报道这里的好人好事新气象。比方说：社区里建起商贸大棚，解决待业人口和周围居民菜篮子问题；社区组织成立老年秧歌队、合唱队，两年之内将上春晚；小区周边设施配套齐全，又建了幼儿园和小学校；通天河清淤工程顺利，还在修缮，虽然总也修缮不完，但河面已经从原来的褥子面宽，拓展到了现在的被面宽……

广大业主人民群众高兴啊！无论电视台还是报纸记者来采访，只要镜头话筒一对准，一端上，通天河畔的居民就会这样由衷连贯、舌头不打奔儿地激情侃侃而谈：我们从憋屈拥挤的小平房，搬到宽敞明亮的高楼大厦，夏天不用担心屋顶漏雨，冬天不用担心烧蜂窝煤炉子二氧化碳中毒，也不用见天价儿挤到大杂院当中一个水龙头底下洗脸刷牙，不用天天倒马桶、跑小胡同挺老远上公共厕所，街坊邻里也不再为争一点小事打架斗殴，人人讲卫生不再随地吐痰……比起过去的日子，我们简直就是上了天堂啦！这通天园的日子，可真是通了天！

这话带着袅袅翘翘卷舌儿音，插上天使的翅膀，飞呀飞，一直飞向高空，飞向天堂，飞向祖国各地四面八方。热爱北京渴望通天的人都来了，提着一袋子一袋子的钱，办着一拨又一拨贷款按揭。通天园的声誉日隆，商住房的销售业绩又迈上一个新台阶。原来的那些商住房业主，还担心当地搬迁户过来，会降低楼盘声誉和水准，连带着他们的物产贬值。不承想，反倒托了经适房试点工程的福，整体房价水涨船高噌噌噌一个劲儿往上蹿。业主们高兴！各类价钱的业主们和睦相处打成一片，共同建设幸福美丽新家园。

作为业主代表，老宋成为一个定点被采访对象，一有啥需要露脸露面动嘴事,社区街道物业都习惯性地爱去找他。不是因为他脸面好,长得耐看,能代表北京水土碱性大,而是因为他的好口才,随叫随到,把握政策,言出有据,使人放心,能将人们过上新生活的高兴幸福心情表达得不左不右、不偏不倚、中正圆通,能使上上下下都满意。往后,来人采访、搞民意调查基本上就成了他的事。时间一长,跑口的记者跟老宋混熟了,相互有用相互信任,就有点推杯换盏、称兄道弟的意思了。记者说这么着吧,宋哥,这边道远,来回不好跑,过来一趟不方便,你就给我当个通讯员,有什么好人好事给我及时报道一下。

宋斯基连忙摆手:不行不行,我哪里会通什么讯?你看我平常拿扫帚水桶在广场水泥地上描水笔大字,那是治肩周炎呢!通讯报道这玩意,我可干不了。记者沉吟一下,说,嗯,要不咱们这么着吧。也不用你具体写稿,也就是动动嘴,报报料,负责提供这个地区的新闻线索。有情况打个电话招呼一下,你口述,需要核实的再去现场核实采访。

老宋说,这个可以干。打个电话什么的没问题!记者又嘱咐说:宋哥啊,这不是一般的活,你肩上的责任可重啊!咱社区人民的幸福生活精神面貌,全靠你这一张嘴了!一登出去,全北京一千好几百万人民立马都能看到,全国也有好几百万人民立马能看到。

宋斯基放下酒杯,当即表态发誓说:大兄弟你放心!我一定对得起你这份信任,一定要通好讯,报好料,把社区幸福生活让全地球人民都知道!

打这以后,宋斯基就成了千里眼、顺风耳,每天再拎着苦瓜汁去街心花园广场上走步锻炼、再用扫帚水笔往水泥广场地面写大字的时候，心境就不那么专一和归真，而是眼睛随时瞪大，耳朵随时支棱，看人家做事，听别人闲谈，从中挖出好人好事新气象。诸如：一只受伤鸱枭落户通天园居民窗台，居民送到动物园查明是国家二级保护动物；110警察寻访四小时把老年痴呆症的老太送回家中；通天河清淤工程进展顺利，河面已经拓展到双人床宽；通天园五期商品房两小时狂销上亿；保洁员拾金不昧，捡到装有上万元的皮包交还失主等等新闻线索，都是经由宋斯基报料，尔后传达给全市人民的。

为了鼓励他的积极性，记者偶尔会在括号里署名打上“通讯员宋斯基”字样。这让宋斯基特别受宠若惊！这可是平生头一次他老人家的大名，以“黑小五”方块字形式，在国家正式印刷出版物上出现啊！宋斯基喜形于色，赶紧到报摊上把那一期报纸买下几十份送给左邻右舍。

要说乡亲们呢，原先还对宋斯基颇有成见，就因为他家住上了比别人都好的大户型。都是多年的街坊邻居住着，谁不了解谁啊？凭啥他家能捞到超面积最好的楼层和户型啊？乡亲们都背后嘀咕说，一定是老宋那个能挣钱的网络儿子，叫个什么“欧”的，CEO还是UFO？反正是个O，拿钱给动迁办管事儿的进贡贿赂了！这年头，有钱就是能够使鬼推磨！

他们哪里知道，人宋斯基根本没动一枪一弹，全凭自己的智慧和超人胆量，一毛不拔攻城略寨智取城池。

这种事情讳莫如深。谁一问起来老宋就打哈哈支应过去。如今,见宋斯基同志还能在报上通个讯,报个道,还能替咱社区说好话,乡亲们就认为他也还算凑合吧,不是什么坏人,起码还能为大家做点好事。他们就把以前的嫉妒、羡慕、仇恨都忘却,就势表扬他两下子。宋斯基挺当真,就顺竿爬,一边散发报纸,一边谦虚着,冲各位一抱拳说:各位老少爷们,往后看哪里有个好人好事啥的,多给我说道说道,我这往报上一通讯,咱社区受表扬,大家伙儿的脸上都有光,咱这房子也能升值不是嘛!众人都说是啊是啊!可不是这么个理儿嘛!居家过日子,谁不愿意多听两句好听的?!

往后,果然,街坊邻里谁有什么稀奇好事俏皮新事线索,也主动给他提。老宋再经过筛选,报料到记者那里。在众人的参与鼓励下,宋斯基报料的心情和积极性都有了质的飞跃,越发尽心竭力,履职称职。他自我规定的工作原则是:有了好事要报;没有好事,创造好事也要把它报出来!

经过老宋一干人等的共同报料努力,通天园的好人好事几乎每天都见报,还不只是一家报纸,现在各家报纸各个电视频道都来抢线索。通天河边新气象,好人好事一箩筐,不是这个报纸报,就是那个报纸登;不是这个频道报,就是那个频道播;不是出现在百姓生活版,就是出现在大众娱乐栏。通天园小区的知名度更大,声誉更好!它被成功地描述成人间天堂、伊甸园,是世界上最适合人类居住的宜居之地。这里还被评为全市精神文明建设红旗小区。谁一问,通天园的业主都特自豪,脖子一梗,说:家住通天园,天上新乐园!据说,某某电影明星也戴墨镜前来看房,某某画家买了好几套房子在这里囤下准备给儿孙们当遗赠。

通天园达到了它的声名鼎盛期。也就是在这个时候，通天园的房子，卖光了五期、六期、七期，却仍然供不应求，持币待购的人群仍如潮涌。

通天园，世界上最美丽的园！双人床宽的河水通上了天！

6

却原来姹紫嫣红开遍，似这般都付与京伦美苑。良辰美景奈何天，便赏心乐事谁家院？通天人忒看的这韶光贱！

经过短暂的蜜月亢奋之后，楼盘和它的业主们，很快进入高潮过后的不适应期。免不了就腰膝酸软，乏力不举，对新家园的兴奋程度锐减，接近于无。

时间是一把利器。它能让人的情绪从高位到低端，从巅峰到散淡，呈波浪形、抛物线状、心电图式样、股票大盘走势图一般排列。可能是螺旋式上升，也可能是倒栽葱下降。一般来说，下降的速度都比上升快。地心引力吸着呢！

通天园试点工程结束，取得巨大成功，经验可贵，效益良好。城北、城东、城南都开始普及这种形式，规划新楼盘。建造经适房的工作重心逐步向其他新区域转移。而在通天园这厢，随着最后一期楼盘的销售告罄，大规模入住的弊端已显露端倪。问题首先从道路交通上暴露出来。没路了。路不够用了。这个号称三十万、四十万、五六七八十万人口的超大社区，还是自古门前一条路，双向六车道的进城道路，刚一修好，就不够用了。道路成了一个大停车场，没有两小时，出不去，进不来。通天园原来叫作“睡园”，说是住在这里的青壮劳力每天早九晚五进城工作，回到这里只不过是睡个觉而已。如今它又有个别名“死园”，死水一潭，死路一条。

还有那通天河水挖啊挖啊挖，没等挖出什么模样来，就知道不行了，白挖，下面水流不畅，不能跟京城所有水系贯通，上面建起来的是一座废桥，太窄，容不下几辆车经过，修建的速度没有人口聚居膨胀的速度快，搭起来也只能当成是积木桥、摆设。房屋维修的问题也紧跟着显露。房子质量不错是不错，可是也需要维护保养啊！就像平常体格再好的人，也得允许人有个头疼、脑热、小病、小灾什么的，到时候就得打针吃药躺个一天两天恢复元气。住了三四年的房子，正是显露点小毛病的时候，上下水管道、煤气管道、门禁电梯什么的，都需要换件保养、时不时敲敲打打、给拿拿隆。但是物业的服务没有跟上。还有社区安全之类的问题，门卫不负责任，来人随便进，小区乱停车，宠物随地大小便等等，类似情况出得多了，搞得业主们非常闹心。楼盘建设速度太快，周边服务设施配套跟不上，周边地区没有个三甲医院、急救中心，派出所和街道办事处都离得太远……弊病一个接着一个，简直罄竹难书，多了去了！业主们一时怨声载道，牢骚满腹。

去找物业理论，物业还跟大家解释，说这些都是发展中国家面临的共同问题，处处都有，有些是全球化、现代化进程问题，有些是城市规划问题，有些是区域建设发展不平衡问题，有些是技术层面问题。所以不能把问题全算在物业头上。要慢慢来，慢慢解决。业主们也急了，立刻义愤填膺：不算在你们头上还要算在我们自己个儿头上？核着这问题都是别人的，你们一推溜干净、自己什么责任都没有了？物业你们是干什么吃的？收着我们高额的服务费，却不为大家办事。物业失职！驱逐！滚蛋！滚出去！

通天园小区业主委员会正式宣布成立！你不是没人管吗？好！我们自己管！今儿个我们要集体站出来给自己个儿维权！

广大业主一致推举有责任心、有正义感、有时间、有精力的宋斯基当主任，代表大家出面迎敌。宋斯基也责无旁贷，不负众望，说理讲理，代表弱势群体业主一方，与物业部门展开旷日持久的维权斗争。几个回合下来，大见成效，宋主任工作效益显著，其中最著名的几件成果有：率领小区人民成功驱逐原来的物业，请来新的有一级资质的物业公司替大家服务。（原来那家物业公司竟然是开发商手下的翻牌公司，那怎么行！监守自盗嘛不是！怪不得牛皮烘烘欺骗了我们那么久。哼哼！）第二件是打赢一场官司，收回小区底层公共场地所有权，它原来被物业出租为收费停车场；第三件是勒令物业每年必须向业主公布房屋公共维修基金使用情况，财务必须要透明；第四件是组织小区业主联名写信向本区域的人大代表政协委员呼吁，请他们到会上给提案，拓宽通天园前面的道路，要求多开辟几条从郊区进城的路线，同时，地铁二十八号线也必须要在这里有一站。业主们知道平常自己个儿直接去跟官口衙门说，说不着，也够不上。只有这些代表委员们提案说话好使，解决起来痛快！

仗是越打越精啊！官司也是越打越熟练。业主委员会证据在握，坚忍不拔，屡战屡胜，无坚不摧。漫长的平台期里，在共同对付物业部门的维权斗争中，通天河畔群众的兴奋紧张度又一点点被提升起来，像是走泄了的钟表又被重新拧紧了弦！新一轮高潮，不期然，轰隆隆，咔嚓嚓，迅猛而至！势不可当，猝不及防！甚至比第一拨还热烈、还快感、还实在！人民群众重又看到了自己活泼泼、壮憨憨的雄厚膂力！

媒体也在配合老百姓维权。媒体在帮助百姓培养公民意识、法律意识，教导人如何保护自己，打击敌人。媒体上的百姓生活栏目，现在真是越办越灵活、尖锐、深刻，勇于说真话，敢于直言，对陋习不再捂着盖着，该揭就揭，该批就批，促进了和谐社会建设。报纸电视台原来那些“生活三原色”“百姓五色光”等等栏目，如今也改叫“民生民调”，重点关注民生，解决疾苦，充分发挥舆论监督作用。哪里有撬门压锁、小偷小摸，哪里有酒后驾车肇事逃逸，哪里有出租房主不尽职尽责、熏得租房民工煤气中毒……都要一一登载，予以揭露，以督促整改。各大媒体报业集团竞争激烈，不断想出吸引读者观众的招数，纷纷开通免费电话热线，鼓励市民参与报料，还设了专门经费奖给新闻线索提供人。根据每次报料后的使用情况，来决定奖励给每位五十到一百元不等的报料费。为了保护广大报料者的安全，提供批评线索的报料人可以匿名，只说“某某先生”“某女士”提供便可。

当宋斯基第一次拿到结算的报料费三百元钱时，他十分意外、十分不好意思，一个劲儿推搡着说：不要不能要！给别人维权，也是给自己个儿维权，应该应分的嘛！还拿啥钱呢！这钱不能要。负责跑口联系的记者说：老宋你客气啥！这是光明正大的事情，你自己靠劳动得来的。拿着吧。你不拿，我也不能个人藏匿下。为我们工作,也耽误不少你个人业余时间。我们得感谢你!以后还得辛苦你,勤给我们报些来啊!

老宋一听,嘴里忙说,哦,哦,不客气不客气,那是一定的!一定的!心里边这个意外这个激动啊!难道这份工作这么光荣有价值?自己从来没有想到过要有回报,如今,这好回报自己个儿找上门来了!没想到啊没想到!这是对我老宋义务为大家伙服务的犒赏啊!于是乎他就暗下决心,一定尽自己的全力,将这通讯报料的伟大光荣事业进行到底!细一核算,嗯……这才小滴溜的简单提了几条就得三百元,照这样下去……每个月要是提上个十来二十来条,不就得有个千八百块?!快赶上我一个月退休工资啦!

想到这里,宋斯基心花怒放!从此他越发兴致勃勃,一边率人维权整改,一边不断电话、短信频繁把料报上去,暗中期待若干银两源源不断寄过来。

可是,出乎他意料的是,当他又收到过两百元后,以后报的料,却怎么也登不上去了。财路忽然间断了。老宋心里纳闷,急忙打电话问记者,也不好意思地直接问,一个劲儿绕着圈子说,是不是现如今报料的人忒多,我的就排不上号啊?

人记者对他也挺客气,说:多倒是多,但个人报个人的料,互不耽误。老宋,你的问题是,你也应该与时俱进一下子。现在媒体竞争这么激烈,我们也不能总是炒冷饭,嚼别人吃剩下的馍。你平时多注意一点我们民生新闻节目的变化,得寻求新角度,想法找到一点新内容。

老宋得到启发,赶紧找出报纸来看。他发现自己的确是落伍了,总报些什么通天河水质不好、大垃圾堆、交通差什么的,不行了。你看看人家,看人家这报的嘿!全是杀人越货、强奸抢劫,等等,一色的干货!都用黑体一号字、二号字通栏标题,黑瘆瘆,明晃晃,醒目!中间再配上幅俩大货车四脚朝天撞翻照片,血哧呼啦彩色高清晰,雷人!真是吸引人眼球,让人初刻拍案惊奇!

再扭开电视,找一找百姓民生心理专栏热线,见全是夫妻离婚、婆媳打架、姑嫂不睦、兄弟阋墙,公公扒灰,尤其以儿女跟老人们争房产的居多,还都是真人坐现场的,连哭带数落,铿铿锵锵,硬是拿着不是当理说。你说现在的人怎么都这么不要脸呢!连家丑不可外扬的老理儿都不顾忌了?!可也是,现如今,什么丢人现眼事,只要一披件"心理""法律""法制"节目马甲,就可以冠冕堂皇登场。瞧那电视里头那些人,八成也都跟自己一样,有价格不低的出场费、作秀费吧?要不介,能搬动全家老少坐那儿录像灯底下照,然后让人拍完了满世界播去?多大的寒碜哪!

世道变了。看来,自己不下狠招子是不行了!老宋想。自己必须重新开始,舍弃旧角度,开发新能源,提高命中率,重新挣到报料钱!通过进一步的认真学习,他发现:世界上的好人好事总是极其相似,世界上的坏人坏事却各冒各的坏水,必须要有一双善于发现坏人坏事的眼睛。有坏事,坚决要报;没有坏事,鼓动别人干坏事,也要把它报出来!

有了这种决心和发现,宋斯基如醍醐灌顶,从今往后,便越发刻苦敬业,往往抖出生鲜猛料,新奇闪亮,别具一格,超帅超靓,站稳了民生版的头条!

诸如：

一母藏獒随主人深夜潜入通天园一户养獒人家，引诱发情公藏獒与之交配。事毕，不给喂食补充营养，造成公藏獒终生阳痿。据查公藏獒身价一百八十万，从此只能卖出废狗肉价钱。獒主欲哭无泪，谴责盗窃者无良行为；

本报讯：通天园地区又出奇事，结婚当日随即离婚。一对新人结婚，上午婚礼，接新娘婚车被堵在通天园路上，傍晚才到达。女方娘家人不干，拒绝举行仪式，说是晦气触霉头，傍晚结婚的不是寡妇就是二婚。一桩喜事从此告吹；

通讯员宋斯基报道：通天园一小偷扒窗入户盗窃，强奸三楼一熟睡少妇，致使少妇怀孕。小偷逃逸。女方家人起诉到法院，告小区楼外的排水管道设施有问题，强奸犯正是顺管道溜入室内作案；

最新消息：通天河捞起一具女尸，形若开车之势：尸体四肢僵硬，双手内向环扣，屈膝向前，如开车之姿。距此不远岸边有一爆胎宝马车，内有男女行过事的痕迹，疑是死者生前所驾……

如此种种，绝对有卖点，有活力！媒体赚得了眼球，老宋赚得了实惠。媒体影响力骤增。栏目版面从一个版增加到两个版，最后增加到四个版八个版，电视台的“民生心理热线”栏目从午夜档进入了晚八点左右的黄金档。媒体的随栏广告大规模增加，成为文化企业创收增效益大户。宋斯基本人也赚得盆满钵满，不仅如期达到每月千儿八百的创收目标，且多有超额完成，连给儿子结婚娶媳妇的钱也攒下不少。

通天园这个地区的名声越来越响，就连外省市也知道，北京的通天河地区是个交通极度拥堵、案件频繁多发、底层人口密集的贫民聚居区，是首都著名的不安全地带。这里垃圾熏天，民不聊生，杀人越货，盗窃抢劫，总有稀奇古怪案件出现。随便坐在出租车里，就会听到交通台主持人小哥小姐吱扭吱扭，那儿数来宝地拿通天园说事儿调侃：虽说现在北三环北二环正在拥堵，要我说你还别不知足；你要是真有不服，那就把你送通天园去打个赌，看不堵得你五脊六兽，看不灭你个粉身碎骨，咿呀呀，嘿啦啦啦……

经过一年间坚持不懈的报料曝光努力，业主们成功地将通天园打造成一个全市社会评价最低的居民社区。开发商十余年的筹备和建设、两拨物业八年间的打理、街道居民委五年间的管理服务，都不敌一年多来群众的报料曝光奏效。通天园从前的好名声，顷刻间土崩瓦解，分崩离析。

7

事情的逆转，是从宋斯基决定要卖房时开始的。光阴如箭，老宋家里那个网络儿子托了互联网事业蒸蒸日上的福，从泡沫走向实体，逐步稳定了，发达了。宋公子也到了岁数，晃悠够了，玩够了，开始成家立业，娶妻生子。儿子在城里 CBD 繁华区置下了房产，叫上荣升为奶奶的老宋老伴进城去帮助带孩子。一抱上那白胖胖的大孙子，把这五十多岁老太太乐得，合不拢嘴。这叫一个亲哪！带自己的孙子，这还有什么说？肯定得是脚不沾地、倾家荡产、鞠躬尽瘁也乐意啊！

老伴这一高兴，就顾不得通天园留家看门的老宋啦！五十来岁的老两口开始同城两地分居。一天两天还成，时间久了也不是个事儿。想到宋斯基一人守着那么大房子，身体还有不少毛病，老伴不放心，就让宋斯基也跟过儿子那边去，待在身边好有个照应。老宋拗不过，只好把通天园房门一锁，也跟着进了城。

老宋这回城里一住，可就不愿意再回来喽！哎哟喂，这可真是，山中方一日，世上已千年！离开几年，北京城里真是大变样，变得他都认不出来了。美了，漂亮了，干净了，宽敞了！不光有熟悉的红墙绿瓦，还有那么多不认识的高大建筑，巨蛋、斜塔、大裤衩……老宋摸索踟蹰，没事时自己一个人沿着原先的记忆到处溜达。自打住进那“距天安门十五分钟路程”的郊区鬼地方之后，他就几乎没回来过，太远了，不方便。现如今啊，再来看这北海的白塔啊、景山的歪脖树啊、故宫的金水桥啊、中山公园红墙外的玉兰树啊……看着还都这么眼熟，这么亲切啊！

春天的脚步，把皇城根底下染得粉红似白的、黄的迎春，翠的绿柳、粉的樱桃，开得这叫一个艳啊！最是一年春好处，绝色烟柳满皇都。春城无处不飞花，满城春色宫墙柳。早先住沙滩文化部的几个戴眼镜的，常跟他们一起打太极拳，一见到春天来了，就爱时不时地拽几句诗文，老宋当时跟着记住了，但没啥太多感觉。自己打小就看见的景物，可有啥稀奇感慨的！可是现在，当他离开京都城里一段时间后再重新回来看，那可真叫作是感慨唏嘘啊！城里就是好啊！春天来了，这皇城也是占先，它的花先开，它的草先绿。古人的春天诗文这说的都是皇城根，说的都不是通天园那个大荒郊野场啊！你就看啊，那打太极拳的，还在那儿慢悠悠打着呢！好像他昨儿就在这儿打，今天还没有变；那唱京剧拉二胡的，也还在那“吱吱嘎嘎”拉着呢！也像是昨天的曲儿，今儿继续练，中间一点间断都不曾有过。连绵、连贯、悠远、悠闲，这才叫北京的韵律，这才叫京城的滋味呢！

老宋神思恍惚，被皇城根儿的春天给熏得迷迷瞪瞪的，一路走一路看，独自蹩进街边一家小吃店。坐下来，点上几样老北京小吃：豆汁、焦圈、驴打滚、芥末墩儿……一口冲劲上来，老宋的眼泪可就含在眼圈里了。生活了五十来年的北京城，祖祖辈辈好几代人都生活过的地方，亲切啊！连空气的味道，都散发着祖先的体香。可如今，自己个儿为什么要去那偏远的郊区大野地里去？为什么像个外地人、乡下人一样住在离皇城八丈远的地方呢？那里的生活，如今看来，多么不真实、不真切，多么像发癔症、发疟子，多么像大梦一场，像大病了一场啊！

这么一想，老宋的眼泪真就掉下来了。

当儿子提出建议，让父母别来回再折腾，索性都搬回城里来住时，老宋和老伴没怎么合计，就答应了。儿子和父母双方的理由都很相近：一来是为了带孙子，往后上幼儿园、来回送着上学，老两口能帮助照看；二来，人老了，离子女近些，有个照应。城里头看病什么的也方便。

老两口回城，不打算跟儿子一块堆住，怕时间长了跟儿媳妇过不到一起去。儿子就依照父母的意见，在离自家不远处，给父母买下一处两居室，八十来平方米。交完了首付，办按揭。

说搬就搬，立刻就动手。老两口先住儿子家里，办好了新房入住手续，拿到钥匙，开始装修，那头把通天园房子腾出来，准备拿到房屋中介公司“你爱你家”挂牌出售。儿子不主张他们卖房，说留着吧，以后还是个物产，可以暂时租出去，用租金还这边城里新房的月供。老宋和老伴俩还是想赶紧卖房变现，然后把这边的按揭提前还款。他们属于上一代人，老脑筋，欠钱住房的事情没干过，心里不踏实。赶紧把钱还银行这才算落定。儿子也就没拦着。反正，租也好，卖也好，都一样。就这么一个儿子，将来爹妈所有的东西还不都是他的。

老宋和媳妇一到房屋中介，才发现，完了，他们这儿的房子无人问津。整体落价了！臭了！臭大街了！砸了！砸手里了！那么多急于逃离这个社区的人，那么多挂牌出售的房子，都挂着，有价无市。没人买，没人来。人们都如躲瘟神一般，躲着这个地区，人人避之唯恐不及。

这都是他们成天价报料、曝光的功绩啊！

宋斯基这才知道，完了！完蛋了！毁了！自毁了！他们的舆论造势把自己个儿的楼盘搞毁了！如今各地楼盘价格都冒着烟的往起蹿，唯有他们这里一落千丈。这会儿他也才明白，报的那些邪料，影响不到任何别人，只影响到他们业主自己，只影响到他们业主们自己的利益。这时候，无论说什么，开发商都不在意了。七期打造完毕售罄以后，开发商早已经移师别处打造新的楼盘。你现在再说通天河是通地沟也无所谓了，跟他卖楼没关系了。

老宋蒙了，老宋急了，为卖房计，他开始活动心思，想要拨乱反正，再报起从前好人好事的料，再把通天园夸成一朵花。然而，没用,根本没人信,根本不给发,没有哪家媒体愿意采用。如同一个失去清白的大闺女,说自己仍旧是处女;如同一个妓女说要从良,要想让人信,也没那么容易。

明处公开的不行,他想来暗的。知道社区有好事者成立了个网站,他就让儿子教他上网,用一根手指头在键盘上敲啊敲,费劲地在社区论坛上匿名发帖子,灌水,以“鸡丝送”“宋祭司”“送鸡食”“鸡送屎”等等网名,呼吁业主们不要再说自己社区的坏话,不要再给媒体报料,不要发负面消息;请大家相信,我们的家园是个多么幸福的家园!我们的楼盘是个多么高尚的楼盘!

[鸡丝送]:谁说通天园的名字起得土?这名字多好啊!让人直接通天,过上天堂般的幸福生活!

[宋祭司]:谁说这里是大垃圾场?咱这儿又不是宇宙太空,连人毛都没有过。咱这是八百年古都啊!哪一块砖底下没文物,哪一处地底下没埋过人?就连老北京那公主坟、奶子房、骚子营不也住得好好的嘛?

[送鸡食]:谁说咱这高发治安案件?小偷小摸撬门压锁的事情,哪里没有呢?南城那些平房区盗窃入室更厉害!大街上抢盗案件更是到处都有,根本就不光是咱们这块地儿。

[鸡送屎]:谁说交通不好?公交线开了好几条,地铁二十八号线马上就要开通了!你看城里,高峰时间三环二环不也堵吗?

宋斯基的拨乱反正帖子刚一落地,立即就遭到网友围攻,遭来无数板砖猛砸:你丫哪个豢养的?社区走狗!睁眼说瞎话!

你丫拿了物业多少钱?

以为穿上马甲就不认识你了？再乱说话，当心人肉搜索！

网上众声恐吓呵斥，论坛暴力铺天盖地，把老宋整蒙了，吓着了，简直不敢再放声。

他这会儿好像有点明白了，在自己和大家伙儿的曾经共同努力下，人民群众已经适应熟悉了哭穷、哭嚎、哭闹、哭丧，适应熟悉了自诩弱势群体。业主已经习惯了自我贬低，自我糟践，自我渲染，夸大缺点和不足。人们已经习惯了，说反话才是正道理。

其实他是有所不知有所不晓啊，在他暂时停报、洗手不干的岁月里，报料已经成为一个方兴未艾的文化创意产业，业已形成一条文化产业链，谁也控制不住，遏制不了。一个宋斯基倒下去，千百个宋斯基站起来！手机、视频、互联网，快捷、连续、高清晰！报料报出新科技，报料报出新感觉。古有锦衣卫，今有狗仔队，我们是新时代的报料人！头可断，血可流，报料的快感不能丢。报料已经脱离了原先曝光的含义。报料已经成为自贬、贬人、自残、残人、自虐、虐人的同义语。报料已经成为一种乐趣，一种调剂，一种漫漫人生、漫长无尽平台期的精神慰藉。匿名报料、作恶捣蛋、揭短的快意，简直胜过天底下任何好玩游戏，胜过一切言语。

仓皇奔走在从城里到通天园来回路上的老宋，嘴角起燎泡，腮帮子肿老高，那叫一个上火啊！他眼睁睁看着媒体上，至今仍是每天都有通天园的坏消息。那消息，变着花样，抖着机灵，弄着噱头，充分满足着人们的想象和企盼，几乎没有重样的。如果哪一天没有，或者这坏消息发生在别处，人们也不相信，也不适应。所有的坏事恶事只有发生在通天园才适得其所、理所当然、合乎情理。通天园那些二手房屋和它们的价格，只好以文字构思的形式，始终挂在"你爱你家"中介牌上。不仅没人买，而且也没人租，任其空置，任其荒凉。

老宋一点辙都没有了。面对内外交困，这边空置房屋仍然要交物业费、供暖费，那边新房还没入住也要按时还月供的压力，他紧张焦虑，不思茶饭，高血压糖尿病一起犯。思量良久，终于咬牙决定，重操旧业，干起报料人的老本行！这会子他会上网了，便采取网上偷盗策略，偷偷从各论坛帖子和通天园业主博客上寻找小区负面新闻线索。某个网友遇事泄愤骂人的话，哪位博主不经意冲物业发的牢骚，都成了他的信息来源，源源不断向媒体输送，尔后化作若干散碎银两，揣进自己腰包。尽管数目微弱，但是慰情聊胜无，总比坐吃山空什么都没有强不是嘛！

他还在想哪：等到哪天，等到自己手里这点家底积蓄花完，月供取暖费什么的真的接不上捻儿了，我就把《西游记》唐僧掉河里的秘密抖搂出去！把通天河的老底揭出去！一定要找一个开价高的媒体，曝一个天底下最大最惊人的大料！这可是我的杀手锏，至今还不见有人发现呢！到时候，换来的收入，起码也能抵上个两三年的物业取暖费吧？

打这往后，老宋白天以匿名形式在媒体报料，辛辛苦苦寻觅打探通天园的糗事坏事；黑夜里，他又网上实名制在各个二手房站点发布售房信息，在"简短留言"一栏中说通天园的好话唱赞歌，暗中期待某一天老天爷开眼，让他把房子尽早脱手卖掉。

8

奥运会开过之后，又一个新的秋天里，楼房开始供暖之前，物业通知各家各户留人，查看暖气打压试气时漏不漏水。宋斯基接到电话，又从城里回到老房子来查看。开了房门，见家里一片灰蒙蒙，久不接人气，一幅荒凉衰败迹象。老宋摸摸这，摸摸那，带着两手灰，无所适从。偶然间一照墙上镜子，见镜中人已经两鬓斑白。想他当年刚搬进通天园时，还是年轻力壮一头黑发。光阴不饶人啊！

查看过了暖气，锁上房门出来。不知怎的，鬼使神差般，宋斯基的脚载着他的身子，又走到老路上，回到了七八年间他走熟悉了的地方。似乎是变了，又似乎是没变。那是他拿扫帚练水笔大字的地方，这儿是他打太极拳的地方……街心花园里，灌木乔木长得葳蕤旺盛，假山、瀑布、雕塑、喷泉、秋千架、花果山也一如既往。四处秋高气爽，一片安宁祥和。也许，这里一直都是如此祥和安宁，只不过他们报料者为了自己的需要，而在纸上、在口中肆意截取片断贬低，渲染夸大他们的虚妄。老宋心里五味杂陈。他信步走下门前大路，见十余条线路公交车有秩序地频繁从路上经过，地铁二十八号线站台已经搭建起来，马上就要开通。他来到院墙外围，一眼便望见了通天河。见那河面宽阔，碧波泛蓝，一条条观光游览船在河心游荡。横跨两岸的大桥，也已经及时修改了设计施工图，已经有三座斜拉桥飞架南北，几辆小汽车可以并排在桥面快速驶过。通天河啊！老宋的心里感慨。为什么只有离开了才能见到它的好呢?

夜的幕布落下,街灯全都亮了。那些鳞次栉比的高楼大厦,每一扇窗口都射出橘黄色的温馨灯光。秋季的微风把树叶子打得哗啦哗啦作响。老宋走啊,走啊,漫无目的,又像是朝着城里的方向走。仿佛想起了什么,蓦地,他站住,回转头来,朝身后打望。只见身后高远处,万家灯火,悠悠河水,画舫舟歌。通天河两岸明亮的灯盏,一串串,一排排,一直蜿蜒伸向天际,宛如夜色中的一道天河。高空繁星闪烁,大地澄静清朗。多美呵!

老宋忽然又有点想流泪。他知道自己是回不去了。

通天河啊！人啊！他想说。

通天河在上。

人在下。

人必须苦苦泅渡,终生却也无法抵达。

2009 年 3 月 25 日于北京以北

年轻的朋友来相会

1

火车“嘶哑”而尖厉地叫了一声,轰隆轰隆靠了站,身后扬起一阵雪末的粉尘。这是一列从北京直达沈城的特快,夜晚从北京站口出发时漫天大雪已经开始落下,经过八百公里地的急驰,穿越广阔的华北和东北平原,终于在黎明天色微蒙之际滑进市区。车轮有节奏地咣当咣当在铁轨上敲打,一车的旅客都坠入似梦非醒的昏睡。雪花飘舞,大地沉寂。古老的山川、树木、河流以及寥廓无垠的天庭,在暗夜里静静的幽暗青蓝,闪出一种动人的暗紫色。漫天浮动的雪光灯影,倏忽照亮后世前尘,也足以令人忘却现世今生。雪霰洗拂不尽隋志高梦里的尘埃,相反,在他一夜失重的感伤忧惧中,梦,却像一群忽忽悠悠的棉花,将他浑身上下围裹得紧紧匝匝。

火车进入市区时大概是清晨七点钟的光景,整座城市仍笼罩在一片清寂之中。进站的笛声给冻了两冻,再叫出来时尾音就淌出了大鼻涕,“呜——嗷”“呜——嗷”,叫出了几声东北大馇子味儿。隋志高一脚从车厢脚踏板上下来,一股子冷气“吱溜”一头钻进裤腿儿,裤子霎时间就给打透了,衣服成了摆设,简直就像是浑身光不出溜站在雪地中。北风烟雪小刀片一般迎面割来，“唰”地一下，脸颊和嘴唇就给冻肿。隋志高心里边的后悔这时就像一口黏痰，忽地一下子涌了上来，却又堵在嗓子眼儿的某个部位，吐也吐不出来，吞又吞咽不下去。这个季节，东北天寒地冻的十一月份，就连鸟儿也知道要飞往南方。隋志高却架不住老歪的撺掇，八百多公里地从京城赶回冰天雪地的沈城，为的就是参加个老同学毕业二十周年聚会。

老歪当初的电话一打过来，提起要搞二十周年同学聚会，四十三岁的国家部委某局副局长隋志高听着就像在做梦一般，一脸惶惑地脱口问道：“怎么，离毕业有二十周年了吗?”

老歪说：“老六，你还合计啥呢？可不是有二十年了嘛。”

“老六”这一声叫，让隋志高大梦初醒。这是他们当年在学校宿舍里的排行叫法，都过去二十年了，又被老歪扯出来套近乎。二十年，真有二十年了吗？这么快！真是恍然如梦啊！2002 年是 77、78 级大学生毕业二十周年。他们这些人赶在改革开放、拨乱反正、高考制度恢复后第一批上了大学，77 级先入学半年，78 级的紧随其后，二者在同一年头毕业，显见得学制还没有完全走上正轨。上不上轨并不打紧，要紧的是从此一代盲流青年又从大学校园里获得了文化身份。

二十年前的大学校园，理想主义精神旗帜飘扬，从三十五岁到十七岁，从拉家带口的到应届毕业生，学生三教九流，经历五花八门。红旗飘飘，歌声嘹亮，大旗之下，每个人都奋勇争先，实现出人头地改变命运的梦想。乡下孩子隋志高，1978 年从县城高中考上大学时正好十九岁，小草驴一个，蛋蛋刚够在被窝里做梦画花。跻身于那些二三十岁大龄同学当中，他像懵懂的小屁孩，人家有什么惊天地泣鬼神的活动都不带他玩，黑马蹿出没有他的事，就连恋爱也没有他的份。后来他从图书馆的《红与黑》《飘》《约翰·克利斯朵夫》《静静的顿河》等学生必读书目中自学成材，迫不及待挤进追求女生的行列，很小布尔乔亚地写情书、约会、下馆子、亲嘴咂摸地鼓捣了一回，结果却是恋爱未遂，最后带着巨大的伤口远走京城，一晃就是二十年。

打电话来的这个老歪当年跟隋志高住同一间宿舍。当初他们一个屋睡八个人，就跟一群成年期的猴子给塞进一个十四五平方米的笼子里，汗味、体臭、遗精的气息混杂，男生宿舍离老远就能闻到动物园狮虎山和猴山的尿臊味。隋志高在屋里排行老六，老歪排行老四，睡在他的上铺。老歪个儿高，人长得像瘦猴，说话叽叽歪歪，走路哩咧歪斜，故而得名。

"你也不看这什么时候，机关调整，没工夫回去呢。"隋志高答到。说这话时还是在七月，京城热得要下火。刚刚结束的世界杯搞得人五迷三道，机关里正常的工作秩序刚刚恢复。老局长要退，新局长还没到任，"三个代表"要学，十六大要迎接，隋志高这个副局就必须天天守着摊子，一步也动不得。

老歪说："老六，不耽误你工作时间，你周五晚上回来，周日晚再赶回去。你打飞机，来回机票我给你报。"

隋志高一听他说"打飞机"，心里就乐了，心说我打飞机，我还打手枪呢！老歪当年一考古汉语和现代汉语就照隋志高的抄，这么多年了，在词义的进化这方面一点没什么长进，对于“打飞机”一词的外延涵义都没整明白。看来方言这玩意在各地的歧义还挺大。隋志高没敢笑，只推说我确实忙，要聚就聚你们的，缺一个少一个都无所谓，我实在是走不开。

当然，忙是一方面原因，另一方面原因是他毫无兴趣。天知道老歪哪里来的那么大热情张罗。眼下人人都在与时俱进，紧着忙地把过去扔在背后，一个心思只是朝前奔，怀旧那些事都留给了不着四六的闲人们去整景，除了那些上了年纪七老八十磨磨叨叨的老人，再就是叽叽歪歪有话也不会好好说的美女小资，人家一出生就开始写回忆录了。怀旧也不白怀，怀旧人群的成本投入与效益产出紧密挂钩，白头宫女说往事，赚得纹银好几两，贼着呢！老歪目前具体属于哪种情况尚不清楚。隋志高并不怀疑他动机的单纯和目的的善良，只是眼下他一点都没有兴致陪他玩。

对于隋志高来说，二十年过去，大学生活早已经变得似是而非。同学之间一毕业就南北西东，除了刚毕业那会还有几个要好的兄弟偶有联系，再过几年，基本都疏于来往，只剩了一两个同行业的人还偶有交道，却又因他隋志高在当中官当得最大，都是别人在求着他，在上边管理机关给求个人说个情什么的，都是给他添麻烦的事。这样的往来难以持久，一说起同学，隋志高印象模糊，连一点想见谁的愿望都没有。

老歪却不肯善罢甘休，频频电话骚扰，后来干脆说老六，你看你什么时候有工夫？我们大家伙等你，就乎着你的时间来安排。话已经说到这份上，隋志高仍不为所动，说忙，回不去。见隋志高总是回绝,老歪颇有点怨气,话里话外流露出嫌隋志高要大牌、不给面子的意思。老歪说:“老六,你可是咱班混得最好的,除了弯弯绕以外,就数你官当得最大,又是京城部委的高官。你要是不回来,咱们这聚会可就没意思了,上不去档次。”

话听着像吹捧,却又分明带刺,扎人,整得隋志高心里不自在。这个老歪,都二十几年了,磨磨叽叽、黏黏糊糊的禀性还是没有改,而且,不会说话的毛病也显然还在。弯弯绕是什么人?一个快要被党和人民判刑枪决的贪污腐败分子!上学时他都已经三十出头,是一个当过知青、修理过地球、非常明白自己在什么时候想要什么的人。上大学那会儿,隋志高莫名其妙就被他当成了死敌和竞争对手,没事就挨他踩咕,每逢评三好学生、评奖学金等等好事,一律被他狂踩,到了毕业愣是没有让隋志高入得了党。这几乎成了隋志高的终生大恨!后来据老歪中间传话说,是因为弯弯绕看上的某个女生对隋志高有好感,隋志高这个小白脸在女生中间人气指数太旺,很碍着弯弯绕的“拔梗梗”立腕。毕业时,弯弯绕作为学生会主席,挑了最好的单位,留到省政府机关当秘书。听说他一帆风顺,后来升至某某省委要人的大秘,后来又当成了市委班子的要员,再后来就被“双规”,一竿子搂进去了。那是一桩惊动全国的腐败大案,听说有可能判个死缓。

而今老歪电话里一拿他和弯弯绕相比,隋志高就觉心里晦气。心说你拿我比什么不好,非得比他!你那叫会说人话啊?再则说了,老歪总是这么“老六”“老六”地叫,一次两次还行,叫得多了,隋志高就有点烦,下巴挂了起来,满脸的不待见。隋志高在机关里被下属唯唯诺诺尊崇着，听惯了人们叫他“隋局”，领导也会拍拍他肩膀叫声“志高”，出门到外省检查工作，更是高接低送，远迎近侍，突然间，被老歪叫起了大学宿舍里的排号“老六”，仿佛一下子又给叫成了当年那个光着毛的穷小子，时间一长，不要说心上扎根刺儿，就连肉里也揳满了针。

他不禁皱了皱眉头，摆起了脸色。可惜老歪在电话里看不到。

老歪仍旧没有放弃，执拗地说：“好好，老六，我请不动你，有人要和你说话。你等着。”

手机里传来一阵空茫，接着是一个女生的声音。榆叶梅。隋志高一下就听出是榆叶梅，东北话，有点侉，有点嗲，音调的抑扬平仄都不对，尾音往下走。

“志高，是我，叶梅。你能回来吗？哎呀你看，咱们都多少年不见了，也应该老同学叙叙旧了，啊？你来吧，我等你，啊？”

……

榆叶梅的声音还是那么尖尖细细的，发声部位很靠前，听着不像个成熟女人的声音。当年就是她这有点小女孩腔的尖细声音迷倒多少男生！也包括他隋志高本人。

只是，在走南闯北，历经了无数的女人声音之后，他才能分辨和判断、评判初恋女友的声音，并且，本能地就挑出了缺陷。

他奇怪自己为什么没能激动得心跳几跳。二十年了，经历了多少事，人变得要多淡漠有多淡漠。

但是接下来的几天，只要一有空闲，他的脑子里就回响出榆叶梅侉侉嗲嗲的声音。这声音牵动起隋志高的哪根不结实的脉，促使他鬼使神差地上了周末的火车，并且这一晚上，还在努力想象和回忆着榆叶梅的模样：巴掌脸，山羊腿，细高挑身材，噘嘴唇，狐媚眼，叽里咕噜乱转的不安分眼神……

2

西北风扬起一些雪沫子，杀在脸上生疼生疼的。沈城虽然跟北京只隔了个山海关，但毕竟是东北，跟西伯利亚是亲戚，关里关外，大不一样。一过了十月，西北风就跟杀猪刀似的往肉上割，恨不得刀刀见血。站台上那些穿棉衣的穿羽绒服的，都跟熊一样，咕隆咕隆拖着行李往外走。隋志高比较利落，只有一件单薄的风衣和一个公文箱。显然他对两个城市之间的温差没有充分的思想准备。正在这儿哆哆嗦嗦拿眼四下踅摸，却瞥见老歪正迈着鸭子一样的步伐，从车厢的另一个方向歪歪咧咧往这边小跑。一边跑，还一边挥手喊：“志高！老六！”

隋志高一见，也挥手喊：“老四！”

两人脱下皮手套双手紧紧相握，互相拍拍打打拥抱。老歪明显见老，一张干巴瘦的脸上净剩了皮，一做表情，就把上下肉丝牵动得挺费力，皱纹挤得一小条一小条的，小细米棍儿眼睛被鱼尾纹包围，挤咕得只剩一条缝。脑袋顶上的头发也没剩了几根，焦黄稀疏，从左前方扯着越过秃顶遮向右后方，模样整个像一个大烟鬼。多亏他面皮白净，还有个一米八几的大傻个撑着，否则，这人就完了，简直没法看。

老歪在隋志高身上拍拍打打乱胡噜着说：“哎呀我说志高，可算把你盼回来啦！这比盼星星盼月亮还要望穿我这老同学的双眼哪！”

隋志高说：“得了吧，就您那眼?！上回见，还是五六年前吧?”

老歪说：“可不，我去北京拜见局长大人，你在百忙之中接见我吃了一顿饭，还是在王府井的东来顺涮的锅子。一晃，都上个世纪的事儿，隔了妈了巴子两千来年了。”

隋志高笑，说：“几年不见，也不见胖点?”

老歪说：“还胖啥胖，没看都啥岁数了，土埋半身了，眼见着要当爷爷个屁地了，胖不胖能咋地?”又上下打量隋志高，“我说志高，还是你行啊，这么多年，还保持帅哥身材。咱班像你这样的，没几个了。”

老歪拿话猛劲忽悠着，牵着隋志高迈腿绊绊磕磕随臃肿的人流往站台外挤。虽然不年不节，从各路火车里下来的大包小裹的人流仍然像是梦游和逃难的，用他们的不争气衣着和土霍霍气质不依不饶给社会主义抹黑。隋志高冻得紧紧裹住他的薄风衣，捂着红鼻头，嘴里哈着白气，慌忙躲避那些巨大行囊的冲撞和人身上冒出来的臭气。从憋憋屈屈的通道里一走出来，眼睛冷不防就被白煞煞的雪地狠刺了一下。原来雪已经住了，只有风还在叫劲，强劲的北风给站前广场上空刮出一顶蓝瓦瓦的晴天。看这万里无云天空晴朗的模样，好像这里根本不是以重工业为主的沈城，倒像是到了什么高海拔地区的青海、拉萨了似的。那些地方不趁别的，就趁一个万里蓝天。人群一出站口，就三三两两分流，等在门外那些吆喝旅馆住宿的、饭店拉客的、卖茶鸡蛋的、卖地图的、黑车拉客的一拥而上，见着人就拉拉扯扯，拉胳膊扯袄袖子，都跟黑道抢劫似的，吓得人们直往旁边躲。老歪的手掌紧贴在隋志高后腰眼半推半托，寸步不离就像一个马弁护着老板。

隋志高一直半眯着眼睛慢慢适应雪霁后的光线，脚步就随老歪手掌的推和托顺势朝外挪动。等到他眼睛能微微睁开、定睛看清前面的物体时，却发现自己已被聚焦在一门摄像机镜头面前，镜头扛在一个小伙子的肩膀上。小伙子细高白净，穿了一件大红的羽绒服，扛了一个黑黢黢的大家伙在身上，两条长腿故意叉得很开，在雪地里杵着，像长颈鹿叉开长腿要蹲下撒尿，姿势很是招摇惹眼。肩膀上那个镜头一直对着隋志高的脸推拉着，隋志高没整明白啥意思，下意识地抬起手把脸遮了一下。没等他遮完全，从小伙身边站出一个小姑娘来，看样也就二十来岁，穿得五颜六色，脸蛋子抹得煞白，头发染得倍黄，手里端着话筒，自来熟地走到隋志高面前，笑吟吟道："隋局长您好！听说您多年没回家乡了，这次回来是为了参加您母校二十周年同学聚会，请问您此刻的心情怎样？"

隋志高面带惶惑，扭过头去冲老歪说："老四，这是……"

老歪忙上前一步："呵呵，那什么，隋局长，是他们市里电视台听说了咱们母校要搞个聚会，文教部主任是我的铁子，也是咱们校友，特崇拜你，他一听说你要回来，特地派人来抓拍点专题片。这位就是……"

隋志高冲镜头一摆手："再说吧。"

老歪立即明白了他的意思，也没强求，转脸对电视台的小记者说:“那什么,小高小黄,你们先回去休息,待会有事我给你们打电话。”转过头来又对隋志高赔笑道,“志高,这事儿怪我,事先也没给你打个招呼。”

隋志高不说话,默默走着。老歪也诺诺,随在他身后,嘴里不放声,心里却嘀咕:“操!这可真叫官升脾气长!真他妈的不给面子。”

二人来到停车场。老歪钻进他那辆黑色奥迪,打着火,车头掉过来,停隋志高身边,伸手从里边把门推开,等着隋志高从旁边进副驾驶座。隋志高却绕过去,习惯性地拉开后车门,一欠屁股坐到司机身后的领导席位上。

老歪的脸上立刻掠过一丝不易察觉的神色。他在心里对自己道:老歪啊老歪,都怪你自己个儿没眼色!看见了吗?这哪里是同学跟同学的聚会,明明是身份跟身份的相处嘛!唉咳,算了吧。谁让我习惯开车而他习惯坐车呢!你就说这一个人的习惯吧,难道只是打小爹妈给的吗?那更多的也是党给惯出来的呢!

这么一想,老歪心里就宽松了不少。

待车子驶出站前广场后,老歪问:“老六,咱们去哪?是先回宾馆休息,还是先找个地界吃饭?”隋志高略一沉吟,问:“那个马家馄饨还在不在?”“哪家?”老歪问。“就是咱们当年常去那个,学校西门旁边的。”“不知道,老长时间不去了。领导既然想吃,那还有什么说的,咱们就拐过去看看呗。”

隋志高嘴里没说,心里却在说:行啊老歪!这么一会工夫,换了四种称呼了。从老六、隋局长到志高、领导,称谓都给喊全。时间地点场合，应时应景而生，没一次整错的，一点不含糊。显见得老歪以前电话里三番五次地狂叫“老六”，也是故意的，脑瓜贼清醒，就是为了勾魂套近乎，触动隋志高怀旧那根筋脉。二十年过去，眼前这个商人老歪，大号“蒲孝忠”的人，早已不是当年那个从铁岭山沟里考上来的天天吃不起早饭的穷小子。无事不请鬼叫门。谁知老歪要折腾出啥景来呢。

今天是周末，街上的车子很少，路上行人也稀稀落落的。是个大晴天，太阳有几许要露头的意思，远处的天边泛起几丝珍珠粉的颜色。一排排个头高大的俄罗斯穿天杨和兴安岭雪松，牛皮烘烘地立在宽阔平展的东北大马路两旁，枝头披着银色的树挂，晶莹闪烁。低矮处的忍冬青也被瑞雪装裹成一丛丛毛茸茸的白毛球球。高楼大厦、立交桥都被积雪乔装打扮，看不出本色是什么样子。隋志高依稀还记得这座城市那些风味建筑：南站站前广场东北解放纪念塔，塔顶上的墨绿色苏联红军坦克；老北站候车厅东正教风格的俄罗斯圆顶，圆顶下边青灰色的高大廊柱；八经街和十三纬路两旁遗留下来的小日本时期建造的红色二层砖木小楼房；中街午门雕梁画栋的清故宫门楼子，牌楼下面的汉白玉下马石；城东幽秘精深的努尔哈赤昭陵，城北喧闹繁华的皇太极福陵……正是这些旧时代的建筑构成了这座古城的特色。原先他还待在这儿省城念书的时候，一直就闹不明白一个问题：有着这样复杂文化历史的一座城市，怎么就跟“重工业基地”那玩意画上等号了呢？

后来查书时他看到历史学家下定义说，新中国成立以后，全国一盘棋。中国人民要站立起来，就必须要尽快发展工业。轻工纺织等行业中心挪到上海，钢铁、电力、煤炭、机械制造等重型工业中心就留在了沈城，因为东北这疙瘩地底下肥，埋藏着丰富的石油啊铁啊煤啊什么的。那么不发展你还发展谁？不把你当中心还拿谁当中心？沈城人民就这样因为地理的原因为全国人民做出了牺牲。“牺牲”的意思就是说，前一半时间，是在城市原有的各种特色建筑群中搭建起厂房，浩浩荡荡产业大军从关里关外直奔而来开工进驻，全中国人民有多少人就从那时候起跟着借光“农转非”；后一半时间，是“哗哗哗”地工厂开始倒闭搬迁，原先那些建筑遗址们又享受修缮恢复原貌，浩浩荡荡产业大军开始下岗失业……

车轮过处，大雪覆盖住了城市里的一切，落在眼里的只是一片雪后的清净和炫目的银白。二十年前，隋志高他们在校上学那会儿，这座四百万人口的工业城才会在路上见到这么少的车辆、寥寥无几的行人，也才能见到这么辉煌的降雪。从他毕业走后，进入八十年代起，整个城市的面貌开始乱套了。机器轰鸣，马达飞响，一个经济迅速腾飞的时代急遽降临。作为一个老工业基地，沈城先是那些国营厂矿大规模创产值创效益，埋伏在城里的那些矿山机械厂、重型拖拉机厂、第三机床厂、中捷人民友谊厂、工业橡胶制品厂、辽沈发电厂、新生造纸厂，还有黎明兵工厂……一个个都像着了魔似的，疯狂地在有限的时间、原料和场地里榨取着剩余价值。仿佛是在一夜之间，工人阶级就改善了自己以往贫瘠的生活，他们纷纷把彩电、冰箱、洗衣机等高档电器领入自己家门，像是过起了小康生活。

这种经济腾飞捎带着脚的结果，在没几年的时间内，沈城就被联合国环保组织列为除了墨西哥城、巴西里约热内卢之外，世界第三大污染城市。跟它同时榜上有名的毗邻的两个城市，一个是钢铁城，一个是煤城。臭氧层被破坏，城市热效应来临，夏天比北京还要热，冬天飘起几片雪花地皮都没给打湿过，一冬天也难得见到降一场透雪。那时隋志高已经毕业分配到北京，每逢人们问他是从哪里来的、隋志高一答"沈城"时，问话人就一点头说：唔，知道。那是全国污染最大的城市。搞得隋志高心里既懊恼又自卑。以后谁再问，干脆就王顾左右而言他，对自己的来龙去脉避而不答。

仿佛又是在转眼之间，九十年代，经济体制改革，国有企业大规模倒闭，工人纷纷下岗。利税大户的老大哥工业城，突然间阒寂无声，退出了人们关注的视野，东南沿海和西部开发成了人们谈论的话题。沈城就在人们的忘却之中开始了艰难的生存挣扎，城市环境也因此发生巨大的变化。工人老大哥们是怎样从自傲转向自卑的就不用说了。只提一点变化，就足够沈城人民自豪又羞愧：因着工厂的倒闭和烟囱的不冒火，困扰城市十多年的大气污染竟然不治而愈！一年四季空气质量等级指数以及天空蔚蓝的程度，全都在全国排行头几名，甚至都远远超过了伟大祖国首都北京。

这才叫山不转水转，水不转山转。二十年呵！只能说是十年河东，十年河西，转眼就什么都过去了。二十年前，他们那帮青年学子们是怎样憧憬来着？

年轻的朋友们，

今天来相会，

荡起小船儿，
暖风轻轻吹。
花儿香，鸟儿鸣，
春光惹人醉，
欢歌笑语绕着彩云飞。

再过二十年，
我们再相会。
伟大的祖国，
该有多么美！
天也新，地也新，
春光更明媚，
欢歌笑语绕着彩云飞。

那是在1980年，由谷建芬作的一首著名的歌曲，在广大青年中间竞相传唱。谷建芬当年也就是他们现在这个岁数吧？能做出这样的歌曲来，足见其内心多么富有朝气、蓬勃，满含着向上的动力！这首歌曲呵，被他们百唱不厌，百哼不倦。他们新年时候唱，班会时候唱，碰到什么“五月的鲜花”歌会、六一儿童节、七一党的生日、八一建军节、十一国庆节庆祝晚会还是唱。他们还在千山的集体宿营篝火晚会上，拉起手，围成圈，就着这首歌，跳集体舞。“再过二十年，我们再相会，举杯赞英雄，光荣属于谁，为祖国，为四化，流过多少汗，回首往事心中可有愧。啊，亲爱的朋友们，创造这奇迹要靠谁？要靠我，要靠你，要靠我们八十年代新一辈……”

要靠我们八十年代新一辈。我们八十年代新一辈。他们就这样唱啊、跳啊，他们一个个直跳得热血沸腾，脸蛋子红红的。他们顺便还歌唱哈尔滨的太阳岛：“明媚的夏日里天空多么晴朗，美丽的太阳岛多么令人神往，啦啦啦，带着垂钓的渔竿，带着露营的棚帐，我们来到了太阳岛上，啦啦啦……”他们更歌唱青春：“青春哪青春，美丽的青春，比那宝石更加鲜艳，比那玫瑰更加芬芳，若问青春，在什么地方，在我心上，在我心上，在我心上…… ”他们带着对青春的礼赞和对二十年以后美好生活的憧憬，连夜登临千山玉佛顶。到达海拔实际只有五百米的玉佛山顶之时，他们觉得已经攀上了平生最高处，眼望层林尽染的千山万壑，顿时感觉心潮起伏，汹涌澎湃。他们纷纷抢得一块块峭立的岩石，腆胸叠肚迎风庄严而立，左手掐腰，大拇指的手指肚向下，右手朝上，当空挥舞，扁平掌在风中劈来砍去，集体酷似伟大领袖毛主席。看苍茫大地谁主沉浮？一万年太久，只争朝夕。世界是你们的也是我们的，但归根结底还是你们的。你们青年人像早晨八九点钟的太阳，希望寄托在你们身上。

太阳从东方地平线冉冉升起，一团一团狂飞乱舞的金光照得他们身上火烧火燎光芒万丈。他们对着那金光大声吟诵：我们，八十年代的青年，一定要为实现四化，贡献力量！

现在，二十年的时间到了。他们来了。可是为何心情如此疲惫？为何笑容如此憔悴？为何吃饱喝足的幸福生活，变得这么鸡巴让人腻歪？

……

马路地面上的雪还没压实，轮子碾过雪地，咕吱咕吱，还不至于侧滑，但也够难走的。老歪像显示车技，开得飞快，见有超车，一律不让，遇到红灯，得闯就闯。隋志高不由叮嘱说："慢点。"老歪说："放心，交通队里有我的铁子。这边扣了，那边队长亲自送上门来。"隋志高说："看不出来啊，你老兄牛大了！大雪天的，拿我开练？"老歪明白了隋志高是嘱咐他注意安全，讪笑说："哪敢啊！我吃了豹子胆！"

老歪越是说话低眉顺气的，隋志高越觉得这里边肯定有点什么。要不然，也不至于。说来说去，老歪还比他大许多呢，在寝室里算是哥，他是弟。老歪总如此谦虚，显得没道理。张罗这么一个大场子，民间性质的聚会，不容易，一点不比他在局里开一次全国各下属部门的工作协调会议轻松。老歪不傻，花时间张罗、掏钱组织这场同学聚会，肯定不属于吃饱了撑的。他所能理解到的老歪也就是大号"蒲孝忠"的这个同学，非常善于结交人。别看他出身低微，能力有限，个人相貌丑陋，考试总濒临不及格，但是他的自我资源就在于人前肯于放低姿态、忍辱负重、吃苦耐劳，辛苦自己为先，只要觉得对自己有用的人，暂时弯腰塌背给人当一把孙子也没怨言，无论陪喝酒、陪耍钱，哪怕喝成胃穿孔、输得卖媳妇，也在所不惜。以退为进，显示出了老歪农民式的狡黠和伟大的生存智慧。他这些行动，一般人都做不出来。一般人放低身态，尤其受过高等教育的人，也都有个度数，一旦超过了底线，跟狗眼的视觉平行，人的自尊心就扛不住了。老歪不价。老歪什么都能扛，扛完了他还能把损失找补回来。这是他的能耐。所以,一般人还真拿他没办法,被他黏糊上的事情,不知不觉,就替他做得了。谁都受不了在别人面前有强烈优越感,优越感一强烈,脑子就爱迷糊,放松警惕之间,就被人把事给办了。

老歪就是这么干的。为达目的,他从来不惜劳自己筋骨。老歪还有一个赢取人心的小手段,就是平常在同学之间爱传个老婆舌、发放个小道消息什么的,由于态度诚恳,总令人以为是真事儿一般。久而久之,被错误地当成见多识广,老歪差一点成了班级的信息中心,个人威信指数逐步升级。当年因为传弯弯绕和外语系某某女生有关系,说人两个人插上门躲在弯弯绕的系学生会办公室里干什么什么,还被弯弯绕借酒劲给揍了一顿。弯弯绕上学时就已经是有老婆有孩子的人,所有的勾引女同学之事都属于是犯法的地下活动。老歪这么不长眼色地大肆给乱传,是会影响人家的安定团结和未来美好仕途的。自从那次挨揍以后老歪就对弯弯绕恨之入骨,铁心投靠隋志高一边,悉心拉拢着他,一方面扩大势力同时以期有机会报复。不过这机会到了毕业也没能降临。弯弯绕这回被搂进去让老歪偷着乐得够呛,他是老歪上大学期间唯一结仇的人。

车子碾着厚厚的积雪开往了母校方向。面向皇陵大街一面的正门原先的红砖围墙早已经改建成了透明的铁栅栏,远远可以望见围墙里图书馆和教学主楼那几幢巴洛克风格的高大建筑。那都是当年苏联人在时援建的,直接把他们老毛子的审美气派搬过来,屋顶举架极高,外形宽大厚重,经过几十年风吹雨淋,仍不改恢弘气势。它们跟城里的老火车站、省图书馆、展览馆、老东北大学以及当年的东北局和市少年宫、钟楼、鼓楼、中街、太原街等地的俄罗斯风格建筑一样，记录下了东北人民跟苏联老大哥之间不平凡的一段亲密接触历史。北京的老莫餐厅和北展剧场几乎跟它们外形完全相同，就像出自同一张建筑图纸。这些异国风情的建筑是当年最能引发隋志高奇思妙想的地方。刚从农村出来的孩子，平常就连城市里的楼房都很少见，乍一见，简直要被这种伟大的砖石瓦块叠加结构惊呆了！没事他就跑到城里各处去溜达。中街鼓楼百货商店一共有四层，从没见过楼房的乡下小孩隋志高，在一个星期天的上午专程跑去爬楼梯，上上下下，从一层到四层，不知从楼梯上跑了多少个来回。那是怎样一个对城市充满着新奇、激动与幻想的年纪！

学校的南门院墙外是一条小马路，稍嫌偏僻，它一头连接城区，一头通往城郊一处新近挖掘出来的古代人类活动遗址。因为挨着校园区及其附近两家工厂宿舍，早在八十年代初，马路上的商业活动就已偷偷摸摸日益抬头。马路对面原先充斥了各种小店铺，卖烧鸡的、卖朝鲜咸菜的、卖青菜的以及回民烧卖店、小饺子馆、小百货店应有尽有。隋志高去得最多的地方就是那家馄饨馆，一个礼拜去一次，给自己改善改善。当时的馄饨店是一个老太太掌勺，馄饨是猪肉白菜馅，皮薄馅儿嫩，一锅高汤，放点海米紫菜，出锅时再加上一点香菜末，淋一两滴麻油，只闻闻味，就香得要掉眼泪儿！对于一个月拿二十块钱的国家一等助学金的他来说，吃上带肉馅的东西，简直就是奢侈豪华的享受，需要避人耳目，偷偷摸摸去做。家境困难的学生，难道不是理应早餐吃五分钱的咸菜，午餐吃两毛钱的素炒吗？他们怎么也配下馆子？那时的五毛钱一碗的馄饨，吃到隋志高的嘴里时性质就已经变了。那是幸福，口腹之欲的幸福；那也是叛逆，希望尽早摆脱贫困窘境的叛逆。同时，也竟有一种罪恶感，仿佛在用别人施舍来的钱吃香的喝辣的，自己是在欺骗党和人民，骗奖学金，骗学校，是一个为人所不齿的骗子。隋志高嘴里吃着馄饨，心里只是暗暗希望着有一天，能用自己挣来的钱，大大方方吃好的喝好的。

公路拓宽，原来的铺面早不见了踪影。车子绕了一圈，最后在校园背阴的北门对面，终于看见了林立的店铺。隋志高一眼看见了那个蓝色的幌子。不错，是这家，马家馄饨店！他激动得跟什么似的，车没停稳就慌忙往外钻了出去。谁能想到，过了二十年，还能在故土上面找到旧物呢！

店铺里的老板娘换了中年女人，不认识了。铺面比原来宽了些。桌椅板凳也都不熟悉。然而，那馄饨的热气，却是熟悉的。老板娘热情招呼他们落座，手脚麻利地将已经包好的馄饨下到锅里。不出几分钟，馄饨出锅，配上麻油香菜末，递到隋志高面前。不曾张口动箸，隋志高眼泪差点夺眶而出！这就是那令他隋志高终生难以忘记的味道：贫穷、幸福、自卑、叛逆，同时还夹杂着某种莫名其妙的罪恶感。

隋志高夹起一个馄饨放进嘴里。这就是二十年前青春的记忆啊！猪肉白菜，麻油芫荽，一锅高汤。简单、便捷、满意、鲜香，轻易就可获得巨大的幸福感。

一碗馄饨下肚，隋志高那根怀旧肠子才算被彻底勾将起来。馄饨太香了。香得过分，显然是味精放得太多。奇怪当年他是穷学生时，怎么没觉得味精的味道有多难忍？也像是他初恋的滋味，注入了添加剂却感觉不出来，却只记住眼泪、欢笑、奋斗、挣扎的苦涩。就是靠这点微薄的味精紫菜虾米皮营养，隋志高毕业时硬是比入学时蹿高了三厘米，长到了一米七五，符合东北男人身高的一般标准。

他很想跟老板娘问点什么，话到嘴边，又咽了回去。问什么呢？那个老店主，显然不可能在世了，当年她就已经快七十岁。一个怀旧的人，能寻到一点过去的蛛丝马迹，就算很幸运。

从馄饨店里出来，觉得身上的热气聚敛了许多，不像来时那样寒冷，隋志高就怔怔地在风中站着，隔着马路朝母校校园里张望。老歪在车里喊："志高，上车吧。有的是时间回来呢。"他说的是日程安排中有一项是要回母校跟在校师生交流。隋志高只好收回目光，随他上路。

3

孔雀宾馆位于皇陵大街附近，是一家老式旅馆，八十年代建造的，上个世纪九十年代经过艰苦的跟风改造，也才勉强挂上一个三星级牌位。虽说里面的设施齐全，但是服务水平相当一般。按老歪的说法，把返校同学安排在这里下榻，是因为这里离母校近，谁要想回去看个老师什么的也方便。当老歪将车子驶向宾馆那条路上时，隋志高还是顺便问了一句："老四，这次活动开销可不小，你怎么打算的？如果不行就大家凑……”

老歪打断他说：“咳，志高，瞧你说的，难得请老同学们回来相聚一次，我蒲孝忠连这点心意还表不起？”

隋志高也就不再多问。他在脑子里大概合计了一下，按常规，像这种民间聚会，估计每人的来回路费要自理，至于食宿，总共只住一晚，就算每间标准间两百元的话，全班同学都回来，有三十来个人，两人一屋，也不过三千多元。外加一顿接风宴，老歪个人的付出其实也没多少，满打满算也就大概在五千块钱。其他饭局都是各处打秋风，听他讲明天还有母校系里请客，晚上还有一个什么企业老板也要请一顿。总之是各项债务一分摊，落实到老歪头上的负担就没多少了。而他在这场团聚当中获取的效益，应该不止五千块钱吧？

这样一想，隋志高觉得自己有点俗。且俗不可耐。为什么就不能像二十年前那样至幻至梦地去估量一个人？比方说，把老歪此举想象成一次纯粹的忆旧活动？也许是因为人到中年，也许是现如今这个过分重实利的社会，总之是逢事就想到钱，搞得人连一点浪漫想法都没有了，哪怕是一点点微薄的穷浪漫。

隋志高跟着老歪一走进宾馆大堂，一眼就见正中央扯起的那个极大的横幅，上面用红纸刷出斗大的鹅黄字迹：热烈欢迎各地校友回沈城团聚！字体硕大，分外煽情。标语下面，跟大班台相对的位置上，还设立了一个签到处，两个小姑娘在那里把守忙乎着。老歪说那是请的学校低年级学生来帮忙。旁边还站了两个小男生，准备随时帮助拿拿行李跑跑腿什么的。隋志高随口夸赞道：“行啊，老四，工作效率挺高，还组织起一个工作组。”老歪说：“咳，整景呗！你们这些大人物回来了，我还敢不给伺候好？”

他们俩提着公文包走过去。只见前面已经有一男一女两个人拎大包小裹站那里等候签名，顺带拿房间钥匙。女的站在男的身后，从背后望去，见她身板瘦削，骨头节宽敞，站在那里后脊梁看上去比男人的背部还要宽，穿着件橘黄色羽绒服，头发胡乱耷拉在肩膀上，毛烘烘的，浑身散发一股馊烘烘的气味，像是从火车卧铺上直接翻下来就滚进了大堂，根本也没洗漱捯饬捯饬。听到脚步声，女人回过头来，看见了走在前面的隋志高，就拿眼定定地使劲打量他。隋志高给瞅得心里发虚，也赶紧拿眼回应，努力辨认着眼前这个干瘦单薄、满脸是褶儿的高个女人。片刻，女的猛地扯了一下前面男人的袄袖子，大声惊呼道：“哎呀妈呀！你快看看，这是谁来啦？！”

男的闻声从签名簿上抬起头，也盯盯地瞅了两眼隋志高，然后“嗷——”的一声扑了过来，大呼小叫一声：“隋志高！”然后拿拳头照准隋志高肩膀就是一杵子。

这一拳可打得不轻，隋志高的肩胛骨都哆嗦了。我的野蛮同学！他在心里叫了一声，咧了咧嘴，本想表示疼痛，半截道上立即又改成笑逐颜开表情，跟来人迎面紧紧贴将上去，左胳膊下力气使劲箍在对方脖子上，右胳膊勒紧对方粗壮的熊腰，将两具身体贴得严丝合缝，疯狂摇晃拍打，同时他的大眼皮迅速耷拉下去，目光飞快地瞥着签名簿上的名字。尽管那上面的字龙飞凤舞，不像个人爪子能划拉出来的，隋志高还是辨认并回忆起来了，男的叫王鹏举，女的叫李红！这二位是两口子，也是当年班里恋爱成功的三对儿之一。毕业后女的为了爱情离开家乡绥中，跟男的去了他老家吉林的一个县里当老师，一晃就是二十来年没音讯。隋志高赶忙就松开紧箍着对方脖子上的胳膊，终于可以放心大胆面对面激动地喊一声：

“鹏举！”

紧紧握手，摇晃，又转过身来喊：

“李红！”

又是一通紧紧握手。这回没有摇晃，只是捏在手掌心里，握了有千分之零点一的时辰。李红已经是鼻涕眼泪巴叉的了，一边忙用剩余一只手的手背在脸上抹巴，嘴里一边说：“哎呀妈呀，你看这是咋地了，老同学一晃都分别二十年不见了呢！”

“你看你，你看你，你咋还哭了呢？老同学见面，笑还笑不过来呢，你哭个啥劲呢？整得像谁欺负了你似的。你说是吧志高？”王鹏举一边逗着他媳妇，一边又把大熊掌伸了出来。隋志高心里发怵，有意躲闪，却又抹不开面子，正迟疑着，一看，还好，熊爪子已经越过他，伸向身后的老歪。老歪从后边跟上来，跟他们夫妻二人握手，拍打。其热情洋溢程度，显然要比隋志高跟他们的见面情形差。显见得老歪跟他们之间是常有来往的，这回见了，也不觉特别新鲜。

经过一通忙乱、签到、寒暄，几个人终于拿好了各自房间钥匙牌，一起坐电梯到十一楼。电梯空间狭小，王鹏举一人就占了两个人的地盘。二十年的时间，他把自己充分发酵起来了，胖得要水肿,走起道来呼哧带喘的。他抑制不住老同学相见的喜悦,上下打量隋志高说:“家伙,志高,这么多年,你可一点都没变,还是那么年轻,咋整地?都吃些啥山参大补丸?”隋志高说:“不行啊,老喽,熬心哪!哪像你小子,春风得意,心宽体胖。”李红抽空在旁揶揄:“就他,还春风得意呢?你问他,高血压、高血脂、心脏病,什么没让他得上?”王鹏举拦住老婆说:“你说那玩意干啥?那不也是显得咱们的生活好了吗?二十年前你让我得我能得吗?”李红用瘦拳给了她老公一下,她老公“呼哧呼哧”地笑,李红自己也“哧哧哧”地笑。隋志高感觉出了这一对夫妻的和谐与甜蜜。

到了十一楼,老歪帮这两拨人归拢到各自屋子,道一声你们先休息,又忙去张罗别的事情。隋志高放下公文包,关起门,水没喝,茶没泡,第一件事情,就是看那张老同学名单。刚才趁老歪他们不注意,他很有心地从签到处拿来了每位来宾的房间分配名单。经过第一次跟王鹏举夫妻见面没想起对方名字的遭遇后,隋志高已经充分提高了警惕,把脑子里一根弦绷紧起来,迫使自己进入临战状态,调整到即将来临的应酬场景中。

不知怎么搞的,一场二十年前的老同学聚会,非但不能让他放松,想着在轻松愉快气氛中去重温旧时友情,反倒惹得他分外紧张,把它当成了官场之外的又一场应酬。

可能是因为人过四十,也许是因为多年当公务员养成的习性,只要一出家门,隋志高就分外关注自己在他人面前的形象,以及过后自己会在他人心中留下点什么印记。尤其是在故交旧友面前,更是不愿意显露出任何不得体,或者人生失意的挫败印象。

那么在他自己心中，是不是本来就充斥了生命的挫败感呢？

隋志高顾不得理清这些。他敛气凝神，把即将来的同学名字迅速复习一遍。尤其对那几个感到特别陌生、已经多年不交往的，又大概想了想他们当年的模样。能够迅速记住人名，是作为一个领导者的基本素质。前一秒钟记住，哪怕后一秒钟就忘，只要有用，就得记，哪怕这个用处只不过是在现场用一次，简单喊一声对方名字，拍拍对方肩膀。领导能够首先叫出下属的名字，职位高的人能够首先喊出职位低的人的名称，在官场上取得的效果，永远是事半功倍。作为国家部委机关一名高级公务员，二十年的磨炼，隋志高这方面的才能，已经修炼得相当可以。

既来之，则安之吧！他这样劝诫自己。

把名单熟悉得差不多，随后他才稳下神来，给自己沏上了一杯茶。

还没喝上两口，就听电话铃声“丁零零”响。这边拿起来刚“喂——”了一声，那边门已经被人不客气地敲开，老二、老七、老八一个跟一个进来，老同学见面、轮番轰炸会晤狂欢就算开始了！

二十年前的老同学们一个接着一个，从各个城市里陆陆续续赶来。每一次楼道里出现脚步声和钥匙开门的动静，都会引起一阵大呼小叫、搂脖子抱腰、狂喜、猜测，彼此猛劲儿消耗刚见面时的热情和体力。二十年了，时光的印痕在每个人的脸上都挂了相。从十八九、二十来岁的小青年到四五十岁的中年，有的模样变得大，有的变得小。相同一点，是男生普遍肥胖，挺起大肚腩，女生们多半显得沧桑，有的像怨妇，有的像老娘们儿。人到了这个岁数，最怕发胖，男人一胖，腆起难看的肚子，再一露出白头发茬儿，整个人就显老相，说四十也行，说五十、六十也有人信。女人一胖，显得更年期提前，往后像是没有了什么奔头。像怨妇的，是那些单位效益不怎么好，时刻面临下岗的；像老娘们儿的，是长期坐机关的，没熬上什么大官，反倒坐出了一个下坠的肥臀和一肚子鸡毛蒜皮。无论沧桑还是臃肿的脸，隋志高也都还能认得出来，因为他已经将同学名单琢磨好多遍了。只有一个他没认出来，那就是一个叫燕燕的女生，割了双眼皮，垫高了鼻梁，双眼皮没太割好，圆弧稍微大了些，有点浮肿，总像是在哭，表情像寡妇。另外一个差点没认出来的是同寝室的老五，大面积谢顶，像长了杨梅大疮，让他一惊。

隋志高遂也从他们身上照见了自己：四十三岁，单身，离异，消瘦，带着一个孩子，跟父母一道过活。有轻微的抑郁症。脸上带有离异单身男人特有的萧索表情。

他也这才明白原来自己懒得跟人聚会，还有一个理由：实际上他内心并不快乐自由。他也就不愿意参与各种带有狂欢性质的聚会。

初见时的生分、惊乍、哄叫渐渐平息。谈话的主题和气氛逐渐入港。当分别多年的大家打消了刚见时的隔膜，话语越说越密、套瓷越套越近乎的时候，刚开始看着别扭的眼前这帮家伙们，现在看上去顺眼多了。刚一见面时，在隋志高眼里，这群人都已经老模老相白内障青光眼，颇不招人爱看，说话做派都像戏剧小品里演的东北油子；过两个小时，就已经有三分之一人顺眼，找回了当年一起登山玩球时的感觉；又过了两个小时，又有三分之一看着也凑合，虽然面有老相，可说起话来艮赳赳、乐呵呵，听起来很是人情练达幽默风趣的呢！照这样下去，他想，再过上几个小时，指不定就会看谁谁可爱了呢！人啊，可真是个臭毛病，都架不住这么翻来覆去、躲不过避不开地来回地看。看来看去，连歪瓜劣枣都成了顺瓤子。

谈话聊天的地点不断地挪腾、转移，从北屋到南屋，从一个房间转移到又一个房间。聊天队伍也在不断扩大，先是一两个，然后三四个，接着男女生不分，一股脑扎堆聚一起唠闲嗑。在老歪会务组占用的那个南屋套间里，北方冬天上午十点多钟明媚的阳光射进窗来，给闲聊聚会的场所增添了温暖的景色。隋志高一不留神就发现了个别同学脑袋顶上的新问题——那是追赶时尚及其与衰老作斗争的痕迹——个别同学脑袋瓜子顶上染了头发，而且还不是一般的染，是挑染，挑起一小撮一小撮的头发来染，致使脑袋瓜子顶上一块黑一块黄，黑黄相间，富于动感。黄也不是街上小韩流们染的那种特扎眼的明黄，而是跟黑比较靠近的金属铜黄色。太阳不照不知道，太阳一照，全体人民就都知道了。当然，同学们也不一定是挑染，而是头发原来黑白掺杂、一上染料，着色不均，反而造成意外的挑染效果。还有极个别的土老帽男生染了黑发，乌黑乌黑的，像戴着一顶假发，一看就知道是把便宜染发水买回家里，老婆戴着胶皮手套大把大把抓挠，拿着细齿木梳给染的。不管怎么说，追赶时尚本身就表明了对生活的信心和热爱。

隋志高想，对同学们的美，我怎么一点都没发现出来了呢？可能是刚才情绪不对位，缺乏一种审美的眼光，一眼看到的竟全是一群老男老女老没牙屎鼠眼的衰相。你像王鹏举，早脱下了那身臃肿的羽绒衣，现在就换上了一身藏青色毛料西装，上身宽厚，下半身也笔挺，再把领带一拉得，就显得人模人样，看着挺符合当地教委主任身份；夫人李红也已装扮一新，跟早上刚见面时判若两人，回房间洗漱完毕后，略施粉黛，描眉画眼儿，头发梳成一个小抓髻，归归整整盘到脑勺后边，一件雪青色高领山羊绒毛衣，配一串紫檀色的木珠项链，整个人一下变得有气质了。怎么说人家也是当地著名的享受国家特殊贡献津贴的特级教师呢！

放眼再看别的人，似乎不像他肉眼的第一眼所看到的那么忧戚，反而一个个笑逐颜开，充满老同学见面后真挚的激动与感怀。早先上学那会儿就关系好的女生手牵手在一起呱嗒着，一个还给另一个带来了家乡的土特产；原来住一个屋上下铺的男生还在数落当年谁谁最爱打呼噜。人们互相问着打听着这个怎么样了，那个哪去了，这个在干什么，那个在倒腾什么。他就想，也许，那忧戚，实际上来自于他自己、他个人的心理，与别人无关。

老同学们互相盘问这、询问那，二十年过去，彼此传递的，却已经都是生死讯息了呵！

弯弯绕干得最冲，家伙算是飞黄腾达了，可惜，判了个死缓……算了，算了，不提他了。

老家在梅河口那个老毕，还记得不？哪个哪个？就是那个，平时蔫不叽不爱说话，拉得一手好胡琴那个，已经去世了。是吗？真的吗？可不是嘛。大前年，胃癌，年龄不到五十，家里还有两个孩子，爱人还下岗，怪可怜的。

小胡，还记得不？在学校时老是小胡小胡的叫，其实早就是出版社的副总了。前年，也出车祸死了。去青海开会，遇到塌方。怎么那么寸，一行三辆车，石头就砸他的车上，车里边还就他一个人死。司机和副驾驶座上的人都没事。你说这是不是命啊？命里注定。

是啊。兔死狐悲啊。咱们这些健在的人，有什么理由不好好活着？

还有谁没能来？佟大姐啊？就是当年那个铁饼投得最远的那个？原来在农村下乡时就是铁姑娘队长，那身板，那力气，掰腕子，咱班男生也不敢不服啊！分回锦州，现在已经退休啦，在一家中学返聘当高考班辅导教师呢。本来说好能来的，昨天刚打电话来说，下雪，滑了一跤，骨盆粉碎性骨折。现在躺医院里头呢。哎呀，是嘛？要不要去看看她呀？要不打打电话问候一下？那么好身板的人也能骨折？可不是咋地，中老年妇女，普遍缺钙，可别当自己还是铁姑娘那会了。一晃，咱都是快做爷爷奶奶的人。学会心疼自己个儿吧。

还有一个孙立惠也没来？跟老公出国去了澳大利亚。咱班出国的人还真不算很多。唉，学中文系的，出啥出哇，出去了又能干点啥？也不就那么回事嘛。出去了，混得不好，还不一定比待在国内强。就说孙立惠吧，那年回来省亲，请老同学见面，嗳，你在不在？没来哈？你可不知道，把人请到家里去，桌子上就摆了几块小点心，几瓶小饮料，连顿饭也没舍得请，太寒碜人了！咱也知道人家是学得洋气了,可是人一回来,到了东北家乡这块地界上,最起码也要符合国情吧?

是啊,得罪谁也别得罪老同学。得罪了老同学,等于绝了自己归乡的道儿。

你那块溜效益怎么样?还行?还行就够啦!我那地界不行,天天闹精简,现在都鼓励提前退休,工龄买断,从经济效益上说哪一种更合适?那要看你自己怎么打算的。怎么打算?再打算我也比不得老兄你,堂堂的地级市领导,挥手一招呼,什么都送到家门口。

家里老人都挺好吧?孩子怎么样?多大了?连老二都结婚有孩子了?爱人做什么呢?就别叫什么爱人了吧,就直接称老伴得了呗,叫爱人听着我不好意思,牙酸。好好好,老伴老伴,你家老伴也挺好吧?糖尿病?唉,咋得上那玩意。有啥别有病,没啥别没钱。现在看病可是看不起。单位说给上医疗保险,大病统筹,结果到真有病的时候,还是麻烦,唉……

啥也别说了,眼泪哗哗地。靠谁都不如靠自己。

你那里房改完了吗?产权买下来啦?房子多少平方米?

一百六十平方米?哦,还行,比我的还大一点。平顶还是复式?

复式?行啊,一步到位。我当初后悔没买复式。你是贷款还是付现?

付现。

嚯,家伙,厉害呀!

不能跟你比啊，你那里房价多高啊。我们这小地方，便宜。

买车了没有？

儿子媳妇刚买了一辆奇瑞。我们这岁数的，就别冒那个险、出那个奇了。搭孩子们的车坐就算有福喽！

我那老婆，看人都有车，非要闹着自己也有一辆。这不，刚给她弄了一辆捷达。捷达不错，“一汽”产的，就在家门口嘛不是，有个啥事换个零件啥的也方便……

……

隋志高厌倦，疲惫，烦。刚开始还一直跟着应付几句，保持着真诚的微笑，关心老同学们的长短，说东聊西。时间一长，就烦了。他对别人的生活没兴趣，从来不爱打听别人的私生活，也不愿意把自己的生活形态告诉给别人。老同学们拼命打探别人生活状况的那种心情，他们话语里露出的无形的攀比，既幼稚，又实在。这些都是隋志高所不喜欢的。但是没办法，在他这个比较各色的北京人儿眼里，外省，本身就是个市民社会。以前每次回乡探亲或者办事，他都觉得是一脚踏入市民社会。虽说是大家共同生活在同一个时代，又都是那个年代过来的人，同学们当年被共同教化、灌输的都是同一个救世治民、让中华民族崛起于世界之林的国家民族理想，但是经过二十来年的磨炼，每个人的理想都遭逢过拐弯。老同学们在家门口过活，包裹在宗族宗法三亲六故的大网络中，生活目的很实在，过的就是个老人子女升官发财。隋志高早早脱离了那个网，只身漂流在政治文化中心的京城，深深濡染上京城的知识分子气，有一腔怀揣天下的理想和忧国忧民的政治家情怀。他每天盯着政治局的人事变动，关注美伊战争，讨论中国加入世贸后的文化市场开放，提案环境污染和交通堵塞的管理……人活在那里，话语形态总是显得无限邈远，不着边际。而对于日常生活他并不关心，也十分不屑，因而在这方面的能力也十分微弱。一轮到唠家常嗑、扯点老婆舌闲话什么的，他就蒙了，没什么话说，词汇量小，口语能力特别差。关于日常生活方面的建设和扯淡的繁重任务，以前全是被他的前妻承担着的。所以，终有一天，当他妻子不愿再独自承担此重任，不打招呼就从他这个工作狂这里卸任辞职时，似乎也是意料之中可以理解。

见那几个身板已经沦落成大妈型的女同学正揪住一个个人使劲刨根问底，老婆孩子车子房子的问个没完，隋志高怕了，趁她们不注意，假装去洗手间，在里面偷耳听听外面仍在喧哗，蹑手蹑脚启开个门缝，然后悄悄就从尿道溜了出去。

出来，到外廊大口大口喘了几下气。似乎相邻的每一个房间都在有人聊天。他轻手轻脚往回走，路过隔壁房间时，只见房门大开，一男一女两个小朋友在那里“叽叽嘎嘎”玩电脑游戏。

隋志高乐了，他就愿意跟小孩玩。自从儿子他妈跟他离婚后，他和儿子成了亲密无间的玩伴。他把大量时间都花在改善跟儿子关系身上，希望能借此弥补他们夫妻离婚给孩子带来的心灵损伤。儿子的态度是待搭不理，基本不领情。十四五岁的孩子，正是半懂半不懂，长个儿也长心眼的时候。隋志高心里真是苦恼多多。

他走进去，跟小孩子们打招呼。小孩子还挺有礼貌，那个站着的高个儿小男孩先说“叔叔好”，另一个坐在笔记本电脑前的小女孩忙乎得头也不抬,也跟着说了句“叔叔好”。

隋志高说让我猜猜你们都是谁家的孩子。他先猜男孩子,说是老七家的,小孩说不对,又说是老八家的,还说不对。男孩自己供认说是陈平威和许少鹏家的。隋志高一听,哦,是班级里处成的另一对夫妻。心说看来咱们班爱情坚贞程度还不错啊!这么多年了,还在一起过呢。男孩说他跟爹妈来省城给哥哥抓药、配血型。哥哥得了白血病,爸妈到处找药为他治疗。隋志高心里一沉:原来他们承受这么大的不幸!刚才看他们在那里谈笑风生,一点看不出来此行还有这一项沉重任务。

隋志高又问小女孩说:“你呢?你跟谁来的呀?”

小女孩头也不抬说燕燕。就是那个割了双眼皮的那个。“我妈说她自己来没意思,非得拉上我。其实我一点都不愿意来。学校马上要考试了。”小女孩抱怨着。

隋志高往前探探头,见她在玩电脑游戏《骇客帝国》。这个游戏他跟儿子玩过,战斗非常激烈,他就提出要求跟他们一块打。小男孩显得很高兴,客气地让座给他。小女孩恋恋不舍地从光屏前抬起头来,一见他,惊说:“叔叔,你好像梁朝伟耶!”

隋志高笑了,说:“哦,我有那么阴吗?”

“那当然。你像他一样有一双电眼,专门电中年女人。”

隋志高放声大笑。这是他到这儿以来,笑得最畅快的一次。

他熟练地从弹药库里拣起一把手枪,投入了战斗。

一边开枪打,还一边想:

我果真有那么忧郁的眼睛吗?

中午大家都拿着餐券到饭厅吃自助餐。召集人老歪说，见面接风宴会安排在晚上，中午大家就简单凑合着吃点，咱们边吃边等还没有到的同学。大家表示能够理解。于是都在餐厅里拿盘子夹好了自己的一份饭，转身回来又凑坐到一起，叨咕来叨咕去还是那点车轱辘话。隋志高就纳闷：为什么分别二十来年的话，见面一说，只一会儿，就没了呢？再说，就全是重复。早知这样没意思的话，当年，他们还会不会唱“再过二十年，我们再相会”？

吃过午饭，隋志高立刻回房，关好门，也拔了电话，栽歪在床上休息。老歪挺有眼力价，给他独自安排了一个屋，别人都是两人一间。好不容易躲开那么多人、那么多他不愿意参与的话题，他想他得抓紧时间休息。躺下来，闭眼睛想睡。可不知怎的，只要一闭眼，就觉得仍旧是在火车上，一团棉花在脑子里忽悠来忽悠去，那种失重的感觉，让人好不心烦。稍微迷糊了一会，隔壁房间的喧哗声把他惊醒，一看表，离晚上还很远。于是打电话问老歪下午的安排。老歪说下午没什么安排，有事的办事，没事的休息。晚上接风，去他的饭店。隋志高本想问问榆叶梅何时来，话到嘴边，又咽回去，只说：“我想出去走走。”老歪说：“等会，我马上到你那儿去，开车拉你。”隋志高说：“不用，我就在附近转转，去去北陵公园。”老歪说：“那也好。去北陵的话就你身上穿那点玩意根本不够用，别给领导冻个好歹的，我可担当不起。等着，我借件军大衣给你送过去。”隋志高刚想说不用，老歪已经不由分说，把电话挂了。

老歪还真就送对了，没有军大衣真是不成。一上午猫在屋里不觉得，冷不丁一出门，还是觉得北风嗖嗖的，打穿裤脚管。他把大衣裹紧，信步往前走。转过了宾馆的角门，就是北陵公园。隋志高有个脾气，就是帝王的陵墓一直为他所喜爱，河北的清东陵、北京的明十三陵，都是他常爱去观光的地方，但凡有机会，就跟过去溜达一趟。至于为什么，他自己也说不上，只是觉得那些地方有点什么通灵的超常东西，那是日常生活中所没有的。置身丁陵墓群中，对天、地、神、人都能产生出畏惧。人活着总得畏惧点什么，不然就没法活了。

相比那些大型的陵墓群，沈城眼下这块清朝始祖的陵墓，显得很袖珍，虽说也是陵墓，却是相毗邻这所大学里学生们的恋爱嬉戏乐园。谁让它们在距离上挨得如此近了呢？当年到省城上学后第一次来这里玩，见到那些雕栏玉砌的牌坊和隆起的坟包，他还在想，白山黑水之间，出了这么一群玩意，骑马扛刀的，就把汉族的历史割断了。作为山东关里家的大汉族传人，他在心里不服。还有他们的故宫，也把他看得眼花缭乱。清朝人打天下时的遗迹都留在这座城市里，习以为常时，便对它们没了感觉。当年他听榆叶梅讲，她小的时候，每年清明学校都要领着祭扫烈士墓，在抗美援朝烈士陵园献完花圈、宣过誓后，接着就来逛北陵公园。扫墓和逛公园是连在一起的，所以她们每年都特别盼望清明节。听她这么一说，隋志高的羡慕之情油然而生！他不能想象，一个人小的时候就能把这么好的风景习以为常当成玩要之地；就像他第一次听他前妻小敏讲，她小时候搞少先队活动是去天安门广场，然后一定要顺带着逛王府井和大栅栏。当时听了，他的心里又是怎样的一动！剧烈震动！那是他这个乡下孩子几经奋斗才能够到达的地方，她们却从一出生就能享用,是那些地方的主人。潜意识里,她、她们,就是她们所在的城市的象征。跟她们建立起联系,就是跟她们所在的城市建立起了一种关系。

隋志高顺着湖边慢慢踱着,一点一点找寻着旧时的痕迹。他点着了一根烟,在湖边的望月亭上坐下来。北陵周末的湖面上,异常宁静,远处儿童乐园那地方有几对年轻父母带着孩子在堆雪人,通往陵园深处的甬道上有几个半大孩子结伴嬉闹而行,其中一个不时往路边树干踢上几脚,树上的雪沫子刷刷落下,灌了另一个一袄领子,他们就互相嬉闹着追追打打。那些属于青春的喧闹声更衬托出了他一个中年人内心的孤寂。是孤寂吗?不!分明是,分明是,他的耳膜里,传来了榆叶梅生动娇俏的笑声。那笑声,属于1980年的青春的笑声,娇俏欢乐地倾洒在北陵湖面的冰雪跑道上。

榆叶梅穿了件高领嫩绿的套头羊毛衫,扎着一条马尾辫,像春天的小树,亭亭玉立在北陵三月洁白的冰面上。1980年的春天,并不是所有的人都穿得起高领羊毛衫。她的身后,追随着一群穿着藏蓝色秋衣的男性爱慕者,叽叽喳喳,喧闹起哄,仿佛一群春天的鸟儿追随嫩绿的柳枝招摇。

滑冰场里不断有人摔倒,又不断有人跟上。主航道中心线热闹非凡。

隋志高那时只能待在跑道外圈溜达,在冰场的边缘走着鸭子步。他一个农村小孩,根本连冰刀都没见过,更别说滑了。同学中有许多滑得好的,尤其那些老大不小的同学,不知都从哪儿修炼出来一身的本事,见什么会玩什么,有能耐的,一上阵,就使劲显摆,没人管别人是怎样愚笨。本来,大学的游戏场就是供每个人显示才艺的地方。弯弯绕也是多才多艺的一个,他不但会滑,还能倒背着手,弯着虾米腰,撅起大屁股,做花样滑行,模样挺专业。

隋志高又一次摔倒了,“咕咚”一声,摔得挺厉害。他听到弯弯绕嬉笑一声,“哧溜”一脚远去。隋志高气馁,站不起来,两腿是朝两个方向劈着摔倒的,一时收拢不回来。他很窘,坐在地上忧戚地听着弯弯绕的笑,心里很不是滋味。

一双白色冰刀停在他眼前。一只戴着棕色小羊皮手套的手伸过来:“来。我拉你一把。”

是榆叶梅。一株春天的小树,亭亭玉立,凤眼含笑,双颊飞红,那是被寒风打出的一点点娇红。

隋志高受宠若惊,将手伸过去——一双戴着白色线织的劳保手套的手,递向一只戴着精致小羊皮手套的手,给牵住,拉了起来,磕磕绊绊,从边缘向中心,一步一步向前。

1980年初春北陵湖面上一双小羊皮手套的小手一伸,第一次将他从边缘拉向中心,从此改变了他的命运。

第一次的亲密接触,其中的原因很多、很多。按理说,以他的出身、资历,跟榆叶梅相差太大,榆叶梅又比他大三岁,一般是不会对他感兴趣的。但她就是那种充满了优越感、虚荣又浪漫的女孩,自我感觉好得过分,希望普天下男人都喜欢她,都围着她转。屁股后边围着一大群,都是唾手可得的,她不待见,唯有隋志高例外,隋志高从不主动追求她。连多看她一眼都没有,在男生里显得牛皮烘烘的。其实她哪里知道,那实在是因为隋志高不懂,还不开窍,他对这个城市的自卑情结还没有过去，又那么多新鲜好玩的东西等着去看，同时还要忙着应付肚子问题，他哪里有心思和精力去追女孩子？他对她不在意，反倒使她来了兴致，非要逗他玩，吸引他的注意力不可。榆叶梅抛多少眼风这傻小子都接不过去，最后非要逼得人家姑娘主动伸出手去拉他不可。

除了要征服一个不向她献媚的小傻子男生外，隋志高长得帅气、白净，手指修长，面庞忧郁，"一点不像农村来的孩子"（这是榆叶梅当别的女生的面对他的评价），也是吸引榆叶梅要控制他的一个原因。他那种很面、很忧郁的性格，听话、随人摆弄的傻样，都很适合她颐指气使的脾气。他学习好，人聪明，入学成绩就排第一，以后一直都名列前茅；写字好，速度快，课堂笔记在考试前总被全班同学传抄，总有许多平时不听讲不上课的人临考试前抱佛脚，拿着他的笔记狂背，最后都能得个及格分。再后来就发展到隋志高选哪门课，那些懒人们就跟着选哪门课，平时他们不用去听，考试前抄他笔记，一背就行了——这是小屁孩隋志高当年在班级同学里的威信和用处。

不管他长得多么好看，他的笔记做得再好，他也只是她逗着玩的一块作料，她的目的就是挥霍青春，显示魅力。不想，他当真了，动了真格的，不管不顾，爱得天昏地暗。老实的孩子不能逗，一逗就容易出硬伤。她想退，他拉着不放。她也被本能的冲动驱使，玩到哪算哪，没有什么害怕，看哪一天算玩到家。

爱上榆叶梅，也改变了隋志高的自我评价。隋志高一直都对自己的定位很难处置：他既不是知青，也不是城里出生的新一代，他只是土生土长的农家孩子。当年知青当道，使劲渲染他们在乡下的苦难，喊着“夺回被林彪四人帮耽误的青春”口号时，隋志高心里说：妈的，你们下了回乡就有了苦难，我呢？我们这些一落地就掉在柴火堆、稻草堆、大粪堆里的孩子呢？注定一辈子就要脸朝黄土背朝天？你们牛逼什么你们？都是同龄人，你们优越感的来源，只不过就是出生地而已。

现在，他被爱情冲昏了头脑，充分的自信在年轻的面庞上一天天扩展开来。他爱上的是全城最好、最美丽的姑娘。全城最好、最美丽的姑娘爱上了他！她就是这座城。这座城就是她这位好姑娘。第一次跟同学到她家玩时，越发加重了这个印象。作为一个省银行副行长的女儿，她可以随便展示一点她家里的东西就震慑死他们。像他和他的同学们那样的普通家庭甚至更贫困一点的家庭，在1980年时没有谁家的房子就可以四室一厅，没有谁家客厅茶几上就已经摆放上了瓜果梨桃。他崇拜、向往、惊奇、赞叹。这是他第一次亲眼目睹的城市人家生活。他有理由向这个目标挣扎、奋进。虽然他知道他和她差距太大，她身上有太多不安定因素，是他所抓不住控制不住的，但是他喜欢、他稀奇，他要把爱情坚持到底。有一次他们谈理想。“我想过与众不同的生活。”她说。“你呢？”她问。“我想跳出农门，不再回去种地。”他实实在在地回答。

榆叶梅太著名、太招摇，一朵校花人人掐。谁若跟她在一起，显然要被人所瞩目，也必将成为众矢之的。由于跟榆叶梅的特殊关系，他成了男生们关注和嫉妒的焦点。人的脾气秉性，往往也是越被人关注就越要强。他的肾上腺素分泌激烈，胡须开始长得坚硬,开始狂看爱情小说,并对征服郝思嘉的白瑞德有了自己的理解:有的时候,爱情需要些强硬手段。尤其对那些貌似性情刚烈的女人。

也是在北陵湖边的画舫上,他与榆叶梅第一次接吻;在那个渔舟唱晚的小桥旁,他第一次把她挤靠在树干上,手掌探进她的胸衣,颤巍巍地握到了她的乳房——那是不盈一握的一对害羞小鸽子般的乳房,乳头像苏醒过来的小鸽子嘴,在他手掌心里一啄一啄的。那种美妙的感受他终生难忘!再往下深入,榆叶梅就不让了。她并紧两腿,将连衣裙的裙裾紧紧卷裹在大腿内侧,意乱情迷然而却分外坚定地说:“不。”

榆叶梅分外坚定地说:“不。”别看她表面招摇,骨子里也很传统,只不过是得着了开放之风,得着了环境,容着她卖弄姿色,挥霍青春。但凡漂亮女子,在青春期都有漫长的挥霍经历,如果没来得及挥霍就被老公领回家睡觉去的,婚后也一定会找补回来,让老公当王八戴绿帽子。展示羽毛是一切美丽动物的自恋天性,不管这展示有没有回报。她也知道,他们是不会有结果的,但她控制不住自己爱玩喜欢刺激的天性。她知道给自己留条底线,无论跟哪个男生玩,她都不会越过。因为那不是她最终想要的。所以她说“不”。他不知道,但是她知道,他们的关系终归有一天要解体摊牌的。她不知道那一天、那个合适的分手机会会是在哪,但是那一天早晚都要来的。

那一天终于来到了。那是毕业分配来临之前,隋志高跟榆叶梅商谈,希望能确定和公布他们俩的恋爱关系,因为一旦如此,隋志高就有可能留在省城。虽说一入学时学校就宣布大学期间不主张谈恋爱，但是到了毕业分配时，还是照顾这种关系，尽量把恋人们分到一起。隋志高非常希望能这样，因为当时的留城名额紧张，除了本地学生以外，再有就是像弯弯绕之类的学生党员、班干部才会受照顾。隋志高有竞争力的地方仅仅在于学习成绩好，当时系里为鼓励大家平时好好学习，也曾有承诺，成绩连续几年排前几名的，毕业分配时照顾，可以首先挑选工作。如果他再加上榆叶梅这层关系，留在省城机关几乎可以说是手拿把掐。

然而榆叶梅恰恰在这个时候退缩了。榆叶梅的退缩给了隋志高的人生前途致命的有力的一击。她不想公开宣布和承认两人的关系，脱离关系的说明是以写信的方式传达的。她在给隋志高的信中言辞诚恳，情意深长，说自从隋志高提出要跟系里公布两人之间的关系后，她就心如潮涌，夜不能寐，经过几天几夜的慎重考虑，还是觉得两人不合适，性格、脾气、秉性都合不来，不适合于将来在一起共同生活。她还说她的家长也不同意她找一个比自己小三岁的小弟弟做朋友。榆叶梅还很抱歉地说，对于我的单方面的绝交行为你也许一时接受不了，那就让我们勇敢一些，挺胸抬头面对新生活吧！隋志高同学，爱情不在友谊在，敬个礼拉拉手，我们还是好朋友！衷心祝你有个远大前程。署名是，友：叶梅。

信发出后，榆叶梅就杳无踪影，躲了起来。无论隋志高见信后有何反应，只要是错过了毕业分配前这几天，再说什么也是白费。而她自己则无所谓，毕业分不分配她也是本市的，随便让她老爸给安排个工作，几乎是想去哪就去哪。她这一招也是太毒太损了！

隋志高那几天几乎精神失常差点没疯掉，他天天跑女生宿舍打听，整夜整夜地站在榆叶梅家楼下等着。他已经失去了理智，大脑一片空白，也不知道自己该干啥不该干啥。同学们该走门子的走门子，该盗洞的盗洞，四下里赶忙地找关系活动，只有傻小子隋志高处于失恋的疯狂之中痴痴地等。这样下去，等待他的真就剩一纸回乡派遣证书。

直到辅导员找到隋志高谈话，商讨他毕业后去向时他才缓过神来。这只是毕业分配前的一项例行谈话，对于那些有去向的人早已私下谈完了；剩下的就是这些一老本等听从分配的学生。辅导员是老一届工农兵大学生，为人厚道，平时跟大家处得不错，说起来，隋志高还是他的小老乡。老乡见老乡，两眼泪汪汪，对于隋志高的一举一动，辅导员一直都很关注，对于他和榆叶梅的事情，他也一清二楚，心知肚明。有了一层老乡关系，跟没有那是大不一样，他是真心希望自己的老乡里边能有人有出息，成大器。于是就在1982年夏天那个蚊虫肆虐的溽热的北方夜晚，辅导员把小老乡隋志高叫到自己办公室，开门见山地问道："给你一个进北京的机会，你去不去?"

隋志高应该永远记住1982年夏天沈城那个蚊虫肆虐的溽热的北方夜晚。一个濒临精神崩溃的爱情失意的穷小子，被一个好心人重又拉上一条前途无限美好的康庄大道。

贵人啊！人生中所有的贵人他都该涌泉相报！

他当天就签下了分配意向书，第二天办手续，拿毕业生派遣证，第三天晚上，就毅然登上了进京的列车。他只让老歪帮他把行李托运到车站,没有举行任何告别仪式,也没有跟其他人打招呼。一腔愁绪,满怀离索,匆匆告别他生活四年的沈城,把梦与泪,放飞在进京的两条长长铁轨上……

4

晚上的接风宴在老歪的饭店里举行。老歪开的饭店在五里河夏宫旁边,属于市里繁华地段。当初他买这块地皮时,这里还是浑河边上的一片荒滩,地价便宜,没人看得上眼。后来机场高速路修起来,五里河体育场盖起来,著名的水上嬉戏乐园夏宫也拔地而起,这块地皮便开始升值得不得了,人气一股脑聚拢来。这一切并不证明老歪有经济头脑,而是傻人有傻命,活该他发财。

老歪毕业后先分到机关,不久就从机关辞职下海,先是倒腾过钢材、盘条,也炒股,但都亏得一塌糊涂。他在数字方面根本没有一点天分,考大学时数学就不及格,全靠历史地理死记硬背,把分数凑够了才上来。后来才开始开饭店,开始是小本经营,把他老家铁岭的小鸡蘑菇、野山菌、獐子肉、山野菜,等等倒腾来,整成特色菜,形成别具特色的野山珍菜馆。后来,他们铁岭的大人物赵本山在全国走红了,“铁岭”这个大城市名也很快就随之传遍塞外江南。老歪脑筋活,跟风快,立刻把自己餐馆名字也叫成“铁岭山珍菜馆”,还将老乡赵本山的照片给放大成足足有一面墙那么大,在小饭馆里一进门的显眼地方给挂起来。别人问他这是不是有侵犯肖像权的嫌疑,老歪理直气壮答:啥肖像权?那才叫瞎掰呢!这纯属于偶像崇拜!没见我这全都是从画报和招贴画上剪下来的吗?属于免费替明星做宣传。再则说,我女儿把山口百惠贴一墙,我儿子还把足球明星照片贴一屋子呢,你说那都是侵权吗?

别人就笑说:看来你们家有偶像崇拜的基因。

也说不准是不是借着明星的光,反正他的饭店逐渐红火了,回头客一拨接一拨。他一看用赵本山用的时间太长了,容易引起食客审美疲劳,于是就毫不吝惜地给摘下去,改挂潘长江。一段时间内,一看又用得差不多了,潘长江已经调到北京,不在沈城这疙瘩有影响了,就改挂春节晚会上演《卖拐》的范伟。反正都是他自己老乡,谁正当红就挂谁。生意进入赢利阶段后,老歪将他老家的七大姑八大姨组织起来,在本省另外几家小城还开了几家分店。他这饭馆发了点财,无以炫耀,只有在同学面前露脸。除了工商税务环卫那些揩他油的部门以外,"同学"是他最主要的社交范围。作为一个过去年代的中文系毕业生,别看老歪在文学上没什么才气和出息,却也遗留了些真风雅和假清高,对于生意上的伙伴,除了金钱来往,心里一律瞧不上,不屑于与他们为伍做朋友。而他的交往范围,又难得遇见什么文化圈子里的同人,故而只剩下了同学。尤其是那些当了官的、出了名的同学,整天挂在他的嘴巴头上。他们班有一个同学毕业后去了西藏当了先锋作家,他买了二十本书替那位同学到处送人,尽管他自己根本整不明白那里边的勃尔赫斯什么的叙事圈套究竟是啥玩意。老歪也一直将隋志高真心景仰,在外边对人吹牛时总提"我有个铁子在北京某部当局长"。只不过,这景仰表达到语言上,就变成了显摆老歪自己,隋志高反倒成了依附对象。

老同学们仨一群俩一伙从宾馆打车过去，隋志高待遇特殊，还是坐老歪的车。车里同时还搭上了王鹏举夫妻俩。一路上这两口子都在惊呼沈城的变化，一惊一乍，一逗一捧，夫唱妇随，听着像说相声。隋志高搞不清他们夫妻哪来那么旺盛的精力。

到了饭店，一看，门面修得不错，张灯结彩，蛮是气派。这是座二层小楼，包间雅间齐全。进门处以及走廊通道里果然挂着铁岭老乡巨照，几个主要人物大活宝给放大得跟活人爬在墙上似的。二楼包间之间的屏风隔断收拢开去，露出篮球场那么大的空场，留给他们今天的聚会。几位服务员小姐红旗袍红嘴唇的侍立两厢，四张圆桌早已摆好，刀叉冷盘拼好图形。一看那里的萝卜刻花，就知今天这场景整得挺大。

人们闹哄哄就座、喧哗、等待。隋志高被安排在跟老歪同桌，王鹏举夫妻、燕燕及其女儿等一起就座。老歪今晚精神抖擞，脱去了早晨接站时那件登硬的牛皮夹克，换了一身柔软挺括的黑色毛料西装，内穿一件鼠灰色衬衫，扎一根金黄带碎花的领带，左手中指和无名指各戴一枚戒指，老板风范一下子就出来了。人们七嘴八舌夸赞老歪饭店有气派，装潢独特，香味袭人，夸赞老歪财大气粗，一表人才，众口一词调侃道：老四，你看你这样儿，你这才叫真正的成功人士啊！别人，都是穷扯！老歪听了，既得意又谦虚，走来走去，摇头晃脑，指挥调度，吩咐安排。隋志高见自己身边还留下一个空位子，随口问道这是给谁留的。老歪说榆叶梅。她刚打电话来说路上堵车，她马上就到。隋志高没言语，心说这么多年，榆叶梅还是那个喜欢作秀的脾气，非要惹人注目，一定要自己拿捏够了、众星捧月才能出场。她以为她是谁？还是当年学校里那个万人追？

奇怪这么多年，他们竟没有再见面。他和榆叶梅，一直避免见面。他有过许多次回乡的机会却没想去找她；她也有过来北京出差的机会却也没想要去见他。对他来说，那是心口上的一种疼；对她来说，又是什么？隋志高不知道。他不是不知道，只是避免去想。后来，果真也就不想了。

果不其然，这边刚把酒杯里的酒都斟上，老歪把各桌情况都检查了一遍，见没有什么纰漏，于是又回到主桌，刚端起杯子，站定，整了整领带，说了声："各位老同学——"

话音未落，就听一声细细侉侉的道歉声传来："哎呀，我来晚啦！抱歉抱歉！对不起大家啦！"

那声音抑扬顿挫，有如名角出场前的一声肥喏。接着就是门口迎宾小姐两旁一闪，榆叶梅出现在正中央，亮相，定格，嘴角挂笑，目光闪闪，眼中向大家暗暗送出秋天的菠菜。没错，还是那个巴掌小脸，山羊腿，细高挑身材，噘嘴唇，狐媚眼，叽里咕噜乱转的不安分眼神。看得出，榆叶梅比以前更丰满、更性感了。穿了件大红羊绒连衣裙，配一双黑色羊皮高腰靴，腕上搭一件酡红色裘皮大氅，浑身上下捯饬得没有一丝一毫杂毛，每一个细胞都在灯光照耀之下熠熠闪亮。

在座的没有谁不服气的。男生有点看傻眼了。女生回过神来，赶紧招呼："叶梅啊，快来坐，坐。怎么来的？自己开车来的呀？"榆叶梅说："没有，我让司机开的。雪大，路滑。自己不敢开。"

“那快让司机也进来一块儿吃吧。”“不价了，我已经让司机回去，待会咱们完事时再呼他。”

寥寥数语，就把先前议论是买奇瑞还是捷达的那几位打发了。人家不但是有车族，人家还是个有私人司机族。

榆叶梅莲步轻移，缓缓落座隋志高身边，扭过身来，冲他嫣然一笑。

这顿饭，隋志高没有吃好。

……

闹腾到晚上九点来钟，人们基本上都已经喝得歪歪斜斜。先前还规矩着，小声地吃喝，谈一些久别相聚的文明话题。待到后来，酒一上脸，就无所顾忌了，一屋子人粗声大嗓使劲喧哗，可嗓门子造。结果是谁也听不清谁说什么，谁也都差点忘记了自己是五十二岁啊还是二十五岁。有两个年轻时曾共同是榆叶梅追求者的男生话不投机，不知哪句没说好，两人脸红脖子粗站起来，互相指责、呵斥，比比画画差点没打起来。众人一旁给劝架拉开，老歪把两人给分开到两个桌上，又继续喝自己的酒去了。饭店里这种事是家常便饭，东北男人就习惯借酒盖脸，在酒桌上撒撒野，动动气，支巴得挺厉害，过后啥事没有，根本打不起来。老歪对此习以为常，一点也不显得惊诧。

吃累了喝累了，有男生问老歪能不能给整点好玩的。老歪说有啊，洗脚、桑拿、按摩、二人转、搓麻，想选哪个？众人乱嚷嚷一气，结果没达成统一意见。最后各取所需，洗脚、桑拿的一批老歪先给弄过去了;接着看二人转的几个也给指了地点,打电话联系妥,他们自己过去;搓麻的一批跟他走,去他的辉山别墅可以彻夜打通宵。隋志高说自己想回宾馆去睡觉。老歪说别价啊,好不容易来了,怎么能就回去?走吧走吧,愿意睡觉,到我别墅那儿一样睡,有的是房间供你休息。

隋志高无奈,只好跟上贼船一样上了老歪的黑车。榆叶梅也钻进他们的车里来。这一晚隋志高走到哪,她跟到哪,整得隋志高好紧张,有点累。先前还那么想她来着,被她电话里的声音逗着,里想外想,也没想出个什么名堂来。一旦见了,一点感觉都没有。就是想暂时躲开,回避开,自己个儿悄悄待一会儿。他想也许是因为自己这一天太累的缘故,情绪忽高忽低,总是上不来劲。榆叶梅这么跟腚似的总盯着他,说不定也是老歪嘱咐她陪着的。

从饭店到老歪别墅,中间是很漫长的一段距离,黑黢黢的,两旁都是林子,路灯不很亮,全靠车前灯和反射的雪光照明。大概走了三十来分钟后,远远见辉山脚下一片灯火通明的所在,那就是这个城市富人们的别墅区了。几辆车一停靠在大铁栅栏门前,各家的狗听见了动静,开始用暗号相互联络,继而狂吠。老歪把车开进去,其他人从车里下来,跟进院里。浓重的夜色雪景中,也具体看不清什么,影影绰绰见黑森森的树林环绕中,一幢二层带尖顶的白色小楼耸立院子中央,仿佛电影《蝴蝶梦》里的曼德利庄园的外景地。

老歪吩咐开门那个用人打开了院子里所有的灯,先领众人在院里转悠。灯光唰地一亮,映照出别墅的辉煌。同学们酒气醺醺地观看他的暖窖、菜地、鸡圈、狗窝、夏天时候的葡萄园子。有人打趣说:“老四,你这是典型的城市中产阶级的生活啊!有房有车,郊区有别墅。就差再养几个小老婆了。嗳,怎么你夫人一直没看见?”老歪说:“她领孩子回娘家了。啥中产阶级?中产阶级就我这破样?”又有人打趣说:“老四,哪一天重新划分阶级成分的话,你这算不算得上是小地主?”另一个说:“小地主?他这算老地主了。多少家产哪,操!”

老歪暗自得意,领他们进屋,楼上楼下参观,打开所有客房,供客人们休息娱乐。那几个赌棍已经手痒难耐,凑齐了搭子,钻进麻将室就开战。一桌不够,又临时加了一桌。女人们则聚在一个房间唠嗑。老歪安顿完了他们,问隋志高想玩点啥,隋志高说:“我喝点茶,看看电视,就这儿歇会。你忙你的,别管我。”

老歪说:“我看你是太累了。这样吧,我有个朋友,会看病,特灵,特管用,连人大常委会副委员长也找他看过病。我让他过来,给你也看看,做做电疗。”隋志高说:“算了,我就这么待着就行。”老歪很执拗,说:“待着也是待着,你就让他看看。有病治病,没病健身。”隋志高说:“啥?他是卖大力丸的?”老歪没理会,忙着打电话“喂喂”去了。

不一会,会看病的神人来了。吹了半天,不过就是一个穿得埋了巴汰的民工模样的人,身后跟一个农村家庭妇女模样的媳妇。老歪给他们做介绍,管那人叫“大先生”,说大先生医术高明,一般人他不给看。只有贵客临门才能出山。说完,让大先生上楼去准备准备。

那边王鹏举听了,嚷着先要上去,说他最近以来一直腰疼,想请神医看看。周围麻将搭子们不干,说刚上停就走?要不,喊你老婆来盯会儿。李红就过去替王鹏举摸牌,王鹏举这才腾出身子来,一步一晃上二楼。

等到隋志高被领上去时,王鹏举已经被看完腰。只见二楼书房里,大先生正在写字台前肃穆而立,右手空着,左手握着一根黑粗的电线头。电线延伸下去,连着地毯上的一个圆疙瘩头的普通插座,插座上又有一根线出去,连着墙壁上一个普通的两相电源插头。啥也没有,啥也看不出个名堂,一切都简单到了极点,就是电门上接出一根黑电线,大先生再把这根民用的二百二电压的电线捏在手里,像个不通电的人一般的那儿站着呢。他对面,是刚被电完的王鹏举,正坐在床边系裤子,脑门上全是汗,嘴里叨咕着:“这玩意,太厉害了!嗯,好使!我说老四,这到底是啥原理?”

老歪说:“大先生通过自己的身体调整电压,再用电流把你身体里淤积的病灶疏通了。”

王鹏举点头佩服,系完裤带走下楼去。轮到隋志高坐到了大先生对面。大先生问:“治哪儿?”老歪说:“这位是北京来的领导,领导通常都日理万机,都有神经衰弱。就做做脑神经吧。”“嗯哪。伸出手,摊平。”大先生下了命令。

没容隋志高多想,猛然间,觉得似有一根针在手心里扎了一下,隋志高的心里跟着一紧。接着而来的,是一阵麻酥酥的痛痒。隋志高眼见着大先生左手捏电线,将空着的右手食指随意在他手心里点了一点,麻痒的感觉立即从手心、手掌顺着胳膊一路爬上来，传遍了全身。一瞬间的很酥痒的感觉过后，大先生的手指就逗留得长了。他的手指尖儿触在他的手掌心里不动，隋志高便眼见着自己的手不由自主地痉挛，几个手指迅速蜷曲，向手心部分哆嗦着弯拢，像小儿麻痹后遗症。一股麻劲和电力顺着胳膊走了上去，迅速逼近了心脏。热辣辣的，感觉到了胸腔不太好受。

“伸另一只手。”

隋志高随着声音，乖乖听口令伸出另一只手，眼见着手掌遭受的是同样的痉挛，像被开水烫过的死鸡爪子，脑袋瓜子里也有点空白、虚无，不由得手心里的汗渗了出来。大先生的声音从虚无缥缈处传来：“气脉发虚，你的虚汗逼出来了。”然后开始用食指击点隋志高的脸。手指尖每一次触到脸上皮肤，他都明显感到那个部位面瘫、痉挛、口眼歪斜，哈喇子难以自抑。

接着大先生又顺序向上，空手点到他的脑门上。隋志高不由自主闭上了眼睛。随着大先生手指的点拨，眼前冒出一片片股指曲线波动图，和一道道大起大落的错乱的心电图，全是倒V字形，波长起伏不定，伴有金光乱闪。隋志高能够感觉出大先生逐渐加大了手指尖电流量，下手开始有点狠了，一下，一下，像用锥子，在他心尖上一剜，又一剜，剜掉他心脏瓣膜上许多肉来。他心脏明显感到窒息、难受，不禁下意识地叫唤起来“行了，行了”，一边闭着眼睛使劲往后躲闪。大先生不动声色，不依不饶，又追着他的脸连电了两下，仿佛狠狠闷了他的心脏两拳，这才肯放手罢休。隋志高的脑袋上出了汗，浑身也都出了汗。

老歪说：“行了。这回你的汗出透了。怎么样？浑身清爽了吧?”

隋志高没言语,脸色苍白,行为缓慢。他慢吞吞下楼,回到刚才那间客人休息室,挨近床边,艰难地放平身体躺下,一边暂缓着自己的心跳,一边在心里骂:妈个逼老歪,是想整死我啊!

直到榆叶梅敲门进来,他还未从刚才的惊惧完全缓过来。榆叶梅问明原因,说:“唉!你信他?!他总共就结交下那么几个大仙儿,一天到晚臭显摆。谁来给谁看病。早知道,我非拦着你。走这么老远的路,累了一天,哪禁得住他们咋呼!”

几句热乎话,说得隋志高心里受用。这就是榆叶梅,她想玩你时,体恤、多情,嘴会来事儿,什么娇姿娇调都使得出来。等她玩够了想走人时,也是拍拍屁股一股烟而散,丝毫不顾及他人感受。

他没说什么话,气脉还不够用。他请榆叶梅给倒了一杯茶,仍旧平躺着,往上缓劲。榆叶梅守在床前,慢悠悠地给他削苹果。一股香奈儿香水的气息,缭绕在他的床边。

喝了几口茶,缓过点劲来了,隋志高挺不好意思地说:“你看,刚见面,竟成这样……”

榆叶梅打断他说:“哎呀,志高,你看你,这么客气干啥呀,又不是外人……”

一句话,说得隋志高微微脸红。没等说出什么,门一推,老歪过来。见榆叶梅在屋坐着,隋志高躺在床上,两人的坐卧形态,显然有点暧昧。老歪就假装打扰了别人好事一般,干咳一声,说:“啊,叶梅也在这儿哪?”

榆叶梅嗔怪地说:“看你把他整成啥样,万一有个好歹的可咋办？就你认识那俩破大仙，到处抖擞什么抖擞？”

老歪一听，很紧张，忙说：“咋地了咋地了？我看看。”一边走到床前，见隋志高脸色还有点煞白，忙问，“那什么，志高，要不要紧哇？不行咱们赶紧上医院。你看你不舒服你咋不早说呢，我还以为你理疗得挺好的呢。”

隋志高摆摆手：“没事。待会就好了。”

老歪说：“要不，那什么，志高，今晚就别回宾馆那边了，就住在这儿，正好咱哥俩也好好聊聊。”

榆叶梅也劝说：“志高你就别走了，这儿有用人，有司机，万一有点啥事，也好招呼个人。”

玩麻将的两伙人持续到下半夜两点多钟才散。那几个出去洗脚的、洗头的、桑拿的、听二人转也都纷纷回去了。榆叶梅也没有什么理由留下来陪隋志高，只好也走了。鸡鸭鹅狗们都已入睡，整个别墅清静下来，映入宁静的月光清辉之中。

洗过热水澡，泡上一杯热茶，老歪、隋志高两个人在烧得暖暖和和的客房里穿着睡衣，歪在各自床上，有一搭无一搭地聊着天。电视里的一出韩国言情剧闪来闪去，哭哭啼啼、明明暗暗地晃着，给这个别墅的雪夜增加了些惆怅的气氛。隋志高此时感觉身体状况好多了，话也有兴致说得多一些。他由衷地夸赞说：“老四，真不错，一个人置办起这么大的家业。不容易，真不错。”

老歪说了一句“咳——”，然后点燃一棵烟，深吸了一口，又长长地吐出来。灯光下的老歪，身体疲惫状态也接近了极限，此时的话语和各方面态度反而都显得真诚。他长叹一声道:“咳,志高你不知道哇,我这人知道自己一辈子不能有啥大出息,当官当不上去,念书也念不成啥大气。我就合计着,这一辈子,辛苦点,能攒下俩钱儿,一来是接爹妈来养老,二来也能往后给孩子们留点。唉,谁想到哪,二老没那个福气啊,还没等我房子盖好、别墅建完就双双过世了。你说,我还留这鸡巴理想有啥用?唉……”

说到这里,老歪眼圈红了,用手在脸上抹擦一把,说不下去。老歪家里三代单传,就他这一根独苗。所以他光宗耀祖、传宗接代的任务很艰巨。前一个老婆给他生了一个闺女,现任老婆给他生了一个闺女、一个儿子。现在他把老家的姐姐接来帮他带孩子,老家的老舅、老舅妈在别墅给他看庭护院,喂鸡喂狗喂鸽子。老蒲家祖坟在他身上冒了青烟,铁岭老家的千家万户穷亲戚都跟着鸡犬升天。不要说他,他们那代人,从农民成为大学生的人,谁还不是自己家祖坟上冒起的一股青烟?隋志高也是。他这股老隋家祖坟上冒出的一缕青烟,开始还冒得极其粗壮,到后来,却越冒越淡。冒来冒去,就把本来应该承接的光宗耀祖的事情忘掉了。自从他逃离省城,只身飘零,到京城去闯荡以后,就已然脱离了家乡宗族宗法社会的传统生活,只念及了那些形而上的事情,灵魂向着一个虚无缥缈的境界飞升。

1982 年的秋天,二十三岁的隋志高一腔仇怨,满怀离索,毕业分配来北京工作。他卧薪尝胆,含辛茹苦,刻苦修炼,从发型到步态,从口音到胸怀,努力按一个北京人的说法做派严格要求自己,挣扎着在这块无亲无朋的土地里立住脚跟。五年以后，由于他的认真负责精神和出色工作业绩，荣升为他所供职的那家权威文艺类报纸的副处级领导。第二年，因为厌恶了报纸内部的派系斗争，愤而离开，什么级别待遇都不要，自己去应考国家机关招聘的公务员。进入机关以后，二十九岁的隋志高从最底层的科员做起，每天端茶倒水扫地，应酬往来，上班时间兢兢业业，克己奉公，下班以后看书写字，熟读文件，迅速熟悉相关部门管理知识。到了1994年，重又提升为机关的副处长，这时距他毕业已经有十二年。1999年，做了五年副处的隋志高因为工作业绩突出，一个偶然的机会，破格升为副局，时年正好四十岁。

在北京人才济济的大机关里，四十岁时能够顺利提升为副局，也并不常见。若说这也算生活对他的犒赏的话，那么生活这东西可真是得失兼备，有苦必有甜，有甜必有涩。就在他提升为副局的前一年，妻子小敏离他远去，跟了一名有钱的台湾商人。

妻子小敏是他原来所在报社资料室的管理员，自费读了个大专，比他小五岁。认识她时，隋志高刚毕业分到京城，一方面是刚到北京城的兴奋，另一方面是跟榆叶梅恋爱失意的懊恼。这种时候，是很需要来一种新的东西帮他把过去覆盖掉，建立起对新生活的信心。小敏就在这时走进他的生活。小敏是那种典型的北京胡同女孩，既尖刻，又大大咧咧，有当地人的优越感，说起话来没边没沿，仿佛天安门就是她家后院，北京胡同女孩的所有优点和缺点她都具备。他和她好上的契机就是来的第一年，单位组织完新年晚会后，他送她回家，离胡同口老远她就让他把自行车停下来，不让他再往前送了。隋志高看着前方黑黢黢的路口,担心她自己进去会出事,就坚持要送她进去。她却执意自己走回去,坚决不让他再往前走一步,他再送,她就不走。没办法,他只得说那也好,那你自己进去吧,我回了。说完蹁腿上车走人。骑出半圈后,他又把车绕回来,主要是不放心,怕万一小姑娘出点什么闪失。待他艰难地将车子拐进去,从一个破旧的大门中看见小敏家住的是怎样一个破败杂乱的四合院时,他就什么都明白了,心里不禁怦然一动。一个北京姑娘也有她的自卑和自尊啊! 这个发现多少平衡了一点他对北京城的自卑心态。虽说他是外地农村孩子,但她也不过是北京穷人大杂院里的小姑娘。两相持平,没有什么了不起的。

他只想到了跟一个北京当地姑娘结婚、娶一个北京媳妇在外人眼里是多么舒畅,尤其在老爹老妈、老朋友老同学、老邻里乡亲们眼里,更是成就感大大地高昂;他却低估了大杂院孩子对物质生活的高度向往和企求。外省人一门心思进北京,北京人的心思早已在纽约。几经揉搓,他们十几年婚姻的最后分手,实际上也是必然的。他无法高度满足小敏日益提高的物质要求。

1998 年妻子离开他和儿子的时候他没有落泪。他虽也伤心、难过,有种被遗弃的感觉,但却没有眼泪,只是觉得心口窝的部位堵得慌。1999 年机关"房改",最后一次福利分房,要求每个人买下所住房屋的产权。一肩明月、两袖清风的年轻领导干部隋志高因拿不出买房所需的六万块钱而一筹莫展。(这六万还是因为刚刚提升的副局职务算分时也计算在内,帮助他便宜了两万。)那时他个人的存款只有两万。他老家的年迈的父母听说此事后,不由分说，从银行取出他们一生辛辛苦苦卖稻米、种麦子所得的全部积蓄，星夜赶往京城，把钱送到他们儿子手中。当隋志高从父母手里接过这还带着亲人体温的五万块钱时，他把自己反锁在卫生间里不禁号啕大哭！爹啊！娘啊！他一遍又一遍在心里唤着外间他的亲人。我活着，虚活了四十来岁，究竟是为了什么啊？！

从那时起，他原谅了妻子小敏的离去。他自己，在物质生活上，是不成功的。他这么想。谁也没有理由强迫一个世俗女人放弃宝马车复式房的理想，去跟一个不会挣钱的穷光蛋天天淡泊以明志、宁静以致远、先天下之忧而忧后天下之乐而乐。谁的理想，谁就自己扛着吧。

当年他在学校读书时能天天吃碗馄饨就是理想，能够跳出农村，就是实现了理想。后来他出省城，进京城，从副处到副局，从编辑到官员，吃上馄饨，尝遍海味山珍，理想越做越大，一发而不可收。理想长着脚，自己在不断往前跑。越走越远，越飘越高。他徜徉在人类文化形而上的精神高度里，铁肩担道义，辣手著文章。可让他怎能想到，山不转水转，水不转山转。二十年过去，理想转了一圈，又回到出发点上，重又落实到号召人民出名赚钱奔小康、过点好日子身上。

八十年代啊，那个理想主义盛行的年代，培养出这么一个说不清道不明的隋志高。他有愧于他们老隋家的祖坟啊！他不配成为那上面的一股烟儿。

是欠下父母的这笔债务把隋志高逼上一条与时俱进的光明大路。那是父母一辈子的血汗钱哪，怎能还叫白发人体恤黑发人？

从此以后，隋志高不再念叨“君子喻于义，小人喻于利”。他不推辞外界请他讲课给予相应级别的高额出场费的邀请；他也不拒绝给词典作序、给丛书当主编、给大奖赛当评委等等有高额酬劳之事。作为文化部门的管理官员，这是他仅有的一些光明正大的创收渠道。他自己也辛勤著书作论，常将夜车开个通宵。当听到某位领导同志对此有异议，在会上提出领导者应该把主要精力放在本职工作上时，他毫无愧色为自己辩驳：作为党的文化官员、领导干部，勤读书写字是提高自身修养的一种方式。说他著书立说是不务正业，难道说他把业余时间都泡在歌厅酒吧、喝酒搓麻就是正业吗？

2002 年，四十三岁的跨世纪青年领导干部隋志高虽然面相清俊，内心却已白发苍苍。他的理想在天上，他的身体在地上。

5

按照日程安排，第二天上午同学们回母校和师生见面，中午是系里请客。原先老歪还说要搞一个跟在校生的座谈，还要来电视台的、报社的现场采访。他这个计划被全体同学一致表示不耐烦地给否决了。表示不满的人说，老歪，聚会就悄么悄聚自己的会，跟老同学、老朋友、老师见个面，聊个天就完了，你整那么多景干啥？你是想借机扩大铁岭野山参影响啊？有人接话说：不是，他想当政协委员。老歪听了，也不恼，呵呵呵笑，说：我给大家办事，我招谁惹谁了我！这就是老歪，独一无二的涵养，似乎永远不会发火，从来都没有脾气。

隋志高昨天睡得晚，早起迷迷糊糊的，头痛未消，不想去了。

老歪动员他说："志高，前边的事你都跟着大伙一块做了，你就差这一忽悠吗？去吧啊。再说辅导员今天也来。"

隋志高一听，没话说。别人他不见还行，辅导员来，他得去见。不管怎么说，那是当年对他有大恩的人。

一行人哩哩啦啦分别到了学校。见面会安排在系里的大会议室里。隋志高昨天还在馄饨铺眼望校园要流泪，经过昨天那么一折腾，同学大吵大闹、感情大起大落的，仿佛精神头用完了，今天一进来，基本没什么感觉。能看出来学校的今非昔比，从会议室的豪华装修布置、花梨木桌椅、水晶烟灰缸的气派，能看出系里这些年创收的成果喜人。原先教过他们的老师，老的老，退的退，现在接待他们的是新上任的一拨系领导班子成员，也就跟返校同学差不多一般大岁数。所以大家见面相当客气。当年是学生见老师，如鼠儿怕猫；现在是老师接见学生，敬若上宾。学校的发展靠校友，尤其这些大龄的在各条战线上有点小官位说话能顶用的校友们，是学校一支不可忽视的依靠力量。

系主任讲讲话，给诸位介绍介绍情况。其实不用介绍大家心里也明镜，现在各大学里，中文系急遽萎缩，俨然成了京剧，是需要特殊呼吁保留的品种。二十年前的中文系是培养干部的，那种"万金油"干部，干啥啥行，吃嘛嘛香。中文系出来的学生什么都能当。当然，也培养作家，也培养学者。现在的大学分科精细，干部由青年管理干部学院和各级团校负责培养，作家由各地作协培养，学者由科研机构负责培养。中文系没事干了，又不能说黄就黄，下边就划分出新闻专业、文秘专业、公关专业，等等时髦叫法，以骗视听。

这一招儿还真就管用,每年报名的学生都挤破门槛,学校也就趁机扩招。扩大招生的甜头在办公室的豪华装修材料和教师们红润润的脸色中已经初露端倪,今后这项成果还将进一步扩大实验下去。至于扩招以后学校师资后勤力量能否承受,学生毕业能不能分配出去,那就不在他们的操心范围了。反正毕业生现在实行双向选择,有没有工作都得由家长和学生自己兜着。

要叫隋志高他们用一句话说说大学二十年来的变化,他们只能是说:当年读书免费,现在上学交钱。任何一个身为学生家长的父母都会有这种感慨。

学生毕业不好分配,也是愁坏家长们的老大难问题。老歪的外甥求隋志高给找工作。老歪一个在北京上学的外甥,明年研究生毕业,想留在北京,考公务员,进机关,请隋志高给帮个忙。这是昨晚在别墅恳谈时老歪跟隋志高说起的。老歪说:"志高,这个你一定得给我当事办,无论送什么礼、走什么门子,该出啥出啥,该拿啥拿啥,咱都不在乎。我老家下一代就这么一个有出息的男孩子,我这个当老舅的,一定帮他留在北京工作,将来也像你似的,当大官,进大部委,在北京扎下根。"

隋志高说:"你先别忽悠,到时候让他找我,把简历先拿给我看看。"

老歪忙说"嗳嗳"。他摸透了隋志高脾气,知道这就算是答应了。

同时心里还想:这么一路脚跟脚伺候着,还有个不答应?

隋志高心里的一块石头也算落了地。老歪到底把他的目的说出来了。否则,他都觉得自己这一路被老歪卖了,却还不知原因是什么。还好,老歪求他的不是什么特别棘手的事情,比方说不是什么上访上告一类的。他最怕那个。二十年前那会儿,进京的人就办那种事儿的人多。否则,不太好处理,不能随便应承,又不好当面拒绝。虽说事情不棘手,但也不是那么轻易就办得成的。现在的学校,没事就玩扩招,根本不考虑将来学生毕业后社会就业岗位的接纳程度。前几年公务员岗位还不被重视,机关被认为是清水衙门,一般都是那些在学校里老实巴交没什么能耐的学生才来报考。有的毕业生别看自己不咋地,眼眶子忒高,眼睛都盯着外企、大公司写字楼什么的,一般地方瞧不上眼。一旦过了毕业分配找工作的黄金季节,没有地方可接收了,他们才傻眼了,档案免费在学校毕业办公室里放一年,拿着自己简历满北京打漂。说好听的是自主择业能力扩大,新一代大学生勇于担风险,说不好听的就是学生们普遍缺乏正确的自我认知,不知道自己半斤八两,对社会也不了解。显然,这都是我们的现行教育体制留下的弊端,倒不完全怪得着学生。

2003年是新世纪高校研究生扩招之后的第一届学生毕业,本科生和研究生的分配挤在一起,真是雪上加霜。高校留校的,要求有博士学位;海归们跟土博士争岗位,根本轮不着硕士的份;公务员也爱要本科生,年轻,好使唤,比那些一瓶子不满半瓶子咣当的硕士生强。无论什么岗位,一下子挤满了前来找工作的人,立刻水涨船高,公务员也眨眼成了香饽饽,不好考了。老歪他外甥能不急吗? 估计他们家在北京也没有什么可以借得上力的亲戚,所以才找到了省城里的他老舅蒲孝忠;他老舅老歪蒲孝忠就求到了昔日一个寝室里的下铺同学、现任北京国家部位某机关副局长隋志高。隋志高就被他连哄带骗、连拉带拽整回校友返乡聚会的列车上,连接站带陪饭、连电击带治疗,给折腾了这么一大老晚上。

把事一听完了,隋志高心里这堵得慌,心说,唉!瞧这点破事把我这折腾的,从关里到关外,还搭上整整一届同学。早说不就完了嘛!

师生相聚时他们原先的辅导员也在座,一来就被同学们奉为上宾。二十年过去,辅导员早已经两鬓如霜。这么些年来,隋志高一时一刻都没有忘记报答他的恩情,他家的七姑八姨亲戚邻里,凡是上北京,一律隋志高给接待,凡是他介绍过去的人物,隋志高没有不悉心打点的,凡是他开口求到要办的事,隋志高无不倾尽全力去办理。滴水之恩,涌泉相报;涌泉之恩,报上加报。辅导员后来经常就感叹唏嘘地对系里学生教育道:“我真没有看错人啊!77、78届那学生真叫素质高啊!你再看看你们,啊,你们,一天天花着家长的钱,描眉抹粉,吃喝玩乐,一个个不知愁的样子,还有没有一点当代大学生的远大理想了?”

中午的酒席宴就摆在校园内的外事餐厅。这会儿的留学生招的也多,专门为他们成立了一个餐厅,中西餐兼备。觥筹交错之中,系主任就及时宣布了跨省市校友会联谊的事,说咱们原先在各地都有校友会,现在想联合起来,扩大声势,并说由蒲孝忠同学担任校友联谊会的总会长。老歪忙站起来谦虚说自己只是临时代理总会长，具体事宜，还要大家商讨决定。说完，还拿出事先起草好的有关章程，还有临时领导小组名单等等，一应俱全，并特聘当年的辅导员为总顾问。一看这架势，就知道这又是老歪自己先起的腻，没事又给自己找热闹玩了。这时有人就在底下起哄道："老四，你的总会长是什么级啊？"有人说："应该正局级吧！"又有人喊："你把我们辅导员聘为老总，每月给发多少工资啊？"另一个说："当然也同样按国家统一规定的正局级发呗！"

这顿饭吃的，又是一通乱乎，一通忙。人们窜来走去，互相敬酒，碰杯。昨天晚上的是见面饭，今儿中午的就是散伙饭，吃完饭，有些近道的就手散了。同学们未免都感慨唏嘘，道：唉，这人一老，人生的聚散也就眨眼之间了。

隋志高一直陪坐在辅导员身边陪酒，因为是恩人，不得不陪着多喝了几杯，直喝得眼冒金星，红头涨脸。趁别人敬酒乱乎的工夫，榆叶梅凑到隋志高身边，耳语道："志高，吃完饭有安排吗？"隋志高迷迷糊糊说："目前还没有。"榆叶梅说："那好，待会我请你出去喝茶好吗？"隋志高说："行吧。"其间系主任也过来敬酒，好像还托他办个什么事来着。是什么来着？大概是问他国家教委那边有没有人，他们系里想设立博士点，得想法找人审核通过批准。系主任还强调说他们这是加强学科建设，也有利于提高学校声誉。隋志高哼哼哈哈应着，酒喝得有点高，系主任求他办事的话左耳朵进右耳朵出，很快就忘狗国去了。这种事他遇得太多，不用自己着忙。过不了多久，求他办事者自会主动打电话上门来提醒的。至于办不办，办到什么程度，到时候根据情况再说。

榆叶梅的司机开车，载着隋志高往回走。他仍坐在后边领导席上。榆叶梅坐副驾驶。他也没问去哪个茶楼，随她走去。路上的小雪花又飘起来了，天气预报说今晚上还会有大雪。榆叶梅问他晚上回北京的车是几点的。回答说是九点一刻。榆叶梅看看表说："嗯，从三点到九点，还有六个小时。"又假装沉思一下说，"要不咱们这么着吧，志高，先到我家里坐坐，认认门，喝喝茶。然后咱们再一起出来找个地儿吃点饭，就便送你去火车站上车，你看怎样？"

隋志高不置可否，说："随你安排。"

车子在榆叶梅家住的翡冷翠庄园停住。脚伸下车时他还想，榆叶梅、老歪，他们这都是在展示自己人生的成功啊！一个中年人，人生的成功拿什么指标衡量啊？房、车、用人、保姆，这些个滥玩意。

他深一脚浅一脚被榆叶梅牵下车来，又给牵着，脚底无根地给拽进了她的复式小楼。坐下的时候，他还在想，他这是，喝茶来了吗？怎么看这也不像个茶楼，反倒像念书时，教古代文学的高汉卿老师讲的《红楼梦》里那个秦可卿的屋子。

榆叶梅在他眼前转哄来转哄去，一会给更衣，一会给倒茶，忙得团团转，幸福得团团转，屁颠屁颠的。他浑身燥热，醉眼迷离，望着她的身影，心说这样的色、香、味俱全的美妇人，如果不结上那么几次婚，再离上那么几次婚，那简直就是人力资源浪费。她现任丈夫是第几任？她这奢华生活是怎么来的？他连问都不问，也根本没有兴趣去打听。

榆叶梅要去给他煮解酒姜汤，他给拦住了，他把手在虚空里挥了挥，拍拍身边沙发说："你……坐，你坐，别忙活了，坐下，聊会儿天。"

榆叶梅刚开始还假装吱扭着，可是现在隋志高这么伸手轻轻一扯，她就顺势倒伏在他的身边。隋志高不是把嘴贴过去，而是把手贴过去，把手探进她的绣花真丝锦缎睡衣里。她如此麻利地换上开口极低的绣花真丝锦缎睡衣，不是盼望他的手探进去还能是什么！

隋志高的手轻触到的，不是他想要摸的东西。那一对曾经啄过他二十岁年轻人手掌心的害羞小鸽子似的东西不见了，取而代之的，是满把满握丰过乳的两个大水瓢。

不知怎么的，这一刻他连哭的心都有了。榆叶梅啊，你这东方美妇人！

榆叶梅啊，我那个啄我手掌心的小鸽子乳房……

榆叶梅啊，榆叶梅啊……

翻身压上去时，他的心里还惴惴的。毕竟跟女人好久没有肌肤之亲，不知道还行不行。到了这会儿，却已经没有退路。还好，起来得很顺利，全仗着酒劲。进去以后，问题就来了，仿佛失去了感觉，总是不对劲，不知道到哪儿了。因为陌生，环境、湿度、气温、气味、被包裹的紧密度，都让他感觉陌生，使不上劲，那些夯实的冲撞其实是没有感觉的，完全是酒精充血状态下的失控。榆叶梅没感觉到这些，她正在摆着最美的姿势，用最美的呼吸和叫声展示着自己成熟的技巧。都到了这个时候了她还想着表演和欣赏自己的姿态，她把别人都当镜子照。半个小时过去后，她才感到她根本不用专门取悦他，他根本不用她挑逗，他一直都很硬，而且还有越来越硬的趋势，本身就没完没了。这下她才感到放松，也感到高兴，以为这是将遇良才，金风玉露一相逢，他们俩今晚便要胜却人间无数。于是才开始不管不顾，歪七竖八，撅臀劈叉，怎么痛快怎么来。

他快要不行了。他被自己的骁勇善战吓住了，心脏有点承受不住。人不能总待在充血状态。这该什么时候是个头？这一切已经超出了他的经验。超长的时间，也许是因为长期禁欲，也许是因酒精造成。五十分钟过去了，还没有一点井喷的迹象。榆叶梅的快感由大呼小叫，转成了鬼哭狼嚎。汗水湿透。他感到了接近心衰。腰轴那个部位发酸。他转换角度，趴伏，轻缓速度，用意念控制，想象身下这个人，就是那个初恋情人，扎着马尾巴辫，挤在北陵湖畔柳树边，掀起她的裙子，说：让我进去，让我进去……你这座城市，让我进去，让我进去……你那座城市，让我进去，让我进去……她以手推挡，羞怯拒绝：不，不……掰撬挤压，不管不顾……一股热流，奋力喷射……

他们坐在榆叶梅家的餐厅里吃饭。榆叶梅问他晚上想吃点什么，隋志高说想喝碗粥，东北大米，小火，慢熬，煮出来的一锅油汪汪的稀粥。榆叶梅显得很出乎意料，说这好办，咱们去太原街的粥棚去喝。隋志高说不想出去，就想坐在家里喝一碗热乎乎的粥。榆叶梅说那岂不是太简陋了吗？隋志高说我就想喝一碗你亲手煮的粥。一句话激动得榆叶梅差点变成良家妇女，手忙脚乱就进了厨房。

其实隋志高是不想动了。他太累，感觉有点虚脱，仿佛又不是肉体的累，而是心累。这一路上返乡过程中所有的累，都在从榆叶梅身上翻下来时积聚起来，累得他身心有些虚空。

吃完了饭，看看时间也差不多了，隋志高说："我该走了。"榆叶梅说："我去送送你吧？"隋志高说："不用。"又说，"票在老歪手里，待会儿他会去车站送。"榆叶梅明白他是说被老歪碰见不好，想了一下，就说："要不，我让司机送送你？"隋志高说："不用。我打车过去，很方便。"榆叶梅也就不再坚持。

隋志高不让榆叶梅去送，一是避免尴尬，二是确实感到了已没话可说。该见的面见了，该干的事干了，该偿还的债偿还了。他知道自己是不会再见她了。二十年的恨与怨、惆怅与惦念，一笔勾销。就在这从三点到九点的大雪飞飘的东北夜晚。

再想想自己这么些年在北京的生活，二十年，也像从三点到九点，倏忽而过，似乎没留下什么痕迹，只留下满脑子的虚空与累乏。

从榆叶梅的翡冷翠庄园出来时，大雪纷纷扬扬从天落下，漫天一片洁白。他走出庄园大门，在路边挥手，一辆出租车停在身边。隋志高起身钻进去，头也不回，"砰"地关紧车门。车子迅速滑离路边，向着远处橘黄色灯光的深处走去。至于身后，那座二层小楼里那个翘首凝望的贵妇人，早已被他撇除到记忆之外。她心中刚被惹起的莫名其妙的眷恋，仿佛也根本与他无关。

站前广场上依旧是灯火通明。老歪拿着票等候在候车大厅门口。见了面色苍白的隋志高,他什么也不说,什么也不问,却又是一副什么都知道的表情。他的这副神态反倒令隋志高起疑:所有这一切都是他的有意安排,或者是他跟榆叶梅的同谋。反过来又一想:就算是有意安排,就算是同谋,又能怎么样?不也是愿打愿挨,两相情愿吗?

想到这,觉得没什么可说。对老歪,似乎是欠了点什么。人情?旧债?似乎都不是。不管怎么说,他外甥工作的事,是非办不可的了。这次回来,老歪尽心尽力地巴结奉承,整得隋志高已经没有退路。老歪的心计可不浅,虽然他使出了这么多心计,却也并不使隋志高感到厌烦。说到底,还是有二十年前大学校园里的老感情摆在那儿。

老歪把隋志高送进车厢,把一个装有野山参和灵芝的礼品袋子给他安置在卧铺底下。两个人又是一通握手,拥抱,依依惜别。老歪说:"那啥,志高,你看这次回来也没招待好你。没事就常回来看看。在外边有啥事,就招呼一声,这老家里的同学、朋友,都是你在这儿的亲戚。"

这些话对老歪来说,也就是平常一般水平的煽情热乎话。不知怎的,这回听了,隋志高却有点动了感情。他眼圈微红地握紧老歪的手,紧紧地摇晃了几摇晃,什么话也没说出来。

开车的铃声响了。火车汽笛又是"嗷——"的一声,带着东北大馇子味,回响在风雪夜中。雪花飘忽之际,老歪的身影渐渐往后退去,风雪中的站台顷刻变得迷茫……

"柴门闻犬吠,风雪夜归人。"那个荒凉的诗句忽然出现在隋志高的脑海里。车轮滚滚转动。重温旧梦,也就是失去旧梦呵,他想……

2002年8月—2003年2月于北京以北

沈阳啊沈阳

1

进了腊月二十三，机关里的人就没心思办公了，忙着分东西过年。鱼们肉们冻得硬邦邦的一箱一坨规规矩矩在地上躺好，等着欢天喜地的人们往各家的冰箱里搬，到处都已是一片祝福的气息。二处处长陈刚指挥着本处处员，手忙脚乱地把自己室要领的那些个份额从后勤处往楼上挪动。上上下下跑了好几个来回，正在这数数清点着，那边电话铃响了。打字员小宋拿起来一听，扭头喊："处长，你的电话。"陈刚扑打扑打手，接过电话，用长年累月修积出来的标准办公室软腔道："喂——哪位？"电话那边有一个理直气壮的声音直愣愣地扑他的面门说："我是你爸。"

陈刚一激灵，握着话筒的手栽歪了一下，好悬，没扔在地上。心说你瞅瞅我爸你瞅瞅我爸，告诉过他电话里别这么说别这么说，可他还是要这么说，那股子东北人的直脾气就是改不了。万一他听差了音儿，哪个别人的声儿跟我差不离乎，那造成的后果该有多不好。也算是受过高等教育的人，多半辈子都快活过去了，怎么连点打电话的规矩都没整明白呢？不过……可也是，爸往自己办公室打长途电话的次数都是有限的，没事不会轻易打。平时都是陈刚利用职务之便，借用办公室的程控电话往家里问安。记忆当中一次是奶奶去世，一次是三叔出事儿，从工地脚手架上摔下来丧生，再一次是弟弟陈强给他生了个胖孙子，爸就来过这么三次电话。爸在听筒里一律这么直火火地说："我是你爸。"不管什么红白喜事，语气和声调竟没有半点区别。前两次电话里的噩耗给陈刚造成的刺激太深，以至于第三次爸刚说完"我是你爸"，陈刚的两腿就已经颓软下去，手指颤巍巍地捏着话筒，心脏扑通扑通狂跳着等爸大喘气地说："啊，那什么，也没啥事，我就是告诉你，小二刚生了个胖小子，八斤六两……"

陈刚这一边虚汗都冒出来了，好歹把身子先稳住，用惊魂未定、软绵无力的腔调恳求说："爸，下次家里再有什么事儿，能不能让妈打电话来说？"

长年漂泊在外的人，最禁受不起的，大概就是从老家故土传来什么不幸的消息。尤其像陈刚这样的北京新移民，压根儿还没有在这块新大陆上站稳，对各种灾变的承受能力就更加显弱，似乎国家的或自家的稍微一点风吹草动，都有可能把他刚刚建立起来的新生活大面积摧毁。陈刚心里头最害怕这个。可如今这大过年的，爸又大老远亲自打电话来，该不会是发布他们陈氏家族的什么最新噩耗吧？

陈刚的脑瓜仁儿又绷紧了，眼睛里金花直冒，耳朵也支棱得老长，屏气凝神捕捉着爸的话语尾音。只听爸大着嗓门，却又极力想迂回曲折地说："那什么，陈刚啊，过年放假能不能早点回来？"

"干哈？"陈刚被爸的迂回弄得更加紧张警觉。

“啊，那什么，也没啥。”爸的语调丝毫也不降低，让人听着这“没啥”更像是“有啥”，整得陈刚越发不敢往下松弛，几乎有了要上厕所的想法。

“你二婶跟你二叔又要闹离婚了，你早点回来，给他们说和说和。”

陈刚心里一块石头“吧嗒”落了地。换了一个站姿，把紧张得发木的腿活动了一下，忍不住又好气又好笑地说：“爸——我说你可真是的，也不够你操心的了。他们家又不是头一回闹，都吵了一辈子了，你管那么多干啥？”

“不是啊，小刚，那什么，是这么回事儿，”爸显然有些着急，说话上气不接下气，“你二婶她这回闹大发劲儿了，说是要把你爷你奶的坟合到一块，不合坟，就坚决跟你二叔打离婚。”

“什么什么什么？什么‘合坟’‘离婚’的？爸你说慢点。”陈刚丈二和尚摸不着头脑。

“是这么回事，听我打头里跟你说。喂喂，陈刚，你听着没有？”

“听着呢听着呢，爸，你说。”

“你二婶啊，不知中了哪门子邪了，说是听一个算命先生给她算了一卦，她跟你二叔俩人这辈子老打，老过不到一块去的原因，就是因为你奶和你爷死后坟没有合到一块儿，都是让两位老人的坟给妨的……”

“她她她……她放屁！”

陈刚一着急，就把办公室里修炼出来的斯文全忘脑后去了，跟他爸一样，露出了农民后代的淳朴无邪以及强烈的宗族意识的本相。“我奶和我爷什么时候死的呵，他们又是什么时候开始打的呵……再说，我奶临走时不是留话了吗，不让跟我爷合坟……他们离婚，跟两位老人的坟有什么关系？胡搅蛮缠，瞎胡闹嘛不是！”

“我也说是呢。”爸获得了知音，嗓门明显又大了一截，“你说不理她吧，眼瞅着你二叔被闹得归不了家，东躲西躲不得安生。我跟你几个姑姑都看不过去眼。你要说理她吧，你也知道你二婶那张唱评戏出身的嘴，谁也劝服不了她。这个家，你二婶也就挺高看你，你放假赶紧回来劝劝，给他们说和说和。”

说完，“呱唧”一声，电话撂了，也不等陈刚给他个回话，比方说应一声是“回”还是“不回”啊。陈刚瞅了一眼送话筒，无可奈何地摇了摇头，心说自己这个爸啊，可真是的，还当我是个正在读书的学生呢，令我放假回去我就得乖乖回去。他都忘了，我也是当了好几年爸的人了，也有了老婆孩子，哪能说自己想上哪儿就上哪儿呢！

转过脸来，见东西已经按人头分完，自己的那份冻黄鱼和鲜贝正靠桌脚撂着。处里的几个人正兴奋地谈论今年春节放七天假该到哪儿去消遣。小宋叽叽喳喳地扭身过来问：“处长，想好地儿了没有？该跟漂亮夫人一道出门旅行了吧？”陈刚闷闷地一屁股坐在椅子上，无可奈何地长叹一声：“唉，旅什么行啊，买票，回老家。”

2

好不容易挖门盗洞讨弄来了票，又在一群群看不见首尾的民工队伍中迂回穿行了老半晌，陈刚这才挤挤擦擦地爬上了火车。

说着话就已经是腊月二十八，眼见得到大年三十儿了。归乡的人们都火急火燎地往前蹿，就跟不要钱去白抢什么东西，去晚就赶不上了似的。陈刚擦了擦满脑袋的汗，先坐在下铺稳当稳当神儿。慢条斯理地从提包里拿出茶杯来把水倒上，轻呷了一口，这才回过眼来，漫无目的地四下打量。过道里拥拥塞塞得不畅快，上车的人往里拥，送完客的人往下挤，不上不下地便隔着车窗玻璃做一些依依不舍絮叨分别状。看来火车票调价也没什么大用，该满员超载还一样满员超载。

陈刚眼睛看得疲沓了，便把目光收回来，想静下心来养养神。刚把眼睛眯缝上，忽然就感觉好像有什么东西忘带了，这心里边有点没着没落的不踏实。这种感觉一时间冒得十分强烈，竟让他不自觉地伸出手来上上下下挨个兜里摸了一摸。没啥呀，该带的东西好像都带在身边了。给爸妈买的新毛衣都拎着了。自从李春波的《一封家书》唱红以后，沈阳小伙儿过年孝敬父母大人的礼物就都成了“我买了一件毛衣给妈妈，别舍不得穿上吧”。给七大姑八大姨家孩子的压岁钱也都准备得足足的，这是东北人过年必备的一笔开销。这两年物价连年上涨，压岁钱还不也得跟着往上升啊？陈刚为此特地到银行换了一些五十元一张的嘎嘎新一摞票子，免得到时候钱数小了拿不出去手，在亲戚面前下不来台。

还能有啥落下没带的？手提箱里还有压箱底的几千块钱，随时准备应付些个突发事件。在这方面他可是有过深刻的教训，该掏钱的时候掏不出来钱，背后让人讲究起来是“小抠”，那在东北乡亲们面前可是没法活了。虽说这钱基本上都不是由他挣来的，他那点正处级工资连自己吃饭都不够，全是靠妻子柳青在律师事务所辛辛苦苦挣来的血汗钱支撑着他们这个家，花媳妇挣来的钱腰杆不是那么很硬气，可是在老婆面前再怎么服软，也比在亲戚面前露怯强啊。唉，这年头，只要有了钱，连鬼都能给你推磨，更何况人间的什么这个那个的。即便是落下点什么又能咋的，到时候现掏钱买就是了。

可是……不对，总觉得有什么最最重要的东西没有随身带着。这种形单影只、孤苦伶仃、百无聊赖独自往老家走的感觉，他还是第一次体会到……噢，对了对了对了，想起来了，是妻子和儿子没随身带来。

怪不得怎么琢磨半天不对劲呢，原来就是因为妻子和孩子没一起跟回来。

陈刚拍了拍自己的脑门，一时间显得很懊丧。

做妻子的思想动员工作，可是费了老鼻子牛劲了，到了末了也没能把妻子动员得回来。原本打算趁今年过年放七天假，一家三口去杭州旅游。妻子连“掌上宝”摄像机都买好了，兴致勃勃地就等着一放假立马就走。平日里陈刚在机关里忙，妻子在事务所里没黑没白价地忙，儿子辰辰刚上小学一年级，就已被功课压得喘不上气来，三口人难得能有闲心凑到一起休闲一下。好不容易盼来了个春节，全家准备撒下心来好好聚一聚，偏偏陈刚半道里又杀出个要回老家的要求。妻子不说“回”，也不说“不回”，默不作声，只把一张鸭蛋脸阴得跟霜打了一样。陈刚一看，得，要没戏，赶紧把要到嘴边的话又咽了回去，爸在电话里说的“合坟”“离婚”一类的事儿连提都没敢提，只是笑么嘻嘻地涎着个脸，做足了讨好的表情对妻子说："哎，我说，咱还是回去看看吧，啊？你跟辰辰都有两年没回去过年了，咱妈还挺想她大儿媳和大孙子的。"

妻子没搭茬，翻了个身，默默地把脸转过去冲墙，只给他留下一个梆硬的脊背。陈刚一看，心里头发毛，赶紧伏下身子凑过去，连哄带劝地央求道："哎，哎，有啥想不通的？大冬天的，杭州有什么好玩？等回了老家，我领你们去堆雪人，打雪仗，滑雪橇，看冰灯，痛痛快快玩一场，啊，怎么样？"

妻子猛地扭过身来，话音里边冒着白烟直呛进他的肺管子："得了得了你，又拿这一套来骗傻子啊？留着你的冰车雪橇梦里滑去吧。你说你们东北那鬼地方啊，哪来的那么些穷讲究？冰天雪地的拜来拜去还不说，压岁钱还都互相攀比着给，一样做不周全就挑理，光挑理也要把人挑死了，更别提挨累受冻遭的那个罪。要回呀，你就自己回，我跟辰辰我们娘俩上杭州。"

"唉，过年嘛，全国各地哪还不是这规矩？再说你也不能太贬低俺们东北人了，可别忘了你们满族祖先是从哪疙瘩发源出来的……"

"去去去，一边待着去，又跟我这儿犯贫是不是？这次你就是说什么也甭想再把我骗回去。"

陈刚一听就没辙，知道是前几年回家探亲没探好，活活把妻子给得罪了。要说这事也不能怪妻子，就他老家的那些老规矩旧理解，连陈刚本人从小在那旮旯长大的如今都有些不适应，更何况他从北京娶回去的这个小媳妇呢！北风烟雪的天儿，陈刚领着媳妇俩人深一脚浅一脚提拎着果匣子挨家走到处拜，七大姑八大姨的哪家不拜到也不行，哪家拜不到都挑理。这家饭是整现成的，那家的饭也早预备好了。那啥，小刚你能去他家就不能来我家？能吃他家的饭就不能来喝我家的茶？亲戚咋的呢亲戚，亲戚就更不应该分出个高低远近了。小陈刚你上北京念书，当了大官了，回来一次，连个年都不来家拜，是瞧不上你这个穷姑姑穷叔叔了是咋的呢？

陈刚真是有嘴也说不清。每逢如此，他总是忐忐忑忑地抬不起个头来，千抵赖万解释，实在说不通就一走了之，让爸妈在身后跟亲戚们说和磨牙去吧。每次回去过年也就是个五六天的假，哪跑得过来那么些家，哪尽得到那么些个礼数呢？时间净费在道上了。他觉得亲戚们实在是对他不够体谅。可转念一想，可也是，人家拜年都拜了几千年了，也不能说到了陈刚这块一下子就打住，只能是陈刚遵从规矩，也不可能是让规矩就乎陈刚。别说是他，就连这两年北京等大城市兴起电话拜年，家乡那旮旯也是拒腐蚀永不沾，愣是没被传染过去，逢年过节该串门还照样串，该走动还走动，领导看望群众，下级看望上级，晚辈看望长辈，同辈人之间互相交流，礼数少了一点，规矩偏废了一点那都不行。从初一到十五，谁家都别想有个消停，别想关起门来睡个囫囵懒觉。陈刚回家时曾试图号召过把年在电话里头拜，他好借机会睡个早觉，偷点懒，跟自己爸妈在一起多待上一会子，不承想他的建议却立刻就招来了亲戚一干人等众口一词的反对。亲戚们说："哎哟哟，电话里拜的那叫啥年哪，用嘴出溜人呢嘛那不是！你们北京的那些知识分子可真能整啊，啥事都想得出来，都干得出来？那玩意显得多疏远、多别扭、多没礼貌啊你说说。小刚你可千万别学那么价。”

整得陈刚心里惴惴的，简直就是没了辙。

火车叽里咣当一开出站台，满车的家乡话就飘起来了，一股子东北“曲麻菜”味，还带着曲里拐弯余韵绕梁的话语尾音。陈刚的思绪一下子就给从京城拉回到沈阳去了。语言真是一种很奇妙的东西，它能在刹那之间就把我们从此地拖曳到彼地，简直胜过超时空的蒙太奇。乘务员推着卖货的小车在过道里来回走，粗门大嗓不停地吆喝，听着总像要找谁干仗。腰里别着“大哥大”的男人们，这时都把手机的开关纷纷打开了，一个个脸冲着窗户，冲着墙，冲着厕所门，冲着过道，叽里呱啦不住地用个人隐私练着各自的嗓门。也不知是咋回事，只要火车一发动，人们打电话的情绪就全上来了，比着赛地在那里说。陈刚看见坐他对面的一个红脸大汉眼望虚空，将一个绛紫色的“大哥大”紧贴在右耳根子上，笑么哧哧地在那儿一个劲儿地绵绵情话：“……啊，那什么，整点啥好吃的没？啥？猪又（肉）炖粉条子？好，好，再馇点大米稀粥……那啥，我明天一早就到家了，你就好好搁家等我吧……行，行，就这么地，撂了啊。”

陈刚听得直想乐，赶忙呷了一口茶，把浮到嘴边的笑意硬给堵回去了。

火车不紧不慢、吭哧吭哧在轨道上向前滑行。陈刚躺在铺上翻来覆去不能入睡。北京越来越远，正沉入无边无底的夜幕之中。

故乡的土地正带着冬夜凄清的寒意扑面而来。离开中心了。陈刚在心里边暗自感喟。每次无论是离京出差还是回乡探亲,只要飞机一上天,火车一启动,陈刚就觉得自己已是远离中国的政治经济中心,走向边缘了。这种感觉来得非常奇怪,陈刚自己也弄不清它的确切来源。即便是到了广州、上海那样的大城市,他仍旧是觉得自己是到了边缘,被祖国的文化母体一把给抛了出去,抛得远远的,再说出来的话,都显得不是一样的味儿。难怪北京的老百姓都是那样牛皮哄哄的,一个个都把一口儿化音卷得舌头翻在嘴里抻不直,速度快得故意让人听不清,那就是因为他们明晓自己是在"中心"的位置上,别人都得随着他们、就乎着他们、跟着他们这"中心"行事。这中心要是稍微一晃荡了,全中国的土地可不就都跟着一起颤悠起来了嘛!

不知怎的,离家乡越来越近,陈刚的心也紧跟着越来越悬了起来。父老乡亲一大家子人那殷殷期盼的笑脸一张一张地从他眼前晃过去,牵着他的心,撕扯着他的精力,让他不能够安生。数不清的人和事,像一堆乱麻,纠缠在他嗓子眼里,吞也吞不进,咽也咽不完。唉!一个跳上"龙门"的穷小子背后,拖着多少个穷乡亲们期待的目光啊!人哪,可是不敢轻易忘了本。

3

还没有走出站台,陈刚就看见了爸已等候在了出站口那儿。与其说是看到的,不如说是感应到的,完全是靠着父子之间血缘亲情相互感应到的。先是看到了爸慈眉善目的笑,接着是见到爸伸过来接提包的一只手。陈刚叫了一声“爸……”，一时竟有些不知说什么好。爸习惯性地打量他身后，嘴里说：“柳青跟辰辰俩没回来？”陈刚一听，昨晚临回来前自己已打电话向家里通报过，说就自己一个人回来，可见了面，爸还是忍不住要问，爸的心里大概真的是非常想念儿媳和孙子，当然，更主要的还可能是想念他大孙子。于是就顺口回答说：“啊，那什么，辰辰闹病了，他妈在家看着他呢。”没想到爸一听眼睛就瞪大了：“啥？孩子病了？那你还着急回来干啥呀？”陈刚一想，坏了，这谎没撒好，净惹老爷子着急。赶忙又用话往回圆：“没事，没事，没啥大病，也就是个头疼脑热的。小孩子，皮实，一会儿就好。”爸这才半信不信地拎起提包跟陈刚一起往外走。

阴哧忽喇的天，不冷，倒显得有些不合时宜地热。可也是，现如今地球的臭氧层都给破坏得差不离了，连北极的冰山都在热得直冒暖气，东北还哪儿找从前那么冷去？再想瞧瞧“冰天雪地”“天寒地冻”这类景儿，就得到老头老太太的记忆里边去找，年纪稍微轻一点的，怕是对那些形容词都生疏了。尤其像辰辰这代孩子，恐怕连看上一场正正经经的冬天大雪的福气都没有。要说世道变了呢，从环保这上头说起来，变得是好是坏还都很难说。

新北站前面的广场很大，很宽敞，倒反衬出了车站里面人迹寥寥。四周竟然会很静，让陈刚稍微有点不适应。从前的沈阳站历来就是全市最最最脏乱差的地方，拥挤、肮脏、嘈杂，盲流、要饭花子成群成宿地守在那儿，好人一分钟都不想在那儿多待，每次候车，陈刚都恨不能下次再也不回来了。现在车站这块儿竟然这么干净、祥和，真是让陈刚没有想到。尤其是已经到了年根底下了，连一声“麻雷子”和“二踢脚”的爆响都听不见，看来在“禁放”这一点上，沈阳人民跟全国的形势还跟得挺紧。不过倒显得有点寂寞、寥落了点儿，耳朵里没个响动，就总觉得过年不像个过年样，缺少个节日气氛。

几辆拉客的“夏利”殷勤地停在他们脚前。爸想装做没看见，要绕过去坐招手小公交，陈刚二话没说，扯住爸一头就钻进了停在最前头的红色夏利车。爸眏了眏眼睛，很有些责怪他太奢侈的意思。陈刚碍着有司机在场的面，没好意思对爸进行反驳，只是在心里说，爸，你可真是没有比较就没有鉴别。你瞅瞅在沈阳坐出租车有多便宜，四公里起价才七块钱，这要在北京，这好事哪儿找去，简直可就跟白坐似的，还不赶紧地可劲儿坐?!

路上也没见堵什么车，出租车顺着东北大马路一直向前跑。正是各个工厂上班的时间，街面上却几乎见不到什么像样的去上班的人。陈刚心里忽然升起一股隐隐的惆怅。自打记事时候起，他就看惯了古城浩浩荡荡的上班和下班的人流。每天清晨太阳升起的时刻，穿藏蓝色劳动布制服的工人们骑着他们年代久远的破自行车，车后架夹着铝制的大饭盒，有的带着一个，有的夹着俩(把饭菜分别装着)，向着各个社会主义的车间工厂幸福地奔去；每天傍晚日头落山时分，夹着空饭盒的破自行车们披星戴月抓完革命促完生产愉快地归来。伴着那种有节奏的饭盒撞击铁架的叮当响声，陈刚度过了他生在红旗下长在蜜糖中的童年和少年。从小大人们就教育他知道，有了那么些工厂，有了那么些在厂子里出来进去忙的产业工人，有了那么些工厂的大烟囱，有了那么些烟囱里边冒出的黑烟，这才叫真正有了古城沈阳，有了沈阳在全国以及全世界人民心目中的形象。

如今这上班的高峰时间，街道上却是如此的寥落、清静。这才是几年的时间啊，就有了这么大的变化。陈刚心里暗自思忖。

出租车司机顺手塞进机器一盘带子，音响扭开，飞出来的竟是当年的一曲老歌，名叫《我的故乡在沈阳》：

沈阳啊沈阳啊我的故乡
马路上灯火辉煌
大街小巷是人来人往
像那鲜花盛开的村庄
社会主义的高楼大厦
矗立在古老的沈阳
我要回到那个地方
去建设我可爱的家乡

实在是一首老而又老的歌。那些词儿现在听起来简直可笑极了。谁会想到它当初却曾是轰动一时的“黄歌”呢？想当年下乡到盘锦沼泽地带的沈阳知识青年，想家想得实在熬不住了，就乱编出一些歌儿来唱。不知是哪个聪明的小青年儿，借用了朝鲜电影《摘苹果的时候》里的一首曲子，编出了怀念故乡的这支歌，不出几天就在各个青年点里唱红了。更出名的是它马上又被打成了“破坏知识青年扎根农村干革命”的“反动黄歌”，竟遭禁唱。凡是个大事小情都一样，越是明令不让干的，就偏是干的人越多。结果这首歌越唱越有名，一直唱遍了整个辽宁，连省城里的知青亲友们都会唱了。陈刚是跟着他下乡回来休假的老姑偷着学会唱的，那时他也就是刚上小学吧。若干年后，“通俗歌曲”这个名称刚一流行，沈阳歌舞团的一个年轻歌手叫张小梅的，又翻唱着它到一个什么什么比赛上获得了一个不小的大奖。这一下子闹得全国人民都知道这首歌儿了。想来这支曲子也应该算是轰动“两时”。“大街小巷是人来人往，像那鲜花盛开的村庄”，听听，听听，多么亲切、朴实、动人！谁还能有咱沈阳人实在又厚道？

时至今日，想来流行歌曲都换了多少茬多少代了？一茬比一茬不流行，一代比一代更短命。真正能够深入人心留下来的能有几首呢？可这首歌不歌、口号不口号的东西竟然流传下来了，陈刚真的没想到还有人记得它，还在有人听它。歌儿没有变，可听它的人的心情却变了，歌里边唱的那个城市也变了，变得哪哪都跟记忆中不一样了，唯有社会主义的小康大道还是那么笔直溜圆地通向远方。

车子在“建设我可爱的家乡”那个音符上，“吱扭”一声停在了家门口。陈刚从遐想中回过神来，交过了钱，拿好东西，三步两步奔上了楼，把爸远远地拉在了后边。上了楼梯口，见门虚掩着没关严，一定是妈在给他们留着门。陈刚心里一阵温热，喊了一声“妈”，人就跟着声音进去了。妈正扎着围裙在厨房忙活，应声走出来，满脸慈祥地答话：“回来啦？”陈刚说：“回来啦。”妈见只进来陈刚一个人，下意识地又伸长脖子往他身后望，嘴里说："柳青和辰辰呢？"陈刚一边换鞋一边搭话说："啊，那什么，小崽子病了，他妈在家照应着，就没一起回来。"妈一听："啥？辰辰病了？要紧不要紧哪？去没去医院看看哪？"陈刚一听，不住地在心里骂自己，心说，瞅瞅我这点谎撒的，可真不是个地方，都撒到狗国去了，净惹爹妈着急了。嘴里赶紧往回倒腾："那啥，不要紧不要紧，也就是个感冒发烧啥的，大夫给开了点药，吃了就好了。"妈说："小孩子的病，可别马马虎虎的。你小时候就是老爱发烧，到现在都影响得气管不太好。"陈刚听得一时竟有些百感交集，心里滋味挺复杂的。

4

进了屋，净手洗脸，三口人坐下来围着桌子吃饭，陈刚这才注意到爸妈都胖了。是一种老之将至、无所事事的虚胖。尤其是妈，更是见老得厉害，泪囊松松地在眼下垂着，还不曾完全变白的头发乱蓬蓬恣在脑袋上，仿佛是好长时间没有修剪了，看起来要比实际年龄老上个十岁，任谁也想象不出她曾是三十年前机械工程学院里的一枝校花。陈刚看着有些于心不忍，眼睛一时非常不适应，只顾低头往嘴里扒饭，不怎么愿意抬起头来。在他的记忆当中，爸妈永远是八十年代初他离家上大学时的那副样子：年轻、帅气、意气风发、精神抖擞地迎接人生第二春，满心欢喜地拥抱拨乱反正新时代的到来。陈刚在大学新生宿舍屡屡做的想家的梦里，总是梦见自己跟弟弟陈强手拉手去厂子里看爸在篮球队打中锋，妈在她们厂子文艺队唱民歌当台柱子。那时的爸妈多么的满腔抱负、富有朝气，那时的工人阶级是多么趾高气扬、神气无比啊！

可一转眼，一切都已成为过去。还没见他们折腾出个什么名堂，干成个什么大事业，市场经济大潮一压过来，国有大中型企业一转轨，爸妈他们就被挤在夹缝里，跟数十万产业工人一道，一呼啦给整得靠边站了。辽宁是全国的重工业基地，经济转型，理所当然最先受冲击，“辽老大”当个改革样板，成为个重灾区困难户什么的也是意料之中的事情。沈阳又是省会城市，当然要成为重中之重。可一旦这压力具体落实到哪个个别人头上，说实在话，那还真就有点赔受不住，给压趴下的可不是一家两家、一户两户。就拿爸妈来说吧，自打提前退休回家以后，眼见着一天天衰老下去，速度之快，正跟整个的工业不景气程度成正比。爸他老人家还算是小有自知之明，没等人家厂长前来哭穷做动员，就自己个儿主动打报告申请提前退休了。企业欠着一屁股三角债，揽不来活儿，光养着技术室里的几个工程师也是白扯，跟摆设似的，还不如趁早拿着退休金回家待着呢。说是“退休”，总比说“遣散”和“解聘”好听点，大家也好都有个台阶下。现在连联合国不也是经费不足，在号召工作人员提前退休吗？爸不住地以这种阿 Q 精神来反复安慰自己。

就这么着，五十来岁，正算是个“中青年知识分子”的爸，却提前退休赋闲回家待着了。

妈可就没有这么好的运气。妈是被厂里一刀切，硬给精简下来的。厂里凡是年龄过了五十的妇女，全被同一批给裁剪掉了。妈听到这个消息后，一股火上的，牙花子立刻就肿了，半边脸整个肿得都跟馒头那么大，吃饭、说话都费劲。可就这样，还是攥着电话不停地往外打，到处串联、上告，非要从厂领导部门“讨个说法”。其实她自己就在厂“领导部门”，而且还是个挺大不小的部门——在劳资科里当个职权在握的大科长。可现如今工厂全改成了厂长负责制，也就是全由厂长一人儿说了算，别人全成了变相为他打工的，那还不是想辞谁就辞谁啊？妈不能咽下这口恶气的原因倒不是她的女权意识有多么超前，多么多么的为妇女姐妹们鸣不平，而是她平时的自我感觉有些太好，自认为厂长待她还不错，她也整天价任劳任怨，挺为厂里卖力气干活。自打她二十一岁毕业进厂那年就一直在厂各职能部门转悠，什么宣传处、组织处、人事科、秘书股，净围着领导屁股后边转了，从没正经干过几天专业。谁让她长得漂亮、嘴甜，又能歌善舞了呢！这下好，为领导们服务了一辈子，临到老了，却说精简就被一脚给精简出去了。她还原以为厂长就是精简谁，也精简不到她劳动科长头上呢！哪承想，市场经济这玩意，是一点情面都不讲，见谁碍眼多余都开刀哇！要是不先把妈这个女行政人员精简下去了，要想再去简一线生产的女工的话谁还能服从呢？

妈心里憋的这口浊气噎就噎在这儿了。

那帮同被扒拉下去的老姊妹们，也全都吵了巴呼地嚷嚷来嚷嚷去，七个不服八个不愤，拿出妇女儿童权益保护法、劳动工资合同法，集体咋呼着要去上告，告那个不是他亲娘养的那个鳖厂长。老姊妹们一合计，干脆就推举妈当代表去替她们告状。妈搞惯了党政领导工作，遇啥事挺爱出头露面的，毫不犹豫就答应了。

没想到到了有关部门一上告，妈还没说上几句话就被人顶了回来。有关部门负责接待的人挺慢条斯理其实是绵里藏针地说，像你厂这种情况就算够仁义的了，凡工龄超过三十年的，一律都给你们按退休待遇，不够年头的，每月还给发百分之五十基本工资。人家厂长不是还答应以后一旦厂子效益上去了，再需要人手，你们这些女工可以作为优先考虑对象吗？那么还闹啥闹？放开眼睛四下望一望，现在哪哪不这样，别的厂子早就开不出来工资，工人放长假回家待着了，像你们厂还能将就着维持下去，还能有口饭吃，你们还吵吵个啥吵吵？还不知足是咋的？

妈说："那啥玩意，改革那也不能光裁女同志不裁男同志，这样做是不是违反妇女儿童保障法？"

有关部门负责人说："哎哟，我说老同志，改革就是要首先牺牲一部分人的利益，要顾全大局嘛！你等把男同志也一块给改下来，那厂子里的活儿还谁干？你们每个月白拿的工资从哪儿来？要换了我，我巴不得自己是女的呢，不用天天来上班，待在家里干拿钱，多好！还不偷着乐去呀。"

妈一听，知道自己是遇到一个嘴茬子，胡诌白咧有一套，自己再说什么也是白说。唉，干脆算了吧！谁让自己托生为女人了呢？活该倒霉吧，受了歧视，反倒要被说成是"照顾"。唉，自古国家有难也好，自家遭灾也罢，首先倒霉遭殃的，总要数女人。一辈子白上进心那么强，白背诵毛主席的"男女都一样"了，再怎么一样也不一样。无论时代变啥样，男女就是不一样。男同志没有挨裁的事情，女同志照样挨裁。

至此，妈算是彻底把这个道理整明白了。妈也只好带着一肚子的想不开，窝窝囊囊地一生革命到了头，不情愿地回家做起家庭妇女来。

时年妈虚岁整整五十又有二。

刚退下来那会儿，可是不得了，那个不适应劲儿可就甭提了。妈刚刚被厂子精简下来，适逢爸又刚办完提前退休。两个工人阶级知识分子一辈子忙忙碌碌，风里雨里上班下班，共同为社会主义建设出力，心里头都觉着挺有寄托的，挺光荣的，这一下子却一股脑同时怀才不遇了，整天窝在家里你瞅我我瞅你的，谁看谁都心烦，都别扭，都有气。尤其是妈，更年期一下子大面积爆发起来，跟爸的关系简直就紧张到了极点，似乎两人每天要是不吵吵架拌拌嘴，要是一天不拿对方练练嗓撒撒气什么的，就觉得这心里边堵得慌，这一天的时光就说什么也熬不过去了似的。三十多年前的大学同窗之谊，三十多年来的夫妻相濡以沫的情分，统统都被他们忘到了后脑勺去了。

还多亏弟弟陈强及时救了爸妈的急。陈强也不知咋整的，就把日子拿捏掐算得那么准，按时不差地让妻子怀上了孕，一生就生下一个八斤六两的胖小子。这一下立刻就分散了老两口的注意力，整得他们见天价忙得脚不沾地团团转。媳妇月子坐满了，小两口仍赖在爸妈家里不肯走。老两口这时带孩子已经带出了感情，眼见得孙子像个小癞蟆，一气鼓一气鼓地往大了蹿，心里边顿时就充满了成就感。这不，义务保姆就这么蔫么悄悄地当上了。老二陈强又通过关系给爸揽了一个“星期日工程师”的活儿，给郊区的一家乡镇企业搞搞设计、画画图纸什么的。说是工程师，其实也没啥事儿，平时也不用去，来了活，就偶尔忙叨一阵，能挣多少钱还是其次，主要的，是让爸心里有个抓挠。老两口各自有了拴心的事，这才不总那么吵来吵去没完没了地瞎叽咕。

正在这屋里闲唠着嗑，那屋的小崽子睡醒了，"哇"的一声用哭声召唤他奶奶。妈立即起身颠儿颠儿跑过去，一会儿就抱出一个肥头大耳的小胖墩。这就是那位八斤六两的大侄儿了。比陈刚上次回来见时又大了一号，白白胖胖，一尘不染，很容易就猜想出爸妈的心血都付到了哪上头。妈说："亮亮快看看大伯回来了，快叫伯伯。"小胖子瘪了瘪嘴，愣愣地盯了陈刚一会儿，然后"哇"的一声张开牙没长齐的大嘴"哇哇"哭。爸说："快抱走快抱走，抱那屋哄哄，我跟小刚有话说。瞧你妈把这孩子给惯的，一点见不得世面，来了生人就哭。"

陈刚说："妈也是，把这孩子在家捂得太厉害，没事儿勤出去溜达溜达。"

妇女和儿童一出去，陈刚知道接下来两个男人就该谈家族里的正事了。

果然，爸起身出去到厨房拿来两个小酒盅，又打开一瓶"老龙口"，分别给陈刚和自己斟上。陈刚说："爸，你什么时候也学会喝酒了？上岁数了，喝酒对身体不好，你自己多注意点。"爸说："没事，心里烦，就自己喝两盅。喝不到哪去，你放心得了。"

父子俩端起酒盅照了一下，又各自抿了一口。陈刚就觉得热辣辣的，一股火顺着嗓子眼儿一直下到肚里。爸脸上的血丝开始泛红，显出一种不正常的光亮，话匣子也不能控制地扯开：

“我说，小刚啊，咱们老陈家的下一代，可就靠你了。我看了，别的那些孩子啊，都不长出息，全都指望不上。”

“爸……”陈刚嗫嗫嚅嚅地叫了一声，又不知道往下该说什么好。

“人生在世啊，也就是那么几十年，将来一闭眼，可就啥都没了。现在你爷跟你奶的坟，还有我们这些当儿女的时不时去看看，填两锹土。赶明儿个等我们这代人下世的时候，就指不定咋样啦，逢年过节谁还能想起来去看看……”

“爸，别这么说，别说这些，爸……”

陈刚见爸竟体现出一脸伤感的样子，也不知道该怎样劝他才好。人还不到六十，没病没灾的健健康康就说出这么泄气的话，陈刚也闹不清他这感慨是从哪儿来的，就提前退了一个休，难道说就把爸打击成这样？于是赶紧换个话茬说：“二婶提出的合坟的事，到底是咋回事？”

爸用手掌抹了一把脸，又抿了一口酒道：“你知道，你爷和你奶两人生前就不和，打了一辈子。你奶是小团圆媳妇（东北的童养媳），是嫁到你爷爷家给冲喜的。你爷有痨病。结果你奶不到四十就守寡，一个人把七个孩子拉扯成人，然后又接着带你们这些孙男嫡女，一辈子没享着什么福。你奶临死前就留下两句话：一是不让用火烧她，害怕火葬以后阴魂不能升天；二是不让跟你爷爷埋在一块，说是在阳间都打怵了，不想再跟那死老头子到地底下再去打……”

说到这里，爸竟哽咽了，使劲抹擦两把脸，说不下去了。陈刚也听得眼圈直发红。他和弟弟陈强小时候都没上过托儿所，全是由奶奶一手给带大的。养育之恩，终身难报。他觉得自己这辈子最欠的，就是报答奶奶的恩情。可惜奶奶还没能等到他大学毕业参加工作，还没能花上他挣的钱，就已经去世了。

“这不，你都知道了，你爷爷的坟在东陵，你奶奶的棺木却埋在了浑河岸边，没给埋到一块。这都是按着你奶的遗嘱做的。”

“是，是，那年我奶入土的时候我回来过，那块地方傍水向阳，选得挺好的。咋的，后来又有啥变化了？”

“唉，这不是嘛，你二婶提出来的，地底下的老人不合坟，地上的子女们就会夫妻不和，没有安生日子过。”

“净瞎胡扯淡。都这年头了还搞迷信。要提，当初我奶入土的时候她咋不提啊？都这么多年过去了，还怎么合坟？还能把我奶从地底下现挖出来再埋一次啊？不像话嘛不是。”

“唉，要说这事呢，也怨你二叔自个儿，连个媳妇也辖服不住，也就是在外边当个厂长逞个能啥的，一回到家里就熊了。平常他也是太不顾家，整天价掌在厂里头，在家里没有什么发言权。那回厂子里没有订货款，他还背着你二婶，偷偷把家里存折拿去了……”

妈这时也进来插嘴说：“哎呀，你二婶到咱家来那个闹哇，非得让你爸和我评评理，看看这是不是两口子之间能干出来的事儿。”

陈刚说：“二叔他咋又那样做呢？从前我奶活着的时候，他就总背着我二婶偷偷给我奶钱，因为这事儿他们家可是没少打。难怪他叫陈忠孝，这个‘忠孝’可把他一辈子害苦了。看来我二婶也不是一点道理都没有。”

爸长叹了一声说：“唉，都土埋半身的人了总打啥打呀，还吵吵着要‘离婚’，离什么婚离婚，咱们老陈家从古到今就没有谁离过婚的，传扬出去多让外人见笑，一大家子人的脸还往哪儿搁。”

陈刚一听，简直就气得直乐：“哎，行了，行了爸，快别说你那套嗑了。这‘合坟’的事我二叔知道不呢？”

爸说：“还都没敢告诉他，你二叔可是个大孝子，要是让他知道了，他是宁可离婚都不会同意折腾你爷和你奶的坟。这事都是你二婶向我和你几个姑姑提出来的。”

陈刚说：“那可不行，这不是瞎胡扯吗？这么大的事，怎么也得先征求他的意见。他没表态，你们谁敢说个合还是不合？”

爸说：“你二叔这辈子为了这个家，受的那个罪还不够吗？在外边在外边受气，回到家回到家没好脸子看，临到老了，怎么也得想法让他享点清福是吧？”

陈刚说：“你可得了吧，啥人就啥命，他那种没主意的人，还就得我二婶那样的厉害人辖服他。要不，他那个家早就散摊黄铺了，哪还能挨到今天一双儿女都成材有出息？”

爸一听，话不顺耳，立即显得有点不耐烦：“得得得，你小孩子家家的能懂个啥，怎么说话胳臂肘老爱往外拐？”

陈刚赶忙哄爸说：“行行行，爸，我不说了，我听着，行了吧？你说吧。”

爸却闷闷的，显得没了什么说话的兴致。陈刚一想，可了不得，爸这是已经提前进入老年心态，只允许人说话顺着他，不兴别人说一句反驳的话。毛主席开会，还得允许梁漱溟提点反对意见呢，自己家这个东北老爸，可是把一个封建大家长的气势做得足足的。他老人家也没睁眼看看现在已是什么时代了。

父子俩正在这儿僵持着，门叽里哐啷一阵响，接着是“哐”使劲一声带门声，一个粗门大嗓的话音灌了进来：“哎哟嗬，老大回来了？”

妈应声迎了出来说：“小二你干哈玩意，轻点带门，看把孩子吓着。”

5

弟弟陈强一回来，整个家庭里的气氛立刻就活跃起来了。不知怎的，从小到大，爸妈跟陈刚说话的时候，总是按照正式的父子母子谈话程序像模像样地进行。虽然他们家不是什么皇帝人家，可是受“嫡长子继承制”的流毒影响特别地深，总不拿对待一个正常儿童的眼光来对待陈家的第三代（从农村进城以后算起）掌门人陈大刚。爷爷的大孙子、爸爸的大儿子小陈刚在父老乡亲殷殷拳拳的目光下，总是有一份说不出的惴惴与惶惶。相比之下，老二陈强就像一个自由战士一样无所畏惧地野玩着成长。小时候，陈刚在学校里一挨欺负，总是找比他小两岁的陈强去给他报仇。小哥俩一唱一和，正经是一对出类拔萃的人物。

陈强进门一看说：“嗬，爷俩谈心呢呀？哎，老大，我嫂子和我大侄儿呢?”

陈刚脸上带着笑说:“你嫂子有点事,没回来……”

小二说:“干哈玩意,大过年的能有啥事,还不一块回家来过年?我还顺道给我嫂子买了她最爱吃的朝鲜咸菜呢。”

陈刚一听,有点感动,心里想,作为一个已婚男人,在春节这样阖家团聚时刻,真是不该一个人出来,别人根本不把你当成一个单位,自己也觉着孤零零地别扭,嘴里说:“还是我二弟会疼人哈。嘿,老二这身税务服一穿,你还别说,正经挺提气的呢。”

老二说:“这话说的,咱是谁?一米八八,正经是财经学院毕业出来的国家税务干部,吃皇粮的。饭吃完了没?来,老大,兄弟跟你杀一盘。”

妈说:“小二你瞅瞅你,一口一个‘老大’‘老大’的,还有没有个大小?你哥坐了一晚上火车,你让他吃完饭眯一觉。”

陈强说:“叫老大显得亲热。叫哥显得外道,哥你说是不?”

陈刚光顾乐,说不出来话。

小二去找棋盘。陈刚看看被冷落在一边的爸,便打圆场说:“咱俩玩,叫我爸当裁判,省着小二你总悔棋。”

小二说:“不带我爸,不带我爸,一有他就话多。爸你看电视去吧哈?”

妈闻声说:“你还让你爸看电视?一天到晚他都长在电视里出不来了,吆喝他干啥他都听不见。那天你爸告诉我,中央电影频道一天共演了八部电影,你看他看电视都看到什么程度了。”

陈刚说:“爸,你别总守着电视看起来没完,那玩意害人,容易得老年痴呆症。没事儿你勤下楼活动活动腿脚。”

可惜的是他们说的话，爸一点也没听着，老爸一门心思全神贯注钻进电视里去了，别人说什么他都当耳旁风。

兄弟俩摆上棋盘。小二说：“咱一把多少的？数小了赢起来没劲，我可不跟你玩。”

陈刚说：“又年底分红了吧？你们过年又揩企业多少油？”

小二说：“还揩啥油哇，不像头两年了。现在企业都没活干，开不出来工资，税收收不上来。年底完不成任务，税务局领导急了，干脆动员银行提前给企业贷款，从明年的贷款里先把今年年底的税交上来。”

“哎，这不是弄虚作假、寅吃卯粮吗？企业能干吗？”

“不干能咋的？不干，企业就连明年的银行贷款都贷不出来，这它还得感谢我们税务局呢！”

“那要是明年再完不成任务呢？”

“那就先吃后年的贷款呗。你企业爱怎么改怎么改，管你是股份制还是承包合同制呢，只要你不破产，国家的税收就不能不上来。来来来，将！”

不知怎的，陈刚的心里竟是沉甸甸的。

两个人没将几下，门一推，小二媳妇从银行下班，悄么悄地走进来。她跟小二俩人是大学里的同班同学，财经学院毕业后走了好大一通后门，才分别分配到了银行和税务局这种旱涝保收的单位，所以一时倒无失业下岗之虞，还能时不时地往爸妈这儿搬点大鱼大肉什么的进贡货。小二媳妇一进门看见陈刚，就笑吟吟地招呼:“哎呀,大哥回来啦?我大嫂呢?”

陈刚一想,完喽完喽,我今天已经是第四遍要回答这个问题了。一个三十多岁的大男人,身后边要是不拖着个老婆孩子,在别人眼里简直就不算是个完人,谁见了谁都要问上几句,嘴里忙又把那套话重复了一遍:“喔,那啥,你大嫂她在家有点事儿……”

撒完了谎,放下棋子立起身,借上厕所的工夫扭身进了小屋,关好房门,拿起电话拨北京长途。也不知怎么想的,顺手就先拨到了丈母娘家,丈母娘挺奇怪地说:“没、没有啊,小青跟辰辰都没回来呀,听她说你们不是要上杭州旅游吗?”

陈刚一听,赶紧支支吾吾地把电话撂下,心想差点说漏了嘴,好悬把两口子闹意见的事儿给说漏了出去,赶紧又重新往自己的小家里拨,一听,柳青果然在。陈刚问:“你怎么还没走啊?我昨儿个回来时,你不已经让人去订票去了吗?”柳青一听,委屈得呜呜咽咽地在电话里头说:“走什么走呀,我不想去了……我哪像你那么狠心,说撇下我们娘俩走就撇下走了,一家三口,缺了一个,还有什么意思……”

陈刚一听,赶忙哄着说:“哎哎,别哭,别哭你,你不了解情况,我回来是带着任务的……那什么,你要是没走,就赶紧来吧,领辰辰坐明天一早的飞机,快回来吧,人家想你想得快不行了……”

几句好话过去,立即把妻子说软了,答应明儿一早就飞来。又跟辰辰在电话里唠了两句,嘱咐他要当个好男子汉,好好照顾妈妈,听妈妈的话,明儿上午爸爸到机场去接他。辰辰在那头乐得直蹦高,陈刚在这头高兴得也快要跳起来了,心寻话,大男人嘛,要想顶天立地,就得有妻子儿女在身边环绕衬托着。

喜气洋洋从小屋里钻出来,没等发布最新消息,就听爸已经在那儿派任务:“那啥,明儿个大年三十儿,陈刚你们几个到你爷你奶坟上去看看,过年了,给烧烧纸,送点钱物啥的。”

小二说:“东陵离浑河多远哪,一上午可跑不过来。”

爸说:“跑不过来不会下午跑?”

小二说:“下午人都回家过年了,谁还去上坟?”

陈刚说:“明天上午我还要到机场去接柳青和辰辰娘俩……”

小二说:“我嫂子他们俩又回来啦?这下咱们家可就大团圆了。听见没,爸?您大孙子和大儿媳妇就要回来给您老拜年来了。那可是您从北京回来的大孙子哈。”

爸说:“去去去,你少跟我这皮了嘎叽的。要不那什么玩意,明天就光看看你奶的坟得了,在浑河那边,跟桃仙机场一个方向。你把他们娘俩接回来,顺道就拉到你奶奶坟上看看,给培两锹土。”

小二说:“哎呀爸呀,人家那叫从北京回来的大儿媳妇,大过年的,下了飞机就把人往坟地里拉,可要出人命了啊……”

爸厉声说:“小二你给我住嘴!还有一点正经没了?”

陈刚伸手把小二扯一边说:“行了行了,小二,你想法给借个车,明天给跑一趟。”

小二说:“要借车不早说?都这时候了还上哪借去?再说谁大过年的愿意给你往坟地里跑?我借不着。”

爸满脸的不高兴:“不借就拉倒,你趁早给我少叨叨几句。还有没有点孝心了?我算看透了,等我死了那天,骨头都扔到乱坟岗子里去喂野狗，也甭指望你们哪个能给我上上坟。”

小二说：“哎呀爸，你活着我们都这么孝顺你还不行啊？等往后我给你烧纸钱纸马你能用上是咋的？”

妈说：“小二你快别胡说了，惹得你爸不高兴。你老姑家三斌子不是开出租呢吗？让他明天歇一天，少挣一天钱，开车给往他姥的坟上跑一趟。”

6

小时候，大年三十儿是陈刚最盼望的节日，穿新鞋，戴新帽，跟小朋友们一起堆雪人儿，滑冰车，放鞭炮，滚得像个脏猴似的回家也不会挨大人说，围着火炉吃奶奶炸的油馓子，把个小肚子吃得溜溜圆溜溜圆的，结果每次都吃得直打伤食嗝，爸总是打开来一盒一盒的山楂丸逼着他和弟弟两人吃。现如今这日子过得好了，吃的喝的全不愁，大家就不知道过年再盼什么。尤其像辰辰这一代孩子，日子都甜得发腻，过年过节对他们来说也就缺乏什么新鲜刺激，不知道这“年”过不过的还有个什么意思。

三斌子开着一辆灰不溜丢的“夏利”拉着陈刚和陈强往机场路走。陈强媳妇要跟去，陈刚给拦住没让去，说是怕回来接人坐不下。实际上他是觉得上坟这是一种自家的事，不必去惊动外姓人，老二媳妇连奶奶的模样都没看见过，还去上个什么坟，走那个形式干啥。不过这个心思当着老二的面没好意思说。

上了车，小二问：“哥，你真要把我嫂子和辰辰直接接坟地去啊？”陈刚说：“你听我爸那么说吧，去什么去，你嫂子都没见过咱奶什么模样，就别让她去了。咱仨先去上坟，然后直接奔机场。”又问：“三斌子，能快点开不？咱抓紧点时间。”三斌子说：“没问题，就咱这技术，大哥，保证把你平安驮到我姥坟上。”说着，一踩油门，“嗖”的一声，“夏利”就眼见地离地了。

路过自由市场，车开不动了，不得不放慢了速度。大年三十儿，猫在屋里的人们全都拥到大街上逛来了，只见各种羽绒服、呢大衣、棉坎肩异彩纷呈、摩肩接踵地不停地晃悠，把个大街上整得热气腾腾，喧闹非凡，吆喝什么、卖什么的都有，市场一片繁荣。一辆大卡车的翻斗上堆满了毛毯、自行车、洗脸盆、塑料盒一类的东西，上面都蒙了一层厚厚的灰，旁边两个大小伙子站在车上用小电喇叭不住地喊话，号召大家都去摸彩券中奖。为了招徕顾客，他们还时不时撒下一把糖果之类的东西扬到人群堆里，还真就有人低头哈下腰满地去捡。紧挨道边上一排一溜净是卖烧纸的，各种各样色彩型号异彩纷呈。陈刚这才知道这几年虽说形势日新月异，可家乡人过年悼念祖宗的传统还是没有丢，心里不由得颇多感慨。回头让三斌子把车在路边踩一脚，他和小二下来顺便给奶奶买几刀到坟上烧的冥纸。走到一个摊上，捡起来翻腾翻腾，见阴间的钱全是大票，花花绿绿，蓝的、黄的、红的、粉的都有，印得不怎么精美，很容易大批量仿造。上面分别印着红脸关公、赵公元帅和横眉立目的钟馗。一万元是最低面额，其他几张大的他跟小二数了半天小数点后边的“零”，才勉强数得过来是“千亿”“万亿”和“兆亿”。小二憋住笑，一本正经地冲卖票子的人说：

“干哈玩意，这阴间也时兴通货膨胀是咋的？我是税务局的，我可要照章收税了啊。”

卖冥钱的老头挺机灵，反应也挺快地说：“啥？小伙子？税务局的？要收税你就到阎王爷那块儿收去吧。他正在那旮旯等你哪。”

“你说啥？你再说一遍！”

小二梗着脖子就要往上上，陈刚在旁边一手给拉回来，忙甩给老头十块钱，换回一摞好几个亿，在怀里抱着上了车。

驶上五里河的立交桥，道儿可就好走多了。从立交桥上放眼望去，一片片高楼大厦鳞次栉比拔地而起，矗立在灰蒙蒙的冬日天空下，古老的工业城市到这儿才显出了现代化的气派。想想沈阳这两年的城建速度可真够快的，就说他们陈家这些从农村进城还不超过三代的平头百姓穷亲戚吧，没几年的时间，全都噼里啪啦动迁搬进了新楼房。这要是搁在十年前，他那些老实巴交的姑姑叔叔们心里肯定还没有这辈子住好房的念想呢。说变，变得就是快，像吹气变魔术似的。这速度，恐怕连北京也比不上。在北京，还有多少人住在小破四合院里挤挤擦擦地熬日子呢！

三斌子扭开车里的收录机，放出来的竟又是那曲《我的故乡在沈阳》：沈阳啊沈阳啊我的故乡，马路上灯火辉煌。大街小巷是人来人往，像那鲜花盛开的村庄……

陈刚听着，不解地问：“我说三斌子，这首歌咋这么流行呢？是你们出租公司统一发的咋的？”

“那啥玩意大哥，不是，街上到处都有清仓大甩卖的，一块钱一盘，我就买回来一大堆，没事闲听着玩儿。”

“喔,我说的呢,唱这首歌的时候你还太小,没赶上,咋会突然间就对它感起兴趣了呢。”

三斌子一笑,露出一嘴好看的苞米小牙:“哎呀我说大哥,你还跟我倚老卖老呀你?你不就是比我才大个八九岁吗?你能赶上的,我啥没赶上?”

陈刚强词夺理说:“八九岁?八九岁就差出去了一代人,你信不信?你知道啥叫‘鲜花盛开的村庄’啊?”

三斌子说:“那有啥不知道的,就是农村呗。”

陈刚笑了:“你看,我说你小,没赶上吧,那是在说咱们沈阳呢。”

三斌子说:“得得得,大哥,你净绕腾我。我不跟你争了。你是打北京回来的,是官员,比我嘴茬子硬,说不过你。”

车子平稳地滑过金碧辉煌的沈阳夏宫,就是中央台天气预报节目里常打出影像的那个。整个外形设计得宏伟、豪华,不知道的还以为是到了澳大利亚悉尼的水上音乐厅,或者不小心走进了世界公园,迎头撞见异国建筑了呢。就这么好的地方,去年却不知怎的着了一把火,给烧毁了不少。沈阳人民面对困难不气馁,立马又把它修复了过来,而且比着火以前还要威武,还要气派。三斌子一手指窗外说:“夏宫,大哥你进去过没?老大了,里面啥玩的都有,赶明儿个领你和我大嫂进去玩玩。”

一直都没吱声的小二接嘴说:“夏宫啥破玩意儿 ,人家你大哥在北京,啥康乐宫没进去过,还瞧得起这点玩意,你说是不,老大?”

三斌子说:“那不对。康乐宫是北京的康乐宫,夏宫是俺沈阳的夏宫，玩起来滋味就是不一样，对不，大哥？”

陈刚说：“那对，哪好也不比家乡好。”

“这就对了。”三斌子很满意地赞同说，“前些日子，我看你们北京报纸上登的叫啥《走出沈阳》？还连登了好几天……”

“哦？三子，还挺关心国家大事的嘛。”

“那是啊，写谁谁不关心哪。大哥你看了没有？”

“咋地啦？写得好哇？”陈刚是听说过有这么个连续报道，可惜当时开会忙，没有顾得上挨排看。

没想到三斌子嘴一撇说：“得了吧，写的那叫啥鸡巴玩意儿！竟埋汰俺们沈阳了，一点什么好嗑都没唠。”

陈刚说：“哎呀，三斌子，话可不能这么说。人家记者那叫如实反映问题，给你报道上去，说不定就有人注意到，下来帮你解决一把呢。”

三斌子说：“大哥，你可拉倒吧。要是把俺们的问题都那么给反映出去了，那谁还敢来咱们沈阳啊？你还让外商来投资不投资了？”

陈刚听着直意外，连声说：“行啊我说小三子，真没看出来嗬，觉悟性还挺高的嘛！”

三斌子说：“那说啥了，这年头，写谁不好谁能愿意，说谁不好谁都不愿意听。”

陈刚听了，忽然想起自己刚考到北京上学那会儿，同寝室的一个北京当地的小子知道他是从沈阳考上的，也不知是有意还是无意地说：“沈阳？全世界污染最严重的十大城市，你们辽宁就占俩，沈阳和本溪排在了第一、第二，听说那里出来的人一个个都给熏得像煤黑子……”陈刚当时的拳头已经在手里捏得“嘎巴嘎巴”响，就差立即冲上去揍他一个“电炮”乌眼青。后来慢慢才明白，北京人的嘴就是那个习性，自己住在小四合院趴趴房里啃着窝头咸菜，照样敢笑话外地人住高楼大厦吃大米白面。不一定就是有什么恶意，也不一定就有什么真能耐，就是大大咧咧地耍贫嘴爱说。

不过沈阳这两年变得干净了，环境治理得好了，这也是事实。修了一个带状公园，用一条护城河把整个市区打通连接起来，给城市风景提老鼻子气了。尤其是这两年修的那些高速公路和城区立交桥，虽然样子是土了点，修得比较寒碜，被沈阳人民昵称为“新加坡”和“土而奇”，可是毕竟还是解决了交通老大难题，不再像以前那么出门半天走不动车。

立交桥下一排排白色小别墅在阳光下耀眼，在清一色的老式棺材盒建筑中显得气度不凡，有些提前致富外加点殖民地的贵族味儿。三斌子说：“看见没？大哥，最漂亮的那座小洋楼，被赵本山买去了。操，一下就花了好几百万哪！”口气中不无炫耀、羡慕以及替名人高兴的成分。

小二听了，不以为然地说：“几百万算啥，对老赵来讲还不是小菜一碟。再说，你讲的那都是老皇历了，赵本山一晚上就把小楼给输了出去，你不知道吧？多潇洒，出手多威风。当名人就得那么干。”

三斌子一听，急赤白脸地争辩：“二哥你瞎说啥呀，二哥？人家赵本山怎么会输？他玩啥，光赢还赢不过来呢，咋可能是输？你可别在那编瞎话了。”

小二也开始较劲：“谁告诉你的他不输？你跟他一起玩过是咋的？”

三斌子说：“人家是名人，我哪跟他玩得上呀，我就是希望他总也不输，把全国其他那些演小品的全给打败。”

陈刚乐得止住他俩：“我说行了行了，赵本山也不是你们亲戚，两个人争那个嘴干啥？”

三斌子说：“那可不行，咱辽宁出一个名人容易吗？可不能谁说啥就是啥。”

陈刚说：“哎哟，地域往外扩大了？不是咱‘沈阳’，又变成咱‘辽宁’啦？”

三斌子说：“咱们跟着借点名人光还不行啊？”

上完了坟，到机场按时接来了媳妇和孩子，一家三口坐在车里往回赶，陈刚这会儿才有了全家团聚，放宽身心松松快快过个大年的感觉。车子回来时走的是高速公路，无遮无拦跑得飞快。陈刚的心也一颠儿一颠儿地美得要飞。高速公路下边还有一条普通便道，上面缕缕行行挤满了各种车辆，蜿蜒蛇行着一点点地往前蹭着挪动。陈刚看着，不解地问三斌子：“那些车为啥不上高速路？在那儿挤着多慢腾？”三斌子说：“现在各厂子都没有钱，哪还上得起，都交不起公路费。原先要六十块钱呢，现在没人上，都降到二十块钱了。”柳青像听天方夜谭似的，说：“噢，你们沈阳还有这事儿？”

到了家，已是下午，按老规矩，就算是正式开始过大年三十儿。

柳青一进屋,先叫了一声“爸”“妈”,爸妈都笑么吟吟地迎出来。儿子辰辰非常乖,一路上早就被他妈给训练好了,一见面就给爷爷奶奶鞠躬说:“爷爷过年好!”“奶奶过年好!”爷爷奶奶都笑得合不拢嘴。爷爷问他:“辰辰哪,感冒发烧好没?”陈刚在一旁一听,坏了!这事儿忘了跟他们娘俩串通口供了。一颗心立即悬到了嗓子眼儿。果然,辰辰挠了挠小脑袋瓜,十分诚实坦然地说:“我没发烧,妈妈说要带我去杭州。”爸妈像是无意地同时瞥了陈刚一眼,陈刚嘴“嘎巴”了一下还没等说出话来,媳妇柳青当律师的脑袋反应快,立即接过话茬说:“这孩子一刻也在家待不住,非得要闹着出去玩,这不,我就带他回来了。”

陈刚这下才稍稍放下心来,感觉到柳青已经背后在他腿上狠狠地拧了一把,疼得他龇牙咧嘴地没敢出声,面对众人脸上还得不住地挂着笑。

妈说:“快都脱了衣服进屋吃饭吧,待会儿你叔叔和姑姑他们就都来了。”

“咦,”陈刚不解地问,“往年不都是大年初一才在一起过吗?今年咋改成过三十儿了?”

妈说:“这也是你爸临时通知的,今年不是有点特殊情况吗?趁着你们都回来了人口齐,大家伙儿还要商量商量你二婶提出的‘合坟’‘离婚’那档子事。”

陈刚说:“这还有什么可商量的,干脆拒绝她就完了嘛。”

爸说:“啥玩意要都像你想的那么简单就好了。赶紧领着大人孩子上桌吃饭吧。”

7

一家子人的饭还没等吃完，过年的人就赶来了。最先来的积极分子是二姑。三姑也跟着前后脚迈进门槛。爸在他们家里排行老四，上面有三个姐姐，下有两个弟弟，外加上一个妹妹。总共有七个兄弟姊妹。旧社会东北的穷人家庭里几乎家家都有这么些个孩子。爷爷奶奶去世后，每年过年召集兄弟姐妹一齐聚会的任务就自然而然地落到了爸的身上。姑娘们出了嫁就是人家的人，肯定是指望不上。大姑是个老面太太，六十多岁了，精力不济，手脚也不利索，做点过年饭啥的都做不齐整。二姑比大姑还面，小时候得了气管炎，整天喉咙气喘，干不了什么大事儿。三姑身体好一点，可婆家那边也一大家子穷人等着她去张罗，所以娘家这边也就不靠她了。老四就是陈刚他爸，身为兄弟当中的长子，当然得长兄如父，这个群龙无首的家，他不出头料理谁来料理？

三姑一进门就把一个包着水淋淋塑料袋的网兜递给陈刚妈：“惠芬哪，我给你们带来几棵酸菜，晚上年夜饭包酸菜馅儿饺子吃。”

妈说：“三姐，你们家又开始渍酸菜了？”

三姑说：“可不，我们家今年渍了二百来斤呢。”

妈说：“现在市场上细菜这么多，想吃啥有啥，三姐你还渍那么多酸菜干哈？”

二姑这时接嘴说：“俺们家也渍了，渍了三百多斤。我还腌了三十来斤‘雪里蕻’咸菜，跟胡萝卜掺在一起腌的。现在物价都这么贵,孩子们在厂子里都开不出来工资,吃细菜也吃不起,我寻思着日子还不得节省着点过呀,谁知道万一将来有个啥变化唔地,到时候可别抓瞎。”

三姑说:“可不是咋地,我们家那个酸菜缸都十来年没用了,差一点想扔,谁知道现在回头又用上了呢。还是我大侄儿好,念大书,到北京当大官儿,不用防备工厂黄铺失业啥地,是不哇小刚?将来你官儿做大了,你几个穷姑姑要饭要到你家门口,你可得给点残汤剩饭唔地,可不能装作不认识啊。”

陈刚说:“哎哟,你瞧我三姑说的,还越说越像了呢。我三姑夫当那么大个厂党委书记,饿着谁也饿不着你家呀!咦,我三姑夫咋没跟你一道来?”

三姑嘴一撇:“书记能顶啥书记,现在啥事都是厂长一把抓,你三姑夫给派广西去要钱讨债去了。到处都是三角债,哪儿那么容易要回来?”

陈刚说:“去那么大老远?我三姑夫那么大岁数了,受得了吗?”

这么一说,三姑变得紧张起来:“就是地,你三姑夫大前儿个打电话回来,说二十九晚上能到家。可这会儿咋还没到呢?二姐啊,你说能不能是半道上出了点啥事儿啊?”

二姑忙拦住她:“三丫头你别瞎说,大过年的多说点吉利话。肯定是买不到火车票给耽误了,不能有啥别的事儿。”

正在这儿闲唠着,陈刚的老姑蓬头垢面地推门进来。一进门就咋咋呼呼嚷嚷:“哎呀,我大侄儿回来啦?”在陈刚背上拍了一巴掌，又转身扯住柳青白软细腻的小手："哎呀妈呀，我大侄媳妇越长越俊了，瞧人这手多细乎，再瞧瞧你老姑这手，这都不像个女人手，纯粹是劳动人民的手。"

辰辰从柳青身后钻出来，给老姑鞠了一躬说："老姑奶过年好！"老姑鼻子眼睛全挤出笑："哎呀妈呀，辰辰都长这么大啦？越来越有出息了。快来快来，老姑奶给你压岁钱。"说着就解裤腰去掏钱包。

二姑在一旁忙拦住她说："快拉倒吧四丫头，今年的压岁钱就别给了，你这都下岗了，攒那点钱不容易，快留点将来给孩子上大学用吧。"

陈刚没大没小地跟这个比他大不了七八岁的老姑逗："嚯，我老姑下岗了？现在又到哪儿放哨去了？"

老姑仍旧是笑呵呵地说："哎呀妈呀，我大侄儿还有心跟你老姑逗呢。厂子黄铺，给人家兼并过去了，富余人员都回家待着。你说你老姑才四十来岁还挺年富力强的就开始失业，我操他妈这叫啥市场经济啊，还市场经济……"

小二陈强过来跟老姑逗趣说："干啥玩意老姑，跟形势唱反调啊？忘了当年你们厂效益好的时候，你穿八百块钱一双的'美人瓢'，一只手上戴六个戒指的风光时候啦？我们的同志啊，在困难的时候，要看到成绩，要看到光明，要提高我们的勇气。我说老姑，你就把你那些保值的戒指卖掉几个，就足够你们家王勇上大学用的了，也省得你天天再去挨累扫大街。"

陈刚诧异地问："老姑去扫大街啦？"

老姑说："唉，你老姑哪像你们有文化，能进大机关，老姑没能耐，只能去干点力气活，挣钱糊口。社会主义，也不能让人饿死啊！瞅你老姑这手，都磨出了几层趼子来了。"

说着伸出手在众人面前晃。陈刚一看，老姑右手虎口握扫帚把处，肌肉都已经磨僵了，凸起一块硬硬的肉疙瘩，手背皴裂，掌心也粗糙得直起毛刺儿，戒指倒是一个也不戴了。

三姑说："四丫头你也别不知足，你这才扫几天？人家一辈子都扫大街的该咋办？就是从前大锅饭享福享惯了，一点吃不得苦。再说了，现在想找一个扫街的活儿也不容易，多少人眼睛都盯着呢。"

小二说："我三姑到底是党委书记夫人哪，觉悟就是比别人高出一截。"

老姑缩回供大家浏览、向人抱屈的手，对着墙镜子拢着毛烘烘的头发说："可也是，想找一个能挣钱的活儿是不容易。俺厂子的劳模也给裁下来了，还是全国劳模呢，也是白扯，厂子没有了，还要劳模有啥用。嘿，还不好意思找工作呢，嫌寒碜，人家从前是被中央领导接见过的，连大会堂都进去过，像干点俺们这种扫大街、做小买卖的糊口活儿什么的，还嫌掉价，不愿意做。不做，不做就得饿着了。我算看透了，我操他妈啥叫市场经济，市场经济就是一点啥情面都不讲，对谁可是都一样，哪儿也没有白养活人的。"

三姑说："想明白啦？那就别再抱什么屈了。"

一大家子人正在这儿东一句西一句说话磨着牙，大姑和几个姑夫们也陆续到齐，还有几个跟陈刚同辈的孩子也来了，叽叽嘎嘎热热闹闹把三个房间和一个客厅都给占满。妈关在厨房里把菜炒得花样翻新，油烟滚滚，二姑、三姑以及陈刚、陈强的俩媳妇在旁边帮忙打下手，男人们身不动膀不摇盘腿打坐地扯闲篇儿，睛等着吃现成的。

爸看了一眼墙上的挂钟，转头问："小雷子啊，你爸你妈咋还不来？"

小雷子是二叔和二婶的儿子，去年也结了婚，刚生了个女儿才满月。小雷子说："那啥，我妈说她头疼，不一定过来了，让你们大家伙别等她。我爸那人，大伯你还不知道吗？当了一个了不起的破厂长，平时都整天不着家，过年过节就更找不到人了，说不定是去挨家走访，访贫问苦去了。"

爸说："那啥，姐夫，要不咱们先喝着？待会儿春节晚会该开始了。"

大姑夫说："那行，摆上摆上，咱们先开喝。"

说着就把两个饭桌支上，大屋一个，小屋一个，分别供男人和女眷们坐。这是陈家祖祖辈辈传下来的老规矩，男人从来都要坐正桌、上座，女人和孩子打入旁桌另册。

几个女人穿梭着往上端菜，两箱子啤酒也扛来了，一瓶茅台酒酒瓶启开，陈刚非要多事拿过来检查一下，从瓶塞到瓶底儿来来回回瞄了个臭烂够，也没能看出个子午卯酉来，嘴里边却一个劲儿地说："假的，假的，十有八九是假的。"众人听了，不服气地反问："你怎么断定是假的？"陈刚说："现在市场上但凡是好酒就没有什么真的。"说着就想拦着大家不要喝，没想到却遭到了亲戚们的一致反对。老姑夫说:“假就假,现在除了人还是真的,哪还有什么是真?大不了是酒精多点,没事儿,喝点儿,解解闷,也解解乏。”

于是男士们在这屋推杯换盏,女人们在那屋笑声连天,倪萍和赵忠祥也出来在电视里报幕了。整个过年的气氛已经闹得足足的。爸带头频频举杯,一家老少爷们儿你推我劝,脸上的汗毛孔都被酒精烧得支棱开了,话说着说着就渐渐离谱,不知不觉就拐到了旁边一巴拉。

爸说:“小雷子,咱们陈家的男人,今儿个都到场了,就差了你爸,你就替你爸喝一杯。”

座下的几个外姓姑夫也并不以为醋,晕晕乎乎地举起杯来说:“来,来,小雷子,你是你们陈家这一辈里最小的,你替你爸喝一杯。”

小雷子面对姑夫伯伯们的盛情,一仰脖,傻乎乎地二两烧酒灌进肚了。

老姑夫抹了一抹嘴巴说:“小雷子行,小雷子像他爸,现在也是劳模、工会委员,还是厂团支部书记,将来呀,也是块当厂长的料,说不定还会超过他爸。”

小雷子说:“唉,没啥奔头。早知今天,还不如当初好好学习,也像我大哥似的,考上大学,进机关,就不用当工人这么挨累,还总担心被解职下岗了。像我爸,最后混上个破厂长,整天操心巴拉的,也没啥意思。”

大姑夫说:“雷子呀,你不知道,你爸这辈子,不易呀!小时候家里穷,没钱上学,为了能让你大伯把学念完,你爸连小学都没毕业就回家帮你爷卖菜种地了。后来进了城里，十四岁你爸就进厂当学徒，可没少挨师傅打呀，愣是一点一点磨出徒，给打成材了。也跟你现在似的，当劳模，进党校，保送上大学，熬上了厂长。你爸从放猪娃当成个厂长，吃了多少苦，受了多少罪！雷子，你可得帮着你爸，可不能跟你妈一道在家挤对你爸。”

小雷子说：“咱家我妈其实就是心疼我爸，当厂长得罪人，我妈总担心我爸受人欺负，出个意外啥的。”

老姑父说：“你看看，你看看，到底是母子一条心，处处向着他妈说话。雷子啊，劝劝你妈，回家别总跟你爸吵吵，也别提给你爷和你奶合坟的事儿了。多闹心，也不合理。”

小雷子说：“我妈那脾气，我可劝不了。再说那是你们上一辈人的事，我怎么好插嘴？”

大姑夫抿了一口酒，长叹一声道：“唉，雷子，你还小，你没赶上。你妈这辈子跟你爸享了不少福，说实话也遭了不少罪。你爸娶你妈的时候，你奶奶不同意，嫌你妈是个唱戏的，愣是不让你妈进门儿。你爸是个孝子，可就在这件事上拂了你奶的意，领你妈俩人搬出去过了。你妈和你奶婆媳俩这一辈子就落下了怨，临到你奶死都没有和好。整得你爸在中间也受了一辈子的夹板气。”

小雷子说：“我奶可真是死脑筋，她自己就是童养媳出身，倒还要嫌乎我妈是个唱戏的。唱戏的有什么不好？我妈那评戏唱得多好听啊。”

大姑夫说：“你们小孩不懂，旧社会唱戏的可是属于下九流，更何况你妈跟你爸闹恋爱那会儿，你爸正当青年劳模，披红戴花，敲锣打鼓、大红喜报送到家。那时候的劳模可不像现在，那时候当劳模要多风光有多风光，光荣啊！你奶咋能允许劳模儿子跟一个唱戏的在一起？”

小二不爱听他们老叨咕这些陈年旧事，就故意装作醉醺醺的样子在旁边打断说：“大……大姑夫，你就别……别大过年的给俺们忆……忆苦思甜了，我二叔二婶要是不结婚，哪……哪还有小雷子跟他姐小娟了？”

陈刚爸说：“算了，大姐夫，别跟他们这辈人说，没用。我算看透了，这群小没良心的，根本就啥也不懂得。还想指望他们孝顺哪，哼……”

陈刚、陈强还有小雷子互相挤咕挤咕眼儿，没吱声。

爸说：“大姐夫，这个家你岁数最大，还得听你拿个主意。老二媳妇既然都把给咱爹娘合坟这事提出来了，咱也不能不把它当成个事儿考虑。”

大姑夫思忖一阵，很为难的样子说：“这事儿呢……不给老人合坟吧，老二媳妇不干，老二在家里不得安生；合了吧，老太太临下世前特地嘱咐过，不让合坟……”

爸脸色红红地说：“咱现在就别考虑那么多了，这个坟不管是合不合吧，咱娘在浑河那块溜都待不住了。去年夏天发大水，只要再一漫过河堤一点，咱娘的坟就得给淹了……”

小二接嘴说：“哎呀，爸……爸呀，瞅你说的，水要是再……再漫过来一点，别说是我奶的坟啊，就连咱们沈阳城啊，都……都得整个给淹喽……水、水火不认人哪，哪还认得坟？”

爸朝小二瞪了一下喝红的眼睛:“去！哪儿有你说话的地方？一点正经都没有。”

小二吐了吐舌头,嬉皮笑脸躲一边去了。

爸又转头对大姑夫:“大姐夫,我估摸着,咱娘的坟早晚都得挪。那地方已经靠近高速公路边上了,不怎么安全。”

大姑父说:“挪哪儿？挪东陵咱爹那边去？”

爸说:“不行,东陵那边爹的坟也快搁不住了。有一个什么中外合资厂正在那块溜征地,我看也快征到爹的坟边上了。还得勤盯着点报纸上的迁坟征地启事。这年头,活人日子不好过,死人也给闹得不安生。”

老姑夫说:“那就只好到公墓去。听说灰山那块正在建公墓,咱厂子一个同志正张罗着给他家老爷子在那儿买一个位儿呢。”

爸说:“买一个位儿要多少钱？怕要上万吧？”

老姑夫说:“不止。我听说一个单穴就要两三万,要是把咱爹娘挪到一起,少说也要五六万。”

爸一沉吟:“那么多？……怕是要各家往一起凑了。”

大姑夫腮帮上的肌肉动了几动,半晌才慢吞吞地开口:“是……贵了点。这会儿各家都挺紧张,都有难处,厂子里不景气,开不出来工资,攒下的那点钱还得防备公房改革交费,还有将来孙男嫡女孩子们的上学交费,一时要掏出万把块,怕是都拿不出来啊。”

一涉及具体的钱的问题,酒桌上立时沉寂了。老的小的都不说话,无滋无味地咂摸酒。气氛闷得不像是过年样。

还是小二首先打破沉默，异常亢奋咋咋呼呼地喊："快看啊，快看啊，赵本山出来啦啊，老赵来啦！"又冲着对面屋大叫，"妈！妈！你快过来看赵本山，快到这屋来看彩色的。"

妈以及几个姑姑颠巴颠巴挤进来，嘴里还不住地念叨："哎呀妈呀，不是说赵本山的节目给刷下去了吗？这咋地又有啦？"

小二说："刷谁也不能刷赵本山，没有老赵这台晚会俺们还看谁？"

爸的眼珠儿直勾勾地盯在荧屏上，嘴里不耐烦地截住小二："快住嘴快住嘴！听你的还是听赵本山的？"

赵本山的三鞭子很快就抽完了，不知怎的，众人心里边都微微地有些失望。三姑一边往外走嘴里一边说："春节晚会是越来越没意思了。"妈也跟在后边嘟嘟囔囔地说："赵本山还挺主旋律的呢哈？"

正说着，门铃"丁零零"响，爸说："去看看谁来了。"小二过去一开门，二叔风尘仆仆一脚踏进门来。

8

"爸，可把你给等来了，俺们老陈家今天可就缺你一个人。"

小雷子嘴里招呼着，殷勤地给他爸倒上酒。陈刚叫了一声"二叔……"，就有些感慨得说不出话。才两年不见，二叔的头发竟然花白了，尤其是两个鬓角处，白得厉害，背驼得像是被什么东西使劲给压弯的。脸上黑瘦黑瘦，皮肤里的水分都被东北的冬天给风干了去，只剩下发皱的皮紧裹在脸架子上。唯有那双眼睛，仍然是陈刚所熟悉的，大而明亮，如一头负重的骆驼的眼，吃苦耐劳，任劳任怨，竟看不出有半点怨悔的情绪。这就是他的二叔，为这个大家牺牲了一辈子、奉献了一辈子的二叔，上托着哥哥姐姐，下拉着弟弟妹妹，又要不断在娘和媳妇之间调停说和。一辈子，净受苦净受气了。等熬到给爹娘送完终，弟妹也各自立业成家，二叔也把自己给熬老了、熬干了。眼望着面前的二叔，陈刚却总要情不自禁地想起小时候看见的那个一米八〇、浓眉大眼的美男子，那个披红戴花的朝气蓬勃的英俊形象。

“二叔，你先喝口水。”陈刚端一杯水到二叔面前。

“噢，小刚，咋样啊，在北京还挺好的吧？”二叔亲昵地伸手揉了揉陈刚的头发，“我大侄儿比上次回来胖点了。在那块儿工作还行啊？”

“行行，有啥不行的。二叔你这过年也不休息？连个年夜饭也吃不团圆？”

“唉，休息个啥，”二叔叹了一声说，“企业那么多下岗的工人，不得去看看哪，有没有吃不上饭的，有没有过不去这个年的，得下去走走，安慰安慰。咱东北的工人可不像一般的工人，东北人火气大，劲儿冲，一旦把怨火集体撒起来，那家伙，谁也扛不了。”

二叔转头又问小雷子：“你妈跟你姐她们没来啊？”

小雷子说：“我姐去她老婆婆那儿了，我妈说她头疼，今儿个不来了。”

“竟瞎扯。那她一个人留在家过三十儿哪？”二叔有些不放心地说，“雷子你快点吃，吃完早点回去陪陪你妈。”

陈刚说："二叔，你是不是在家又跟我二婶闹意见了？"

二叔头一低，干咳两声说："咳咳，哪儿有的事儿。老夫老妻了，有啥可闹的。"

陈刚笑着说："真没有假没有？我可听说你又偷着从家里拿钱上厂里……"

二叔急了："别瞎说别瞎说，肯定又是听你爸瞎说的。拿什么钱拿钱，我那只不过是先垫一下，又不是说不还了……"

陈刚说："二叔，不是我这个当侄儿的多言，本来这就是你的不对，也怨不着我二婶。早些年你不就因为背着我二婶偷着给我奶钱，俩人就总吵架吗？二叔，你大侄儿现在好歹也叫个国家官员，也是个拖家带口的人，也是刚刚才整明白，忠孝是忠孝，家庭责任是家庭责任，可不能全给搅和到一起……"

二叔说："得得，小刚，话说是那么说，可实际上哪儿掰扯那么清去？不总得有个先有个后吗？搁你你能怎么做？"

爸这时也进来插话说："就是的，小刚，你听听你二叔说的才在理，哪像你和小二，才做了几天官儿，就六亲不认开始忘本。"

陈刚生气地冲着他爸："爸，我说你到底站在谁的一边说话？你看你看，你让我回来做工作，我这才刚开始做，你就进来掺和，你到底还让我说不让我说啊？"

没等爸说话，妈在那屋嚷嚷："都别吵吵，别吵吵了，十二点了，都过来吃饺子吃饺子。"

于是大家暂时把这些烦人的话题撇开，眼神投放到电视上。电视里这时"当当当"的报时钟响，接着又呜呜嗷嗷又蹦又跳地开始团拜，主持人一个个情绪亢奋，嗓音都已不是正常的调儿了。画面上花花绿绿闹闹哄哄，也分不出个完整的人和物。往年的这个时候，全家人就该狠劲出外放鞭，崩一崩一年积下来的晦气和邪气。今年的鞭不能再放，就只好哑么悄悄地吃饺子。热气腾腾的饺子端上来，一家人拿着碗碟，蘸着又酸又辣的腊八醋，忙着品尝好几年都不见的猪肉酸菜馅儿。刚尝没几口，正在这儿夸“好吃，好吃”呢，就听门铃连续地响，众人都纳闷：这大年三十儿，深更半夜的，谁这时候还来串门？

妈先走过去，从猫眼里往外观瞧。见来人不认识，像是个年轻人，穿着厚厚的军大衣，手里头还提拎两瓶酒和两个果匣子。妈站在门里警惕地问：“你找谁呀？”

来人在门外答：“我找老陈家，陈师傅在这住不？”

妈又问：“你找哪个陈师傅？”

来人说：“俺厂子陈厂长，陈忠孝厂长。”

妈一听：“老二，是找你的。”

二叔从门里往外一瞧：“是俺厂子青工杨铁蛋，他爸老杨是带我出徒的师傅。他咋找到这块儿来了？”

一边纳闷，一边打开门把人放进来。杨铁蛋一迈进门就说：“那啥，陈厂长过年好！我是特地来给您老拜年来的。”

二叔挺奇怪地问：“铁蛋子，咋找到这儿来的？”

杨铁蛋说：“我一晚上都找了好几个地方，最后到您老家里去了，还是您家里我大姨告诉我你有可能在这块儿。”

二叔一听，辈分有点乱，差不点想乐。杨铁蛋他爸外号叫“杨大拿”，是厂里的老工人，技术那叫真正过得硬，一个大字不识，却能将车、钳、铣、刨样样精通，一提起来厂子里没有人对他不服气的。二叔能摊上这么个师傅带，也算是他的造化不浅。眼看着徒弟茁壮成长，师傅也就一天天老了，退休了。杨铁蛋是属于照顾，接替他爸的班，这才进了厂，穿起了工作服。只可惜这小子有点浑，在学校时就调皮捣蛋，进了工厂还屡教不改，又仗着厂长是他爸的徒弟，就以为天老大他老二了呢，技术不好好学，上班还吊儿郎当，这次一下子就给整下岗了。离了岗，失了职，这下子他才开始有些傻眼。

进了屋，二叔让他坐下，心里明白他这是来者不善，一直对下岗不服，可能要有点说道，就耐心等着应付着，嘴里还得跟他没话找话说："啊，那什么，你爸你妈都挺好哇？我这两天忙，没顾得上，等过两天抽空过你家去看看去。"

杨铁蛋说："啊，不用不用，我爸知道您当厂长忙，特地叫我来看看，还让您多多批评、教育我。这不，过节了，也没啥拿的，就拎了两瓶酒过来……"

二叔说："铁蛋，你来看看我就看了，这酒，你拿回去，你又不是不知道，我平常是烟酒不沾。"

杨铁蛋说："那哪行，您老可一定要收下。"

二叔板起脸说："我说拿走就拿走，就算我孝敬你爸的。"

杨铁蛋一听急了："陈厂长啊，看在我爸的面子上，您也得照顾照顾我，不能让我回家待业啊。"

二叔一听，拐到正题了，把脸板得更紧说："铁蛋，不是我不给你面子，你想想你给过我面子没？哪怕你能赶上你爸一个小手指头呢，也不至于落到今天这个地步。”

杨铁蛋急哧哧地说：“厂长，厂长，求您原谅我这一次吧，只要这次厂子里能留下我，让我干什么我都干，就是别让我丢了这个饭碗。家里我媳妇也刚刚下岗，儿子今年夏天就该上小学了，还不知要交多少钱呢。厂长，厂长，看在我爸曾带过你的面子上，求您再让我在厂里继续干吧。”

二叔的脸绷得像块石头，一点表情都没有。

空气一时僵住了。妈这时端着一杯茶进来客气地说：“那什么，小杨，喝点水，这大过年的，跑这么大老远。”

杨铁蛋一看，像抓住了一线转机，冲着妈说：“大……大姨，求您替我说说情，让陈厂长别把我整下岗。”

妈刚张口说：“啊，是啊？……”二叔就厉声打断她：“大嫂，你回屋。这事跟你没关系。铁蛋，今天这种结局都是你自己造成的，你就别再指望厂里什么了，要我说啊，你趁早到人才市场上去找一找，去晚了怕是也没了机会。”

没想到杨铁蛋脸一白，呼地一下站起来，用手指着二叔的鼻子，扯着嗓子大声说：“姓陈的，没想到您能这么不开面儿。可别给您老脸不要脸，放着敬酒不吃吃罚酒！”说着，从袄袖筒子里“嗖”地亮出一把三角刮刀，明晃晃地就冲二叔奔过来了。

妈给吓得尖声惊叫：“哎呀哎呀，杀人啦，杀人啦！快来人哪！”

小二陈强从那屋一个箭步就蹿过来，高声吼道：“谁？谁？谁想干啥？”进来一见，杨铁蛋正拿着刮刀紧逼二叔，二叔步步后退，已被逼到了立柜角。小二手疾眼快，抄起一把椅子就砸了过去，喊里咯喳,几下子就把杨铁蛋给拐别在了墙角上,脚下同时一使劲,抬腿就在他软裆上来了一下子。疼得杨铁蛋龇牙咧嘴直冒冷汗,刀子一扔,双手捂住裤裆颓软下去。小二把椅子哐当撂下,就劲把杨铁蛋双手反剪到背后,一手薅住他的头发往后揪着问:“就你小子也敢牛逼?也不睁眼看看你这是在啥地方!今天你是想怎么的吧?要死要活由你选。”

杨铁蛋脸色蜡黄,嘴里带着哭声说:“饶了我吧大哥,我错了。我家里上有七十多岁的老父亲,下有等饭吃的老婆孩子,大哥你就饶我一条命。”

“算了,小二,放了他吧。”二叔用惊魂未定的嗓音给杨铁蛋求着情。妈也在一旁惊吓不小地说:“小二呀,你快把他整走。”

小二愤愤地使劲用膝盖在杨铁蛋后腰上顶了一下:“哼,快给我滚吧。今天我把话撂在这儿了,你小子要是敢再起屁,看我怎么捏巴死你!滚!”

随后使劲一推搡,就把杨铁蛋摔巴出门去了,随手又把他拎的点心和酒一块给甩出去,嘴里可劲嚷嚷着说:“小子哎,你听好,你们厂长要是有个什么三长两短,看我不连你全家老小一窝端!”

妈使劲往回拽小二,不停地揉着自己的胸口窝,还一个劲儿地批评小二说:“别吵吵。大过年的,那么大声吵吵个啥,让左邻右舍都听见了。”

妈无论如何也没想到,小二的最后几句话竟不幸成了谶语,更大的灾祸已经在后边等着二叔了。

9

二叔让人给打了。

正月初三的下午，二叔在去职工家里探望回来的路上，被几个蒙面人给从后边跟上来给打了。那些人出手可真是太黑了，一看就知道是专业打手，总共也就只干了三下：照准颅骨一棒子醢下去先给撂倒，接着对准软肋再狠抽两道。绝对不会给打死，又绝对给打得奄奄一息。打完以后眨眼之间撤退离去，一点可供侦破的痕迹都没有留。手法简直是娴熟到家了。

消息是小二最先知道的。小二那天恰巧在单位里值班。一个做好事的出租司机用电话传呼小二。出租司机在路口拐弯处碰到了横在地上的血肉模糊的二叔，差点没给吓得半死，想绕过去跑，却老半天都没挪得了地方，手脚都不听使唤。缓过神儿来，司机才战战兢兢下去往车上抬人，拉着就往医院开。到了急诊室，小护士不收，说凡是流氓打架斗殴的，医院一律不收。司机火了，破口大骂："你妈×，你家六十多岁的人还能去打架斗殴啊？你可给我睁大眼睛看着，我送进来的可是活的。剩下的你们给我掂量着办。"小护士吓傻了，也不知对方是什么来头，赶紧找人，往医生家里打电话。司机从二叔身上翻出证件本通讯录，一看税务局陈强的名，认识，在朋友家一起喝过酒，立马从急诊室往小二那儿打传呼。电话一通，司机就说："你是陈强啊？赶紧到医院来吧，你家老爷子出事了。"小二一听，脑袋"嗡"的一声，问："啥？你说清楚点。"司机说："你们老爷子被人给打了，伤得不轻，赶紧来吧，晚了怕是看不见了。”小二急了：“你他妈的给我说明白，谁被打了？”司机也急：“陈忠孝，你家老爷子。”陈强一听，心里又是“忽悠”一下子，腿也软了，脑袋里也全明白了，结结巴巴地说：“好，你等着，我马上就到。”又接了一句“谢谢”。

放下电话，慌里慌张打车往医院跑，拎着单位的手机，一路上把各家亲戚全通知到了，没有一个不被吓得脸色煞白。

小二到医院时，亲戚们也差不多前后脚跟到。二婶家离得远，是最后到的。陈刚看见二婶哭着喊着一头就扑进来：“我那短命鬼啊，你这是自己找死啊，你说你当这么个破厂长干什么啊……”二姑上前揽住二婶说：“桂芝啊，你冷静点啊桂芝，老二他现在正在里头急救呢，你可别太激动，看伤着身子骨。”

二婶依旧不依不饶，哭天嚎地地当着众亲戚数落：“我的命好苦哇！我为你们老陈家操心了一辈子，咋就落到这地步了啊！自打进了你们老陈家门，我可就没得着几天好哇，贪上这么个窝囊废男人，里外都跟着他受气。现在谁个厂长的老婆不是穿金戴银的，可我除了跟他担惊受怕，哪享着什么福了，如今连人命也快要搭上了，我就差成了寡妇。死老头和老太太啊，你们行行好，在地底下保佑你们活着的儿女过几天消停日子吧……”一把鼻涕一把眼泪的，像是哭丧。

亲戚们也不敢使劲劝了，心情差不多都跟她一样的悲戚，一个个蔫头耷脑、有气无力地等在手术室外面。小二脸色煞白地说：“那啥，二婶你别哭，看我去怎么整死老杨家那小子。”说完戴上帽子往外走。爸一把把他薅回来：“小二你快给我回来！咱家躺下一个还不够受吗？你还要再添一个是咋地？你是不是想把你爸这把老骨头也搭进去才算完哪？”

小二一耸动身子：“爸你别管，我自有办法。”说完“嗖嗖嗖”地就蹿了出去。妈跟在后边不住地招手吆喝：“二呀，小二，你快听你爸的话，快给我回来……”小二头也不回，气冲冲地大踏步走了。

陈刚盯着悲痛欲绝的二婶，心里有如乱麻一般扭缠搅拌着不是个滋味。这就是那个他熟悉的，打小就崇拜、热爱的二婶吗？年轻时候的二叔二婶，真是一对郎才女貌的才子佳人，走到哪儿都显眼。尤其是二婶，鲜亮、俊俏，往人群当中一站，身段一拿，一个眼神、一句唱腔，立时就能把众人的目光吸引过去，整个迷倒一大片。那时日子过得虽穷，却时时对未来充满了希望。可眼前的这个二婶，苍老、疲惫、邋遢，年轻时的精神气儿一点都没了，像是被什么压垮似的，连那眼神都是无力的、浑浊的。

陈刚的心里不由得一阵阵发酸。

二叔的手术动得还算凑合，已经能醒过来，多少明白点人事儿。做手术的大夫被陈家用红包给打点过，要不然，谁会在大年初三就来给你上手术台，认真做这么大个手术啊！红包是陈刚出的，不是几百块钱一个的小红包，而是两千块钱的一个大红包。媳妇柳青大度得很，二话没说就掏钱了，临领孩子回北京，还一再嘱咐陈刚该为家里出什么力就尽可能地出力，别有什么舍不得。陈刚感激涕零地把他们娘俩送走，让她替自己到单位请假，他自己回到家里继续处理二叔的事情。

杨铁蛋作为最大的打人嫌疑犯，已被整进局子里蹲着。那小子还装傻，死不承认。出事那会儿，他正在老丈人家搓麻将，有不在现场的证据，但不排除是他出钱雇了黑道上的人干的可能。又一想他家里穷成那样，哪还有闲钱雇人去打人？小二陈强不管那些，小二对公安局里的小哥们叮嘱："哥几个，你们先给我把他胖揍几顿，圈几天饿瘦他再说。"小警察说："哥们，我们也不能随便打，得有证据。"小二急了，说："我操！我们家我叔都要被他打瘫了，这口气我说什么也得找回来。你们不帮我是不？"警察说："我们调查了，你叔六七千人的厂子，下岗的有三分之二，谁知道哪个跟你叔憋着气啥的背地里干的？也不一定是杨铁蛋。"小二说："好，你们不够哥们意思。你们不打，我打。"警察说："哥们儿你可别，现在这种事情太多了。我们会尽量优先给处理你这个。"

医院里前来探望二叔的人缕缕行行从没间断过。工人们听说厂长出了事，一个接一个拎着罐头水果蜂王精营养液什么的都来了，探视时间不到不让进，就干待在外边等着。杨铁蛋他爸爸杨大拿，也颤颤巍巍拎着两铁桶"麦乳精"找来了，一进门，见床上躺着的浑身缠满绷带的徒弟，心疼得连胡须都颤巍巍的了，走过去，手摸摸，脚摸摸，"扑通"一声，顺着床沿跪倒，老泪模糊地说："二陈子呀，师傅对不住你，师傅养了一个孽子……呜呜呜……"

二叔费劲地扬了扬手，一旁的二婶赶紧过去把杨师傅扶起来。二叔有气无力地说："师傅啊，是我……我对不住您，我没把咱厂……厂子带好，让工……工人们跟着受委屈了，我……我对不住大家……"老杨师傅听了，忍不住"呜呜呜"放声大哭了起来。在场的几个工人也看得眼泪瓣直往下掉。一个女工抽抽搭搭地说:“那啥,陈厂长,你可一定得好起来呀,咱厂子千八百号人可都等着你呢……”旁边几个工人也附和着说:“陈厂长啊,你可不能倒下啊,咱厂子还全指望你哪……”

二婶在一旁默默地听着,眼眶子也有点湿润了。

10

合坟的事终于被提到了议事日程。经过了一场灾难的打击,二婶完全失魂落魄,又完全地走火入魔,更加坚决地认定,地面上的这一切灾祸都是由于地下的老人没有合坟而造成的。陈刚想上去劝劝她,想跟她说这一切都不关合坟的事,二叔的挨打跟合坟并不成什么因果。同时还想从大道理上给她讲一讲,经济转型引起的人际关系的一系列变化,以及什么什么少数人既得利益的受损、个别人职业的重新选择等等的大理论。可是一看到二婶那副悲痛欲绝、心碎欲裂的样子,忽然又什么都不忍心说了,就觉得自己非常地迂腐可笑,甚至还有了几分可恶。面对一个饱经风霜、饱受折磨的普通妇女,一个劳碌、操心了大半辈子的妻子和母亲,眼下她的亲人正躺在病床上受着生死煎熬,自己却要道貌岸然地去给她大讲生产力和生产关系,这简直是太愚蠢、太没人味儿了。

家庭会议在一片悲戚的气氛里举行。二叔一出事,大家伙好像一下子都被打蒙了,恍然间倒忘了去追问二婶提出的合坟一事的合理性。迷迷糊糊地,倒真觉得像是老祖宗在冥冥之中主宰着儿女们的祸福。于是每个人的心里都不禁悚然。唉,事已至此,合就合吧。如今死的活的只能顾一头。爹娘的坟反正已经待不长了，迟早都要挪。全家人商量着，先把陈刚奶奶的坟迁到东陵山上，和他爷爷的临时埋在一处，以后再慢慢攒钱买墓地、修碑，到时候把二老的坟一块挪进去。

一直没表态的二姑在底下犹犹豫豫地小声嘟囔："不是清明，也不是七月十五，哪有正月里动土惊动阴间的……"

二婶一听就炸了："啥？不能正月里动土？还没有正月里打人的呢！你们非得看着人给折腾死了才算心里安稳哪？正月里不能动土？老太太就是在正月里死的，你们耽误一天埋了吗？"

众人都不吱声了，知道老二媳妇受的刺激太大，有些歇斯底里。就谁都避免去招惹她。

二婶意犹未尽，泄起气来就收不住："你们从来就不拿老二的事情当回事，用不着他了，就把他一脚踢开，像踢一条狗似的。忘了他是怎么给你们老陈家老牛拉破车，拉扯你们陈家老的小的了？要是早按我说的合坟，哪还会出今天的事儿？老二的病就是好了，人是呆是傻还难说呢……"

说完，又"呜呜呜"地顿足捶胸大哭起来。

一大家亲戚神色忧戚，面面相觑。

正月里去挖坟，实在是一件愚蠢而迫不得已的举动。雇民工挖坟也雇不到，只好是爸和姑夫领着陈刚、陈强、小雷子、三斌子，以及二姑、三姑家的几个男丁扛着铁锹和铁镐直奔坟地。女眷们要去，被爸给拦住了，怕她们受不了刺激。其实兄弟几个每个人的心里也都胆儿突的。

“半截美”载着几个人呼呼地往浑河方向开。突然间就变了天。前两天还暖得要命，肉放屋外窗台上都冻不住，转眼就刮起了北风，卷着细碎的雪花，斜着朝人的脸上、身上打。刺骨的寒意让陈家的男人们从上到下冷了个透。埋了十来年以后，也不知道地下的尸体会是个什么样子？如果是例行公事，去挖什么别人家的坟倒还罢了。如今是去挖自己的祖宗，他们几乎每个人都沐浴过她老人家恩德的祖宗，这要是挖出一堆骷髅白骨来让他们这些后人可怎么忍心看?!

陈刚的腿有些发软，手也哆哆嗦嗦地握不住锹把。就要见到一手将他带大的奶奶了。不是在阳间，而是在地底下、在冻土层里。陈刚一想起来就有些怕。事先虽然设想过种种可能，想象了一下各种处理办法，想来想去，最终还是决定要把尸骨殓起来，先送火葬场火化，然后再往东陵埋骨灰盒。若埋骨殖，人体二百零六块骨头，占好大一片地，以后进公墓不太合适，买不起那么大的穴位。只能是到火葬场去炼，炼完收入骨灰匣。

奶奶的坟就在眼前。也不过就是河滩地面上一堆小小的隆起。这样的土堆一转圈有很大一片。当年给奶奶入土下葬时，陈刚还特地在奶奶坟边插上了两棵杨树苗作为标志。十来年过去，杨树苗已长得碗口粗，快成了大树，树枝子正在风里摇摇晃晃地发抖。大年三十儿时陈刚、陈强他们给奶奶上坟烧的纸灰还没有被风吹净，留下星星点点的黑斑。一群乌鸦“嘎嘎”哀鸣着在冷风里飞过，陈刚仿佛听到奶奶在冻土层下喊：“不要炼我！我不跟那死老头子埋在一起……”

陈刚的心颤颤的，猛抖了几抖，眼泪刚欲盈出眼眶，却又迅即被西北风无情地给在眼里风干了。

爸给每个人递过一根香烟。陈刚也接过来，叼在嘴上给自己驱寒壮胆。战战兢兢挖了将近一米深时，已有了朽木的碎片。子孙们都停下手，呵气，有些怕，不敢再往下挖。

爸拿出预备好的酒和纸钱，往坟周围一转圈儿洒上，然后又“扑通”跪下：

“娘啊，惊动您老人家了。您也不想眼看着儿女们受苦是不？您就委屈跟爹到一处吧，我们保证孝敬您，逢年过节给您老人家送吃的、穿的。您就原谅儿女们的一次不孝吧。”

说着，爸“哐哐哐”在坚硬的冻土上磕起了响头。黄土末子沾满了乱蓬蓬的头发。陈刚他们看着，心都跟着乱了，也跟着跪下，磕了几个响头，然后站起来，六神无主地重又攥起了铁锹。

还没等他们继续往下挖，却见一辆红色夏利疾驰而来，又一辆黄色出租车紧随其后。头一辆车里下来的是头缠绷带的二叔，后面车追来的是二婶和她家闺女小娟。

二叔跳下车，踉踉跄跄地嘴里大声喊着：“在哪儿？在哪儿？你们想干什么啊你们？”

众人都愣了，谁也不敢回话。

二叔歪歪斜斜地走过来：“谁让你们挖坟的？谁让你们挖的？啊？娘过世时说的话你们都忘了？”

“二弟……”爸红着眼圈，哽咽着说不出来话。

“你们这就忘本了？就不听祖宗的了？”

二叔血红着眼睛，疯了似的，拨开众人，“扑通”一声跪到坑边，拍打着黄土，仰天长嚎：“娘啊娘啊，儿女们不孝啊，不让您老人家得安生，儿对不住您啊……”

说完匍匐往前跪爬了几步，大头朝下一头栽进坑里，嘴里不住哭喊着：“你们挖，你们挖，要挖，就连我也一块挖走吧……”

“爸呀——”小娟“嗷”的一声喊着扑了过来，小雷子也紧跟着往前扑。

“二叔——”

“二舅——”

哭喊声惊天动地地响成一片。

“我那短命鬼哎——”

二婶也踉跄着扬了扬手，无力地喊了一声。

再一看二叔，已经蜷在坑里昏过去了，绷带上渗出了滴滴鲜血。

二婶惊急得在一旁抽起了羊角风，嘴角不停地冒出白沫。

……

11

正月十五，陈刚要回北京去上班了。妈眼泪巴叉的，有些依依不舍。爸低头寻思了一下，说：“走就走吧，你也得回去干你自个儿的事业。去跟你二叔道个别。”

陈刚拎着一些水果到了医院。见二叔一家人都在医院里陪他过十五。二叔脑袋上的绷带还没有拆下去,手臂上还插着输液管儿。二婶正在床头一小口一小口地喂他什么水儿喝。女儿小娟带着孩子围着他转来转去,小外孙一口一个“姥爷”“姥爷”的叫得甜+6。床头柜上堆的全是工人们送来的慰问品,点心、罐头、水果什么的堆得冒尖,像座小山似的。

合坟的事谁也不再提了。尤其是二婶,只字不提。两次将二叔从生死线上拽回来,二婶像是突然间想开了,看明白了,啥也不说、啥也不提了。

二叔拽着陈刚的手说:“刚儿,要走了?”

陈刚抚着二叔青筋暴起的手,轻轻点点头。

二叔艰难地喘息了一阵,费力地将气息调匀,说:“刚儿,家里的事,你都看见了。你可别往心里去,啊?二叔跟你说句心里话,二叔哇,文化低,念书没有你们多,大道理二叔讲不上来。二叔这辈子啊,就盼着你们这一代人能过得比二叔强。不管是到了啥形势,也不管是谁当了这个官,都得让老百姓有饭吃,让工人们有好日子过不是?谁走道的时候还不遇到点拐弯抹角的啥困难唔地呢?人哪,可不能说忘就忘了祖宗、忘了本。你在北京那旮旯工作,凡事都要长点心眼,别没事总跟着瞎哄哄。”

“嗯,二叔,你就放心吧。”陈刚的眼睛又不自觉地湿润了,喉咙里哽咽得说不出话来。

正月十五的车站广场上,闹花灯的队伍喜气洋洋。中老年秧歌队敲锣打鼓,披红挂绿,一个个勾脸描眉,把鼻子嘴巴都描画得分外喜兴夸张。老头老太太们、大叔大婶子们，扭着腰，耸着胯，扬臂踢腿，把一根根红绸舞得眼花缭乱，把一个个高跷踩得滴溜溜乱转。数百盏彩灯同时耀眼地亮了，天地间被照得一片鲜明。看热闹的人挤挤擦擦围了一圈又一圈，挤了一层又一层，全都兴高采烈拥到明亮的大街上，欢庆一年当中又一个喜庆节日的到来。父老乡亲们纵情地舞着、叫着、笑着、闹着，尽情释放、宣泄着他们内心的情感，无所顾忌地向世界展现他们永远都不会沉寂、永远豪放、永远达观向上的力量。

“锵锵，锵锵锵——”

“锵锵，锵锵锵——”

一声声震撼人心的锣鼓，直敲散了冬的凛冽，倾诉着人们对春的热烈期许。

“锵锵，锵锵锵——”

“锵锵，锵锵锵——”

铿锵的鼓声深深地敲在陈刚的心上，将他的心弦深深地震颤了。在火车徐徐开动的尖厉的汽笛声里，陈刚不禁倚住车门，久久地临窗回望。

故乡啊，故乡！故乡今在何方？

…… ……

1996 年 5 月 1 日于京西

招安，招安，招甚鸟安

1

我十岁以前的记忆力特别好。十岁以后的事情，大抵记不清了，也是因为那以后的事情实在发生得太多、太频繁的缘故。只记得十岁那年最后一件清晰地留在脑海中的事件是：英明领袖华主席，一举粉碎“四人帮”。我们跟在大人们的队伍后面上街游行，欢庆胜利。游行的队伍敲锣打鼓、呼口号、扭秧歌，吵嚷喧闹着走遍我们城市的每一条大街小巷。就在一个个密匝匝的游行狂欢的人脑袋的上方，伸出来一个接一个的巨幅漫画牌牌，每一张牌牌都足有学校里的小黑板那么大，那上面用黑粗黑粗的线条勾勒着奇形怪状的人物图像，他们一律噘嘴扭臀，歪鼻子瞪眼儿，看上去既丑恶又夸张，好玩儿极了。

十月，在东北，已经算是进入深秋。记得那天正下着淅淅沥沥的秋雨，雨丝带来了严冬即将来临的萧瑟信息。然而我们不怕，我们根本在乎不了这些。我们都穿着又笨又厚的秋衣秋裤，撑着家里祖传下来的破旧油纸伞，或者就蒙着一块简单廉价的旧塑料布，兴高采烈地加入到游行队伍中来，就那么一路不停地跟着跑啊、跳啊、喊口号啊，雨丝一落到一张张热气腾腾秋苹果似的孩儿脸上，立即化雾消散。

那天走的路程可实在是够远。我们从沈阳市东区的第五人民公社的大门口集合出发，一直冒雨走到隔开两个街区的一座大石桥，然后跨过矿山机械厂运煤的铁道，穿过“九一八”事变的柳条湖遗址，再一路经过故宫和皇太极陵，最后绕回大桥上走回去。虽然一路走走停停、停停走走，不断地歇下来喘喘换一口气儿，但我还是觉得，对于我十岁的小短腿来说，那条路线还是显得太长了，就好像走了一辈子那么长。郊区田野上小鬼子们留下的炮楼依稀还在，它们都缺盖少顶，在迷蒙的雨雾中如一堆堆阴魂不散、妄图复辟的坟茔。另一些烙着殖民地和亡国奴色彩的日式砖木小屋，也一幢挨一幢地在雨中散发着一片心怀叵测的寂静。不远处从从林立的工厂大烟囱里，喷吐着一簇簇蒸蒸日上的黑色烟雾，它们混混沌沌凝入雨中，同那些片片断断的殖民地残留建筑一起，构成了我所出生的这块土地上的一道独特风景。

游行队伍的口号呼得响亮，锣鼓敲得震天。不断有路边骑车和走道儿的人瞎掺和进队伍中来，莫名其妙地跟着游一会儿，游累了以后就自动掉队，接着又会添进新的看热闹凑趣的人。我们却是一直要跟着游到底的，因为我们是有组织、有纪律的红小兵团体。每隔一阵，我们就举起小拳头，啜起小嘴，像一群群发情的小狗那样朝天上纵声狂吠：“打倒张春桥！”“打倒姚文元！”“打倒江青！”“打倒王洪文！”被打倒的那些人物是谁我们也不知道，只知道在上个月的毛主席追悼会上，那个叫王什么文的，还在我们学校操场的大喇叭筒子里喊口令，让我们对着毛主席他老人家的遗像一鞠躬、二鞠躬、三鞠躬，声音软耷耷的。我们学校从一年级到五年级的小学生，全都立正站在东北九月秋老虎似的骄阳下，站得一动也不能动。光秃秃的大操场上，没有一棵树可以遮阳，也没有一滴水可以解渴，只有电线杆上挂着的大喇叭筒没完没了地“呜呜哇哇”。很快就有几个一年级小豆包支持不住，中暑虚脱倒下去了。一旁正忙着用手绢擦眼睛的班主任女老师，赶紧分出神来拧掉腮边一挂鼻涕，手脚并用把小学生抱到一旁的乒乓球案子上，从自来水龙头里接出一茶缸凉水，然后含在嘴里往小孩脸上喷。接着，就像得了什么传染病似的，小学生们噼里啪啦一个接一个往下倒。在我十岁记忆中的那个秋天大操场上，我们站着开的那个会实在是开得太热太长了。

我也有点站不住了，汗水一个劲地从脑门上往外泄，麻秆似的小细腿已经累得打晃，颤颤巍巍的。我想喝水，又很想上厕所，反正是难受得也不知道究竟是想喝水还是想上厕所。这个时候要是能够喝上一口水，或者到厕所里蹲上一会，该有多么舒服！可是老师不让。老师在事前就宣布了纪律，开会期间不允许喝水，也不许上厕所。我们就都乖乖的，谁也不敢举手向老师报告要求。老师还说，谁要是胆敢乱说乱动，谁就是“反动”。我们谁都不敢也不想变成“反动”，谁都知道“反动”是一种很坏的、很吓人的东西。所以我们就只得把尿和渴都使劲憋着。

低年级小同学一个接一个地躺倒，越发引逗起我也想躺倒一会的想法。这时我脑门上的头发帘都已被汗水粘在了奔儿头上，眼睫毛似乎罩上了一层水雾，什么也看不清，眼前的一切真的都慢慢地打起晃来。我的心也开始颤颤的,憋闷得要命,好像马上就要支持不住了。但我没有倒下,还是一直用上牙齿紧咬着下嘴唇,用意志力把自己要躺倒的想法顽强咽回去。毛主席追悼会这么大的事,我作为一名毛主席的红小兵,怎么能够不坚持参加到底呢?!我不停地移动着两腿的重心,一会倚靠左腿站一下,一会儿倚靠右腿站一下,嘴里边默默地数着数:一二三四五六七,八九十十一十二十三……数到一百就要开完了,数到一千就要开完了……数啊数啊,就这么数着,一直数着把追悼会站完过去。

后来,听大人们在私下传说,是因为有个叫"江青"的女人非要给毛主席翻身,其实毛主席那会儿已经病得躺在床上不能动弹,一动弹就要出危险,但是这个江青执意要给毛主席翻身,结果,毛主席就去世了。所以,我们红小兵有一千个理由、一万个理由痛恨江青,痛恨"四人帮",他们竟敢合伙谋害我们伟大领袖毛主席。因此我们一路上把"打倒×××"的口号喊得十分响亮,喊得杀声震天,喊得声嘶力竭。那个不知是从哪个厂子派来的大秧歌队,一路上都涂着花脸,披红戴绿,撕扯着缠在腰间的大红绸子,斜迈着哆唻嗦二百五的步伐,连蹦带跳,连说带笑,就跟个闹妖精似的,把狂欢的气氛一拨一拨往高潮顶点上发送。

那次载歌载舞的游行回来以后,我就冻感冒了,发烧不止,烧得三天三夜起不了床。就在那次发烧过程中,我的单眼皮中的一只烧成了"贼眼皮",也就是"横看为单竖成双"。"大眼睛,双眼皮,眨巴眨巴真撩人",一直是我小时候的美丽梦想。可那会儿我偏偏是个小黄毛,单眼皮、大奔头、豁牙子,虽说有股机灵劲儿,但在镜子里时常还是要自惭形秽。“发烧”这种事件可实在是太好了，它不但能使眼皮成双，还能让人的个头往上蹿不少。听说人的体温一高，细胞分裂拔节的速度就快。可是“发烧”它也有起副作用的地方，那就是三天以后当我醒来时，就变得蔫蔫晕晕，什么话也不爱说，什么故事也不能讲了。我的记忆力迅速下降，他们再让我鹦鹉学舌般背诵大人们写在书上的话，再让我去大讲革命故事时，我的舌头像被一个什么链条拴住了，动不动就爱在嘴里卡壳，不是忘了这就是想不起那，再去活学活用讲点什么的时候，总是磕磕绊绊显得不很灵光。我奶奶对我的基本评价是：“这丫头，越大越回陷。”

的确，那次游行活动是我童年时代最后一次狂欢。我所有谵妄的记忆都到那时戛然终止。

我奶奶说我“回陷”，自有她的理由。因为在那场发大烧之前，我一直聪明伶俐，懂事听话，大人叫做啥就做啥，会背书，会讲用，会大批判，会说“我将来要扎根农村一百年”。我当时听说有一些叫吴献忠、柴春泽、邢燕子的，曾经说过要扎根农村六十年，所以，在代表区里全体红小兵向毛主席表决心时，我就信誓旦旦，把双手紧紧捂在小胸口上，对着台下黑压压的小观众，无限由衷、无限激情地用诗歌朗诵般的声音吟诵道：“毛主席啊毛主席，我们红小兵，永远忠于您！我们一定要读您的书，听您的话，响应您的号召，坚决走与工农相结合的道路，上山下乡闹革命，扎根农村一百年！”

那会儿，在说这些话的工夫，我是按照我自己的小心眼的估摸，在心里边寻思着：一百年，怎么也比六十年多一点吧？

从此，红小兵要“扎根农村一百年”的豪言壮语就开始在我们那个区里流传开来了。这句话连同我的名字“徐小红”一起，差点就要继黄帅、杨莹之后继续作为“反潮流的小闯将”“红色江山掌门人”而变得家喻户晓、妇孺皆知。

可惜的是，我出生得的确是稍微晚了点，历史不给我这茬“徐小红”以家喻户晓的机会了。历史曲里拐弯，迈着十三点的傻叉步伐向前走着走着，不知怎的，就拐上了另外一条道儿，稀里糊涂就把我从“徐小红”这种“苗子”，变成了后来的“徐坤”这样的“种子”，试图让我从另外一个方向茁壮成长为向日葵。

“种子”一词，是在多年以后，当我已步入中年，已接近于一个十岁女孩的母亲那种年纪时，偶然从某家出版物地毯式传媒轰炸的标题导语中得见的。乍一看与我名字相连的这个修饰限定词语，色迷迷，汗津津，还略带一点点甜腥味，我的心里就猛地一沉，心想：糟了！肯定是我暗中喜欢某一球类男子的事情，被当成民间话本传扬了。细一看，方知，原来就是刊物集合了一群人搞擂台赛的那件事儿。写字的人们被集合编队，每一支队伍里，都选出一个人来担当“种子”，负责受孕、分娩、开花、拔节等事宜。对于一个中年女性来说，能够荣膺“种子”之角，起码证明还有繁殖能力，内分泌什么什么的还没有萎缩到底。这样一来，能当上“种子”这种东西，岂不是一份特殊的光荣么？

回头想想，我当年被培养成“苗子”，何尝不是一种大张旗鼓的荣光？

2

我当年当选上“苗子”的原因,只是因为我小时候十分胆小,听话,学习成绩好,守纪律,既不会骂人,也不会打架,从不曾违拗大人的意愿,大人说啥就是啥,老师叫干啥就干啥,一个名副其实的好女孩,整天被管得像个受气猫似的。这样一来,不光是班里那些调皮捣蛋、爱欺负人的男生瞄上了我,就连爱抓典型的老师也把我给盯上了。喜抓典型的人通常都是找学习成绩好、业务突出、性格上又老实可欺的人培养。

一个人要是仅仅因为胆子小,不会反抗,不会违拗家长意志,就要被当成“苗子”培养,说怎么捏咕就怎么捏咕,想怎么团巴就怎么团巴,蹂躏起来就像揉他们手中的一个小面团似的,致使苗子我永远都不会用自己的脑袋瓜思考,永远都是跟在别人屁股后边鹦鹉学舌,想想看,这样的“苗子”究竟是“幸”还是“不幸”耶?

后来,又是当许多年过去以后,在我已成了一名庄严的女性学者的那一年,市面上开始流行一本女性通俗手册,名字叫作《好女孩掉粪缸,坏女孩上天堂》。我一看这题目就乐了,心说这话也说得太对了! 如果早在三十几年前有人跟我这么讲,我还至于走过大半辈子当“好女孩”的弯路吗? 多亏了党的十一届三中全会“拨乱反正”,纠正了极“左”的错误路线,才给了我三十好几的女人以上天堂的机会。要不然,我这一生,该是怎样地在粪缸里扑腾啊?!

这本书的作者据说是一位美国妇女。虽然她讲的只是美国妇女的道理,但我看见中国的广大的三十岁往上的妇女同志们都举着它奔走相告，欣喜若狂。那些跟我一道搞女性研究的姐妹同仁们在读了它以后，都学会了用最最质量上乘的美国维生素 E 和法国润肤化妆品，遮盖住脸上当了一辈子“好女孩”的沧桑疲惫，同时还放弃了温良恭俭让的细声细气语调，无论在何等场合，都一律用后半夜的床上嗓子说话，“嘶啦嘶啦”地，性感异常、磁性十足诉说着对这个世界的愤世嫉俗理想。一旦把“好女孩”的贞节牌坊掀进厕所后，姐妹们立即观念解禁，躯体解放，一蹁腿儿翻身跨上白马，“老妇”聊发少年狂，左牵黄，右擎苍，信马由缰，平步上山岗，腾挪闪跃，叫床之声响亮。

好女孩掉粪缸，坏女孩上天堂。

3

苗子我当年最辉煌的时刻，莫过于胡同里、砖墙上、条条街道是战场，红小兵，斗志昂，革命故事天天讲。学大寨、小靳庄，批林批孔批宋江。

金灿灿的小葵花
向着红太阳
向阳院的孩子
心向党
爱学习爱劳动
天天向上
学好本领接好班
接好班

这是苗子我当年心中的一首歌。

苗子们大讲革命故事、宣传毛泽东思想的演出舞台，多半是在“向阳院”里的大空场上。什么叫“向阳院”？苗子我那时还不太懂，不能够对它做出什么完整的解释。但是，那时候，我知道，刚刚退完乳牙不久的我只要事事跟着，只要乖乖听大人们的话，就能被裹挟被夹带着参加，还能得到铅笔、小刀、橡皮等等的奖励。我们苗子们的宣传毛泽东思想的演出，从街道的社会主义向阳大院，一直演到委、组、公社、区里少年宫。像“公社”、街道、委、组、向阳院这些设置，大概就是那个年代里的基本行政区域划分吧？

苗子我当“苗子”的记忆，就是从过去年代的夜晚，从那一阵阵微风飒飒的街道空场上的大舞台开始。

记忆中那么多的无所事事、百无聊赖的夜晚，那么多轰轰烈烈、南风送爽的夜晚，“嘎嘶灯”一点亮，我们这些掉完牙总爱用舌头去舔，因而牙齿都普遍长得里外不齐的毛主席的红小兵们，就开始兴高采烈地登台表演了。

该跟你怎样描述我们当年演出的那种气氛，该跟你怎样描述当年我们钟爱的那种大“嘎嘶灯”的形状呢？那种“嘎嘶灯”可否就是人们所说的学名叫作“瓦斯灯”的那家伙？我也说不好，反正大人们的嘴里的音就是这么发的，我们就这样跟着叫。就是把一块一块臭烘烘的青白色石头样的东西放到一个洋铁皮水桶里，然后这些东西就开始跟水产生反应，咕嘟咕嘟冒出带臭气的热泡。这些臭臭的气泡能够燃烧。往洋铁皮水桶当中插上一根铁管，再把四周围盖严，就如同在屋顶立起一根烟囱那样，这时臭气便会都集中于这一根铁管里冒出来，火柴一划，“嚓”的一声，亮啦！蓝瓦瓦的火苗，向四面八方照亮开去，闪耀开去，光明极了！灿烂极了！

那是蓝瓦瓦的火苗耶！一层蓝瓦瓦的火芯，还镶着橘黄色的金边，柔柔地向高处蹿升，向远处荡漾开去。风一吹来，忽闪忽闪，带有一种瓦斯燃烧的臭臭的气息，飘动游弋出一股股梦幻般的色彩。

我童年时代忽闪明灭的“嘎嘶灯”呵！飘忽不定的徐徐臭气里，有我当年刻苦英勇当“苗子”的无邪梦痕。

闪闪发亮的大“嘎嘶灯”还不过是辅助性照明设备，舞台上端，还吊着两个二十五瓦的橘黄色灯泡可以照明。然而在那个物质普遍匮乏的七十年代，“电”是很珍贵的东西，一般人家都舍不得用，平时都用十五瓦或二十五瓦的灯泡，点一个四十瓦的灯泡就已经很奢侈，很有些地主阶级故意浪费无产阶级革命用电的嫌疑。因为那时的电表都是几户人家公用，多点的人要横遭大家谴责。而像这种公共场所的大型演出，也基本上是本着节约的原则，节省着每一度电为着我们的革命和建设。因而舞台上方吊着的小灯泡基本上就成了个摆设，照明的主角就是舞台中央那个洋铁皮桶的大“嘎嘶灯”。“嘎嘶”这玩意不像点汽油或点蜡那样要花钱，这玩意随便从哪个工厂的电焊工那里就可以讨弄到，点起来真是又便宜又亮。

向阳大院里的“嘎嘶灯”，因此就恨不能长亮不熄了。

就在那一个个童年的傍晚，那一个个城市阴晦疲惫、昏昧乏味的夜晚，你看吧，只要“嘎嘶灯”一亮，就像看到什么集合的信号，各种各样的动物：两条腿、四条腿、长翅膀、戴眼镜、长疥疮、秃脑袋的……就拉帮结伙地全来了。各种各样的味道也都手拉手凑齐，迎着灯光，扑面而至，各色各样声音，尖厉的、迟钝的、优柔的、粗糙的也都肩并肩踩着高跷蜂拥而来。北方夏季那些个凉爽的夜晚、那些个南风拂面的夜晚、那些个被夏季的苍蝇和蚊子搅得不得安宁的“嗡嗡嘤嘤”的夜晚，街道排水阴沟的臭气、院墙绳子上小孩褯子上未曾晾干的尿臊、谁家厨房里油烟未散的炸臭咸鱼的腥咸，都兴冲冲地卷裹进南风里一路朝向“嘎嘶灯”光妩媚翩跹。远处走来的是谁家的爷们儿，鞋后跟儿早已经踩扁，走起道来深一脚浅一脚像陷在泥沼里，可是还仍旧不屈不挠地将鞋帮趿拉着，手里摇动一把噗噗漏风的大蒲扇，把满嘴的大葱大蒜味儿很顽强地往四周围扇。那又是谁家的娘儿们，紫红色奶头上正吊着一个贪婪吸吮的孩子，一股股奶香或奶馊味冲出半敞着的怀儿，“嘻嘻哈哈”挤进夏天傍晚舞台下方一阵阵偶来的季风。风还把满地的废纸吹得优柔飘拂，那多半是墙上贴的标语、各种各样大字报的碎屑。阴沟和纸屑成为我们演出场景当中的重要组成者，“嘎嘶灯”闪烁和人声喧哗无情敲击着我们的视觉和耳膜。

我们这时都紧张兴奋地在舞台下方候着，小脸蛋儿都给抹得通红，小眉毛也给描得黢青，两瓣嘴唇涂得乌紫，眼睛给画得黑洞洞，活像一群群刚从坟地里偷吃过死孩子的小鬼们。那一只只黑乎乎的小鬼眼儿不停地觑眯着，打量着湖水般涌来的人民群众——究竟啥叫人民群众？眼前的这些就叫做“人民群众”耶！我们的小胸口都"怦怦"乱跳个不停，那里边似乎都深藏着一股股化蛹为蝶立即变成小飞蛾扑火的冲动。我们的小眼珠儿这时简直都不够用，叽里咕噜乱转，手臂没有地方放，脚掌也没有地方搁，就那么的大家互相靠在一起，"挤啊挤啊挤香油啊，挤出来粑粑换糖球啊"。我们嘴里边假装说说笑笑，手里边忙乱地打打闹闹，不停地动作着、动作着，给自己找一点事儿干，试图以此来化解掩盖内心里的紧张。

舞台，此时正沉睡在我们的头顶上方。那个阔大幽深的木头长条搭起的舞台，凝滞不动又仿佛总在随风起舞的舞台，沉静地躺在我们头顶的上方，仿佛暗夜沉浮的一艘大船，摇曳不定，不知道方向。它是从来就有的，还是人们后搭上去的呢？我们不知道，谁也不知道，好像在我们出生之前它就已经立在那里了，好像我们出生之前几百年、几千年它就已经存在了。那个黑黢黢、阴沉沉、无边无际、无法无天、无缘无故、无遮无拦、无怨无悔的人生大舞台，像个魔障，像个梦魇，像个磁场，像个旋涡，我们这些小人儿不由自主地被吸附进去，被搁置、竖立在舞台上，谁也躲不掉，谁都逃不开。好像谁见了它，都有飞身上去一试身脚的激情渴望，谁上去了以后却又都有置身悬崖的忧惧和徘徊。

我们不管，我们不懂，我们不怕，我们什么也不明白。我们只知道，能上去，便是一种光荣。只要我们这些红小兵们一上去、一跳上去，那个死舞台就变活了、就跃动起来了、就欢快起来了、就随着我们的童稚之心一起谵妄起来了。

一个谵妄起来的舞台！

而站上去之后，才发现，它其实是那样临时，它其实是那样简陋，它只不过是宽阔平坦的大空场上，用几摞砖头外加几把椅子垫起的几块长条木板。一蹦，下面就传来“哐哐”的回响，让人怀疑是踩在棺材板或者耗子洞上，好像随时都有可能崩塌。可是不登上它，又该怎么办呢？不站在台上，我们又怎能高出人们的平均视线，怎能让人们看见小小的我们自己，怎能让人们看得清我们的表演？

锣鼓点敲响，“当——当”，“嘎嘶灯”点亮，“嘶——嘶”，众声喧哗之中，我们亮相；众目睽睽之中，我们出场。

有人先出来报幕。报幕员是我们学校四年级一班的女生，外号叫“马屁精”的那个小姑娘。她穿着一件粉红色的“布拉吉”，每根朝天撅的羊角辫上都绑了四个皮套，把辫子勒得一鼓一鼓的，像脑袋两边长出了小棒槌。平常，我们每个小女孩才敢在辫子上扎两根橡皮筋，她一下子就敢勒了四个，可真是够臭美的。要不是因为她爸爸是有名的工宣队队长，老师能让她当红小兵团主席吗？老师处处偏向她，还把报幕这么出风头的活儿交给她来干。其实我们都知道她学习成绩不好，歌也唱得总跑调。可没办法，老师宠着她呵！只见她小碎步一溜儿扭到台上，把粉红色的短短的小裙裾一撩，右腿往左腿后边稍微移半步，往下一弯，身形随之微微朝下，半蹲不蹲地，给观众行了一个封建公主地主老财礼，也许是一个芭蕾舞演员的礼，然后用憋在嗓子眼儿里的小细声，尖声报幕道：

“沈阳市东区第五人民公社，工农兵小学，毛泽东思想文艺宣传队，汇报演出，现在开始！（‘哗——’鼓掌！鼓掌毕。）第一个节目，大合唱：无产阶级文化大革命就是好！演出单位：三年级一班。”

然后，她又撇了撇腿，哈了哈腰，扭扭摆摆一溜下去了。然后，就有一群刚刚吃完死孩子的血红嘴唇冲上台来，扯起小嗓门，齐声噘起嘴，仰天大叫：无产阶级文化大革命，嘿，就是好！就是好哇就是好哇就是好！唱到“就是好”这里时为了加强效果，还要配以身段，那就是双手挥动，往前，往上扔，脚底叫劲，使劲蹬踏，跺脚。台上简陋的地板被三年级一班喊“好”的人给跺得一个劲地颤巍巍，连“嘎嘶灯”都给震得摇摇晃晃、忽闪忽闪的，直跺得天地无声、日月无光。粉尘惊起处，是台下观众一个个龇牙咧嘴的傻呵呵的笑容。

该我上场了。

我的节目是讲革命故事。

我此时被报幕出去的身份是“红小兵革命故事员”。

要重复我当上“红小兵革命故事员”的光辉革命历程吗？那真是一件相当不容易的事情。当一个好女孩、好苗子的首要条件，先就是要听话，听各种各样的话；还要积极参加活动，参加各种各样的活动，并在各种各样的活动过程中担当人们所指派、所需要的那种角色。

我最初就是因为“听话”，而被稀里糊涂裹挟参加进“向阳院”团体活动的，并在那里加入毛泽东思想文艺宣传队。在那里，我们按辅导老师分派的角色，学习唱歌、跳舞、唱样板戏、打快板书、说三句半、讲革命故事。经过一段时期的筛选和考验，老师发现我虽然记忆力好，吐字发声也比较标准清晰，弯腰劈叉的柔软劲儿也说得过去，独独就是不爱合群，一些群体项目比方说像集体舞、表演唱、三句半，等等，我夹在人堆中，不是先踢腿就是后张嘴，节拍总是不对，总不能准确融入众声合鸣中。辅导老师开始以为我小脑有毛病，总不能跟别人动作协调一致，差一点就不要我了。无意之中，在一次讲革命故事的过程里，老师发现了我的个人表演上的才能，于是决定把我留用，专司讲故事一职。

"讲故事"这东西谁也不爱讲，看似枯燥乏味，又得朗诵又得背，完全不像集体表演项目那么火爆热闹。最初，老师塞给我一个"向阳院的故事"让我试讲，这时她已对我不抱希望，已准备把我从宣传队中放弃了。故事是我们辅导老师自己写的，讲的是街道的那个小脚老太太主任，领导向阳院里的邻居们刻苦学习毛主席著作的事迹。故事的底稿上说她总是以身作则，吃饭的时候学，走路的时候学，上厕所的时候学，睡觉之前也要学上几页，"一天不学，思想落后；两天不学，方针不透；三天不学，就要变修"，这是辅导老师写在纸上的小脚老太太主任的名言。可是我知道小脚老太太不认识字，她是我们家街坊，跟我奶奶一样是没有文化的睁眼瞎，她怎能说出这样动人深刻的名人名言呢？

可是我什么也没说，乖乖地按照老师的要求做了。好孩子怎能违背老师意愿呢？很快，我就把这几张纸上的字背下来，还顺理成章地加上了动作，小嘴讲得"呱呱"的，小手比画得"啪啪"的，简直连一点奔儿都没打。哎哟，我们老师这份高兴，如同她的作品得见天日发表了一样,当场就把“红小兵革命故事员”这个美丽封号降到了我头上。

我二年级小豆包的嫩肩膀,谁知它将从此扛上些什么东西啊?!

此时,我就站在巨型舞台的中央,一盏“嘎嘶灯”就在我身边蓝瓦瓦的闪亮。夜幕黑沉沉地压下来、压下来,在远处渐渐透出湛蓝。光线和气息一道飞舞,模糊了台下人的脸,什么也看不清晰,只觉得黑压压的一片。扑过来的味道和气息是诱人的、忘我的、狂欢的。我虽看不见风,但风能用翅膀告诉我,它正在从四面八方悄悄吹来。它正用它温柔的风之触角给我以深情的提示:今晚,现在,我就是这舞台上的女主角。

我就裹在这风的万种柔情当中,所有的感官细胞都打开了,所有的触觉都警醒地立了起来。幸福和自豪感在我的胸膛里一波一波地涌动。今夜我站在这舞台上,正在被万众所瞩目所青睐,这种感觉有多么美妙多么好!

多么美妙!多么好!

我从遥远的虚无处收回目光,又用大黑眼洞中的小黑眼珠将观众环顾一遍,将注目礼深情献上。然后,我低下头去,深鞠一躬,清清亮亮,用我的童稚小嗓开场白道:

“敬爱的爷爷奶奶,姑姑大爷,叔叔阿姨们,同学们,你们好!我叫徐小红,家住铁道东。今天,我给大家讲个故事,故事的名字叫:向阳院里新事多。故事原来是这样的……”

“敬爱的爷爷奶奶,姑姑大爷,叔叔阿姨们,同学们,你们好!

我叫徐小红,家住铁道东。今天,我给大家讲个雷锋叔叔的故事,故事的名字叫:苦难的童年。故事原来是这样的……”

“敬爱的爷爷奶奶,姑姑大爷,叔叔阿姨们,同学们,你们好!我叫徐小红,家住铁道东。今天,我给大家讲个故事,故事的名字叫:秦始皇残害商鞅。故事原来是这样的……”

“敬爱的爷爷奶奶,姑姑大爷,叔叔阿姨们,同学们,你们好!我叫徐小红,家住铁道东。今天,我给大家讲个故事,故事的名字叫:柳下跖怒斥孔老二。故事原来是这样的……”

“敬爱的爷爷奶奶,姑姑大爷,叔叔阿姨们,同学们,你们好!我叫徐小红,家住铁道东。今天,我给大家讲个故事,故事的名字叫:大寨精神永放光芒。故事原来是这样的……”

我看见我抹着红脸蛋,涂着红嘴唇,一身红衣红裤,脚穿红鞋红袜,头扎粉红色缎带绫子,绫子在脑瓜顶上系出一个夸张的大蝴蝶结。我的脸蛋放红光,我的脑瓜发着红色的革命畅想。我就像个红色的小妖精一样,一上得台去,灯光一亮,我就仿佛“成精”了,仿佛就找到了“成精”的感觉,嘴就仿佛不是我自己的,脸也不是我自己的,手不是我自己的,脚也不是我自己的。它们也不知道是谁的,也不知道是谁教它们主动露出讨好谄媚的笑意,也不知道是谁人的声音、谁人的形象在它们身上着魂附体。它们见风使舵,它们如影随形,它们赤胆忠心,它们随风而逝。

我的小嘴在不知不觉地开阖,我的手和脚在不由自主地做着动作。站在偌大空旷的舞台中央,有谁知道苗子我此时此刻的心理感受究竟是怎么样?风呵风呵,它们正从四面八方徐徐吹来,蓝瓦瓦的"嘎嘶灯"嘶嘶作响。我仿佛进入一种黑沉沉的幻觉,什么也看不见,什么也听不见,仿佛一根无形的绳索在牵着我,牵着我的手,牵着我的脚,牵着我的头脑,牵着我的每一个动作,牵着我的口舌发音。我不用问,也不必想,自由自在,随意忘我,进入舒服清爽的大境界。

"我们都是木头人儿,谁也不能动一动。"这是我童年玩的一种游戏的歌谣,发出这种口令后,每个参加游戏的小孩就要保持一种姿势不动,看谁能坚持得最久。先动的人就算作是输了,要罚他背着每个人转一圈。

舞台上的我,仿佛也在做着一种不由自主的游戏。我把手脚里外上下扔甩得很频繁,我的口舌"叭""叭"乱转,更是不知道自己在说些什么。"……身段呀,要注意身段!"我仿佛听见辅导员老师正在严厉地纠正我。那些讲故事的身段,都是严格固定的,比如讲到"放光辉,放光辉"的时候,就要将手从里到外扔出去,往外、往上举,用老师的形象比喻就是:"掏出心窝子甩到天上去。"如果是讲到某一个坏人,有关他们的动作就是,手指一律向下指,向地上戳,还伴有愤怒地、狠狠地一个"哐"的一声跺脚的动作。

这些我都记住了。牢牢地记住了,把它牢记在脑海里、融化在血液中。当然,血液也自有它血液自身的毛病,有时血流一不畅,也不知怎么搞的,脑袋一迷糊,我就把身段搞乱了。比如说秦始皇和商鞅,谁是好人谁是坏人,不大那么容易记得清楚,秦始皇说话的时候,我一不小心,就把他动作往上举了,而轮到商鞅说话的时候,我却又把他的动作往下扔了。排练的时候(多亏是排练的时候）就要遭到辅导老师的狠狠呵斥：“徐小红，你还有点阶级原则和立场没有了？”

我就吓得浑身一激灵，明白自己错了，虽然不明白秦始皇和商鞅这俩人是谁，他们究竟都是干什么的，但是老师的呵斥就足以证明我自己错了。于是我赶紧调整方向，把上上下下的方向性错误及时纠正过来。

讲故事的声音呢，也有讲究，好人说话声音什么样，坏人说话声音什么样，坚决不能弄混。至于男人和女人、大人和小孩儿、老头和老太太说话声音有什么区别，老师说就不用细管他了罢，先把好人和坏人分清，这是最最重要的。只要把这个弄懂了，别的什么都好办。

按照老师指定的这个基本原则，我在讲到孔老二时，就要把身体尽量萎缩成一团，照着批林、批孔小人书上画着的那一个小瘦老头的瘪样子，故意拿捏着嗓子，从嗓子眼儿背后发出一种不男不女的怪声，学着孔老二说话：“劳心者啊……噢治人，劳力者啊……噢治于人，仁者啊爱人，你们要克己呀复礼……”一水儿的公鸭嗓，非常滑稽，学着学着，自己就要忍不住发笑。而讲到柳下跖那个农民领袖时，就要气宇轩昂，高门大嗓，一副高大全的英雄模样，所向无敌，所向披靡，不断地挥手、跺脚、蹬踏，坚决要把孔老二踩在脚下。

革命故事的情节，坚决不允许篡改，要完全按照白纸黑字上写的照搬照念。只有一次，我自己偷偷将故事内容篡改了一点点。只有一点点，但还是被老师发现了，立即批得我狗血喷头。那就是在讲雷锋叔叔的故事《苦难的童年》那次，其中有一段情节，说雷锋小时候到地主家的山上打柴,结果被地主发现了,狠心的徐家地主婆拿着柴刀,在他的手背上连砍三刀。雷锋用手捂住血流如注的伤口,擦擦眼泪,愤怒地说:早晚有一天我要报仇! 要报仇!

讲到“要报仇”这里时,我一边左腿拉开弓字步,右手成刀刃状,往左手背上频频起落,做“砍”的动作,一边用哭声描述,嗓子眼哽咽。老师要求在这个节骨眼上要掉眼泪,但我有时能掉下来眼泪,有时掉不下来眼泪。不管怎么说吧,因为能够声情并茂,每次基本上还都达到了激起阶级仇民族恨的效果。

这个段子让我讲得太著名,从街道学校向阳院一直讲到公社,讲到区少年宫,最后还得了一个优秀节目二等奖。我班男生就在背后给我起了个外号,一见面就在我背后喊“徐家地主婆”“徐家地主婆”。我很愤怒,但又不敢和他们打架,无法制止他们。情急之下,我就动了小心眼,擅自把故事里的“徐家地主婆”改成了“于家地主婆”。下一次演出时被老师发现了。我刚一讲完故事走下台,老师就从那边上来将我截住,厉声厉气呵斥:

“徐小红,你什么阶级立场?!”

我吓得一哆嗦,急忙干嘎巴着嘴说:“我、我……”就一句话也说不出来。

“你好大的胆子! 怎么可以擅改革命文章?”

“我、我……”我已憋得泪花在眼里打转转。我听见我嗓子眼背后发出痛苦委屈的“吭哧”声,可是嘴里嗫嚅着,像小鸡见了老鹰,完全说不出话来。在我的受教育程序中,没有“反抗”和“辩解”这一条。所以逢到这时候真就成了哑巴。

“你说，你为什么要改？不说清楚，今天就不要走。”老师不依不饶，非要查问出个水落石出，就像对待个阶级敌人似的。

这一下我更害怕了，吓得“哇”地一下哭出声来，一边用手背在脸上抹眼泪，一边就着自己的哭音壮胆儿说：

“同……同学们骂……骂我，叫……叫我‘徐家地主婆’……”

“这有什么？就这一点小事？”老师的口气仍旧十分严厉，还带着几分不屑，“还培养你当红苗子呢，怎么连一点阶级觉悟都没有？你跟徐家地主婆划清界限不就完了嘛。”

老师说。

老师这么说。

我擦干眼泪，只好又把故事里的地主婆的姓又给改了回来，下次再讲时，让她跟我一样，还是姓徐。

4

我就这样讲啊、讲啊，直从街道讲到区里，又从区里讲到市里，捧回来的奖状一张又一张、一批又一批。这期间，那个报幕的小马屁精女孩已经毕业上了中学，我自然而然接替了她的位置，当了学校红小兵团的主席。上台发言、主持会议、代表同学表决心、参加革命大批判……这些活动对我来说，逐渐成了家常便饭，也逐渐成了老生常谈，我跟那些形形色色的麦克风、小喇叭筒等等道具成了朋友，只要灯光一亮，我往前边一站，众人目光往我脸上一聚焦，喇叭电源接触不好吱吱哇哇一叫唤，我就立刻精神亢奋，开始做身段，比画动作，讲现成的那些假话、那些屁话，假话屁话顺口而出时真是溜光水滑，愉快得果真像放屁一样。它们打着旋儿，在夜里和白天尽情地向台下的观众和看客们飞去，他们就都臭气烘烘愿打愿挨地受了熏染。现在离了舞台后边那根牵着的线，我也不怕了，老师也再不用担心我会擅改、会说错什么话了。经过长期艰苦的动物驯化以后，说那些话，干那些事已经成了我嗓子眼儿里的自在，还在逐步成为我脑瓜仁儿里的自觉。我小身子骨上动物般的条件反射程序，差不多已被按要求设置安装完毕。

5

"各位爷爷奶奶，姑姑大爷，叔叔阿姨们，同学们，你们好！我叫徐小红，家住铁道东。今天，我给大家讲个故事，故事的名字叫：黑李逵智斗矮宋江。故事原来是这样的：你看那贼宋江，结党营私，架空晁盖，把那聚义厅，改为忠义堂……还做出反动的《满江红》一首。诗曰：

"喜遇重阳，更佳酿今朝新熟。见碧水丹山，黄芦苦竹。头上尽教添白发，鬓边不可无黄菊。愿樽前长叙弟兄情，如金玉。统豺虎，御边幅。号令明，军威肃。中心愿平虏，保民安国。日月常悬忠烈胆，风尘障却奸邪目。望天王降诏早招安，心方足。

"正唱到'望天王降诏早招安'，只见李逵怒睁圆眼，只一脚，便把椅子踹翻了个，大喝一声：招安，招安，招甚鸟安！一声怒吼，吓得那贼宋江屁滚尿流，慌忙躺在地上抱头鼠窜说：'快，快，快来人哪，把他给我押下去，宰喽！'李逵大无畏的革命精神，永远值得我们红小兵学习……"

“停！停！”

一旁叫停打断我、帮我练习彩排的，是我的本家叔叔、我的红卫兵叔叔徐卫东。徐卫东叔叔毫不犹豫地打断我说：“你这个地方搭配的动作不对。‘招安，招安，招甚鸟安’，你怎么能举手往上指？”

我说：“李逵是好人哪！好人说话不就得往上指？”

“那也不对，不标准。这地方，唔，就这个地方，‘招安，招安，招甚鸟安’这里，应该是两臂平伸，胳膊像波浪一样抖动，像鸟儿张开翅膀飞翔的样子。喏，就像这样，这样。”

我的徐卫东叔叔一边说着，一边站起来给我做示范，只见他猿臂轻舒，做波浪形摇动，一摇，一摆，一起，一伏，如大雁展翅，也如鲲鹏或者雄鹰在万里蓝天翱翔。他那姿势舒展、明朗，富于动感，有变化，比我的单纯的手掌往天上指强多了。

“你做一遍我看看。”

我的红卫兵叔叔说。

我对我的红卫兵叔叔从来都是坚信不疑的。他说是这个样子，那么就绝对应该是这个样子。我就仿照他的模样，伸开我的不太长的小学四年级的手臂，振动我的双肘，上下摇摆，起伏划动，像一个笨鸟儿要飞的样子。

“角度还不够。胳膊再抬高一些，往上，对，往上，弯曲，振动幅度要大，像飞机要离地起飞。”

我的叔叔又过来把我的胳膊肘儿往上搬了搬，直到我的翅膀摆动的幅度和疯狂的动感，符合了他心中的“鸟安”的理念。

是的，这就是我“评水浒，批宋江”，大讲革命故事“招安，招安，招甚鸟安"的具体形式。我便这样摇动翅膀，以胳臂代翅，飞啊飞啊，从这儿飞到那儿，又从那儿讲到这儿。我的故事越过无数个观众、无数审查节目的老师、无数各级文艺领导的眼，被一层一层、一层一层调演、提拔上去，参加更高级别的"批林批孔批宋江"文艺汇报演出会。我记得我用这个"招安，招安，招甚鸟安"的故事所换来、所赢取的奖品很是辉煌，其中有两个硬皮大笔记本；一个带吸铁石的海绵铅笔盒；五块香橡皮；一把彩色铅笔；两本装帧精美的红皮《毛主席语录》；一本厚得像砖头样能砸死人的《奴隶的女儿》，它的封面是一个戴白头巾满脸褶子的中年妇人。

所有这一切，都多亏了我的叔叔开恩，又耐心给我辅导动作，才使我能取得如此辉煌的成绩。平时我一请教他点什么，他总是很有些不屑的样子，说："这么简单的问题，自己看书去！"结果，我就得乖乖地自己去乱查书，查了半天也查不太准。比方说我很想知道什么叫李逵，什么叫宋江。我的红卫兵叔叔只是按照他的想法给我辅导动作，并没有把这些关键的问题告诉我。关于这些，最后我还是从小人书和各种漫画上知道的。宋江就是那个光着大脚丫子，肚皮上的肥油溢出了裤腰带之外，一脸横肉，四脚朝天斜倚在地，嘴里啃着油汪汪的鸡腿的那个，一看这就是个坏人无疑。再看李逵，一脸浩然正气，脸上胡须根根倒立着，跟革命钢针似的，一手拿板斧，一脚蹬踏座椅，身高几丈开外，大巴掌巨大得像个铜盆，最后还能把宋江踩在脚下。这样巨型的人物，不是好人是什么？

叔叔的辅导使我讲故事获奖之后，我更是对他佩服得五体投地。从小，我的徐卫东叔叔就是我心目中的偶像，他无所不会，无所不能。虽然他对我的态度总有些不太好，但我听说，有能耐的人都多多少少有些傲气。所以，就连我的红卫兵叔叔不爱搭理我的“傲气”，在我的心目中也变得伟大起来。你看，他只是简单辅导我一个“招安，招安，招甚鸟安”的身段，我立即就能获奖，多么了不起！

一九七几年的时候，我的两个红卫兵姑姑早已下乡插队去了，正在家里上中学当红卫兵的我的小叔叔徐卫东，也信誓旦旦早早在大会小会上呼好了坚决下乡的口号。不要说他，就连红小兵我，不是也早已发誓长大以后要扎根农村一百年吗？

虽然我奶奶对叔叔下乡这件事情坚决反对，她认为她守寡拉扯大的几个儿女，个个不听话，个个不在身边，闺女儿子媳妇，下乡的下乡，走“五・七”的走“五・七”，一个也得不上济，扔下家里这祖孙三代人相依为命，结果身边这个小儿子又在张罗着要下乡。我的奶奶很有看法，她能表示自己心中看法的方式也不过就是常常暗自流泪。可是，我的红卫兵叔叔的满腔革命热情，是谁的眼泪能拉得回的吗？

我的叔叔徐卫东是学校里的兵团主席，浓眉大眼，人长得很帅，“双眼皮，大眼睛，高鼻梁，厚嘴唇”，十分符合我小时候对男人的审美标准。叔叔平时喜欢穿一身草绿色民间军用服装。不穿军装，穿便服时，他就故意穿一件带补丁的裤子，裤子上的补丁非常夸张，用深色布料补在浅颜色的裤子上，或者用浅色布料补在深颜色的裤子上，在膝盖处补出四四方方两个大块，与裤子的整体其他部分反差十分明显。离老远一看这人就是平时一点一滴学雷锋，生活上坚持艰苦朴素。我知道这是我叔叔徐卫东特意央求我奶奶为他制作的，补丁里边的裤子根本就没有破。

叔叔没下乡之前，在他还在上学的时候，我一直都是他的跟屁虫，他走到哪儿，我就死气白赖地跟到哪儿，哭着喊着的，整得他没办法。记得小时候，他们学校一开大会，我就央求跟着他去，把他死缠烂磨得没办法了，他就气哼哼地牵着我，把这个烦人的侄女交给手下的某一个男生或女生，然后就忙着上台主持会议去了。侄女我就在台下瞪着杏核小眼，乌溜溜地紧盯着台上指挥大合唱、打着有力拍子的我叔叔，听他们唱柬埔寨歌曲、苏联歌曲、朝鲜歌曲、阿尔巴尼亚歌曲。那些歌曲通常是这样唱的：

赶快上山吧勇士们
我们在春天里参加游击队
敌人的末日就要来了
我们的祖国只要发展只要解放

或者：

啊，亲爱的祖国啊，
你就是我的家……

唱到这儿，就有女生哭了，不知为什么。领唱的女生就捂着脸跑下了台。这是在我童年记忆里，一直感到纳闷的一件事。听她们好像是说，谁家的祖国正在遭受侵略什么的，一唱起这歌来，心里就不太好受。

当然，也有不哭的歌，越唱越兴奋：

听吧，战斗的号角发出警报，
穿好军装拿起武器，
青年团员们团结起来踏上征程，
万众一心保卫国家。
我们再见了亲爱的妈妈，
请您吻别您的儿子吧！
再见了妈妈，
别难过，莫悲伤，
祝福我们一路平安吧……

还有什么：

白头山上有颗星
闪耀着光芒
明亮的星星照着我
像雄鹰展翅飞翔……

唱得我热血澎湃，被他们肃穆虔诚的神情感染了。

我热爱和崇拜我的红卫兵叔叔。有时我会偷他的红卫兵袖标悄悄戴戴，有时会偷来他的钢笔悄悄写一写。他什么都会写，会写诗,还会写“和毛主席词一首”。什么叫“和毛主席词一首”？不明白。可能就是和毛主席一块写一首词吧！能和毛主席一块儿写词,不是也太厉害、太伟大了吗？我叔叔他还会画画,我记得他画的最大的一幅画是,把一些臭墨涂到一张白纸上,黑黑白白,然后自己装裱成足有大黑板那么大,贴在我们家一进门堂屋显眼处,旁边题：

山垂平野阔

月涌大江流

雄浑壮阔,很有气势。我虽不懂,但这些字画每天映入我童年的眼帘,让我足足记它记了一辈子。

我的叔叔有一个习惯性地将手叉腰动作,就像画面上的伟大领袖毛主席那样,右手高举挥动,左手叉腰,大拇指手指肚向下,样子十分迷人。我整个童年都被他这种模仿毛主席的姿态迷住了,有的时候我也偷着照镜子学一学,但怎么学也不像,后来我好不容易才找到线索,才明白我之所以学不像的原因,就因为我是女的嘛！女的,怎么能想象着当毛主席呢？

再后来,等我长大了,到了婚嫁年龄,便自己找了一个对象,领进家门来让我姑和我奶奶相看。头一次领进家门时,她们一见,霎时间都愣了:这小伙子咋这像死去的卫东啊?!

她们这么悄悄跟我一说,把我也弄愣了。仔细一看,我未来的丈夫鼻隆目阔,嘴唇厚,眼皮双,常爱做振臂一呼状,只要他的手一没地方放了，就高高举过头顶，又摇又挥。他叉腰时，大拇指的手指肚也是向下，举手叉腰的动作，都跟我徐卫东叔叔一个样，都是毛主席他老人家伟大形象的忠诚模仿。我的心里便不由得“突突”一下子。

彼时，我那亲爱的红卫兵叔叔早已死于他下乡以后的一次山体滑坡事故，连一个囫囵的尸体也没给我们家留下。

在我漫长的青春岁月中，我的红卫兵叔叔一直是个不灭的影子。以后每逢看到有青年男子做毛主席振臂一挥状，我都能听见心里“怦”的一声，过去年月里的一抹潮红，就会不自觉地涌上我的眼眶。我的眼睛，就会被温情的潮水柔柔地润湿了。

在我的记忆中，我的红卫兵叔叔，永远定格在他二十三岁的无敌青春年华。

我的童年和少年，就在一片做扑闪翅膀状的“鸟安”声中胜利结束了。

6

我再一次听到人讲“招安，招安，招甚鸟安”这个词，已是在我十八岁以后，在庄严隆重的大学课堂里。

那时已是八十年代的初期。十七八岁的我们，那时对本土的东西已不太感兴趣。我们那时崇洋媚外，如饥似渴。我们还囫囵吞枣、不求甚解，继承和发扬光大了我们自己小时候被灌输的那种“听话”的遗风，老师说什么就是什么。除了考试、背题，迎接高考，别的什么也不知道，傻子似的，从没有过时间和机会给我们独立思考。确切点说,是我们还不具备独立思考的能力。那些文学名著,本来自己看得好好的,有爱情,有欲望,有各种复杂的心理动因,可怎么一到了老师课本的讲义里,都变成了“无产阶级和资产阶级的斗争史”?不按老师的讲义答吧,考试就不会给及格。没办法,按照他们说的背吧,又感觉有点不是那么回事儿。整天搞得人有点迷迷糊糊的,不知道谁的说法对,不知道究竟怎么办才好。

古典文学课算作例外。因为古典文学课的老师人太怪了,跟我们看到的其他科目的老师都不一样。他从不照本宣科,连讲义都不拿,每次都是空着手,走进课堂来,“啪”地惊堂木一敲,坐下便开讲。

“惊堂木”就是黑板擦。每次他把惊堂木“啪”地一敲,都把人敲得心里一震或心里一激灵。当然也着实让坐前排的学生嘴里吃了不少粉笔灰。但学生仍旧挤挤擦擦地愿意往前排占座。

他负责讲的这一段是古典文学中的明清小说。有时我们甚至觉得,由他来讲明清小说简直太对了!他要是不讲明清小说,那么谁还能够来讲明清小说呢?

我们的古典文学老师的那张嘴,太爱说了,太能说了,太会说了,要不然,他怎么会一生经历坎坷,被打成右派,九死一生?!在别的右派都已彻底摘帽平反时,他却因为性格耿直狷介,人缘不好,尤其是跟领导搞不好关系,总是不能彻底平反,摘帽右派又当了好几年。工资啊、房子啊、职称啊,种种待遇迟迟不能落实兑现。

我们都听见过他跟系里闹房子,听见他就站在人来人往的教学楼楼道里,大声冲着系主任嚷嚷:“若不行,我们老两口就把门口的垃圾箱拾掇拾掇，变猪狗钻那里睡去。”那会儿他的一头白发冲冠，怒目圆睁。转身进得教室门来，坐在讲桌前，便发出慨叹“白发三千丈，缘愁似个长嗬～哪！”

他在业务上最棒，谁也比不了。学生民主评议时，他的分数总是最高。我们愿意听他这门课，是否有什么独到见解，我们作为学生的也不好说，单凭他能把那四大名著情节复述得得心应手，讲课就像讲故事似的，这就足够吸引我们的了。他讲刘备那大耳贼，耳朵如何如何长，如何如何会收买人心，讲桃园三结义，讲滚滚长江东逝水，讲猴子七十二变逃不出如来佛手心……简直太有趣、太好听了。

在讲《红楼梦》时，他不但能背得出那些个曲子词，还能将淫丧天香楼的死鬼秦可卿屋中那些淫器摆设，一一如数道来，如数家珍。那些印刷体的书面文字一进了他的嘴里，便转换成一种生动、魔幻的语言，散发出语言的独特的色香味。并不是每一个会读书认识字的人，都能将那些文字很好地在口语里复述出来。直听得我们眼睛都不眨，身子一动都不想动，听课听得专心致志。

等他讲到《水浒》这课时，古典文学课已接近尾声。那天正好是一堂下午的课，热烘烘的空气搅得人昏昏欲睡。书里的情节热闹，他讲得又比较激情，所以瞌睡虫勉强能从我们眼皮子里驱除。我这时的脑子里稍微有些迷糊了，手里拿着笔，在本子上乱划，希望能把午后三点钟最最困乏的时刻挨过去。就在这时，忽然听到，《水浒》当中的那段《满江红》从他嘴里开始了！我的神经一震，一下子清醒过来。他的抑扬顿挫与我潜伏在心中的少年记忆蓦地相撞,“嚓”地一下冒出激情的火焰,我当时是这样想:又一个能背下《满江红》的人来了!

《满江红》

喜遇重阳,更佳酿今朝新熟。见碧水丹山,黄芦苦竹。头上尽教添白发,鬓边不可无黄菊。愿樽前长叙弟兄情,如金玉。统豺虎,御边幅。号令明,军威肃。中心愿平虏,保民安国。日月常悬忠烈胆,风尘障却奸邪目。望天王降诏早招安,心方足。

他抑扬顿挫,我笔走龙蛇。只听得笔尖在纸上“唰唰”走过,我心中暗自得意:整个一届,整个年级,整个大阶梯教室里,百十来号听课的学生,能记录下这首《满江红》的,唯我而已矣!唯我过去年代的“徐小红”而已矣!

《满江红》唱罢,接下来就是那段转折,武松叫道:“今日也要招安,明日也要招安去,冷了弟兄们的心!”黑旋风怒睁圆眼,大叫:“招安,招安,招甚鸟安!”只一脚,便把桌子踢起,颠做粉碎。

讲到这处,冷不防,只见我们老师猛然立起,一米八几的驼背水蛇腰大个,“砰”地拔直,手里拿着黑板擦在讲台上狠狠一摔,“啪——”接着一声悠扬颤抖的念白:覆巢之下无完卵哪~嗬!巢之将倾,鸟儿如何可得平安?!

声音之洪亮、之悲怆、之幽怨,为他讲课慢悠悠风格中所罕见。

我们全体听课者全都受到了震撼!于是,我的课堂笔记里便有了这样的记录:招安,招安,招甚鸟安,覆巢之下无完卵,鸟儿如何得平安。

我靠着这样的标准答案,期末考试时得了九十一分。

7

我又一次听人说书,说《水浒》,是在乡下,在讲师团。那年我二十一岁。

那时我虽已经二十一岁了,且已经大学毕了业,但仍旧是一脑子糨糊。我自己思考过什么吗?没有思考过什么。我自己承担过什么吗?没有承担过什么。就连游行、罢课等等什么什么的所谓大事吧,也是因为凑热闹,必须参加的集体活动而已,过后的责任也从不需要自己来负。有老师、有学校挡着呢。作为学生,干点什么过火的事儿都有理、都有辙。而且,我比别人更迷糊、更不谙世事不辨人间真伪的地方在于,这些年来,我一直都当着好女孩,几乎都当出了惯性,当出了毛病,当得像模像样,当得有滋有味,当得总受表扬,直当得我二十来岁青春年少已过,还两手空空,个人经历一片惨白,既不曾手淫自慰,也不曾早恋破身,既不曾自恋自个儿,也不曾爱恋他人。一个最不好意思说的地方,就是对自己和对异性的躯体特质懵懂无知。虽说好奇之时,也偷偷从医学生理书上看到过男性人体构造,初步掌握了人体骨骼的横切面和纵剖面,但却是一直搞不懂,与导尿管相连的他们身体前的那一块多长出来的赘肉,除了排出“尿”这种毒素废物之外,还兼有什么业余热胀冷缩的功能。

这样糊涂的直接结果，就是下了乡以后，总碰到这方面的尴尬，人家说一些乡间淫俗俚语，我一点也听不明白，脑袋瓜子不往那个上面开窍。比方说众人坐车下村子，一个人下车小解，他们就说他是去“摸鱼去了”“逮鸟去了”。我当时在一边还傻乎乎地接口问：“哎，那下面有鸟吗？那下面有鱼吗？我也去摸吧。”结果惹得车里人一阵哄堂大笑，笑得我还不知道他们在笑什么，还以为这是赞赏我的求知好奇心呢！

我傻而无知，然而自己并不知觉，还一直怀着文化人的启蒙优越感。我去的那一带，属于冀鲁豫交界地区，经济不发达，生活也相当贫困，古时候却是盛产土匪和山大王的地区，现如今人也精明得跟猴子一个样。除了懒，不爱做活，其他的像耍麻将推牌九，什么娱乐活计都干。其中最值得称道的是，那里盛产说书艺人，据说是老祖宗传下来的手艺。闲来无事时，我在那里听了不少段子，汲取了不少民间文学养分。

最最让我不能忘记的，就是那夜晚，秋季的临回城前的那个月明风清的夜晚，我所在的那个乡的领导为了欢送我，也为了感谢我在乡下的一年间给他们小学校做出的贡献，特地找来一个最有名的乡下说书人，专门为我演了一场。当然还有乡里几个头头脑脑，以及他们的老婆孩子什么的也跟着一同享受了一把。

说书的场地就选在乡政府的院里。白朗朗的乡间月光照着，风吹来一股股成熟的玉米香，明朗的气息真是令人陶醉。尤其是，怎么会这么巧，说书人这一段书说的是《水浒》，正是那梁山泊好汉欲排定座次的那一章节。说书人背到那首《满江红》时，我的心又跟着不由自主颤颤。念完一曲《满江红》,然后按他们说书人的程式,再用白话文念白解释了一遍。接下来就是那段著名的“招安,招安,招甚鸟安”。

说书人不愧为说书世家之后,说起书来情绪饱满,字正腔圆,神形毕肖,引人入胜,赢得听众一阵又一阵的掌声。

送走说书人离去后,大家继续留在乡政府办公室里喝水、聊天,夸那个说书人讲得怎么怎么好。

我本来也应该跟着大家一样说的,并且还应该特别感谢人家对我的盛情欢送。可是不知为什么,就跟我脑子里的哪根筋转轴了似的,在那种大家一起说说闲话、没话找话的场合,我却怀着文化人的优越感,却拗着人家的夸赞在一旁发表见解,十分较真地纠正说:“刚才他把字念错了,‘招安,招安,招甚鸟安’,他念的是 DIAO 安,应该是鸟安。”

我这么一说,周围人都愣了,一脸的惊讶,以为我这是在说什么淫话,或者跟他们打情骂俏挑逗着玩。再一看我脸,一脸的认真严肃,不像玩笑的样子,况且我平时也没有跟人开玩笑的习惯,他们就有点不懂了。于是,那个上了岁数的乡会计,复又不相信地问:“大学生,你说什么呢?”

“他念错了一个字,应是招甚鸟安,我小时候讲故事讲过这个段子。”

“噢——”

“扑哧——”

出现几个怪声,接着马上停顿,众人又做一脸严肃状,说:“哦,是鸟安，是鸟安，一招了，那鸟能不安嘛！到底是人家城里来的女大学生有文化。”

他们假装茅塞顿开，互相挤咕挤咕眼儿。有些人为了憋住笑，还不得不哈下腰去假装系鞋带。可我一点没明白他们这弯腰挤眼儿的动作代表的是什么。

水喝得太多，这时我出去上厕所。拐过几间砖房，走到房山背后的四处漏风的茅坑里，撩起裙子，蹲下，就听得隔壁那边有哗哗的放水响，间或有乡会计与乡长的对话：“那个城里来的大姑娘咋那飙乎乎地？连个鸡巴 DIAO 都不懂，还在傻了吧唧地说 DIAO 啊鸟啊的。”

另一个邪笑着说：“人家是没见过咱这 DIAO 玩棱呗。”

然后是有点尿声抖动的声音，放水声响得磕磕绊绊，还有一些得意的狂笑。

我呵我呵，当时可听得我呵，我蹲在茅坑上，假若茅坑的洞再大一点的话，我就会顺势一头栽下去，简直不想活了。我可真没脸了呵！可是丢死人了呵，我！我念了一辈子的招安招安招甚鸟安，我还厚颜无耻地把那个“鸟”字的发音去给人纠正，却原来不过是“招安招安招个什么 DIAO 安，招安招安招个什么鸡巴安”！

这样一个鸡巴安啊！刹那间，我一生二十几年来的学问的底儿都给鸡巴洞穿了。

我简直不知道我是怎么提上裙子跑出去的，然后又是怎么一头钻进屋子里再不肯出来。我恨自己，也恨别人，恨我从前的一切，也恨茅房里那两个淫笑着耻笑我的人。我还怎么能够有脸见人哪我！

8

回城以后，我满怀羞惭，同时也是无比愤愤的，开始清算我自己从前被装置进去的知识结构。这一查不要紧，无意中，我竟追查出，我所崇拜的我的红卫兵叔叔、我的右派老师，外加上他们所指导出来的我，原来都是一批没有文化的人。我们的这些所谓“文化”，羞羞答答，藏藏掖掖，远不如农村大老粗说的一句粗话顶用，远不如他们的一个“鸡巴”能将事物的本质戳穿。

可是……反过来说，从前我所知道的那些“鸟安”，不管是像鹏鸟一样振翅翱翔和美，还是像“覆巢之下无完鸟”一样翩翩惊飞，比起最终的“招个鸡巴安”的解说，我想，或许，都自有他们的道理。

围绕着“鸟安”所发生的这一系列事情给我一生的影响非常之大，以至每每回想起来，我都不能释怀。在以后的岁月里，我按一般正常人的生命节律，找对象，结婚，在都市里求生，在人群里漂泊，风刀霜剑，样样经历，样样体验，深深感受到了作为一个文化人在这块土地上生存的不易。回首往事，在已近而立之年之时，我忽然涌起强烈的讲故事欲望。这次却不是用嘴，而是用笔，用笔来讲述我生命中所遭遇的一些东西。供我童年时讲革命故事的那个黑沉沉的大舞台已不复存在，但是一个更大的自由升平的文化空间却是在我面前展开。从前我背诵别人写好编造好的那些东西，现在我却讲的是写的是我自己的经历。

于是，就在我二十七岁的那一年春天，我开始伏案编造那种叫做“小说”的故事。橘黄色的台灯一打开，面前一铺上洁白的稿纸，不知为什么，我就会不由自主地进入谵妄状态，仿佛又回到了童年，又站在了那个阴沉沉舞台的蓝瓦瓦的“嘎嘶灯”下，我身着红衣红裤，扎一段长长的粉绫子，绫子在头顶系出一个大大的夸张至极的蝴蝶结。我冲台下黑压压的人群行一个礼，挓挲开小手，先来一段程式化的念白：

“敬爱的爷爷奶奶，姑姑大爷，叔叔阿姨们，你们好！我叫徐小红，家住二环东。今天，我给大家讲个故事，故事的名字叫：黑李逵智斗矮宋江……看那贼宋江，结党营私，架空晁盖，把那聚义厅，改为忠义堂……只听得李逵大喝一声：招安，招安，招个什么鸡巴安！”

然后，我平伸双手，波浪形摇曳，不由自主又做出振翅高飞状。

1998 年 1 月 8 日初稿

1998 年 8 月 19 日完稿于北京双秀

含情脉脉水悠悠

同船过渡，是前生五百年修下的福。

——题记

1

小姐说，这是毛主席他老人家坐的一条船。

小姐又说，这条船毛主席他老人家后来没有亲自来坐，再后来就退役了。

小姐说第一句话的时候，他们的情绪一下子就被调度到高潮，颤颤巍巍，明明晃晃，仿佛有什么事情立即发生、已经发生了似的；小姐的第二句话紧接着出口，他们的情绪又“突”地从高潮上摔了下来，顷刻之间掉到地上摔成了八瓣，心里边早搏似的“忽悠”悬了一下子：

难道就让一条退役的老船，载着这一干精英的我们，去游览千流湍急、万壑壁立的三峡吗?!

小姐不急不躁，明眸皓齿，兀自笑出一脸的自豪和生动，旗袍外的一只柔荑小手软软平摊着，指尖朝向船舱的内部，笑意盈盈地鞠身恭请。

他们就都抹搭下一张张放成长条的脸，一个跟着一个，踩着已经翻毛卷边的老旧红地毯，脚步迟缓，沿小姐柔荑小手所指方向，鱼贯般往舱里行进。每走几步，都有一个同样身姿的旗袍小姐小手指路笑意盈盈鞠身恭请。他们的心中就恍然已是身处日本东瀛，总是感觉有些平白无故地受宠若惊，浑身总有点不得劲兮兮的。他们就这样很有些消受不起地数着身旁一个个如花似玉的美丽小姐，不知不觉地往前倒腾着步伐，不知不觉地，咦，怎么就走出去了?!

就在他们的脚底下猛一磕绊、差点一脚悬空跌入水中的当口，一旁竖立的穿白制服的门卫小生急忙搀扶了他们一把，唬得他们赶紧头冒虚汗地收回惊艳的眼光来朝脚底下打望，就见自己已经不知不觉横穿过了一整条大船，即将迈上这条船和旁边另外一条大船相接的一条窄窄的甲板。他们就这样怀着好生的纳闷，晃晃悠悠、晃晃悠悠的，一抬腿，噌，就过渡到另外一条船上去了！

原来毛主席他老人家没有坐成的这条退役的大船并没有让他们坐，这条退役大船现在成了从岸上到水里边过渡的甲板，每一个来三峡坐船游玩的人，都要从此甲板上穿过，然后才能奔赴他们各自的游船。

这时他们就感觉到自己的心情既白白激动又白白沮丧。他们一时有些不知如何调整自己是好。于是他们就慢下脚来，下意识地有些恋恋不舍地扭头回望。只见被他们横穿而过的那只大船，此时正深沉地停泊在幽深辽阔的水面上，通红的窗棂、紫红的桅杆、鲜红色的旗帜随风招展，它那阔大雄浑的船体在吃水线以上派头十足地微微摇晃，满目红彤彤的色彩往四下里铺排延展，好一派雄伟傲岸的帝王之相！

他们就禁不住张着大嘴惊叹：啊！啊！

啊！啊！啊！

然后，那嘴老半天都难以合拢得上。

2

他们的嘴合拢上之后，就开始乱哄哄地找会务组，找自己的船舱号，找房间的钥匙，找旧相识，找新朋友，找自己对于长江的确认和想象。

此刻，在他们纷纷忙乱登船的这会儿，正是黑夜。黑夜里的长江躺在无数只船板的身子底下，波澜起伏，妖娆暗昧。长江里的黑夜又缠在无数朵峰峦的正当腰上，迂回蠕动，顾盼生辉。她暗香盈盈，酣卧丛林，仿佛是在七手八脚的欢喜中，有一些恣肆，有一些轻狂，有一些浑浊，有一些荡漾，有一些压抑的期盼，又分明是夹杂着无限的喜气洋洋。谁也触摸不到她的形状，但她分明就在夜的雾瘴中优柔盘桓，他们也分明就给包裹在她夜的雾霭中曲折酥痒。

长江就在他们夜的想象中袅袅上升，酥酥痒痒。但那想象又完全是对夜的曲意逢迎，盲人摸象。夜的长江给了他们想象以纵深的湿度和质感，也给了他们以横向的繁茂和芜杂。他们的身体里湿热湿热的，他们的脑子里水淋淋水淋淋的。他们的神志和意念无法集中，憋闷和黏稠让他们无所适从。他们把颠簸喧闹了一天的身体刚在床板上放平下来，深不可测的大江就把他们轻轻托浮在某种液体之上，悠来荡去，轻轻摇晃。他们的身体再也矜持不住了，他们的双手勉强支撑着自己爬起来，怕冷似的，哆哆嗦嗦地拉开舱门，逃也般的，一步一喘朝四楼顶端宽阔的观景甲板上艰难奋力攀将而去！

夜的甲板此时正悬浮在千壑万流之上，模棱两可，似是而非。甲板之夜又仿佛吊在廓远的天幕底下低垂，首鼠两端，惶惶惴惴。它们总是在昭示着一种不很确切的动态，或者是预示着一种动感的不明不白。船在黑夜里还迟迟没有开，也不知道为什么还迟迟没有开。他们都已习惯了这样一种还没出发就已晚点的状态。他们总是处在不曾出发就已晚点的状态。没人向他们解释晚点的原因，他们也就只有耐心等待。他们都已习惯了耐心等待，他们的人生就是充满了晃晃悠悠迟疑动感的无尽等待。“余生也晚……”这是挂在他们嘴上的口头禅。这样一句托词就把一切的爽约和迟到、把一切的龃龉和纠扯都解释和打发了。

他们就在楼顶的甲板上汇齐了，不约而同地聚拢、汇齐，互相利用手里的烟卷对火、借光，并趁机彼此偷觑和打量。风正从四面八方灌来。其实没有什么风正从四面八方灌来。从四面八方灌来的风，只是他们眼下对顶楼甲板的良好感觉和美好期待。他们仍被长江五月溽热的暖湿气流包缚困围着。他们满头都是发散不出来的热汗，他们的衣衫都紧紧贴在了肋骨上，黏糊糊、沉闷闷的。他们全都不约而同从狭窄憋闷的船舱里逃离出来，逃到某种临时的高处，某种与闹哄哄群体的隔离点。微微明灭的火光映着了他们彼此一张张年轻少壮的脸，那真是一派年富力强的精英少壮景象。他们夹烟的手指都十分细腻、滑爽，指尖稍微有那么一点点的熏黄。他们很客气很亲热地彼此微笑、寒暄，尽量装做在上甲板之前就已经彼此相熟、相互认识了，就已经彼此是老熟人一般。当然他们可能没见过面，也可能真就彼此熟得跟什么似的。他们的名字一提起来就如雷贯耳，如雷贯他们那个范畴里的彼此之人耳。相逢何必曾相识呢？他们虽然来自五湖四海，但为了共同的一个最后再看一眼三峡的痛切目标，不远千里万里走到了一起来，终于走到了一起来。

五月真是个忧郁的季节。

他说。赵日说。

他们当中终于有人说出了一句像样点的、有点学问的话。他们本都想打一些比喻，用来概括他们当下发不出来汗的、游走漂浮并偶然遭逢的境遇，并以此作为他们相互之间对接对火的暗号和口令。但是他们的想象力匮乏了，全被五月的长江之水打得泛潮濡湿，潮乎乎，黏腻腻，不怎么能撞击出火花。他们当中就有聪明睿智如批评家赵日者，便沿着艾略特“四月是个残酷的季节”往下模拟，顺口便悲发出了“五月是个忧郁的季节”的警句。不错，五月是个忧郁的季节。错了，五月应该是个明媚的季节，是无比明媚的农历阳春三月。但是，当下，当他们这些少壮精英同聚在一条船上，要对九十年代文学的今天和明天进行追思和遥望的时候，他们却发现阳春三月不那么好怀春，三月的阳春也不那么好游江。他们同乘在一艘颇为豪华的长江游轮上，将要沿即将湮灭的三峡逆流而上并紧接着顺流而下，对它进行第一次的观望却也是最后一次的告别。这会儿他们极想发一些感慨，却发现有嘴却难以把话说出来。他们外表的溽热无处排泄，他们内里的潮湿无计烘干。他们不太好确认这股子症状叫什么，但是批评家赵日的一句话一嘴就把它戳穿了。

五月真是个忧郁的季节。

他说。赵日说。

赵日说这话的时候，烟头在胡子里忧郁地闪亮，犹如隐现于两岸岩崖之上的航标灯一样烧出半死不活的红光。赵日批评家最引以为骄傲自豪的就是自己那一脸生动灿烂的络腮胡子。那脸稠密的胡须曾跟他的批评家身份一起，共同经历了一场过去年代里的经久辉煌。当一场跨年代的文化危机猝不及防来临之后，赵日胡子的辉煌顷刻之间就土崩瓦解、灰飞烟灭。他那被无数女崇拜者播弄接吻过的嘴唇，如今正怀才不遇地深深隐没在乱蓬蓬的毛丛深处，极其焦渴地等待着某种舌尖的驾幸垂怜。目前安抚嘴唇的只有细长细长的烟卷，还有他自己妙语连珠的夸夸其谈。

五月真是个忧郁的季节。

他说。赵日说。

赵日把这话又重复一遍说完时，他听见了一转圈稀稀拉拉的掌声作为对他的应答和喝彩。口令对上了。他感觉出他们都在没有风的风里松了一口气，他自己也在没有风的风里暗暗地松下了一口气。偶然遭逢相互指认时的惶然紧张终于过去，他们原来并非像三八线和麦克马洪线两端对峙的什么什么队伍和什么什么人。他们不过是在一个忧郁的季节里同船过渡的一个个平凡简陋的普通文人。只要载着他们的大船一刻不开,他们就谁也无法靠自身力量移动半点。明白了当下同船过渡的处境后,他们便把自己松弛下来,十分松弛地在忧郁的季节里彼此互相对火和借光。青年批评家钱酷毕和孙帅呆对火和借光,文学博士李含苞和周欲放对火和借光,本地作协主席卓顾得和尤拜德对火和借光,批评家赵日和大学实习生小战士对火和借光。也许他们平时根本就不抽烟,根本就不需要如此这般的赵钱孙李周吴郑王的集体对火和借光,但在此时此刻,大幕刚刚揭开,演员刚刚上场,烟这个道具就起了大作用,派上了大用场。火光荧荧,像是在表示他们彼此相逢的其乐也融融。烟雾缈缈,像是化解了彼此的陌生、紧张和隔阂,还有莫名的等待和焦灼。

一个未名的时代真是痛苦。

赵日说。赵日用他细长的手指夹着烟说。忧郁过后当然就要痛苦。赵日的这种情绪衔接的确没有什么错误。烟在他细长的手指间翻卷播弄着,颇有一点无聊和不耐烦的模样。他那摩挲来摩挲去的手指又无形之中加剧了烟卷的某种细长。赵日的一双读书人嫩手打理得十分精心和秀色,手掌容积很小,掌心纹路清晰,指甲尖修剪整齐,每一个指甲肚都挺括饱满,甲盖圆润,略呈粉红色。他的柔媚秀手跟他脸上胡须所呈现的猎人般的粗犷剽悍很不协调。他那一米八二的北方身材及其一脸壮硕的胡须,看上去极具丛林之中突然启动的爆发力,仿佛给他一杆枪就可以去打兔子。

未名的时代就像一条未名的船。从哪里来?到哪里去?行程有多远?什么时候开船?都说不清楚。

赵日说。赵日用他隐藏在胡须里的含而不露的嘴说。谁也不能看得清楚他嘴唇的轮廓，也许只有在他嘴边吊大的过去年代里的文学女青年才能描绘得清晰。

老兄你有没有搞错？谁说这船是未名的呢？

提醒他的是与他同样著名的青年批评家钱酷毕。酷毕面如重枣、声若铜钟，一派中国古代关公关云长的酷死人靓死人的帅样子，而不是当代香港四大天王歌星的奶油嗲兮兮的面瓜相。酷毕就是特别愿意时时给别人提个醒，尤其是嘴不得闲，老半天都是一个人在那儿叨叨咕咕的赵日批评家，更是惹得酷毕批评家记起了自己不失时机给人提个醒的职责。酷毕瘦削坚实的身体此刻正玉树临风，呆立船舷，一双曾倾倒过无数文学女青年的美目凤眼，此时正在烟头的映照下躲在镜片后面烁烁炯炯。

老兄你眼大漏神了吧？酷毕说。酷毕说话的时候还总爱向上抬起一只胳臂，带上一点伟大领袖居高临下检阅红卫兵游行时的那种形体动作。我们这条船可叫“长江 168 号”，老兄你可要看清楚。

命名的不当比未名本身还要痛苦。

赵日并没有顺着酷毕手指的方向去确认，他的嘴唇固执的隐在大胡子里嘟哝，听起来沉稳、倔强，有为捍卫真理一斗到底的气度和决心。什么叫“168”一路发？真真是俗不可耐！我们若都在“一路发”上研讨九十年代文学，那么九十年代就算是真正没有文学了。正所谓相见争如不见，有名还似无名。

赵日说完，转头兀自凝视着一团黝黑的江水，远处渔船的灯火故意被他的脸正面避开，深入不进他的眸子里去。他胡子里的嘴唇也就此不再开启，故意造成讳莫如深外加高深莫测。

那又怎样？那又怎样？毕竟这船有过一回名了，存在就是现实。你难道想故意不承认现实主义的存在吗？

酷毕的声音严酷冷峻，谁都知道他是这方面的研究专家，他的研究课题，目前正在逐步地从单人现实主义向双人现实主义过渡发展。只不过是在最后结果没有出来之前，他的这个选题暂时还秘而不宣。

难道你还试图否认它，还想亲自再给它命上一回名是吧？酷毕批评家说。酷毕在说这话的时候，漂亮的男子眼睛里一点都不含情脉脉，相反却分明带出了一见面就想跟对方过招的抬杠色彩。

殊不知那批评家赵日也想当然的是杠头出身，而且是批评界里头最善博弈的一个。他那被层层胡须圈围起来的外形壮观的大脑袋瓜子，里面也说不清共装置存放了多少棋谱和程序，某一次在跟电脑比赛对弈时竟然把电脑都折磨疯了，气得电脑浑身乱颤，满脸满屏幕都疯狂打出了黑体三号字他的名字“日赵！”“日赵！”“日你爹个赵！”把赵日骂得哈哈大笑。批评家赵日连电脑都不惧，还能在乎真人吗？赵日他一面对人脑的挑战，精神气儿立即就来了，本来已不打算开口的嘴，现在还是忍不住衔住杠子的那一头，使劲一用力，将其一端奋力翘起来说：是的，兄弟，你算说对了。哪一次命名是人对自己本身命的名？还不都是他人所强加赋予的？我们自己的名字得源于父母，船的名字受之于它的主人。命名从来都不征得被命名者的同意，每一次命名都是据授名者自己所需。既如此，我们就是强加给这船一回名又有何妨呢？

哇——噻！好耶！好耶！

还不等酷毕回答，一旁才刚毕业出炉不久的博士含苞和欲放竞相跳将起来，蹦脚欢呼。两个初出茅庐的白脸小伙儿唯恐天下不乱，仿佛盛世太平就会泯灭了他们少年英才似的，听了这话立刻就围拢上来，一人抱住赵日一只胳臂摇晃着，使劲儿撺掇说：日兄，日兄，光荣啊日兄！依你说来命名不就跟强奸一个什么差不多嘛！那还不赶紧快命，快命！我们久闻日兄你特会命名，从“伤痕文学”开始一直到“后后现代”，哪一次给文学起名没有你老人家介入呢？给一条船起名就更不在话下了。快点，快点，我们不愿坐什么破“一路发”，快给我们的船起个好名吧。

受到年轻博士的拥戴，赵日明显感到高兴。跟酷毕唇枪舌剑的火药味儿一下子没有了，换成了导师带学生的诲人不倦的谆谆与哼哼。他用眼角简单扫了扫酷毕，然后手捻下巴根儿最底部一绺儿胡须，发声部位极其靠后、音箱共振极其沉郁地嗡嗡嗡嗡嗡说：

当然了，命名也不是随便就能命的。这里面有玄机。偶然的和必然的，诸多因素杂糅在一起，才能构成一个名。

都需要什么因素，快说，你尽管说，我们全力给你提供。含苞和欲放急不可耐，又使劲殷勤地摇着他的胳臂。

比方说，这要因人因时而定。

人是怎么个人？时又是怎么个时？

赵日瞻仰着旁边那艘牵挂着他们的、同时也是作为缆桩和铁锚固定着他们的那条通红大船，略有所思地沉吟着开口：比方说，现在，同船共渡的，来为九十年代文学操心的，你我等，有红卫兵、红小兵，有右派、左派，还有中不溜派……

你们好！都躲到这儿来啦？

随着一声清凉的问候，一阵栀子花的香气柔软地从舷梯下浮动上来，跟着上来的，就是一个穿小背心和沙滩裤、脚丫在皮凉鞋细带子里自由伸缩扭动的清新靓丽的小女人。赵日把刚说了一半的话咽进了肚子里，嘴大张着保持原状却没有发出声儿来，其他人也都眼神呆呆的，惊得半天缓不过来劲儿。酷毕这时却抢先上前，迎过去跟这个靓丽小女人打招呼：倩倩，你也上来了？来，我给你介绍介绍。

倩倩？她就是倩倩?！一甲板人的眼光唰地汇成探照灯的光柱聚焦到倩倩身上。倩倩，谁不认识？一代名记嘛！某大报专门负责文学副刊的年轻女主事，全国那些能如雷贯上耳的名家没有谁不被她一网打尽，不被她采过访和编发过稿的。他们在座诸位也几乎全是她的版上客，可就是从前只闻其名不见其人，这下可好，得以就近一睹芳颜啦！我的天！果然名不虚传啊！

他们的嘴角顿时全都翘上去，眼角随之全都弯下来，既想目不转睛，又想笑逐颜开地瞅着、瞧着，很幸福，很傻，很幸福也很傻的样子，等着酷毕将他们一一给方倩倩做引见。倩倩黑黑的大眼睛，大眼睛黑黑的，含笑而礼貌地一个个致意回答。酷毕最后一个才介绍到赵日批评家，倩倩伸出一只小手来优雅地让赵日握着，刚刚说了一句：久仰……突然一个脆嫩的女声从背后直接把她打断：

哎——呀，您就是赵日老师啊！赵日老师请您给我们赐稿！

随着话音，一个瓷娃娃似的连衣裙小人儿爬了上来。不等人引见，圆脸儿小人儿往甲板当中亭亭玉立一站，小碎花连衣裙下摆飘飘的，落落大方自报家门道：我叫宋乙乙，是在《大众文萃报》实习的，我们报社派我来跟各位老师约稿，希望各位老师能支持我……

我的天！这可真是上帝他老人家派来的清凉解暑的可口良茶啊！甲板上人们的眼神简直不够用了，看看这个，又望望那个，登时觉得溽热全消，精神陡涨，仿佛凉爽的风真的吹过来，从夜的水面上吹过来，从尤物可人儿们的连衣裙和小背心上翩翩吹来。他们忙不迭地起身恭迎，有人去拉椅子让座，有人张罗去买啤酒和吃食。赵日老师的眼神亮晶晶、亮晶晶的，温润潮暖，乱蓬蓬的胡子里立时祛除了忧郁色彩，每一根胡须都差不多要立起来，“嗖嗖嗖”往外滋着意气风发和激情澎湃。他看着方倩倩雍容华贵地落座，一条腿搭着另一条腿，一只脚丫攀着另一只脚丫，又看着宋乙乙蹦蹦跳跳地忙着给各位老师分发名片，瓷娃娃一样雪白的圆胳臂圆腿在连衣裙里跃动着。赵日老师的激情立时把他自己的周身鼓满了，胀满了，鼓胀胀，满满当当的，恨不能一头扎进长江之水中，化作冲进上游孵卵产仔的中华鲟、扬子鳄。在栀子花香阵阵袭来的沁脾清幽中，在夜雾和水汽迎面打来的青春玉体绵软甜香里，赵日的嘴唇终于从毛丛的深藏之内凸现出来，那样性感地浮凸出来，焦渴、干燥、灵动、深邃。原来竟是两片那样流畅完美、生动薄脆的男性嘴唇！甲板上的人都听见他嘴唇上的想象力被激活了，先是如释重负地“嘘”了一声，然后又是双唇浑圆向中心啜起，用柔和的气声（气管内部最底处发出的声儿），轻声慢语跟方才判若两人地发话道：我提议，我们这条船就叫“东方红猎艳号”吧……

哇——噻！

没等他说完，甲板上的人就差不多集体跳跃着欢呼起来，仿佛他们早已彼此心领神会，就等着一个人脱口秀出似的。

方倩倩和宋乙乙则瞪大眼神，十分警惕地挨个打量起他们。

3

船还没有开。船不知道为什么还没有开。也不知道为什么要把九十年代的文学会议拿到船上来开。也许那本身就是一条船，一艘艰难普度的船，载着越来越为数不多的他们，向着即将湮灭的风景，趋近，流连，看一眼少一眼，看一眼少一眼。

“东方红猎艳号”就挂靠在那条红彤彤的大船上，就滞留在子夜时分长江幽深浮泛的水面上，像一只寄生蟹一般，攀附着，等待着，以茫然的攀附和等待，来消耗和熬煎一个灯明水暗的不平静夜晚。

那女记者倩倩是何等经验丰富、冰雪聪明，她黑黑的大眼睛，大眼睛黑黑的，眼神往上一撩，一撩，立即就把甲板上的事态打探明白了，然后就笑意盈盈不失时机地开始打击“猎艳号”成员们的积极性：“东方红猎艳号”？这有什么新鲜？早已被人玩过了。早几年间此类组织就在北大和复旦盛行过。这会儿你们还在玩，还有什么意思吗？

噢,噢,意思可大不一样,大不一样。赵日批评家接嘴说,赵日批评家此时薄薄的嘴唇神采飞扬,嘴皮子带电一般叭叭叭反应得飞快。我们要进行大面积文学重组重构,找回九十年代的文化新热点。

噢?这么说,老调子还没有唱完?

哪有个完啊!

赵日批评家耸耸肩。批评家赵日说这话的时候,很像《追捕》里的那个杜丘冬人高仓健,他两手一摊,做了个洋气烘烘的无奈动作,就差伸手将美丽小姐抚恤包揽入怀了。

哦,那好哇!

倩倩的声音非常女性又充满磁性,就仿佛有一只小手儿正从嗓子眼里探出来,毛茸茸的、毛茸茸的一只小手撩拨着听话者身上的痒处,把他们搔得乖乖的、痒痒的,乖乖痒痒兴奋度极高却又无处得以解脱。那只磁性小手就乐滋滋招摇在她的嗓子眼里仿佛无限喜悦地说:请问,诸位是否需要一个女政委跟你们一起合唱呢?

好啊,好啊!欢迎女政委方倩倩来指导工作!

一旁敲边鼓起哄的又是含苞和欲放两个小家伙。含苞的博士大脑壳得意地在细脖子上摇摇晃晃,欲放龇着一嘴纯洁的苞米小牙满脸坏笑。方倩倩轻轻巧巧地就为自己在一群猎艳者中找到了合适的位置,将自己置于比较安全有利的地形之中。而大学实习生宋乙乙小丫头则显得涉世尚浅,经验缺乏,她还是有点被名人情结惧缚着,一时还不知道怎样恰当地说话,手脚无措地拘谨坐着,无形之中就有些像陷入被猎泥坑的小宠物。赵日老师一旁看在眼里，喜在心上，怜香惜玉之情越发被撩动了，恨不能立即将小瓷人拉过来抱坐在腿上。想当年，他有多少一泻千里的文章，就是一手抚摸着腿上坐的文学女青年，另一手洋洋洒洒、一气呵成的啊！那是除了理想和宏业以外，能将他的情绪调动起来、将他的创造性思维活跃起来的又一股向上走的力量。

但显然，眼下，周围环境跟八十年代他辉煌的时候不一样了。九十年代的女崇拜者可不是说抱就抱的，抱错了可是要付出天大代价，谁知道是会出血、出泪、流汗还是流钱？一个充满光荣与梦想的时代业已结束。赵日老师带着一股侥幸的残余激情，小心翼翼摸摸索索伺机以待，乖乖地、殷勤地，一会递茶一会儿端水地对女士悉心伺候。

“东方红猎艳号”这样一个诗意命名和猎艳队人员的基本组成就这样落实了下来。落实下来以后，等待就不再显得那么枯燥、那么坐卧不宁、那么烦闷焦躁、那么漫不经心而又那么万般无奈。现在它简直变得香气馥郁、诗意盎然。天上的一颗北斗星开始在他们的头顶美好地照耀，四周的景致全都怀揣上了一点点跃跃欲试的不安，全都罩上了一层甜蜜动人的危险。他们方才那公羊打斗式的刚硬身体线条现在全都柔和下来，眼神也都变得软耷耷的，四肢就如向日葵朝日般初绽在女士们明媚的视界以内。

猎艳队男队员们嗓子眼儿里的话立刻就多了起来，他们的忧郁立刻就被欢乐所取代。喧嚣浮泛极尽欢乐的时代，忧郁该是一种多么难得的情怀！感伤落寞的时代，欢乐又是一种多么难得的存在！而它们的转换就在一刹那，就在两个女人出现的当口得以实现完成了，这样就使原本庄严的情感变得多么滑稽、多么矫情、多么做作可又多么有意思啊！

远处葛洲坝的灯光直泻到水中，映得水汽馥郁。灯火如花瓣一样一朵一朵在水里盛开。偶尔会有过路的江船拉响汽笛，"呜——呜"，忧郁而又抒情，那仿佛是船在夜里的呓语。一盏、两盏、三盏、四盏的灯光平静地在夜的水面上滑翔，优柔寡断，显得心事重重。呜呜呜的船在时断时续地说话，像是自言自语，又像是跟谁对话。那果真就是船在对自己说话，船在跟船说话，船在跟葛洲坝说话。那就是葛洲坝吗？夜的葛洲坝看上去并没有什么魁伟雄奇的地方，只像是由一条灯光组成的长堰，孤独、寂寞地在远方湿湿地闪亮。那该不会是古时候的都江堰吧？后人的葛洲坝看上去跟古人的都江堰相比并没有什么显著的进步和区别。后人的智慧，全都让前人那强有力的大脑给遮蔽覆盖了，什么也没剩下，什么空隙也没留下。每一次的行动，都不过是重蹈覆辙；每一次的发声，都不过是鹦鹉学舌。

船没有开，船始终都没有开。他们同坐在这一条船上，挨着这一段陆地不是陆地、江不是江的困难转型时光。长江仍隐在夜的背面，在陆地与船的夹缝中徘徊，迟迟不肯把真面目向他们打开来。船也还没有开，久久不开的船几乎要破坏了他们对三峡的期待盼望色彩。船上的酒吧开了，船上的卡拉 OK 也开了，船上的多功能厅和录像厅也开了，船上的卫生间和洗澡的热水都开了，只剩下船还没有开。船还不知道什么时候才能开。

夜的衬景单调不变，缺乏动感。单调不变的夜景逐渐地在他们的瞳仁里变得无趣腻烦。逗趣打镲的话说了一圈又一圈,甲板慢慢地也跟着变得絮烦而腻歪起来。他们都在拼命寻找相亲相恤的一时温暖,同时他们又小心翼翼避免误会和伤害。这样,他们就不能不投入又不能太投入,他们本来想要彼此抒情,但话从嘴里出来时却只剩下了调门统一的调情。只调情而不抒情让他们彼此感到些许安全,但因这安全永远盘带在禁区以外又失去了惊心动魄的进球射门色彩。

夜的甲板、甲板上的景致,景致中的调情话语渐渐都不再有趣。个别人想要抱小姐到腿上的想法又因集体的腿数太多而实施不起来。看样子是没有哪一个说主动让贤自动退到甲板下面去的。酷毕不说帅呆也不说,含苞不说欲放也不说,卓拜德不说尤顾得也不说,赵日不说小战士也不说。谁也不愿意有点眼力见儿主动离开,把两位小姐剩下给别人分享。于是,他们只好原班人马行动,决定换一个地方去寻找新的有意义的活动和刺激。

一大堆衣服刚刚被风吹干一点的猎艳队成员就又鱼贯而下,拥戴着两位公主、两位女皇、两位能惹得他们恋恋不舍坚决聚拢在一起不肯自动离去半步的女士,下楼去寻找更有意思的玩法。船内到处都已灯火通明,联欢早已经开始了。不管船是移动或者是停滞,狂欢总是可以随时随地随处开始,不需要酝酿,无须彩排,灯光由明到暗的转送之间,人人就都成了角儿,踮起脚尖就上了场。这是一个极尽欢乐和喧嚣的时代,孤独和忧郁都极有可能是故作姿态。这也是一个忧伤和孤独的时代,欢乐和喧嚣也极有可能是假模假式。无法分辨,没有人能够辨别得出来。

他们拥戴着他们的女王走进那个灯火闪亮的多功能厅卡拉OK酒吧。刚一跨进门槛，刚一脚踏入欢乐沸腾之中，他们立即就后悔了，他们中间的两位女士立即就被裹挟而去，不由分说地裹挟而走，像遭强暴抢劫了似的席卷而走，幽暗之中又看不清是被谁具体给架走给拎跑的。他们简直来不及反抗和阻挡，实际上他们也没有什么权利阻挡和反抗，谁也没授予他们权利反抗和阻挡。他们十分地沮丧，十分十分地沮丧，简直无法形容那种沮丧像什么。仿佛不经意之间丢了属于自己的什么东西似的，属于他们自己的最最珍贵东西似的，好像自己一瞬间就一贫如洗，变成了穷鬼穷小子一个。他们勉强定睛下来，努力眨着他们批评家的锐利双眼向舞池里打量。但是他们却忘了人家别人的眼神之锐利也是同样是批评家式的，他们都是半斤对八两，针尖对麦芒。所以人家一眼就瞄上他们进来，一眼就挑中他们群体中的方倩倩和宋乙乙两枝花，冲进他们的领地呼啸着将女人裹挟起来就走，一点都不讲究面子和道德。其实也没有什么面子和道德。这种场合，狂欢的场合，一切全都是公用的，哪还剩一点点私人性好讲呢？

这下他们是真的傻眼了。赵日眯缝起他的批评眼，在忽明忽暗的灯光隙处，拼命寻找着宋乙乙和方倩倩。他寻见方倩倩正跟一个年纪不老小的人勾肩搭背，勉强撑出几寸绅士距离，在不紧不慢地倒脚挪着步伐。再转头寻找宋乙乙，透过满池的人影憧憧，香臂艳腮，赵日的心里边“咯噔”一下子：宋乙乙正被一个大内高手贴身搂着，腻腻歪歪的，眼见大内高手把宋乙乙贴身搂着，抱着搂着，一来二去，手就没了！手就进入裙子里没了！太快了！只不过是一眨眼的工夫。虽为过去年代的猎艳老手,赵日这时也要由衷感叹:太快了!太无遮拦无彩排无酝酿,太露骨无含蓄无调情无撩拨了,真是见面就动手。赵日听见自己心里抽搐了一下子,“咯噔”抽搐早搏了一下,从牙缝里冒出一股凉气,暗暗的冷飕飕的。他心里只说太快了!只会说“太快了,太快了”,倒仿佛这个过程若慢一点就合情合理了似的。他的胡子只抽动了一下就全塌下去了,全都那样痛苦地歇斯底里地软塌塌地往回倒伏。

猎艳队的别人也都看见了,也都跟赵日一样地看见了。满舞池的人形形色色,舞伴儿之间勾肩搭背的状态形形色色,仿佛人们都是有准备而来,就是为了一场放肆的耸动和狂欢,为了一场陌生的刺激和贴近,为了一场毫无责任感又无危险可言的猎艳和追逐而来。这才是九十年代的新热点,是股票市场上永远的炒作和投机的题材。自封为猎艳者们的这些人都蒙了,酷毕和帅呆有些发傻,含苞和欲放有点发呆,卓拜德和尤顾得暗自摇头喟叹,小战士光洁的奔儿头一下子就冒出汗来了。他们都有些急了,既不肯轻易加入进去,又没有办法把他们的姑娘抢救下来。两首曲子过去,大内高手却一直搂住宋乙乙没有换人,他紧缠着她裹着她不肯撒手。赵日的眼睛一刻也没离开他们身上,没离开他们这一对儿身上。在一阵阵心绞痛之中他还在想,有些想不明白地极力地想,现在的大学生小姑娘怎么都这样?怎么可以一见面二话不说,就让手进到裙子里去?连一点节律节拍和过渡都不要了?他就这样忧伤地想,几乎是无望地想,几乎是无望地、目不转睛地黯然神伤。

就在他这样目不转睛地黯然神伤之时,他却突然之中捕捉到了一个动作，一个救了他命的动作，宋乙乙的一个幅度很小的用双手相撑的动作。她的双手并没有搂到大内高手的脖子上，而是简单地、似是而非地搭在对方的肩上，并且，在一个滑步的空当，她还伸出手来撑了一把，好像要把两人身体的距离撑开。赵日的心里忽地涌来一股灼热，那股子灼热撞击着他，好像他从这一微小动作中得救了，真的得救了。他放下手中浇愁的啤酒易拉罐，拉了拉衣领，凛然地从高脚椅上站了起来，站起来得十分凛然。他站出他一米八二的满脸大胡须的凛然身姿，屹立在舞池旁，屹立着，充满信心地等待，准备在这支曲子终了时迎住宋乙乙。他一定要把她迎下来，一定要把她救下来。那几乎成了他的职责。他已经准备好了。

一曲终了，大内高手根本没放宋乙乙到舞池边上来，他牵着她在原地磨蹭，似乎还想在原地接上下一支曲子。赵日想也没想就迈步走了过去，大踏步地在红红绿绿的灯火萦绕中走了过去，走近了大内和宋乙乙身边。他好像听到了自己目眦尽裂的嘎巴嘎巴响声，他已经听到地火在地下运行，火山的熔岩马上就要从他的舌头里喷发出来。他的嘴唇刚一在胡子里爆突露面，不料方倩倩却从背后抢上一步，赶在他的前边柔声发话道：大内先生，您好啊！可还认得我吗？

方倩倩那一双黑黑的大眼睛，一双大眼睛黑黑的，调皮而又狡黠地眨动，调皮快活而又妩媚横生。她已经跟赵日同时听到了他目眦尽裂的嘎巴嘎巴声。她为这种声音稍微感到宽慰。她知道接下来的就该是什么。她是他们的槛内之人，她就是从这种情形中，从一条接一条的男腿上磨砺过去，从一段一段、一截一截毫不新鲜的老调子的弹唱中给锤打成长起来的。于是她就赶在赵日的前边把引爆线接了过去，掐熄了一场肯定是很没趣很无聊又很缺乏体面的战火。大内高手的手果然就从宋乙乙的背上滑下来，略一吃惊，然后马上换成笑脸，伸出手去极其热情地与方倩倩相握说：倩倩！方大记者，我哪里敢不认识你？

一旁的赵日先是没反应过来，愣了一下，接着马上趁他们寒暄的工夫一把扯住宋乙乙：乙乙，咱们走。说完，也不等人同意，几乎是连拉带拽地扯起她来头也不回地就走。他将宋乙乙领回他们那群人围坐的桌子边，安顿她坐下，又叫来了一杯甜水递给她。宋乙乙端起杯子，咕嘟咕嘟地仰起脖子就喝，喝得很有一些惊魂未定、惊慌失措，也有一些心旌摇荡和莫衷一是。赵日的心里又颤颤了一下，伸出手去，轻轻拍了拍她的背，不知是安慰还是别的什么。其他几个人也忙碌着往宋乙乙眼前放这放那，水果和小吃瞬间堆她眼前一满碟。赵日在这边忙活宋乙乙，酷毕那头望舞池里寻着方倩倩，就见曲声灯影之中，倩倩又被那个大内高手扭住了，扯着她漫不经心地踱着步伐。虽然他们中间隔着一指宽的礼貌距离，倩倩脸上好像还挂着笑，似乎在轻松地寒暄着什么，可是酷毕怎么看怎么感觉倩倩那纤细的胳膊在吃力地用劲，强抵住大内的身子不让他贴上。酷毕的右拳狠狠地砸在左掌心里，说了声：操！转身就离开他们一伙，焦灼而又痛苦万状地去绕着舞池转起了磨磨。三转两转，仍旧无计可施，他找不到借口和勇气冲进舞池去把倩倩拽出来。酷毕无奈，焦急之中面部的肌肉都僵了，他青白着脸，嘴唇铁灰着走近舞曲放送的调音台，声音僵硬地对调音师说：请给我们放迪。我们许多人都准备蹦迪，我们已经等得好久了。

调音师说：好。先生请稍等。

果然，交际舞曲一停，迪斯科乐曲就响了起来，铺天盖地地轰了起来。这是能保持人与人之间间隔和距离、能给人以最大幅度的摆动自由和人身安全感的最好曲子。在它的强烈声响的庇护之下，一切的舞姿和扭动都变成是绝对私人的、个人化的，不会有什么贴身骚扰和肉体侵犯的事情发生。

仿佛为了报刚才的一箭之仇，报他们丢了女人、丢了面子之仇，猎艳队成员他们集体不约而同地全都上场，他们把倩倩和乙乙两个姑娘围在中央，圈在中央，炫耀示威似的，围着她们俩蹦啊跳啊，任谁也抢不去，任谁也夺不走。他们是生怕再失手把她们丢失了。尤其是他们之中的酷毕和赵日，都几乎委屈得有点想哭了，鼻子孔酸酸的。他们真好像是失而复得，真像是他们的羔羊迷途而又重返了一般。他们圈在一起，围在一起，仿佛多少年前他们就曾经在一起，多少年前他们就应该是一个整体一样。他们是再也不愿意分开了。他们不理会场上的别人，不理会任何人，他们只顾跳着他们自己，只顾安慰体恤着他们自己。他们都有点为自己感动和赞叹。他们是多么的脆弱、敏感、多情、多疑、奋不顾身而又不堪一击啊！仿佛还没有从刚才的一场失败和挫折的打击之中恢复过来似的，他们极力扭腰耸胯，他们拼命劈腿甩足，以甩掉刚才的愤懑和惊悸。他们在重金属的狂轰滥炸之中浑身抽筋、哆嗦，他们在灯影变幻莫测之中迷茫、失措。他们把地板踹得山响，他们把灯光给晃得青面獠牙。他们想找回一局他们曾经丢失的，但他们又实在不清楚他们丢失的是什么。他们带着激情的谵妄蹦啊跳啊，他们不知道是谁给了他们谵妄的激情。周围的人、景致一律在变幻、倾斜，水平线不知道在哪儿倾塌了。没有高度，没有基准，没有海拔，没有稳定，一切都在变幻莫测中旋转着倾覆着上升。他们就要在倾覆和旋转中悬浮倒将下去了，马上就要悬浮着倒将下去了，这时他们却听见一阵锐利的震耳的铃声。

船开了。

船开了。

4

船开了。船终于开了。船在狂歌劲曲中奋力将缆绳挣开。船从那艘大红船的庇护捆缚下挣脱开来，在夜色的掩护下徐徐离开了潮湿的江岸。

船在逆流而上，船在逆流而上。逆流而上的江水无情拨击着船帮。江水给了他们水蛇似的哗哗的声响，他们却无法拓清她暗昧优柔的意味深长。一切悠长的本相都包藏在夜的深处，而夜的眼就埋伏在灯的光里头。灯的线就躲在船里头，船的桨就隐在水里头，水的箭就射在人心里头，人的心就存在本相里头。

船终于开了，船终于开了，终于沿着寻访凭吊之路上溯开了。逆流而上的公理，就是只顾拨水前行，而一路上的风景全被深深地忽略和遮蔽。寻访既成凭吊，他们内心无限感慨。他们在黑夜里睁大了黑色的眼睛，却丝毫寻找不出他们所企盼的光明。两岸岩崖上明明灭灭的航标灯火，提示着他们是在窄窄的水道里运行。左边的岩崖亮着红灯，右边的岩崖亮着绿灯。红灯和绿灯将他们引向神女峰、白帝城、巫山、夔门、巫峡、巴峡、瞿塘峡……那么些数不清的峡与峰。那些流传千古的名字，那些流传千古的诗呵！就要有千里江陵一日还了，就要有漫卷诗书喜若狂了，就要有飞流直下三千尺了，就要有巴东三峡巫峡长了，就要有猿啼三声泪沾裳了，就要有高峡出平湖神女应无恙了。

哪里还有千里江陵一日还了？哪里还有漫卷诗书喜若狂了？哪里还有飞流直下三千尺了？哪里还有巴东三峡巫峡长了？哪里还有猿啼三声泪沾裳了？哪里还有高峡出平湖神女应无恙了？你在此伫立千年，真就是为等我与你擦肩而过吗？

他们都无法睡觉，他们依旧睡不着觉。忧郁和悲怆一道随水声袭来，把他们刚刚蹦得干腾腾的身体又打湿了。他们的忧郁和悲怆无以附着，他们来来回回地从这个梯子上去，又从那个梯子下来，他们不知道他们要看什么，他们不知道他们要寻找什么，他们却总要不停地看，他们却总要顽强地毛愣张皇地寻找。结果他们看见的总是他们自己，他们总跟自己的一伙人相遇。他们上来下去，他们蹿来跳去，最后却又重新地聚拢在了一起，干脆聚拢在了酒吧里，围着一桌红红的烛光，彻夜不停地集体闲聊。他们发现他们是那样害怕独处，一旦独处就像是离开了母亲的孩子，就像会被时光抛弃、被这条船抛弃了似的，他们用集体相聚的虚假浮泛的欢乐来把自身的孤独和恐惧抵消。

当然他们如此睡不着觉、不肯去睡觉的一味聚在一起、闹腾在一起的原因,也是因为有了倩倩和乙乙的加盟在场。两位女士成了他们这个猎艳团体聚拢不散的强力黏合剂。他们竞相端茶倒水,竞相献着言语的殷勤,你一言我一语,你一嘴我一嘴。倩倩心无旁骛,谈笑开心,富有魅力的磁性声音总像一个痒痒挠般挑拨撩人。而乙乙小姑娘总显得那么心神不定,摇摇欲坠。也许是探进她裙子里的那只手给她打下了深刻的触觉残留,她的身体显然已经自持不住了,没坐一会儿,她就借故站起身来出去,悄悄地从酒吧间溜走,不知所踪。这下可就害苦了她的赵日老师。现在轮到赵日老师摇摇晃晃,心神不定,惶惶不可终日。赵日老师一会一趟出来进去出来进去,屁股上像长了钉子,坐不稳,站不下。含苞和欲放两个小家伙一看,高兴了,一齐叫嚷说赵日老师您怎么啦?才喝这么一点啤酒不至于就频繁走肾吧?

赵日说:没有,没有,活动活动,活动活动。

赵日一这么说"活动",大家一下子就找到了题材。本来他们的谈话一直是散漫的、东一榔头西一棒子的、无主题无目的的,这下好了,可以大家爆炒同一上升股,就以赵日老师的"活动"作为现场题材。众人争相帮他出主意,想办法,献计献策,拿他打镲,赵日老师同时也拿自己打镲,奉献自身为大家增添欢乐。当然,另一方面他们也是觉得太气不过,那个大内高手忒黑,忒没情调和格调,忒不讲究游戏规则了,是需要有人出面跟他斗斗法。倩倩说那个大内也是她的版上客,从小苦大仇深,自学成才的,十分地不容易。她第一次给他发稿的时候,大内还专程乘火车不远万里看望过倩倩老师,给她捎过上好的明前毛尖茶。当然现在已经不一样了,大内已经成长为高手,早不念怀什么倩倩老师不老师,大内高手现在忙着给别人当老师,忙着往女孩的裙子里探他的高手进去。

倩倩劝解、宽慰赵日说:你不必介意,他需要在勾引女孩子方面确证他自己。

赵日说:怎的,光他确证,我就不需要确证了吗?

倩倩气得笑说:什么话!你已经著名,他还是未名,你跟他一般见识干什么?

但是其他人不这么想。其他人不忿,他们听了大内的来历和出处,更觉得自己应该高出大内一等,更觉得赵日老师出出进进的活动应该,太应该。这种活动往大里说,是一个维护九十年代文学纯洁性的举动,代表着他们学院派集体的心愿和光荣;往小里说,是重振批评雄风,显示他赵日批评家横跨两个年龄段、已经能将追逐对象的年龄成功地下降到二十来岁以下的经久魅力。这又是他们集体的心愿和光荣。

他们说:要么你给乙乙写封信吧,倾诉衷肠吧。

他们说:要么你去查查她房间号,去敲她舱门吧。

含苞说:日兄,我再帮你去大内的房间看看,看乙乙在里头没有。

欲放丁零当啷掏出房间钥匙,说:日兄,给你,从今天开始房间钥匙归你,由着你方便使用。我到酷毕他们屋里打地铺去。

女政委倩倩又乐,极其好玩地看着这小世界里的又一场追逐,一边还语重心长地谆谆教导着说:追逐爱情可是一件美好的事情,务望同志们要德智体全面发展。

赵日见有这么多朋友给他助阵,满脸幸福傻呵呵地答曰:那一定,那一定。说完了,又忽地脸红,觉得不对劲似的,嘴唇又陷回到胡子里,挺不好意思挺羞涩地说:瞧瞧,瞧瞧,让你们煽乎的,仿佛跟真事儿似的。我做什么了我?我做了什么了吗?

众人也乐了,嘻嘻哈哈地说:谁让你积极命名来着?谁让你命名“东方红猎艳号”来着?自作自受了吧?自作自受了吧?

赵日起身,一个大甩臂动作,振奋精神,给自己打气说:诸位,我就牺牲自己,给大家伙儿取一回乐,共度一回快乐美妙的船上时光。兄弟我一定不负虚名,一定创造一些业绩出来。诸位,等着瞧吧!

5

夜还在灯的眸子里倦意未退,白昼却已经在江面上水汽氤氲。等到吧台上的烛火熄了,蜡泪流了一地,等到广播喇叭里传出小姐的问候“各位游客,早上好”时,他们已经睡眼迷蒙、倦眼迷蒙,东倒西歪伏在桌子上,嘴里却还在顽强地对女士幽默着,宁可困死了也相聚着不肯分离。一声“呜呜呜”的笛鸣,告诉他们又一个著名的峡口到了,笛鸣召唤着他们前去观赏。他们这才鱼贯般地出了舱,踉踉跄跄迈着瞌睡不稳的步子出了舱,鱼贯般地又拥到了甲板上。

熹微的晨光中,长江终于露出了它的真相,三峡也终于露出了它的真相。在漫长的等待和疲乏拖沓的揭幕以后,这才真相大白。

真相终于大白。

真相终于大白。

真相终于大白之前的这个铺垫太长,这个序幕也太长,以至于等到要触到题目中心时,等到要面对三峡长江时,他们却已筋疲力尽了,兴奋度已经提不起来了。他们的精气神儿全在暗夜里的追逐和相互指认的狂欢中消耗尽了。他们全都睡眼蒙眬,眼珠儿通红,脚底板发轻。他们在与自己和他人遭遇相逢、斗智斗法的过程中几乎将心智耗尽,几乎把长江和三峡都已经忘了,几乎已经把行走的最终目的给忘了。但是,紧接着到来的白昼提醒他们,呜呜呜的笛声提醒他们,他们的目的地到了。三峡就在眼前,长江就在脚下。夜的神秘褪去,江水赤裸裸地展现。他们先是打着哈欠,手捂着嘴的半边,眼睛半眯半睁着,哈欠还没打完,他们就捂着嘴惊呆了,眼睛一下子就瞪到了半圆:

原来这就是三峡?!这一沟破黄泥汤子就叫长江?!这破败乱糟的沟峡,这滚滚泛黄的黄泥汤子?!

让他们费尽了神思和想象,费尽了等待和期盼,这样跨越千山万水,不顾一切地奔赴而来,深一脚浅一脚地走来趋近的,无比灿烂,无比瑰丽,无比魁伟,无比雄奇,无比遥远溟濛的,一遍一遍无形地诱惑和甜蜜的,却原来就是这样一沟破黄泥!长江呈现给他们一锅破黄泥!三峡留给他们一沟破泥汤子!他们想象的神秘之幕一下子就被撕破揭开了。他们一下子就给从天上云端砸到地底十八层地狱里。

我来晚了。他们嗓音喑哑地在心里说。我们来晚了。我们总是晚啊晚的。我们总听说绝美的景致就竖立在高处,竖立在那里,可是,等到我们有朝一日来朝拜它时,却几乎什么也没了,几乎什么也没剩下了，就连你也开始颓败了。你啊你啊！你从雪山而来，怎不见你雪水的清冽？你向大海奔去，怎不见你赴海的壮烈？想当年，太初远古之际，混沌初开之时，你是怎样水矢箭镞，以你年轻的冲力，热血澎湃，劈沟开山，冲岭钻岩，杀出一条血道，狂奔东海而去！大海就是你的宿命，是你的劫，是你不可更改的前缘。你呵你呵！你难道就不能以你的清亮、你的健壮，再等等我吗？再等等我们吗？

兄弟呵，我来晚了，我生晚了。为什么总要叫我说，总要逼着我说，总是需要我说“余生也晚”呵?！我要生在什么时候才能赶上你，赶上你的潮头？你的精壮？你的英姿？你的秀丽？如今你怎会落魄到这样……浑浊、阻塞，你怎会这样不断浑浊且层层阻塞？你啊，长江啊，你飞流直下、你猿啼沾裳、你巫山云雨、你神女无恙、你那千般愁肠万般壮丽的江，你啊你啊，你在哪儿？你在哪儿？

我来晚了，我们来晚了，三峡！他们嗓音喑哑地又一遍在心里说。第一次靠近你，竟也是最后一次靠近你。第一次游遍你，竟也是最后一次游遍你。第一次用视觉触摸你，竟也是最后一次触摸你。第一次用皮肤感受你，竟也是最后一次感受你。第一次用干渴的毛孔吸附你，竟也是最后一次吸附你。待再来时，你又在哪里？

在哪里呵？在哪里？

他们没脾气了，彻底地没脾气了。他们带着想象被撕毁后的快快缩回船舱，缩到空间直不起身来的狭小房间里呆坐。他们披着隔凉的大被单儿蜷缩在那儿，目光呆呆的。他们自诩是本世纪最后一批人文思想家，但他们却没能印证他们的人文理想。他们无处去印证他们的人文理想。他们眼睁睁看着自然景致到了他们这一代就这样变成了一泡泡黄泥汤，眼看着一切一切都将变得认不出了模样。

直到开会的铃声响了，会务组的人来挨个敲舱门，他们这才恹恹地、不情愿地起身奔赴会场。会场就设在那个多功能厅。昨晚他们还刚刚在此狂欢追逐着，还看见大内高手将手探进小姐的裙子里没了，今天他们就要在这里一本正经发言，发出许多一本正经的言，将话语的泡沫汇入滚滚流淌的泛黄的长江。他们说不出有多么的无奈，说不出有多么的沮丧。无奈和沮丧之间，他们不得不加入喧嚣的合唱，把追逐和凭吊的过程走完，把总结和展望的话语说完。

他们知道不管三峡有多么破，长江有多么黄，他们都是要逆流而上然后再顺流而下，要把全程走完，要把一个时间的和空间的历程走完。时间紧迫，机会难得。没有时间，也没有机会了，每一个第一次对他们来说都是最后一次，每一次相逢都是告别。

人生何处不相逢？人生处处是告别。

6

江水在船板之下汩汩地流淌。逆流的路已经在黑夜之中走完了，现在他们已经是顺流而返，沿途慢慢悠悠地赏析一路即将覆灭的风光。作为母亲之河的长江水已经黄得不像个样子，就不知还会有什么可值得可惜的。什么也不用去想，什么也不用去伸张。

该漫的总会要往上漫，该黄的总归要黄。

一切都已不用着急。一切都已不用着急。随波逐流该是多么惬意！随波逐流该是多么惬意！

猎艳队的成员们眼下他们就规规矩矩地坐在会场里，耷拉着脑袋，假装专心致志地听着台上那些没意思的老生常谈，那些单调乏味毫无新意的重复话语。无数的景致就在那些废话连篇当中在船舷一闪而过，随着一波一波的流水泛过，他们却被困锁在那些话语当中完全动弹不得。他们多么期望能够逃避，能够躲开那些喷溅的吐沫，但是他们显然无处逃离。通向楼顶观景甲板的两道楼梯在开会的时间段内都上了锁，直到会议开完了才能解禁。假如他们不加入多功能厅里的喧嚣大合唱、不成为众音合鸣中的一声的话，那么他们就必须退回到各自憋闷、狭窄的舱铺里去，在那一个个站不开身、直不起腰来的，有如囚牢般的暗舱密室里费力地调整呼吸。空调也已经对他们那些个体的船舱关闭了，只剩多功能厅大会议室的还在开着。所以他们就必须集中在这里，也只能集中在这里，不管他们愿意不愿意，都要跟众人一道制造声音，都要跟众人一道制造话语。

景致与人物暂时隔离开来。现在，他们唯一能使自己厕身于喧嚣之外的手段就是保持沉默。他们努力保持缄默不语。

大内高手被安排成了主讲，这是他们事先所没有想到的。他们还以为照老规矩，先上去寒暄主讲的应该是他们之中的卓拜德或尤顾得这些德高望重忒爱讲话、忒爱将心事成虚话的老同志。但是像卓拜德和尤顾得这样的主席现在都已是只爱做不爱讲了，接茬上去的就是大内高手这样的只会讲不会做，也可能是又会讲又会做、一边讲一边做的新生力量。

二十分钟过后，主持人拨响闹钟，示意讲演人超时，提醒他要节制。大内像没听见一样，还在嘴皮子飞动着嘎嘎嘎地讲。三十分钟过去，主持人又拨响闹钟，提醒他时间已到，可大内还在喋喋不休叽叽呱呱地讲。批评家赵日阴沉着个脸听着，越听脸越阴沉得厉害，满脸大胡子上几乎都要滴出水来。他倒不是觉出大内的发言本身有什么新奇刺激的地方，而是觉得这小子搂着话筒不放松的样子实在是太张狂。那副神态，就跟昨晚上搂着乙乙跳舞时那样，涎兮兮、媚滴滴的。赵日用眼角再顺带着扫了一眼台下，见坐在他斜侧面的乙乙小姐此时正专注地望着台上，满脸潮红地一心一意地听着，眼皮儿好像连眨都舍不得眨，生怕错过了大内那奶油面庞。赵日老师那一颗多情善感的心，又“咯噔”地抽筋了一下。他听见自己的胡子“忽”地就立起来，根根儿都指向台上的大内，怂恿着他的嘴去向大内发难、决斗和挑战。

时候到了，报仇的机会到了，赵日想。赵日以他八十年代老资格批评家的身份想。赵日想以他赵日老批评家的学识和口才，扳倒一个小小的高手大内，简直易如反掌，也就是三言两语几句话的事。赵日的屁股几次欲从板凳上拔起来，意气用事地要向大内高手小先生商榷和责难。然而，赵日老师还毕竟是文人气书生气的老师赵日，赵日批评家在行动之前，还免不了有一些哈姆雷特式的延宕和忧郁。赵日老师他一遍又一遍地在坐椅上问他自己：“To be, or not to be?”赵日老师左思量右寻思，还偷偷摸摸从裤兜里掏出一枚硬币“当”地扔地上,认定国徽的一面是“to be”,麦穗的一面为“not to be”。扔了几次,钢镚儿在地上乱滚,滚得完全乱了套,正反面的概率已经无法统计了,赵日老师于是心安理得地决定放弃。他在心里头还在一个劲儿跟自己说:天意啊,天意!这是老天劝诫我,不让我以自己八十年代辛勤缔造起来的批评家英名,去提携一位九十年代出道的未名小男生。

赵日于是耐着性子安稳坐下去。

比他有出息的是新出炉的博士含苞和欲放两个小家伙。他们本来也没想说话,但是他们现在说话的情绪都被会议上的各种胡说给调动起来了,他们决定要上台去亲自一辩一驳。两个新出炉博士都对批评富含着无限的激情,一见面就要跟人谈文学,不谈文学他们就没话说,不用书面语谈论文学,他们就没有日常的口语寒暄话说。每逢谈起文学,他们的眼神就晶晶发亮,亮晶晶、光闪闪的荧光四射,谁妄图想将那眸子里纯洁生动的纯文学的光辉泯灭都泯不灭。他们的谈话都是纯粹的专业谈话,他们的写作都是纯粹的专业写作,毫不掺杂私欲和功利目的。若说有点什么些微的个人愿望的话,就只是年轻人对朝升大师九段的纯洁渴求和激烈向往。所以他们就一直刻苦磨砺修炼着,刻苦修炼着磨砺,从小到大,两个人都是从小学六年、中学六年熬起,再加上大学四年、研究生六年层层加码,摞到一起一共二十来年不间断一顺水的寒窗苦读,总算把内功修成了。

含苞顶着一个聪明的大脑袋瓜子,欲放龇着一嘴纯洁的苞米小牙,两人摩拳擦掌,已经将底气准备得足足的,准备赤膊上阵。

总算是有一个比武试刀的机会了，总算是有一个快要熬出头、快要走上社会、快要将攒在脑袋瓜子里面的书本知识应用到实际当中去的机会了，他们俩的感觉都十分兴奋，含苞的脸蛋儿越发红扑扑地含苞欲放，欲放的嘴唇也越发嫩生生地鲜翠欲滴。开会、坐船、放炮、命名、打架……一切一切对他们来说都是新鲜的体验，新鲜极了，好玩极了。他们乐不可支，他们准备充足。他们决定要奔擂台赛上比武放炮。每一次会议都是一次比武擂台赛，每一次擂台上都有打得好的赛手脱颖而出。他们不仅能得到刀和剑、快马和银两，而且还能得到名望和绣球的奖赏。这是他们从他们父兄的过往经历中得出的看法。如今他们不仅要极力仿效，还要将这种辉煌光大和发扬。

含苞的大脑壳一晃一晃的，欲放的小嘴一噘一噘的，上得台去都很激动很兴奋、很谦虚很狂傲、很富有条理很语无伦次，狠狠地都说了不少的话。凭良心说，那实在是很精彩很独到很有见地的话，是他们毕生二十几年寒窗苦读把牢底坐穿、毕生二十几年独倚斜栏把栏杆拍遍后的心血之作、肺腑之言。可惜，没人回应。没有人回应。没有什么人搭茬。听众都像白痴似的，傻呵呵地听着，呆呆的，傻傻的，不提问，不反诘，也不质疑，也不商榷，呆呆的，傻傻的，愣呵呵的，听着，什么反应也没有。含苞也只好脑壳一晃一晃，欲放只好小嘴一噘一噘的，干巴巴地下去了，回到原座位席上很无趣地当听众去了。身后面还伴着稀稀拉拉的客气掌声。

接着又上来一个比武打擂者，也用了一些狂傲新词，也发明了一些强硬观点，也带了几个比较恶毒字眼，处心积虑，惊世骇俗，也想激怒大家，也想放炮，结果也放的是哑炮，没人响应，没人搭茬。人人都忙着自说自话，人人都忙得没时间给别人搭茬。

这是一个既自说自话，又仿佛是众声合鸣的时代。它能将一切人、一切事都陷于尴尬。像大内高手那样能惹起别人前去与他商榷、想要灭他冲动的，就已经算是很不错了，就已经算是有反响了，反响就已经算是很不老小了。“多元化”的到来，使得打架对话等等都已变得没有兴致和目标啦！

一拳头就打在了玻璃镜子上。

一拳头就砸在了软棉花堆里。

7

夜幕又一次沉沉地降临。

夜幕薄弱了瞳孔里的深景，他们立体以后的眸子转眼又变成了一个个平面。平面下来的神经很是有些疲惫和衰弱。其实这一整天里他们都牢牢地给钉在会议室的椅子上，整个肢体都没有机会得到什么屈伸。但是那种乏力和疲惫还是牢牢地贯穿了他们整个身心。失眠、失望、失重、失恋、失意……一连串的缺失搞得他们睁不开眼睛，也打不开心情。

他们算是领教沉浮于液体之上的厉害了。水可真是熬人，液体可真是熬人，长江可真是熬人，三峡可真是熬人。才刚刚在船上待了一天一夜二十四小时，他们却觉得已在此沉浮千年了似的，就要给熬得面黄肌瘦，就要给熬得经受不起了。

夜幕掩盖下的液体让他们白天的失望情绪多少有了一点平

息。液体在夜幕之中矫情地呻吟、喘息，一波接一波，一波连一波，将冥想痴想的余地留给他们，将诱惑和得逞的期望留给他们。他们觉得夜里总是可以做点事情的，夜里比较容易做成点事情。而在白天却不行。白天一切的谵妄都在阳光下化成了实在，化成了大白光下的实实在在。白光给了他们一个又一个泛着黄色泥沙的实实在在的打击，将他们的一切心怀鬼胎都给打掉流产。白天将一切朦胧的东西变得乏味真实，黑夜又将那层朦胧重组重聚。

可爱可亲可尊可敬的夜幕终于降临。他们这时倒像盼来了光明使者一般群情激奋。他们欢天喜地，喜地欢天，借着夜幕的掩护凑到一起，聚到一起，相互安慰，互相体恤，互相把白天里的所作所为表扬一番，互相叙着白天里没有说得过瘾的话题。尤其是他们要对白天里竞相上台发言表演的含苞和欲放两个小家伙使劲给予表扬，夸他们这句炮点得好，那句炮放得也不赖。他们又说各位猎艳队老师们本想给他们俩当一回“托”，托一托他们，在下面给他们提一提问题，给他们烘托出一个“二博士舌战群儒”的小高潮出来，但考虑到年轻人初出茅庐，多遇一点挫折、多遭受一点无人喝彩的空镜头也好，以便让老师们过去的历史告诉现实的他们，出人头地的道路上出来都不是一帆风顺的，有激流，有险滩，有暗礁，有泥沙……什么什么都有，当然，像他们俩这样遭遇虚无的例子的确是还不常见。谁让他们生得晚，出道在九十年代呢？那么也就只好回去悄悄地说“余生也晚”吧，他们！不过，也别泄气，文坛无非几圈麻，哪有坚持坐“庄”总不开“和”的呢？只要有耐心，有毅力，别放弃，坐得住，中途不打退堂鼓，咬紧牙关坚持搓下去，那么早晚有一天会有开“和”赢牌的时候。先赢的是纸，后赢的是钱。这个道理他们年轻人应该记住。

一席话就把含苞、欲放的伤心减轻了许多，也把大家彼此众人在白日里无名的失意和失望都减轻了许多。他们的心情都在夜色中、在谁也无法仔细望清他人之面的模糊中好了许多。倩倩和乙乙这会儿重归他们的群体之中，叽叽喳喳，嬉嬉闹闹的，成了让他们心情好转的调和因素。乙乙的回归很不容易，看那样子是被赵日老师一直跟踪缠绕着给押解哄骗来的。赵日老师现在寸步不离她的左右前后，生怕一不小心再次失手，让个什么大内小内的拐跑了去。乙乙小丫头则一直是态度暧昧不明，脸上看不出有什么更多的欢喜或厌烦情绪来。

长江又隐到夜的身后，又将这个季节千篇一律的潮湿和溽热送给他们。该讲的那些文人书面语都已讲得差不多，那些话语干巴巴，缺少旋律曲调变化。他们都有点不愿意再讲，再讲也觉得重复，挺没意思的。于是他们就在嗓子眼儿里胡乱哼哼，不知不觉，竟咿咿呀呀哼出一些无主题变奏来。仔细聆听分辨一下，才知那竟是童年的曲子。谁知他们这些老大不小的成年人在一起，竟不由自主哼起了童年曲调。于是不知是谁在幽暗之中先起了个头，他们就随着一起集体地轻唱起来，声音越唱越大，声音越唱越响。有那么一两首老歌是能够将众人的过往记忆接合起来的，比方说“大海航行靠舵手”，比方说“天上布满星啊，月牙儿亮晶晶，生产队里开大会啊，诉苦把冤伸……”，等等等等，暗号又对接上了，这时他们就又有了在过去年代里就早已彼此相识的快乐。

但是因为这个群体的年龄段实在是参差不齐,高低起伏相距实在太大,在过去时间里的某一点相接的可选择性实在太小,于是他们就又采取了另一种方式,开始讲起民间的语文,不断地抖起笑料和包袱,希望能在民间的立场上获得彼此的相通。当然那些段子多少都要带上一点点色彩,不多,也就是一点点、一丁丁点、一丁丁点的黄。因为他们还要顾及自己文化人的身份和面子,还要考虑有两位女士在场的因素,所以民间的黄色素就不能播撒得太多,要适当点滴得像味子素一样。当然也正因为有两位年轻女士在场,包袱抖落起来就更要讲究些技巧和手腕,更要雅俗共赏,更要大俗大雅,更要大雅之中达到大俗,更要让人起兴和起性,看谁能真正博得美人一笑。

段子一个接一个,色彩皆涂染自民间,立场也出自民间,没有民俗学和文化人类学的基础的话,就不好妄断那都是什么和什么。反正,唱童年歌曲和讲彩色笑话是他们这一伙人互相指认的又一个途径。这也是一种暗号和口令。暗号和口令不是说跟谁都可以乱对,也不是说跟谁都可以接得上对得上的。

赵日老师的口才真是不能让人不佩服,尤其是有女士在场的时候,就越发妙语连珠,口舌生辉,就是长江大坝决堤了也挡他不住。单他一个人就快要讲到十段了,却还在那里口舌生疮地不断地讲,仍旧还没有枯竭见底的意思。众人不住地为他鼓掌喝彩。讲到过分得意之处,赵日老师便犯了只顾自己的嘴高兴而淡忘其他的毛病,光顾着讲,就把他守护宋乙乙小姑娘的职责给忽视淡忘了,一不留神,小姑娘又在他的话语缝隙中借机溜走跑掉。等到他们口干舌燥,集体从甲板顶上下来兴冲冲往酒吧走去润喉时,赵日老师这才发现集体队伍中少了一个人,少了一个他最要在其面前献媚献身献殷勤的人。赵日老师立即沉不住气,酒还没开始喝呢腿脚就开始打晃。他对鱼贯而下的众人说:你们先去吧,我再到那边转一转。含苞、欲放两人一听,摇晃着大脑壳龇着小苞米牙嫩生生地齐说:日兄,别着急,别急,你慢慢转,慢慢转吧。

下得舱来,酒吧里早已是烛火荧荧。同样是互相指认的人们早已聚成一桌一桌的。他们这伙人拣了一张较大的桌子坐下,又将一圈的椅子凑齐围拢。坐定了以后,他们开始等着小姐上酒。在等待的过程里,他们始终无所事事。他们于是就无所事事地东张西望,四处打量,望望眼前的烛火,看看彼此通红通红的面影,摆弄摆弄眼前自己的一双无所事事的小手,他们不禁都有些心照不宣,都有些忍俊不禁,仿佛他们都不是为采风观景而来,而是为了这一群一群、一拨一拨、一伙一伙的聚会而来的,千里迢迢万里迢迢,跋山涉水,走到此,停滞到此,就是为了同船聚会,黏黏糊糊聚到一起而来。他们仿佛都不为赏景,而只为玩人。"仁者乐山,智者乐水,庸者乐人。"他们说。他们自我解嘲打趣地说。再放眼观周围,一桌桌也是跟他们同样的庸者,都在找与自己相投的一伙,死黏在一起取乐乐人。

有什么办法呢?在这样一个山水无法怡情、山水不再怡人的时代,也就只好人以怡人、人怡山水吧!

他们都举起眼前那巨大的玻璃杯装的、叫作"扎啤"的大家伙,互相举杯碰着说:旅途快乐!旅途快乐!旅途快乐!

他们干掉了一扎又叫了一扎。赵日这时也面相难看地回来了，一看就知道他寻寻觅觅，冷冷清清，凄凄惨惨戚戚。众人谁也不敢多问，谁也不敢多说，赶紧安慰他坐下，喊小姐叫酒。赵日自己也是啥也不说，咕嘟咕嘟先是一大扎啤酒一口灌下，接着又吆喝小姐端上来第二扎。

一大扎啤酒下肚，大家伙儿情绪稍微被刺激起来了些，众人脸上都有些微醺，红扑扑的。酷毕这时站起来主动给大家敬酒。酷毕的敬酒也并没有什么特殊目的，只不过是因为群体里头酷毕和赵日作为比较著名的少壮批评家，很自然地时时爱充当召集人的角色。众人也把他们的这种不自觉的身份集体认可。有人爱出面召集并爱抢着付账买单，这难道还有什么不好的吗？所以他敬到谁的酒，谁就都嬉皮笑脸，然后再推三搡四、吆五喝六地喝。他们敬酒说了归齐也就是敬的一个“闹”字，敬的就是推三搡四、嬉皮笑脸、吆五喝六那一派酒后胡言。若是一敬酒就喝，一敬酒就喝干那还了得？那不是反倒没意思、失去趣味、要把主人的买酒钱心疼死不可吗？

大半圈酒敬下来，酷毕的脸泛起了玫瑰红，说话的嗓门也越来越亢奋，越来越高，而他自己却一点也不察觉。他们也都不跟着察觉，因为他们的情绪都跟着高亢起来了，叽叽喳喳，煽煽乎乎，也不大清晰自己嘴里煽乎的是什么。酷毕在圆桌上按顺时针方向敬酒，他最后一个敬到的就是女政委方倩倩。其实按通行的酒令或规矩，他应该第一个敬这桌唯一的一名女士，应该先向政委方倩倩女士敬酒，然后再从老到少敬其他人。但是不知为什么，他偏偏把这个顺序倒过来，把倩倩留在了最后一个，留在了他心底的他眼底的最后一个，留成了他这个仪式上珍存的最后一个。

酷毕拿起旁边预留的那种女士小杯，将酒斟满，双手递到倩倩面前。然后他又举起自己的酒杯，意味深长地说：来，倩倩，我敬你一杯，庆贺我们的相识。

然后他目光如酒，醇厚绵长地盯住方倩倩。

倩倩端起酒杯，目光尽量不跟他的眼神直视对接，她左手轻掠了一下额角的长发，右手将酒杯缓缓地举高，举至齐眉，还不等说出一句礼貌的话，说出一句表示应答的话，旁边的赵日却“忽”地一下子站起来，很奇怪很突如其来地站了出来，高举着他手中的扎啤酒杯，大着嗓门说道：来，倩倩，我来敬倩倩女政委一杯。

酷毕的脸本来是对着倩倩含情微笑着的，这会子一下子就僵了，突地就僵住，僵得趔趄歪斜，横七竖八，那么难看，那么难看地从牙缝里吼出一个声音说：你给我坐下！你！我给小姐敬酒，有你什么事？

他这一吼，众人全愣了，赵日也是脸红脖子粗地愣愣地分辩：你敬，我怎么就不能敬？倩倩，你喝了这一杯。

说着，也从旁边拿起一个女士杯，斟满，递到倩倩面前。这时就只听得酷毕大喝一声：你敢！说着话人随声到，人就随着声音扑过来了，一旁的欲放手疾眼快，一把给死死地揪住。

这一下众人全蒙了，眼瞅着酷毕和赵日俩一个脸红，一个脸白，一个嘴硬，一个嘴青，怒目而视，兀自僵立原地不动。旁边的人都跟着泛傻，泛呆，傻傻呆呆。喝酒喝出这么个场景来，谁也没想到，谁也没有意料到。本来他们也就是在一起聚着玩，喝着玩，敬着玩的，只图个消磨时间，解解晦气，解解潮气。谁也没有当真，谁也没有想怎么样，谁先谁后，没有个次序，谁敬谁不敬谁，敬到了谁没敬到谁，都没在意。偏偏酷毕猛不丁在这上头较真，较真得连一点先兆预兆都没让他们知晓。

他们大家这时候才有点醉醺醺地明白，他是喜欢倩倩的！酷毕是喜欢倩倩的！他是一直将倩倩视为己有的！这些时辰他们光顾着起赵日和乙乙的哄，却忘了酷毕是怎样随时辛勤侍奉倩倩的。他那样勤勤恳恳，一直任劳任怨默默奉献着，众人却一时都把他的柔情忽略，还当他是在奉献大家，在效劳弟兄们呢。倩倩呢？倩倩对他是个什么态度呢？他们记不得了，也没有发现什么特别。倩倩的一切一切都是那样得体、和爽、如意，该她一个女人做的她都做了，不该她做的她半点也不曾僭越。有了她在场，他们就感到舒适惬意多了，心里踏实多了，他们谈话的兴致也就高昂多了。他们一直都当倩倩是大家的，大家共有的分享的财产，他们私下里已经认定她是大众情人的角色，没谁想到还要把她独占包揽。

但是酷毕，酷毕喝了酒以后一下子把心思暴露无遗。酷毕他是来借酒吐真情的，赵日却不合时宜地瞎站起来，瞎出风头，一下子就把酷毕的情绪给搅扰折断掉了。酷毕由此而失态，搞得他们大家伙儿的情绪一时也都拐不过弯来，不知该怎么办才好，不知道怎样调解是好。就连赵日和酷毕，俩人在吼完了以后自己也僵立在那里发呆，觉着这情绪来得真是突然和意外，这冲突真是暴起得莫名其妙的突然，冲突骤起之后，接下来该怎么办？他们各自的面子该怎样挽回、他们该怎样收场呢?

还得是倩倩,久经沙场的倩倩,满怀忧戚一腔豪情的倩倩,倩倩她牺牲她自己出面来给他们台阶下,来给他们打圆场了。倩倩左右各看了看他们两眼,什么也没有说,只是默默地将两杯酒都拿到眼前,将那酒杯的顺序来回调换了几换,分不出谁是谁的了,这才端起酒来,左手一杯,右手一杯,稍一停顿,接着左右开弓,一仰脖儿,咕嘟咕嘟,一口气灌下。然后双手把空杯一墩,脸一绷,说:不理你们了。

说完站起身,扬长而去。

在座的人又惊傻了,谁也没想到结局会是这样,会成这个样子。他们眼见得倩倩喝酒时含而不露,滴水不漏,他们也眼见得倩倩离去时的长发飘拂,长发飘拂的摇摇欲坠消失在他们眼前的空气里。空气里出现了死鱼一般的静寂。虽只是那么一两秒钟的静寂,但仍能窒息出几条死鱼。他们的嘴也像死鱼一样惊愕的大张着,半天也说不上来个什么。他们可真是没承想是这样。含苞醉迷迷地将下巴颏抵在桌子上,喃喃自语说:你们闹吧,你们闹吧,这下好,把人给气跑了,这可怎么办?

欲放也龇出他带缝儿的纯洁玉米小牙,“嘶嘶嘶”的嘴里吸着凉气说:怎么办啊?怎么办?要么我去请倩倩小姐回来?

含苞说:你去请?你去请?有你什么事儿呀?你请得回来吗?谁给气跑的谁去请吧。

说完,就把大脑壳上一双纯情怨怼的眼神投向酷毕和赵日。

酷毕和赵日他们两个这时也有些后悔,手足无措。酷毕仿佛这时才猛醒过来,感觉到自己方才的失态似的,急忙改换态度,力图表现出他的大度和能屈能伸。他略一沉吟,便很含蓄、很委婉地欠欠身子,拿过瓶子来,伸手斟满赵日和自己酒杯里的酒,端起来,真诚地说:日兄,对不住你,老弟我先干为敬了。

说完,一仰脖,“咕嘟”干下去。

赵日也就坡下驴,也十分不好意思地说:老弟,我也不对。

说完,一仰脖,“咕嘟”也干了。

含苞替他们把酒杯继续斟满,说:唔,这还差不多。这还像点样。

欲放一旁着急地说:你们谁去把倩倩请回来?

酷毕和赵日你瞅瞅我,我瞅瞅你,不好意思先开口。

还是含苞聪明,说:要么我们买束花,一道去吧。

大家一听,觉得这主意好。于是酒也不喝了,晃晃悠悠站起身来一道奔服务台去买花。买完了花,一行人又迷迷瞪瞪、头重脚轻地簇拥着手捧满天星和红玫瑰的酷毕,拥拥搡搡、浩浩荡荡朝前行进。到了倩倩房间门口,又你推我,我挤你,谁也不好意思上前敲门。最后他们一致把酷毕架在了前头,身后是含苞用大脑壳顶着他的腰眼儿,欲放一个手指架着他举花的胳臂。

酷毕无奈,一手举花,一手“笃笃”地敲门。响了几下,门开了,倩倩从里面出来。酷毕把花一递,脸红得跟紫茄子一样,说:给你……倩倩的脸也正是一派不胜酒力的桃红,她软软地伸手接过花来,说:这……你……

话还没说完,后面一下子蹿出含苞的大脑壳,然后是欲放得意的小牙齿，接着是赵日的大胡须，小战士的亮奔头，帅呆的一米八六大高个，紧后边还有以过来人身份洞幽烛微正捂着嘴窃笑的卓拜德和尤顾得老同志。倩倩忍不住"扑哧"乐了，什么也不再说。他们一见倩倩高兴，立时也是满心欢笑，全都如释重负，一脸灿烂起来。

只有赵日老师，笑容刚到一半时，一眼发现了女舱尽头的墙角一隅，大内正拥着宋乙乙在那儿喁喁私语。赵日的笑容"哗"地一下又死在脸上，但他勉强含悲忍痛没有出声。

8

夜半时分，江上下起了小雨。

接下来的这晚，真是江风夜雨对愁眠。在这个舒适的、清凉的、可以借机补补觉缓缓神的夜晚，同处一条船上的他们却纷纷失眠。批评家赵日失眠，批评家酷毕失眠，批评家大内高手失眠（也许他会怀着勾引成功的得意睡个好觉也说不定）。大学实习生小姑娘宋乙乙兴奋得失眠。女记者方倩倩也怀着万般的感慨失眠。

倩倩枕在船上，船枕在水上，水枕在江上。它们合成一股洪波的力量，在黑夜里一路幽幽地涌动向前。她倚着自己的手臂，听得见船底发动机的声响，还有船帮被水打湿，被雨淋湿的哭泣。"哭泣"？不知道她为什么会在此时想到这个词。那水声果真有点像流泪，簌簌的、汩汩的，一滴一滴往下滴落，一波一波在船艄滑过。水声吹着哨子，吹着悠长的催眠号子，把他们一个个送入自己的梦乡。也不知有几人会进入梦乡。但是终于平息了，一切都平息了，他们这个群体终于抵不住睡眠的诱惑,暂时分离,暂时的分离让她的思绪变得清晰。

这一晚上的事件真是让倩倩感慨万端。她非常知道酷毕和赵日的打架为什么。她怎么能不知道呢?她太了解熟悉这些文人了。她就是坐在这类文人腿上长大的文学女青年,就如此时的宋乙乙一般。那是1985年,文学闹得最欢的时候,她二十岁,大学三年级。她怀着满腔新时期的喜悦和兴奋,满怀着对世界的新生的好奇,一首朦胧诗接一首朦胧诗的背诵抄录着,一个诗人的腿上接一个诗人的腿上辗转磨砺着,诗意盎然,乐此不疲。对诗人的崇拜让她将性骚扰和被喜爱的界限模糊不清,只要听到某人朗诵了一首好诗,就激动得捂着胸口大喘着粗气,一抱就给抱到腿上去了,疼痛或者是抚摸,她连一点拒绝的抵抗性都没有。那时候她羞涩、迷乱,容易接受暗示,脸蛋儿嫩得一根手指都能掐出水来。青春期女孩子的一切优点和缺点她都具备,具备得好像专门为给这些张狂的文人艺术家们准备、专门留给这些风流倜傥的诗人们受用似的。

初次坐在诗人腿上的失贞,她也没觉得怎样受伤害。狂热的崇拜加上羞涩的迷乱,将刹那间的身体疼痛刚好抵消,仿佛只是打了麻药以后的拔牙,神经刚一感到麻痹,牙早已经被拔掉了。那还只是针锥了一下式的疼痛,只留下一点点的后怕和惊吓,还远远够不成痛楚。那种疼痛,远没有她后来看见诗人当着她的面,又抱着另一个女孩坐在腿上那样痛创、那样哀伤、那样不可理喻的绝望。那时候是她的心疼了,锥子刺了一下的深痛,留下了永久永久的痛创,也留下了她对人的失望和不信任。

有谁在陷入往事追忆时,不是为寻找甜蜜,而只是为回忆痛楚的滋味的吗?倩倩在床板上翻了一个身,不由自主苦笑了一下。同舱的另一个晚报副刊部主任老大姐,此时正一点心事没有的甜蜜酣睡,还时不时随江水的起伏发出轻微的、五十多岁的鼾声。没有心事即是福,倩倩羡慕地想。也许她的心事早已成过去,到了她那把年纪的女人都会心如止水。心如止水,又该是经历怎样的煎熬和打磨?

倩倩的自暴自弃,她对自己的施虐,也就是从那次在诗人那儿受骗失贞后开始的。有一段时间,她就好像要用虐待自己来报复谁似的,疯狂地从一条腿摩擦打坐到另外一条腿,疯狂地想以腿中之腿来填充她受伤以后的空虚。结果不知怎的,从无爱之爱的填充中抽离出来以后,她发现却比没有填充之前还要空虚。而且,转过的腿数多了,她也发现原来腿和腿之间其实没有太大的区别,只不过是汗毛根数的多少不同而已。

她渐渐变得有些麻木,对腿失去了兴趣。

这样报复的结果是让她窥破了一切男女的真谛。一切皆是虚无、空虚。虚无的空虚。填充的空虚。

最后一次,她被一条腿狠狠地硌了一下。她被硌得千疮百孔的那次经历,真谛就越发显出了它颠扑不破的影子。那条腿,让她投注最后一腔柔情蜜意的孔武强悍的腿,在她讲到婚嫁的时候,它却出逃了,不愿承担任何连带责任地猖狂出逃,给她留下了破灭流产以后的绝望的窟窿。

她那时是在怎样的缝补休整自己啊！她简直就没有眼泪，而是噙着血，那样缝啊缝啊，拼命用最后一点点力气把千疮百孔的破身体连缀。

献过血以后的倩倩心境平复了，彻底平复了。让方倩倩引以为自豪的是，多年以后，当她供职的报社号召义务献血时，全社文人三千，庸人三千，检测结果，唯有她方倩倩还有一腔纯正的好血，一腔年轻的、成熟女人多年来洁身自好修正而来的纯洁鲜血，其他人不是澳抗阳性就是胆固醇或者血脂有点毛病。

倩倩为自己自豪，为自己能活过来，能艰难地度过劫波，能提前勘破世相而得意。她想她在付出了血的代价、在将一腔浊血更新的过程中早已超度了自己，超度了过去，超度了一切人，超度了一切所谓男女。过去的那些羞涩、善良、单纯、希冀、企盼、憧憬、迷乱、诱惑、屈辱、疼痛都不复存在，有的只是循环往复的生命自身，生命按照它自身的逻辑和法则生存运作着。她只是按照生命的一般法则做着和活着，屏除了肉体欢娱、屏除了蓄意索取。屏除了肉体欢娱、屏除了蓄意索取的爱意和温暖让人们彼此善待，真心贴近，并一步步趋近于地久天长。度过了这一劫，心智才可以不遭受蒙蔽，才能够有真正的自由和自在。有多少人，终其一生，一辈子都在这个劫里苦苦跋涉。她却侥幸得以涉渡过去，在她还不算很老的时候，提前进入自由。这卑微的福，该是前生修下的吧？

同船过渡，艰难跋涉。这就是凡俗的人在现世里的庸常境遇。

当然这也就有可能冒失去激情和活力的危险。作为一个肉体凡胎，假如总在肉体的诱惑和声色的沉醉面前不动声色，往后的日子，她要靠什么来把自己激活呢？支撑着她的想象的又是什么呢？

但话又说回来，人世间又有哪一样事情是绝对圆满的呢？

君问归期未有期，巴山夜雨涨秋池。何当共剪西窗烛？却话巴山夜雨时。

倩倩起身，轻轻推开舱门，漫步走上甲板。不知什么时候，江上已是风停雨住。点点灯火，又在岸的深处隐现闪烁。两旁的峭壁岩崖，此刻都像经历轮回般的分外柔媚光洁，以它们轮回之后曲线蓬生的柔媚光洁飘然进入她的视界。倩倩仰起脸，深深地呼吸着空山新雨后的一泓清冽。

迎向她的，是一枚清新皎洁的水月。

9

一轮水月又大又圆。

一轮水月又大又圆。

10

酷毕也在这一个夜雨潇潇的时刻彻夜无眠。

阒寂的峡谷里，夜显得多长，梦就显得有多长，水显得多长，船就显得有多长。梦就伏在江上，江就伏在水上，水就伏在船上，船就伏在峡上，仿佛不动声色，仿佛波澜不兴，不动声色、波澜不兴地划着心思缜密的浆。酷毕毫无层次、毫无逻辑地想啊想啊，汩汩的江水敲得他的头都要爆裂了。他天生就是不能多喝酒的人，天生就有点酒精过敏，多喝一点，他的脑神经就要剧痛，皮肤就要发红过敏。可是他的这层牵挂实在是太长,他的这层思念也实在是太长。如果不是借酒盖脸把它发泄出去的话,那么他就永远都没有机会表达了,他就将如任何一次以往一样,把一次可遇不可求的相逢机会举手错过。

一场多情的负气揪斗开始复又平息之后,簌簌的水声把他脑袋里的酒精彻底浇醒。酷毕清醒来后的第一个念头就是:倩倩该会怎样想我呢?

多情应笑我,早生华发,酷毕想。是多情应笑我,早生华发,还是要被人讥笑为傻×?酷毕撸了一把自己的头发,颇有些自我解嘲的,惴惴的心里没底地想。他从来就不会表达,从来就不善于在示爱这方面正确表达。为此他倒很想请教一下那些猎艳高手们:你们面对着你们想要的女人,第一句话都是怎么说的?你们的第一个动作都是怎么做的?

但是他从来也没去问,从来也没敢去问,没好意思去问。这么大个著名批评家,向同行请教这么小个问题,太跌份儿、太小儿科了吧?但是他可是真不懂嗳!他可是真的没有下手成功过嗳!说起来简直就跟天方夜谭一样。但这的确是一桩不可否认的基本事实。像酷毕这样的批评家,且又少壮,欣逢八十年代文学遭受重视的好时节,哪一个不是成果显赫,爱情事业双丰收,到了九十年代以后全都发展成了有突出贡献的享受国家津贴补助身体的小专家呢?

但是酷毕是个例外,酷毕是那种道德自律感极强的青年批评家,这与他生长在孔子的故里有极大的渊源关系。在他的家乡,孔子的牌位，虽屡遭砸碎，但是它的特点就是再拾起来供上时仍旧是囫囵原样，仿佛根本不曾受损，且这掉地一摔完全变成了对它的试金。别人在那个年代发蒙的时候读的写的是“毛主席万岁”，而酷毕发蒙的时候他爷爷给他讲的是《三字经》和《幼学琼林》。长大以后他又刻苦精通了《论语》和诸子百家。发乎情，止乎礼仪，且还要坐怀不乱，就成了酷毕处理日常男女关系的信条和格言。即使在他事业最鼎盛、他的批评家名声如日中天、文学崇拜者和美少女环绕如云的时候，批评家酷毕他也不曾失身。对于一切非分的爱的憧憬，酷毕他总是要在想象之中顽强地进行，一落实到行动上他就不知道该从哪儿下嘴，送他一个美人儿他都不知如何受用。给女孩子看手相算命，曾是某一阶段文学大师们唱猎艳小调前的一个小过门，可人家小姑娘伸出的手腕子白花花的肉露得多了一点，酷毕老师就仿佛视觉无端受损、内心纯洁遭了污辱似的，吓得赶紧背过脸去，闭着眼睛开始对《易经》乱念瞎背。联谊会上请女大学生跳舞，酷毕老师的胳膊总是绷得笔直笔直的，师生男女距离保持得标准妥帖，一看就是一点跳不出感情来的普通优雅姿态。偶尔遇上沙龙聚会中那种亲密无缝的贴面舞动作，酷毕老师惊慌得手足无措，一扭身掉头就逃，一边还对追来的人解释说：不行不行不行，不能那么跳。哪能那么跳？感觉都给破坏掉了。

酷毕从来就不曾下过手，他又怎么能获得成功呢？酷毕老师越是这样纯洁自律，他在民间流传开的形象也就越发高贵、伟大。关于他的艳遇传说，同时也是版本多样花式翻新，熟悉他的人都知道那都是在胡扯，根本没有一个是善本。酷毕就是这样顽强地在世俗形态中保持着对爱情的某种跃跃欲试的想象，在所担当的传统角色中四平八稳地策马奔驰向小康。当同龄批评家都敢于借改革开放之机对传统中的一切有所突破和更新（当然，被突破更新最多的就是传统的糟糠婚姻。那时候最先尝思想解放倒霉苦果的就是文人的妻子们），都纷纷趁着一个改革开放的机会翻山越洋，然后回来争当弗洛伊德、荣格、卡西尔、弗莱、福柯、德里达、罗兰·巴特以及伍尔芙、埃来娜·西克苏、陶丽·莫依等等在中国的免费批发商和义务推销员的时候，酷毕他仍然保持着自己的妻贤子孝、仍旧抱着他的半部现实主义的《论语》不放。也许他真诚地以为半部《论语》就可以治天下了呢！

这可真是东边日出西边雨，也无风雨也无情啊。

执拗的、豁达的、传统的、现实的、坚贞的、隐忍的，深得男女老少、众人大家信赖和爱戴的著名青年批评家酷毕先生，谁又知道酷毕的心里究竟又有多少割舍不掉的思念和牵挂?!

酷毕头枕江水，听着几泓浊浪悠然不断溅在船板上，“哗——哗”，打出无数朵的浪花。旁边铺位上博士含苞早已毫无心事地进入梦乡，睡梦之中小博士还不住“咯吱咯吱”地偶尔磨几下牙齿。还是少年无心事好啊，还是少年无心事好。酷毕心里无限感喟。少年心事当拿云，少年心里无牵挂。像他这样翻来覆去的眷恋、牵挂一个人，可人家是否又领受了他的这一层实在悠久的眷恋和牵挂?

他不知道自己是什么时候跟倩倩认识的，不知道他已经认识了倩倩有多久。他知道他不应该当众将对倩倩的真心流露，可是他就是无法控制自己酒精催化作用后的真情流露。其实他跟倩倩才刚刚开始认识,就在昨天,在船上。但是他们通信的时间已经很久了,他认为他们的神交也已经很久了。他应邀给她的报纸写稿,并借机同时写信,用朵云轩的水墨笺,精心用毛笔书写八行。他的私心里认为只有名记者倩倩才配欣赏他的行云流水和笔走龙蛇。因而他借工作之便,对倩倩写信问安便十分勤快、舒爽。逢年过节,寄精美的贺卡,亲手往卡上涂诗或祝福语句。

但是他不知道他如此勤快的信已成了倩倩的一份心理负担。不为别的,而是因为她回不过来,实在是没时间阅读,也没时间回复得过来。倩倩现在早已是一名成熟干练的新闻工作者,她上互联网,工作时用 Windows 95 和 E-mail,开大宇赛手白色跑车,还要负责一个部门的工作,手里像酷毕这样的作者成堆成叠,实在没时间卡来卡去地涂诗抒情,再说她也早没了那份心思。酷毕的信实在是太频了,酷毕真让倩倩头疼。凭良心说,酷毕也是她的那些著名作者当中的、为数不多的能让人放心的一个,跟他约稿,总是如期完成,工工整整用三百字稿纸誊好,准时邮寄到达她的办公桌上,且能顺利没毛病甚至连一个标点符号都不用改的通过审查机关签阅,见报后还能引起现实主义的良好反响。倩倩信任并从内心里感激他。而且,酷毕好就好在还从来不找她什么麻烦,约稿就给,从不提什么额外要求,也从来没说要上门来结识、来看看她之类,不像那个偏远地区的大内高手,发他一篇小稿就巴巴地拿茶叶跑来,也不像一些其他男作者,总要找借口上门来说是“看看她”,就仿佛一睹大熊猫或其他什么珍稀动物芳容似的。

酷毕就是爱写信，执拗地、诚恳地、默默地写信，谈一些社会主义现实主义的一般问题，谈天气，谈心情，谈他手中从事的课题。那都是仅仅跟他个人有关的问题，他有什么必要强加给他人倾听和知道？倩倩想，倩倩一开始还不甚了解地想。倩倩后来想明白了他可能是太寂寞，他的无以表述的孤独和寂寞，全被他用这种书写方式宣泄到远方她这里来，他当她这里有信赖和安全，且引她以为红颜知己和同道。

他却并不知道他这样做是幼稚和自私的。他不知道这世界早已脱离古典时代，人人都在信息高速网中过着一份惊惴不安的疾跑生活，他这样鹅毛笔管式的单向书信抒怀，无疑是给人增加额外负担。倩倩为难至极。不回信吧，显得失礼；回信吧，说什么？除了公文尺牍，难道她还能说点别的吗？且他作为已婚男人，这样无休止地给一个单身女子写信，也是对她日常生活的不负责任。世道苍凉，难道他忘了，从他们有记忆的六十年代起，书信和日记就被作为了什么，有多少人就命丧在这诸种私人生活的外泄上边。且她是一个年轻女人，女人是不能给什么男文人写信的。否则，不是明天他的老婆拿着信打上门来要求逐字逐句地解释和无理取闹，就是全世界明天都会读到他朗诵出去的她在信中的裸体真情。

可酷毕不是女人，酷毕又怎知她作为一个女人的内心忧惧？万般无奈之中，倩倩只好写信婉转劝诫，建议他也上网吧，也用电脑信箱吧，也用家庭传真吧，这样就少去了多少誊写和邮寄的麻烦。其实倩倩心里是说，那样的话他就会只传稿件而不写信来了，她的不回信的忧虑和自责也会减轻许多。

然而酷毕怎样说？酷毕却就此为由头，痛说开了革命家史。他说他三岁起就开始描红，五岁时在爷爷地催逼下临颜真卿、临王羲之、临柳公权，他的书法从小学二年级开始在少年宫获奖，一直延续到上中学读大学，二十多年的童子真功，他不想让电脑把他从前的生活一下子给毁了。他的过往的荣耀全叫电脑给毁了，顷刻之间给毁了，把他的象形思维给毁了，一手好字全都毁于一旦，用不上了。当他上机用五笔写字的时候，脑袋“轰”地一下，一下四分五裂，跟被强奸了差不多，一切建立起来的仿佛都给打碎了，仿佛都要推倒重来。他对电脑的憎恨，他的这些不适应，他不能跟别人说，不能跟任何人说，他不愿年纪轻轻就被嗤笑为时代落伍者。看见传媒上报道七八十岁老人们欢呼电脑比年轻人欢呼得欢，这样就更让他无地自容，不能将自己的痛苦暴露。只有对你，倩倩，我才敢真实展露内心这一切，酷毕说，倩倩仿佛能听见他痛哭流泪着说，只有用毛笔给你写信的时候，倩倩，我才能找回自己自爱的那种感觉。倩倩请你不要笑话我，请你不要拒绝我，只有你才是这个世界上我唯一信赖和爱戴的人。

读完了他的信，不知怎的，倩倩在进一步地信赖和尊敬他的同时，对他以前的那种良好感觉也全给破坏得差不多了。年轻少壮，来日方长，怎就说开了泄气的话？一句劝诫便惹回了他十页纸，作为男人，也忒黏稠些了吧？从那以后，倩倩再也不敢亲笔复信惹他，每次联络，只寄打印一律的约稿信，之后稿到就发，发后就给他开她这张报纸所能允许的最高稿酬。她也只好以此来平衡一下自己的心绪。她努力让自己很世俗、很势利地想，尽管她不能没事儿总陪着他写信回信玩，但是她也算仁至义尽，一点都不欠他什么了。他不是也在她的发行量上百万份的报纸上获得了赢名和挣钱的较大利润吗？屡屡上头条上整版的文章不也是让他用来评职称和报成果了吗？

她明明知道这样想很势利、很俗气，还很有些亵渎和对不起他所投注过来的友谊和感情（“感情”？），但不这样她就会被他的彩笺尺素给折磨死，她就会被自己的内疚和自责给折磨死。毕竟时代不同了，毕竟已经是九十年代了，毕竟已经进入完全个人化、多元化的世界了，每个人都有个人一己的生活，谁也不愿被别人强加、被别人强行介入进什么。他人是地狱，她想倒还不至于，但是每个人都是对自己封闭的单独个体，每个人也都是对他人封闭的独立存在。我们过往的私人生活实在是被侵犯太多，所以我们现在才拼命固守着、保护着，呵护我们的私人领地不被侵犯，我们的个人生活不被骚扰。当我请你来时，你再来，不请时，就不要强行介入，难道就不可以吗？

倩倩这样在心里幽怨着，同时她又很矛盾地严厉批判谴责着她自己。要找到人与人相通、相接的桥梁是多么不容易呵！一个人要想深入到另一个人的生活、思想当中去是多么不容易呵！

有意思的是，酷毕对她的不回亲笔信也并不以为意，仍在不断地来信写啊写。由此看来，“写”只是他自己的事，而“不回”也只是她自己的事。两件事情仿佛并不互为因果，并不互相关涉。认识到这样一个基本事实，理顺了这样一层关系之后，一切就都好办了，一切就都按自然规律，向前平稳滑行顺利延展。及至回头看时，倩倩才恍然大悟：原来是这样啊！原来事情的实质是这样啊！看来谁都不必紧张，不必过分紧张啊！

及至这次船上见到酷毕，倩倩的心里还是不由自主地动了一动。见酷毕并非如信中八行纸一样的泛黄老朽、要靠人参养颜液和川贝枇杷露止咳的喘态，反而颀长健壮，关云长似的美目凤眼，一起玩耍起来跟个孩子似的。倩倩心里赞叹：很好啊！很出类拔萃，很能与人融合一体啊！那些执拗古怪的信到底是怎么回子事呢？倩倩感喟。她的心里想这个世界真奇怪呵。这个世界上的人可真奇怪啊！人可能都是自我分裂的。不是这儿分裂就是那儿断开。人的社会化过程就是不断自我分裂又逐渐重新缝合的过程。

人在这个世界上安身立命都不容易啊！

人活着真不容易。

酷毕在船上第一眼见到倩倩，终于见到倩倩，他简直就要遏制不住自己内心怦怦乱跳的狂喜！多少个夜里梦里，他都无时无刻无处不在与她相逢，与他命里支撑、梦里支撑的那个红颜知己美倩倩相逢。但是他不敢去看她，他不敢去见她，他怕见了以后，他的命就虚了，他的梦就空了。所以他就隐忍着，隐忍着，怀揣着他的梦，怀揣着他的命，小心翼翼，极力加长他们相逢之前的过程，加长他的独自想象冥思的过程。其实他们的城市跟城市离得相当近，但是他就是不敢前去，害怕前往。他只是殷勤地读报，读倩倩的那份报纸，每逢一见到倩倩的名字，他的眼睛就要润湿了。他想他怎么能这样啊，他怎么能变成这样啊！

他们终于还是在长江三峡上邂逅相逢，终于还是在一条大船上邂逅相逢,偶然遭逢。相逢该是怎样一份狂喜与拘谨!酷毕他不知道能够为她做什么,能够向她表达点什么。他只觉得已经认识她许久,已经见过她许久。他悄悄地对她看不够,悄悄地对她印证、打量个不够,悄悄地对她献殷勤个不够。

但是他却不知他们的相逢这已经是河两岸的相逢,是江两岸的相逢,是峡谷两岸的偶然相逢。她也不曾料到这已是河两岸的相逢,是江两岸的相逢,是峡谷两岸的偶然相逢。他们不是来自同一处岸边,他们不是处在同一个水平线上。倩倩她已经是百折千锤,已经是裂变以后的轮回,已经是获得通脱和自由了。而酷毕他还是原生态,还在拘束着,还有许多男女俗常的情结没有完成,还有许多俗世的使命没有尽够。酷毕他是一个男人,他在他这个男人世界中注定是要带有使命的。而她则是女人,女人一撒手,便有了女人进退伸缩的自由。

他们恰巧就在这一时刻相逢了,他们恰巧就在这一点上契合了。他们在一条共渡的船上相逢,彼此相亲相恤、相依相赖,彼此提供安全感,提供礼貌分寸感得当的爱意和温暖。他们所怀有的这种爱意和温暖是不一样的。短暂的相逢却让他们将一切差异都忽略不计。

酷毕的眼睛又温暖地潮湿了。他抬手轻轻擦了一下眼角,然后悄悄起身,打开舱门,慢慢地踱到甲板上。一轮皎洁的水月下,倩倩藕荷色的影子正在船头亭亭玉立。倩倩手扶船栏,脸庞微微上扬,一头长发在夜风里轻拂,仿佛在凝神冥思着什么。酷毕犹疑了一下,还是停下脚步,将身体躲在船舱的阴影里,没有上去惊扰她。他并不知道,此时倩倩正对一轮明月,在心里默默为他祝福,为俗世里的这一个难得的好人祝福,为这一个难得的朋友祝福。

我来晚了,兄弟。而你也来晚了。倩倩说。倩倩在心里说。设若我们是从前相遇,设若我们是从前相逢,那么结局将会大不相同,肯定会大不相同。结局也许会皆大欢喜,也许会皆大欢喜。而现在,一切都变了。一切的虚像都不存在了,一切的真实都如此的裸现,都万分残酷而又平静地裸现。我们还能怎样呢?我们还能做些什么呢?

挣吧,兄弟。她在心里说,倩倩在心里说。挣吧,兄弟。我知道你注定还要在红尘里挣。挣得怎样,就要靠你自己的命了。倩倩说,倩倩由衷地说。无论你挣到怎样,我都会为你祝福。我都会真心真意地为你祝福。

11

起雾了。

是三峡上常见的雾。水汽氤氲,雾珠儿从天堂的顶端下泻,帘子一般的湿润着垂挂下来。那最高处的雾是云,最高处的云是天。云和天和雾它们缠绕在一处,聚成一团一团、一簇一簇挂在峰尖上,白绵羊般笼罩出一群群不太真实的毛茸茸祥霭。

例行的开会研讨等等日程结束,非例行的猎艳追逐等等游戏也以各有所终而告结束。在烟里、在雾里、在云里、在梦里,他们才开始了真正的寻访凭吊历程。新的一天,也是他们的最后一天。新的太阳还远远没有出来,旧的迷雾却久久飘拂不散。他们就在雾霭的笼罩下过夔门，爬白帝城，游小三峡，瞻仰悬棺，浏览女儿树，观仰神女峰。眼下的这一切景致都将在不远的将来，确切点说也就是几个月之后将不复存在。再出现时，它们将是换了另一番面目，或变了另一番神采。比方说兀立千年的神女之峰，到那时就无须如此仰望，三峡大坝封峡，江水倒灌回流漫上山去之后，水平面大概正落在她的脚下，或者她的腰间，人们对她简直就是唾手可得，可算得上真正是擦肩而过了。

他们一伙人一道爬山、游峡，还是形影不离地腻在一起，黏在一起。扭头望时，见小姑娘宋乙乙和大内高手也形影不离地黏在一起。他们的心里酸溜溜的，赵日的脸色灰蒙蒙，胡子塌秃秃，嘴唇都快要酸歪了。倩倩女政委劝慰他们说：

没事，你们不用担心。让乙乙自己慢慢来，乙乙自己会慢慢长大的。

他们都听不懂，望着乙乙与大内成双成对的背影，还在惋惜和愤愤不平。他们当然不会懂。他们不是女人，他们无法和女人沟通。他们都是猎艳者，当然无法体会被猎者的心境。

可是倩倩心里明白。只有倩倩心里才懂。她从乙乙身上又看到了自己的过去，恍惚之间又回望见了自己的昨天。她为她自己自由的今天而感喟、而长叹。如果乙乙遭遇了什么麻烦，需要她帮忙的话，她当然是会挺身而出的。她想。她会毫不犹豫地挺身而出。但前提是乙乙自己来求她帮忙。如果乙乙不需要别人去帮忙的话，那么就谁也帮不了她的忙。乙乙，那就要看你自己的悟性、承受力、忍耐力，看你自己的福气，看你最先遇上的是什么人，是高尚的人还是卑劣的人，是低级趣味的人还是温文尔雅的人。

乙乙，一切就要靠你自己了。

他们爬山爬累了，他们游峡游累了。他们读万卷书，行零里路，长时期的寒窗苦读，让他们的脑袋都有点异常地在脖子上显大，腿脚都有点瘦骨伶仃的废置难用，真正行动起来时都有点不太好使。他们大包小裹，带上土特产和拍完无数卷的相机趔趔趄趄赶将回来，又归回重聚到这一条大船上，一屁股蹾到船板上就再也不想起来。

他们的终点站遥遥在望，他们此行的终点站就要到了。他们都有一股莫名的惆怅和伤感。仿佛他们在一起刚刚渐入佳境，却又不得不马上就要离开。他们聚拢到船板上，团团围坐着，不知道干点什么，不知道做点什么，也不知道说点什么，仿佛在言不由衷地等待着出口处的水天一色，就等着出口处的水天一色。他们就在雾霭和阴霾的峡谷里干巴巴地坐着，东一句西一句的，不知是说好还是不说好，不知是说告别的话好还是说祝福的话好。酷毕的歌声这时却无意间哼了起来，谁也没想到他还会主动在这个时候哼出点什么。他唱的是李谷一的《乡恋》或《相恋》。多么难忘，多么遥远！那个最早的用气声唱出的歌曲，一下子就把他们带回到了十年前或者更远的昨天。“你的身影，你的歌声，永远印在我的心中。昨天虽已消逝，分别难相逢。怎能忘记，你的一片深情……”

唱得他们猎艳队的人都触景生情，鼻子一酸，几乎都要哭了。

那个大学实习生小战士这时也站出来，要给老师们献上一首歌曲。小战士穿着一件桃红的衫子，脑门儿被智慧顶得鼓鼓的，奔儿头显得挺大，眼睛也深深陷进眉毛里去。小战士这一路上由始至终都不太爱讲话，都没怎么插话。他一直跟着他们，跟着他们这些前辈老师们，睁着他黑白分明的亮晶晶的大眼睛，大眼睛黑白分明，亮晶晶、亮晶晶地看着他的老师们，盯着他们，学着他们，充满着新生的好奇，打量着这一片他即将进入的文学世界。与老师们同船共渡的这三天，比他在学校里的三年学到的还多、懂得的还多、顿悟的还多。

小战士站在船头，清了清嗓子，然后轻声唱起了《乌苏里船歌》，"啊啊哦嗬嗬呢哪……啊啊哦嗬嗬呢哪……"歌声悠远、绵长、忧郁。那是北方的河水决堤轰鸣的声音，是解冻的冰河撞击船帮的声音，是森林落叶飒飒萧萧的声音，是家园故国不堪回首的忆旧伤心的声音。那时节的阳光就从森林歌声的缝隙中洒落下来，神秘俏丽地附注在水面上，映出一道道金的线和银的线。那时节有许多鱼儿船儿在穿织如梭。如今这一切已决然不见。小战士瞪大忧郁而清丽的小牛犊一般的眼睛，唱着，忆着，他的歌声忧郁极了，他的眼神清澈极了。

众人都被他的歌声带进往事的忧郁里。当他们回过神儿来，他们便热情地鼓掌，鼓励他们的小兄弟。接下来，众人一致提议，让倩倩也给他们来一首。倩倩也没有扭捏推脱，从坐着的船栏上跳下来，将搭在肩头的衫子松松往腰上一系，然后大步走向船艄，昂起头，掐起腰，对着山峦，对着雾气缭绕的水面，就开始放声唱了起来：

哦嗬嗬嗬嗬太阳啊蓝天
哦嗬嗬嗬嗬大地啊草原
那剽悍的雄鹰和骏马
带给我们幻想和思恋
哦嗬嗬嗬……
跟我勇敢的爱人
骑马驾鹰的英雄
去飞翔到白云和星空的上边……

她不是在唱，而是在喊歌，用她本真的人嗓，阔亮的，悠扬的，纯情的，豪放的，那样闭着眼睛，对着峡谷，对着高山，对着江河，在喊。她那毛茸茸的磁性的嗓音，只符合这样在旷野里喊，任凭怎样喊都不会破。她唱的也完全不是这长江上的、阴霾笼罩的、细长峡谷的、抑郁忧伤的曲子，而是草原高山的、干燥的、爽洁明朗的曲调。

太阳这时“蓦”地透过云层，一下子就被她喊了出来，明朗朗地奔了出来，一下子就把这峡谷照亮了。风把她的秀发吹开，拂动铺散在她的脑后，浪从船板上打了上来，溅湿她的裙裾，她却浑然不觉，浑然忘我，那样忘情地、投入地，那样专注地，喊。

他们全呆了，全都被她喊呆了，全都看她看呆了。

她不管他们，只管喊，尽情地喊，用她的禁锢已久的心，做一次肆意的嘹亮奔放的歌唱。一只驳船开过来，船“呜呜”地向她鸣笛致意，向这个站在船艄上忘情喊歌的漂亮女子致意。又一条客船开过来，船上的游客一齐注目回首，向站在太阳下大声喊歌的年轻女子挥手欢呼。坐在甲板上的猎艳队的成员们也都跟着她一起喊，他们对着太阳唱，对着峡谷喊，一时间竟都忘了自己身置于何处，忘了今夕是何年。

可是倩倩她怎么能够将时间忘却？怎么能够将一切战事忘却？世界杯小组外围赛马上就要开始，不知国家队那些人都备战得怎么样了？唉，算了，她已经对他们不抱希望，不对父兄们抱以希望了。但是她不能舍弃那些孩子们，那些健力宝队的孩子们，那些如朝日初升、朝露初发的孩子们，那些寄托着她对未来无限希望无限憧憬的孩子们。马上就要世青赛比赛了，不知健力宝队他们小组能否出线？跑吧，大羽小宝贝儿；跑吧，小大人李铁；跑吧，帅哥张效瑞；跑吧，铁脚隋东亮。跑吧，孩子们，跑吧，跑吧！下个世纪，下个世纪就靠你们了，就全靠你们了。跑吧，跑吧！

她在这样想着的时候，眼泪止不住地就打湿了她的眼眶，她的双手也不知不觉抬起，向上抬起，向着太阳抬起，成了一种祈祷姿势，站在太阳下，峡谷底，虔诚地向着上苍，向着冥冥之中的主宰虔诚祈祷！

汽笛这时“呜呜呜”的悠久长鸣，忧郁的、憔悴的、苍远的、幽咽的长鸣。那是船在说话。那是江的祈语。那是上苍在流水山谷间在对她应答。

含情脉脉水悠悠，肠断白蘋洲。

问君能有几多愁？恰似一江春水向东流……

1997 年 7 月 20 日于北京双秀